聊齋誌異

(下)

清·蒲松齡 著

五南圖書出版公司 印行

目錄

卷一

卷二

卷三

卷四

卷五

卷六

卷七

卷八

卷九

卷十二

附錄

卷七

羅祖

羅祖，即墨人也。少貧。族中應出一丁戍北邊，即以羅往。羅居邊數年，生一子。駐防守備雅厚遇之。會守備遷陝西參將，欲攜與俱去，羅乃託妻子於其友李某者，遂西。自此三年不得返。適參將欲致書北塞，羅乃自陳，請以便道省妻子，參將從之。羅至家，妻子無恙，良慰。然牀下有男子遺舄，心疑之。即而詣李申謝。李致酒殷勤；妻又道李恩義，羅感激不勝。明日，謂妻曰：「我往致主命，暮不能歸，勿伺也。」出門跨馬去。匿身近處，更定卻歸。聞妻與李臥語，大怒，破扉。二人懼，膝行乞死。羅抽刃出，已復韜之曰：「我始以汝為人也，今如此，殺之污吾刀耳！與汝約：妻子而受之，籍名亦而充之，馬匹械器具在。我逝矣。」遂去。鄉人共聞於官，官笞李，李以實告。而事無驗見，莫可質憑，遠近搜羅，則絕匿名迹。官疑其因奸致殺，益械李及妻；逾年，並桎梏以死。乃驛送其子歸即墨。後石匣營有樵人入山，見一道人坐洞中，未嘗求食。眾以為異，齎糧供之。或有識者，蓋即羅也。饋遺滿洞。羅終不食，意似厭囂，以故來者漸寡。積數年，洞外蓬蒿成林。或潛窺之，則坐處不曾少移。又久之，見其出游山上，就之已杳；往瞰洞中，則衣上塵蒙如故。益奇之。更數日而往，則玉柱下垂，坐化已久。土人為之建廟；每三月間，香楮相屬於道。其子往，人皆呼以小羅祖，香稅悉歸之；今其後人，猶歲一往，收稅金焉。沂水劉宗玉向予言之甚詳。予笑曰：「今世諸檀越，不求為聖賢，但望成佛祖。請遍告之：若要立地成佛，須放下刀子去。」

劉姓

邑劉姓，虎而冠者也。後去淄居沂，習氣不除，鄉人咸畏惡之。有田數畝，與苗某連壠。苗勤，田畔多種桃。桃初實，子往攀摘；劉怒驅之，指為己有，子啼而告諸父。父方駭怪，劉已詬罵在門，且言將訟。苗笑慰之。怒不解，忿而去。時有同邑李翠石作典商於沂，劉持狀入城，適與之遇。以同鄉故相熟，問：「作何幹？」劉以告，李笑曰：「子聲望眾所共知；我素識苗，甚平善，何敢占騙。將毋反言之也？」乃碎其詞紙，曳入肆，將與調停。劉恨恨不已，竊肆中筆，復造狀，藏懷中，期以必告。未幾，苗至，細陳所以，因哀李為之解免，言：「我農人，半世不見官長。但得罷訟，數株桃，何敢執為己有。」李呼劉出，告以退讓之意。劉又指天畫地，叱罵不休；苗惟和色卑詞，無敢少辯。既罷，踰四五日，見其村中人，傳劉已死，李為驚歎。異日他適，見杖而來者，儼然劉也。比至，殷殷問訊，且請顧臨。李逡巡問曰：「日前忽聞凶訃，一何妄也？」劉不答，但挽入村，至其家，羅漿酒焉。乃言：「前日之傳非妄也。曩出門，見二人來，捉見官府。問何事，但言不知。自思出入衙門數十年，非怯見官長者，亦不為怖。從去，至公廨，見南面者有怒容，曰：『汝即某耶?罪惡貫盈，不自悛悔；又以他人之物，占為己有。此等橫暴，合置鐺鼎！』一人稽簿曰：『此人有一善，合不死。』南面者閱簿，其色稍霽。便云：『暫送他去。』數十人齊聲呵逐。余曰：『因何事勾我來?又因何事遣我去?還祈明示。』吏持簿下，指一條示之。上記：崇禎十三年，用錢三百，救一人夫婦完聚。吏曰：『非此，則今日命當絕，宜墮畜生道。』駭極，乃從二人出。二人索賄，怒告曰：『不知劉某出入公門二十年，耑勒人財者，何得向老虎討肉吃耶！』二人乃不復言。送至村，拱手曰：『此役不曾噉得一掬水。』二人既去，入門遂蘇，時氣絕已隔日矣。」李聞而異之，因詰其善行顛末。初，崇禎十三年，歲大凶，人相食。劉時在淄，為主捕隸。適見男女哭甚哀，問之。答云：「夫婦聚裁年餘，今歲荒，不能兩全，故悲耳。」少時，油肆前復見之，似有所爭。近詰之。肆主馬姓者便云：「伊夫婦餓將死，日向我討麻醬以為活。今又欲賣婦於我，我家中已買十餘口矣。此何要緊？賤則售之，否則已耳。如此可笑，生來纏人！」男子因言：「今粟貴如珠，自度非得三百數，不足供逃亡之費。本欲兩生，若賣妻而不免於死，何敢焉？非敢言直，但求作陰隲行之耳。」劉憐之，便問馬出幾何。馬言：「今日婦口，只值百許耳。」劉請勿短其數，且願助以半價之資。馬執不可。劉少負氣，便謂男子：「彼鄙瑣不足道，我請如數相贈。若能逃荒，又全夫婦，不更佳耶？」遂發囊與之。夫妻泣拜而去。劉述此事，李大加獎歎。劉自此前行頓改，今七旬猶健。去年，李詣周村，遇劉與人爭，眾圍勸不能解。李笑呼曰：「汝又欲訟桃樹耶？」劉芒然改容，吶吶斂手而退。

異史氏曰：「李翠石兄弟，皆稱素封。然翠石又醇謹，喜為善，未嘗以富自豪，抑然誠篤君子也。觀其解紛勸善，其生平可知矣。古云：『為富不仁。』吾不知翠石先仁而後富者耶？抑先富而後仁者耶？」

邵女

柴廷賓，太平人，妻金氏，不育，又奇妒。柴百金買妾，金暴遇之，經歲而死。柴忿出，獨宿數月，不踐閨闥。一日，柴初度，金卑詞莊禮，為丈夫壽，柴不忍拒，始通言笑。金設筵內寢，招柴。柴辭以醉。金華妝自詣柴所，曰：「妾竭誠終日，君即醉，請一琖而別。」柴乃入，酌酒話言。妻從容曰：「前日誤殺婢子，今甚悔之。何便仇忌，遂無結髮情耶？後請納金釵十二，妾不汝瑕疵也。」柴益喜，燭盡見跋，遂止宿焉。由此敬愛如初。金便呼媒媼來，囑為物色佳媵；而陰使遷延勿報，己則故督促之。如是年餘。柴不能待，遍囑戚好為之購致，得林氏之養女。金一見，喜形於色，飲食共之，脂澤花釧，任其所取。然林固燕產，不習女紅，繡履之外，須人而成。金曰：「我家素勤儉，非似王侯家，買作畫圖看者。」於是授美錦，使學製，若嚴師誨弟子。初猶呵罵，繼而鞭楚。柴痛切於心，不能為地。而金之憐愛林，尤倍於昔，往往自為妝束，勻鉛黃焉。但履跟稍有摺痕，則以鐵杖擊雙彎；髮少亂，則批兩頰：林不堪其虐，自經死。柴悲慘心目，頗致怨懟。妻怒曰：「我代汝教娘子，有何罪過？」柴始悟其奸，因復反目，永絕琴瑟之好。陰於別業修房闥，思購麗人而別居之。荏苒半載，未得其人。偶會友人之葬，見二八女郎，光豔溢目，停睇神馳。女怪其狂顧，秋波斜轉之。詢諸人，知為邵氏。邵貧士，只此女，少聰慧，教之讀，過目能了。尤喜讀內經及冰鑑書。父愛溺之，有議婚者，輒令自擇，而貧富皆少所可，故十七歲猶未字也。柴得其端末，知不可圖，然心低徊之。又冀其家貧，或可利動。謀之數媼，無敢媒者，遂亦灰心，無所復望。忽有賈媼者，以貨珠過柴，柴告所願，賂以重金，曰：「只求一通誠意，其成與否，所勿責也。萬一可圖，千金不惜。」媼利其有，諾之，登門，故與邵妻絮語。睹女，驚贊曰：「好個美姑姑！假到昭陽院，趙家姊妹何足數得！」又問：「婿家阿誰？」邵妻答：「尚未。」媼言：「若個娘子，何愁無王侯作貴客也！」邵妻歎曰：「王侯家所不敢望；只要個讀書種子，便是佳耳。我家小孽冤，翻復遴選，十無一當，不解是何意向？」媪曰：「夫人勿須煩怨。恁個麗人，不知前身修何福澤，才能消受得！昨一大笑事：柴家郎君云：於某家塋邊，望見顏色，願以千金為聘。此非餓鴟作天鵝想耶？早被老身訶斥去矣！」邵妻微笑不答。媪曰：「便是秀才家，難與較計；若在別個，失尺而得丈，宜若可為矣。」邵妻復笑不言。媪撫掌曰：「果爾，則為老身計亦左矣。日蒙夫人愛，登堂便促膝賜漿酒；若得千金，出車馬，入樓閣，老身再到門，則閽者呵叱及之矣。」邵妻沈吟良久，起而去，與夫語；移時，喚其女；又移時，三人並出。邵妻笑曰：「婢子奇特，多少良匹悉不就，聞為賤媵則就之。但恐為儒林笑也！」媪曰：「倘入門，得一小哥子，大夫人便如何耶！」言已，告以別居之謀。邵益喜，喚女曰：「試同賈姥言之。此汝自主張，勿後悔，致懟父母。」女腆然曰：「父母安享厚奉，則養女有濟矣。況自顧命薄，若得嘉偶，必減壽數，少受折磨，未必非福。前見柴郎亦福相，子孫必有興者。」媪大喜，奔告。柴喜出非望，即置千金，備輿馬，娶女於別業，家人無敢言者。女謂柴曰：「君之計，所謂燕巢於幕，不謀朝夕者也。塞口防舌，以冀不漏，何可得乎？請不如早歸，猶速發而禍小。」柴慮摧殘，女曰：「天下無不可化之人。我苟無過，怒何由起？」柴曰：「不然。此非常之悍，不可情理動者。」女曰：「身為賤婢，摧折亦自分耳。不然，買日為活，何可長也？」柴以為是，終躊躕而不敢決。一日，柴他往，女青衣而出，命蒼頭控老牝馬，一媪攜襆從之，竟詣嫡所，伏地而陳。妻始而怒；既念其自首可原，又見容飾兼卑，氣亦稍平。乃命婢子出錦衣衣之。曰：「彼薄幸人播惡於眾，使我橫被口語。其實皆男子不義，諸婢無行，有以激之。汝試念背妻而立家室，此豈復是人矣？」女曰：「細察渠似稍悔之，但不肯下氣耳。諺云：『大者不伏小。』以禮論：妻之於夫，猶子之於父，庶之於嫡也。夫人若肯假以詞色，則積怨可以盡捐。」妻云：「彼自不來，我何與焉？」即命婢媪為之除舍。心雖不樂，亦暫安之。柴聞女歸，驚惕不已，竊意羊入虎羣，狼藉已不堪矣。疾奔而至，見家中寂然，心始穩貼。女迎門而勸，令詣嫡所，柴有難色。女泣下，柴意少納。女往見妻曰：「郎適歸，自慚無以見夫人，乞夫人往一姍笑之也。」妻不肯行，女曰：「妾已言：夫之於妻，猶嫡之於庶。孟光舉案，而人不以為諂，何哉？分在則然耳。」妻乃從之，見柴曰：「汝狡兔三窟，何歸為？」柴俛不對。女肘之，柴始強顏笑。妻色稍霽，將返。女推柴從之，又囑庖人備酌。自是夫妻復和。女早起青衣往朝；盥已，授帨，執婢禮甚恭。柴入其室，苦辭之，十餘夕始肯一納。妻亦心賢之，然自愧弗如，積慚成忌。但女奉侍謹，無可蹈瑕；或薄施訶譴，女惟順受。一夜，夫婦少有反脣，曉妝猶含盛怒。女捧鏡，鏡墮，破之。妻益恚，握髮裂眥。女懼，長跪哀免。怒不解，鞭之至數十。柴不能忍，盛氣奔入，曳女出，妻呶呶逐擊之。柴怒，奪鞭反扑，面膚綻裂，始退。由是夫妻若仇。柴禁女無往。女弗聽，早起，膝行伺幕外。妻捶牀怒罵，叱去不聽前。日夜切齒，將伺柴出而後洩憤於女。柴知之，謝絕人事，杜門不通弔慶。妻無如何，惟日撻婢媼以寄其恨，下人皆不可堪。自夫妻絕好，女亦莫敢當夕，柴於是孤眠。妻聞之，意亦稍安，有大婢索狡黠，偶與柴語，妻疑其私，暴之尤苦。婢輒於無人處，疾首怨罵。一夕，輪婢值宿，女囑柴，禁無往，曰：「婢面有殺機，叵測也。」柴如其言，招之來，詐問：「何作？」婢驚懼無所措詞。柴益疑，檢其衣，得利刃焉。婢無言，惟伏地乞死。柴欲撻之，女止之曰：「恐夫人所聞，此婢必無生理。彼罪固不赦，然不如鬻之，既全其生，我亦得直焉。」柴然之。會有買妾者，急貨之。妻以其不謀故，罪柴，益遷怒女，詬罵益毒。柴忿顧女曰：「皆汝自取。前此殺卻，烏有今日？」言已而走。妻怪其言，遍詰左右，並無知者；問女，女亦不言。心益悶怒，捉裾浪罵。柴乃返，以實告。妻大驚，向女溫語；而心轉恨其言之不早。柴以為嫌隙盡釋，不復作防。適遠出，妻乃召女而數之曰：「殺主者罪不赦，汝縱之何心？」女造次不能以詞自達。妻燒赤鐵烙女面，欲毀其容。婢媼皆為之不平。每號痛一聲，則家人皆哭，願代受死。妻乃不烙。以針刺脅二十餘下，始揮去之。柴歸，見面創，大怒，欲往尋之。女捉襟曰：「妾明知火坑而故蹈之。當嫁君時，豈以君家為天堂耶？亦自顧薄命，聊以洩造化之怒耳。安心忍受，尚有滿時；若再觸焉，是坎已填而復掘之也。」遂以藥糝患處，數日尋癒。忽攬鏡喜曰：「君今日宜為妾賀，彼烙斷我晦紋矣！」朝夕事嫡，一如往日。金前見眾哭，自知身同獨夫，略有愧悔之萌，時時呼女共事，詞色平善。月餘，忽病逆，害飲食。柴恨其不死，略不顧問。數日，腹脹如鼓，日夜寖困。女侍伺不遑眠食，金益德之。女以醫理自陳；金自覺疇昔過慘，疑其怨報，故謝之。金為人持家嚴整，婢僕悉就約束；自病後，皆散誕無操作者。柴躬自經理，劬勞甚苦，而家中米鹽，不食自盡。由是慨然興中饋之思，聘醫藥之。金對人輒自言為「氣蠱」，以故醫脈之，無不指為氣鬱者。凡易數醫，卒罔效，亦濱危矣。又將烹藥，女進曰：「此等藥，百裹無益，只增劇耳。」金不信。女暗撮別劑易之。藥下，食頃三遺，病若失。遂益笑女言妄，呻而呼之曰：「女華陀，今如何也？」女及羣婢皆笑。金問故，始實告之。泣曰：「妾日受子之覆載而不知也！今而後，請惟家政，聽子而行。」無何，病痊，柴整設為賀。女捧壺侍側；金自起奪壺，曳與連臂，愛異常情。更闌，女託故離席；金遣二婢曳還之，強與連榻。自此，事必商，食必偕，即姊妹無其和也。無何，女產一男。產後多病，金親為調視，若奉老母。

後金患心痗，痛起，則面目皆青，但欲覓死。女急市銀針數枚，——比至，則氣息瀕盡——按穴刺之，晝然痛止。十餘日復發，復刺；過六七日又發。雖應手奏效，不至大苦，然心常惴惴，恐其復萌。夜夢至一處，似廟宇，殿中鬼神皆動。神問：「汝金氏耶？汝罪過多端，壽數合盡；念汝改悔，故僅降災，以示微譴。前殺兩姬，此其宿報。至邵氏何罪而慘毒如此？鞭打之刑，已有柴生代報，可以相準；所欠一烙二十三針，今三次，只償零數，便望病根除耶？明日又當作矣！」醒而大懼，猶冀為妖夢之誣。食後果病，其痛倍切。女至，刺之，隨手而瘥。疑曰：「技只此類，病本何以不拔？請再灼之。此非爛燒不可，但恐夫人不能忍受。」金憶夢中語，以故無難色。然呻吟忍受之際，默思欠此十九針，不知作何變症，不如一朝受盡，庶免後苦。炷盡，求女再針，女笑曰：「針豈可以汎常施用耶？」金曰：「不必論穴，但煩十九刺。」女笑不可。金請益堅，起跪榻上。女終不忍。實以夢告，女乃約略經絡，刺之如數。自此平復，果不復病。彌自懺悔，臨下亦無戾色。子名曰俊，秀惠絕倫。女每曰：「此子翰苑相也。」八歲有神童之目；十五歲，以進士授翰林。是時柴夫婦年四十，如夫人三十有二三耳。輿馬歸寧，鄉里榮之。邵翁自鬻女後，家暴富，而士林羞與為伍；至是始有通往來者。

異史氏曰：「女子狡妒，其天性然也。而為妾媵者，又復炫美弄機，以增其怒。嗚呼！禍所由來矣。若以命自安，以分自守，百折而不移其志，此豈梃刃所能加乎？乃至於再拯其死，而始有悔悟之萌。嗚呼！豈人也哉！如數以償，而不增之息，亦造物之恕矣。顧以仁術作惡報，不亦傎乎！每見愚夫婦抱痾終日，即招無知之巫，任其刺肌灼膚而不敢呻，心嘗怪之，至此始悟。」

閩人有納妾者，夕入妻房，不敢便去，偽解屨作登榻狀。妻曰：「去休！勿作態！」夫尚徘徊，妻正色曰：「我非似他家妒忌者，何必爾爾。」夫乃去。妻獨臥，輾轉不得寐，遂起，往伏門外潛聽之。但聞妾聲隱約，不甚了了，惟「郎罷」二字略可辨識。郎罷，閩人呼父也。妻聽踰刻，痰厥而踣，首觸扉作聲。夫驚起，啓戶，尸倒入。呼妾火之，則其妻也。急扶灌之。目略開，即呻曰：「誰家郎罷被汝呼！」妒情可哂。

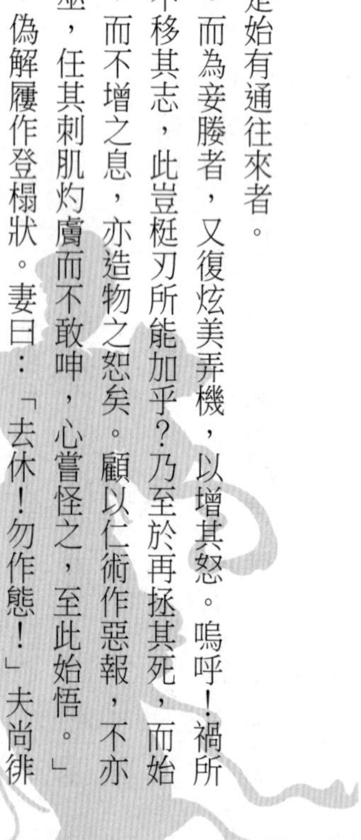

鞏仙

鞏道人，無名字，亦不知何里人。嘗求見魯王，閽人不為通。有中貴人出，揖求之，中貴見其鄙陋，逐去之；已而復來。中貴怒，且逐且扑。至無人處，道人笑出黃金二百兩，煩逐者覆中貴：「為言我亦不要見王；但聞後苑花木樓臺，極人間佳勝，若能導我一游，生平足矣。」又以白金賂逐者。其人喜，反命。中貴亦喜，引道人自後宰門入，諸景俱歷。又從登樓上，中貴方凭窗，道人一推，但覺身墮樓外，有細葛綳腰，懸於空際；下視，則高深暈目，葛隱隱作斷聲。懼極，大號。無何，數監至，駭極。見其去地絕遠，登樓共視，則葛端繫欞上；欲解援之，則葛細不堪用力。遍索道人，已杳矣。束手無計，奏之魯王。王詣視，大奇之。命樓下藉茅鋪絮，將因而斷之。甫畢，葛崩然自絕，去地乃不咫耳。相與失笑。王命訪道士所在。聞館於尚秀才家，往問之，則出游未復。既，遇於途，遂引見王。王賜宴坐，便請作劇。道士曰：「臣草野之夫，無他庸能。既承優寵，敢獻女樂為大王壽。」遂探袖中出美人，置地上，向王稽拜已。道士命扮「瑤池宴」本，祝王萬年。女子弔場數語。道士又出一人，自白「王母」。少間，董雙成、許飛瓊……一切仙姬，次第俱出。末有織女來謁，獻天衣一襲，金彩絢爛，光映一室。王意其偽，索觀之，道士急言：「不可！」王不聽，卒觀之，果無縫之衣，非人工所能製也。道士不樂曰：「臣竭誠以奉大王，暫而假諸天孫，今為濁氣所染，何以還故主乎？」王又意歌者必仙姬，思欲留其一二；細視之，則皆宮中樂妓耳。轉疑此曲，非所夙諳，問之，果茫然不自知。道士以衣置火燒之，然後納諸袖中，再搜之，則已無矣。王於是深重道士，留居府內。道士曰：「野人之性，視宮殿如藩籠，不如秀才家得自由也。」每至中夜，必還其所；時而堅留，亦遂宿止。輒於筵間顛倒四時花木為戲。王問曰：「聞仙人亦不能忘情，果否？」對曰：「或仙人然耳；臣非仙人，故心如枯木矣。」一夜，宿府中，王遣少妓往試之。入其室，數呼不應；燭之，則瞑坐榻上。搖之，目一閃即復合；再搖之，齁聲作矣。推之，則遂手而倒，酣臥如雷；彈其額，逆指作鐵釜聲。返以白王。王使刺一針，針弗入。推之，重不可搖；加十餘人舉擲牀下，若千斤石墮地者。旦而窺之，仍眠地上。醒而笑曰：「一場惡睡，墮牀下不覺耶！」後女子輩每於其坐臥時，按之為戲：初按猶軟，再按則鐵石矣。道士舍秀才家，恆中夜不歸。尚鎖其戶，及旦啓扉，道士已臥室中。初，尚與曲妓惠哥善，矢志嫁娶。惠雅善歌，絃索傾一時。魯王聞其名，召入供奉，遂絕情好。每繫念之，苦無由通。一夕，問道士：「見惠哥否？」答言：「諸姬皆見，但不知其惠哥為誰。」尚述其貌，道其年，道士乃憶之。尚求轉寄一語。道士笑曰：「我世外人，不能為君塞鴻。」尚哀之不已。道士展其袖曰：「必欲一見，請入此。」尚窺之，中大如屋。伏身入，則光明洞徹，寬若廳堂，几案牀榻，無物不有。居其內，殊無悶苦。道士入府，與王對弈。望惠哥至，陽以袍袖拂塵，惠哥已納袖中，而他人不之睹也。尚方獨坐凝想時，忽有美人自簷間墮，視之，惠哥也。兩相驚喜，綢繆臻至。尚曰：「今日奇緣，不可不誌。請與卿聯之。」書壁上曰：「侯門似海久無蹤。」惠續云：「誰識蕭郎今又逢。」尚曰：「袖裏乾坤真箇大。」惠曰：「離人思婦盡包容。」書甫畢，忽有五人入，八角冠，淡紅衣，認之，都與無素。默然不言，捉惠哥去。尚驚駭，不知所由。道士既歸，呼之出，問其情事，隱諱不以盡言。道士微笑，解衣反袂示之。尚審視，隱隱有字迹，細裁如蟣，蓋即所題句也。後十數日，又求一入。前後凡三入。惠哥謂尚曰：「腹中震動，妾甚憂之，常以緊帛束腰際。府中耳目較多，倘一朝臨蓐，何處可容兒啼？煩與鞏仙謀，見妾三叉腰時，便一拯救。」尚諾之。歸見道士，伏地不起。道士曳之曰：「所言，予已了了。但請勿憂。君宗祧賴此一綫，何敢不竭綿薄。但自此不必復入。我所以報君者，原不在情私也。」後數月，道士自外入，笑曰：「攜得公子至矣。可速把襁褓來！」尚妻最賢，年近三十，數胎而存一子；適生女，盈月而殤。聞尚言，驚喜自出。道士探袖出嬰兒，酣然若寐，臍梗猶未斷也。尚妻接抱，始呱呱而泣。道士解衣曰：「產血濺衣，道家最忌。今為君故，二十年故物，一旦棄之。」尚為易衣。道士囑曰：「舊物勿棄卻，燒錢許，可療難產，墮死胎。」尚從其言。居之又久，忽告尚曰：「所藏舊衲，當留少許自用，我死後亦勿忘也。」尚謂其言不祥。道士不言而去，入見王曰：「臣欲死！」王驚問之，曰：「此有定數，亦復何言。」王不信，強留之。手談一局，急起；王又止之。請就外舍，從之。道士趨臥，視之已死。王具棺木以禮葬之。尚臨哭盡哀，如悟曩言蓋先告之也。遺衲用催生，應如響，求者踵接於門。始猶以污袖與之；既而剪領衿，罔不效。及聞所囑，疑妻必有產厄，斷血布如掌，珍藏之。會魯王有愛妃，臨盆三日不下，醫窮於術，或有以尚生告者，立召入，一劑而產。王大喜，贈白金、彩緞良厚，尚悉辭不受。王問所欲，曰：「臣不敢言。」再請之，頓首曰：「如推天惠，但賜舊妓惠哥足矣。」王召之來，問其年，曰：「妾十八入府，今十四年矣。」王以其齒加長，命遍呼羣妓，任尚自擇；尚一無所好。王笑曰：「癡哉書生！十年前訂婚嫁耶？」尚以實對。乃盛備輿馬，仍以所辭彩緞，為惠哥作妝，送之出。惠所生子，名之秀生，——秀者袖也，——是時年十一矣。日念仙人之恩，清明則上其墓。有久客川中者，逢道人於途，出書一卷曰：「此府中物，來時倉猝，未暇璧返，煩寄去。」客歸，聞道人已死，不敢達王；尚代奏之。王展視，果道士所借。疑之，發其冢，空棺耳。後尚子少殤，賴秀生承繼，益服鞏之先知云。

異史氏曰：「袖裏乾坤，古人之寓言耳，豈真有之耶？抑何其奇也！中有天地、有日月，可以娶妻生子，而又無催科之苦，人事之煩，則袖中蟣蝨，何殊桃源雞犬哉！設容人常住，老於是鄉可耳。」

二商

莒人商姓者，兄富而弟貧，鄰垣而居。康熙間，歲大凶，弟朝夕不自給。一日，日向午，尚未舉火，枵腹蹀踱，無以為計。妻令往告兄，商曰：「無益。脫兄憐我貧也，當早有以處此矣。」妻固強之，商便使其子往。少頃，空手而返。商曰：「何如哉！」妻詳問阿伯云何。子曰：「伯躊躕目視伯母；伯母告我曰：『兄弟析居，有飯各食，誰復能相顧也。』」夫妻無言，暫以殘盎敗榻，少易糠秕而生。里中三四惡少，窺大商饒足，夜踰坦入。夫妻驚寤，鳴盥器而號。鄰人共嫉之，無援者。不得已，疾呼二商。商聞嫂鳴，欲趨救。妻止之，大聲對嫂曰：「兄弟析居，有禍各受，誰復能相顧也！」俄，盜破扉，執大商及婦，炮烙之，呼聲綦慘。二商曰：「彼固無情，焉有坐視兄死而不救者！」率子越垣，大聲疾呼。二商父子故武勇，人所畏懼，又恐驚致他援，盜乃去。視兄嫂，兩股焦灼。扶榻上，招集婢僕，乃歸。大商雖被創，而金帛無所亡失，謂妻曰：「今所遺留，悉出弟賜，宜分給之。」妻曰：「汝有好兄弟，不受此苦矣！」商乃不言。二商家絕食，謂兄必有一報；久之，寂不聞。婦不能待，使子捉囊往從貸，得斗粟而返。婦怒其少，欲反之；二商止之。踰兩月，貧餒愈不可支。二商曰：「今無術可以謀生，不如鬻宅於兄。兄恐我他去，或不受券而恤焉，未可知；縱或不然，得十餘金，亦可存活。」妻以為然，遣子操券詣大商。大商告之婦，且曰：「弟即不仁，我手足也。彼去則我孤立，不如反其券而周之。」妻曰：「不然，彼言去，挾我也；果爾，則適墮其謀。世間無兄弟者，便都死卻耶？我高葺牆垣，亦足自固。不如受其券，從所適，亦可以廣吾宅。」計定，令二商押署券尾，付直而去。二商於是徙居鄰村。鄉中不逞之徒，聞二商去，又攻之。復執大商，榜楚並兼，梏毒慘至，所有金資，悉以贖命。盜臨去，開廩呼村中貧者，恣所取，頃刻都盡。次日，二商始聞，及奔視，則兄已昏憒不能語；開目見弟，但以手抓床席而已。少頃遂死。二商忿訴邑宰。盜首逃竄，莫可緝獲。盜粟者百餘人，皆里中貧民，州守亦莫如何。

大商遺幼子，才五歲，家既貧，往往自投叔所，數日不歸；送之歸，則啼不止。二商婦頗不加青眼。二商曰：「渠父不義，其子何罪？」因市蒸餅數枚，自送之。過數日，又避妻子，陰負斗粟於嫂，使養兒。如此以為常。又數年，大商賣其田宅，母得直，足自給，二商乃不復至。後歲大饑，道殣相望，二商食指益繁，不能他顧。姪年十五，荏弱不能操業，使攜籃從兄貨胡餅。一夜，夢兄至，顏色慘戚曰：「余惑於婦言，遂失手足之義。弟不念前嫌，增我汗羞。所賣故宅，今尚空閒，宜僦居之。屋後篷顆下，藏有窖金，發之，可以小阜。使醜兒相從；長舌婦余甚恨之，勿顧也。」既醒，異之。以重直啗第主，始得就，果發得五百金。從此棄賤業，使兄弟設肆廛間。姪頗慧，記算無訛，又誠慤，凡出入，一錙銖必告。二商益愛之。一日，泣為母請粟，商妻欲勿與，二商念其孝，按月廩給之。數年家益富。大商婦病死，二商亦老，乃析姪，家資割半與之。

異史氏曰：「聞大商一介不輕取與，亦狷潔自好者也。然婦言是聽，憒憒不置一詞，恝情骨肉，卒以吝死。嗚呼！亦何怪哉！二商以貧始，以素封終。為人何所長？但不甚遵閫教耳。嗚呼！一行不同，而人品遂異。」

沂水秀才

沂水某秀才，課業山中。夜有二美人入，含笑不言，各以長袖拂榻，相將坐，衣軟無聲。少間，一美人起，以白綾巾展几上，上有草書三四行，亦未嘗審其何詞。一美人置白金一鋌，可三四兩許，秀才掇內袖中。美人取巾，握手笑出，曰：「俗不可耐！」秀才捫金，則烏有矣。麗人在坐，投以芳澤，置不顧，而金是取，是乞兒相也，尚可耐哉！狐子可兒，雅態可想。

友人言此，並思不可耐事，附志之：對酸俗客。市井人作文語。富貴態狀。秀才裝名士。旁觀諂態。信口謊言不倦。揖坐苦讓上下。歪詩文強人觀聽。財奴哭窮。醉人歪纏。作滿洲調。體氣若逼人語。市井惡謔。任憨兒登筵抓肴果。假人餘威裝模樣。歪科甲談詩文。語次頻稱貴戚。

梅女

封雲亭，太行人。偶至郡，晝臥寓屋。時年少喪偶，岑寂之下，頗有所思。凝視間，見牆上有女子影，依稀如畫。念必意想所致。而久之不動，亦不滅，異之。起視轉真；再近之，儼然少女，容蹙舌伸，索環秀領。驚顧未已，冉冉欲下。知為縊鬼，然以白晝壯膽，不大畏怯。語曰：「娘子如有奇冤，小生可以極力。」影居然下，曰：「萍水之人，何敢遽以重務浼君子。但泉下槁骸，舌不得縮，索不得除，求斷屋梁而焚之，恩同山岳矣。」諾之，遂滅。呼主人來，問所見。主人言：「此十年前梅氏故宅，夜有小偷入室，為梅所執，送詣典史。典史受盜錢三百，誣其女與通，將拘審驗。女聞自經。後梅夫妻相繼卒，宅歸於余。客往往見怪異，而無術可以靖之。」封以鬼言告主人。計毀舍易楹，費不貲，故難之；封乃協力助作。既就而復居之。梅女夜至，展謝已，喜氣充溢，姿態嫣然。封愛悅之，欲與為歡。瞞然而慚曰：「陰慘之氣，非但不為君利；若此之為，則生前之垢，西江不可濯矣。會合有時，今日尚未。」問：「何時？」但笑不言。封問：「飲乎？」答曰：「不飲。」封曰：「對佳人，悶眼相看，亦復何味？」女曰：「妾生平戲技，惟諳打馬。但兩人寥落，夜深又苦無局。今長夜莫遣，聊與君為交綫之戲。」封從之。促膝戟指，翻變良久，封迷亂不知所從；女輒口道而頤指之，愈出愈幻，不窮於術。封笑曰：「此閨房之絕技也。」女曰：「此妾自悟，但有雙綫，即可成文，人自不之察耳。」更闌頗怠，強使就寢，曰：「我陰人不寐，請自休。妾少解按摩之術，願盡技能，以侑清夢。」封從其請。女疊掌為之輕按，自頂及踵皆遍；手所經，骨若醉。既而握指細搔，如以團絮相觸狀，體暢舒不可言：搔至腰，口目皆慵；至股，則沈沈睡去矣。及醒，日已向午，覺骨節輕和，殊於往日。心益愛慕，繞屋而呼之，並無響應。日夕，女始至，封曰：「卿居何所，使我呼欲遍？」曰：「鬼無常所，要在地下。」問：「地下有隙，可容身乎？」曰：「鬼不見地，猶魚不見水也。」封握腕曰：「使卿而活，當破產購致之。」女笑曰：「無須破產。」戲至半夜，封苦逼之。女曰：「君勿纏我。有浙娼愛卿者，新寓北鄰，頗極風致。明夕，招與俱來，聊以自代，若何？」封允之。次夕，果與一少婦同至，年近三十已來，眉目流轉，隱含蕩意。三人狎坐，打馬為戲。局終，女起曰：「嘉會方殷，我且去。」封欲挽之，飄然已逝。兩人登榻，于飛甚樂。詰其家世，則含糊不以盡道，但曰：「郎如愛妾，當以指彈北壁，微呼曰：『壺盧子』，即至。三呼不應，可知不暇，勿更招也。」天曉，入北壁隙中而去。次日，女來，封問愛卿，女曰：「被高公子招去侑酒，以故不得來。」因而翦燭共話。女每欲有所言，吻已啓而輒止；固詰之，終不肯言，欷歔而已。封強與作戲，四漏始去。自此二女頻來，笑聲常徹宵旦，因而城社悉聞。典史某，亦浙之世族，嫡室以私僕被黜。繼娶顧氏，深相愛好，期月殀殂，心甚悼之。聞封有靈鬼，欲以問冥世之緣，遂跨馬造封。封初不肯承，某力求不已。封設筵與坐，諾為招鬼妓。日及曛，叩壁而呼，三聲未已，愛卿即入。舉頭見客，色變欲走。封以身橫阻之。某審視，大怒，投以巨椀，溘然而滅。封大驚，不解其故，方將致詰。俄暗室中一老嫗出，大罵曰：「貪鄙賊！壞我家錢樹子！三十貫索要償也！」以杖擊某，中顱。某抱首而哀曰：「此顧氏，我妻也。少年而殞，方切哀痛；不圖為鬼不貞。於姥乎何與？」嫗怒曰：「汝本浙江一無賴賊，買得條烏角帶，鼻骨倒豎矣！汝居官有何黑白？袖有三百錢，便而翁也！神怒人怨，死期已迫。汝父母代哀冥司，願以愛媳入青樓，代汝償貪債，不知耶？」言已又擊，某宛轉哀鳴。方驚詫無從救解，旋見梅女自房中出，張目吐舌，顏色變異，近以長簪刺其耳。封驚極，以身障客。女憤不已，封勸曰：「某即有罪，倘死於寓所，則咎在小生。請少存投鼠之忌。」女乃曳嫗曰：「暫假餘息，為我顧封郎也。」某張惶鼠竄而去。至署，患腦痛，中夜遂斃。次夜，女出笑曰：「痛快！惡氣出矣！」問：「何仇怨？」女曰：「曩已言之：受賄誣奸，啣恨已久。每欲浼君，一為昭雪，自愧無纖毫之德，故將言而輒止。適聞紛拏，竊以伺聽，不意其仇人也。」封訝曰：「此即誣卿者耶？」曰：「彼典史於此，十有八年，妾冤沒十六寒暑矣。」問：「嫗為誰？」曰：「老娼也。」又問愛卿，曰：「臥病耳。」因輾然曰：

「妾昔謂會合有期，今真不遠矣。君嘗願破家相贖，猶記否？」封曰：「今日猶此心也。」女曰：「實告君：妾沒日，已投生延安展孝廉家。徒以大怨未伸，故遷延於是。請以新帛作鬼囊，俾妾得附君以往，就展氏求婚，計必允諧。」封慮勢分懸殊，恐將不遂。女曰：「但去無憂。」封從其言。女囑曰：「途中慎勿相喚；待合巹之夕，以囊掛新人首，急呼曰：『勿忘勿忘！』」封諾之。才啓囊，女跳身已入。攜至延安，訪之，果有展孝廉，生一女，貌極端好；但病癡，又常以舌出脣外，類犬喘日。年十六歲，無問名者，父母憂念成痗。封到門投刺，具通族閥。既退，託媒。展喜，贅封於家。女癡絕，不知為禮，使兩婢扶曳歸所。羣婢既去，女解衿露乳，對封憨笑。封覆囊呼之，女停眸審顧，似有疑思。封笑曰：「卿不識小生耶？」舉之囊而示之。女乃悟，急掩衿，喜共燕笑。詰旦，封入謁岳。展慰之曰：「癡女無知，既承青眷，君倘有意，家中慧婢不乏，僕不靳相贈。」封力辨其不癡。展疑之。無何，女至，舉止皆佳，因大驚異。女但掩口微笑。展細詰之，女進退而慚於言；封為略述梗概。展大喜，愛悅逾於平時。使子大成與婿同學，供給豐備。年餘，大成漸厭薄之，因而郎舅不相能，廝僕亦刻疵其短。展惑於浸潤，禮稍懈。女覺之，謂封曰：「岳家不可久居；凡久居者，盡闒茸也。及今未大決裂，宜速歸！」封然之，告展。展欲留女，女不可。父兄盡怒，不給輿馬，女自出妝資貰馬歸。後展招令歸寧，女固辭不往。後封舉孝廉，始通慶好。

異史氏曰：「官卑者愈貪，其常情然乎？三百誣姦，夜氣之牿亡盡矣。奪佳偶，入青樓，卒用暴死。吁！可畏哉！」

康熙甲子，貝丘典史最貪詐，民咸怨之。忽其妻被狡者誘與偕亡。或代懸招狀云：「某官因自己不慎，走失夫人一名。身無餘物，只有紅綾七尺，包裹元寶一枚，翹邊細紋，並無闕壞。」亦風流之小報。

郭秀才

東粵士人郭某，暮自友人歸，入山迷路，竄榛莽中。更許，聞山頭笑語，急趨之，見十餘人，藉地飲。望見郭，鬨然曰：「坐中正欠一客，大佳，大佳！」郭既坐，見諸客半儒巾，便請指迷。一人笑曰：「君真酸腐！舍此明月不賞，何求道路？」即飛一觥來。郭飲之，芳香射鼻，一引遂盡。又一人持壺傾注。郭故善飲，又復奔馳吻燥，一舉十觴。眾人大贊曰：「豪哉！真吾友也！」郭放達喜謔，能學禽語，無不酷肖。離坐起溲，竊作燕子鳴。眾疑曰：「半夜何得此耶？」又效杜鵑，眾益疑。郭坐，但笑不言。方紛議問，郭回首為鸜鵒鳴曰：「郭秀才醉矣，送他歸也！」眾驚聽，寂不復聞。少頃，又作之。既而悟其為郭，始大笑。皆撮口從學，無一能者。一人曰：「可惜青娘子未至。」又一人曰：「中秋還集於此，郭先生不可不來。」郭敬諾。一人起曰：「客有絕技；我等亦獻踏肩之戲，若何？」於是譁然並起。前一人挺身矗立；即有一人飛登肩上，亦矗立；累至四人，高不可登；繼至者，攀肩踏臂，如緣梯狀：十餘人，頃刻都盡，望之可接霄漢。方驚顧間，挺然倒地，化為修道一綫。郭駭立良久，遵道得歸。翼日，腹大痛；溺綠色，似銅青，著物能染，亦無溺氣，三日乃已。往驗故處，則肴骨狼藉，四圍叢莽，並無道路。至中秋，郭欲赴約，朋友諫止之。設斗膽再往一會青娘子，必更有異，惜乎其見之搖也！

死僧

某道士，雲游日暮，投止野寺。見僧房扃閉，遂藉蒲團，趺坐廊下。夜既靜，聞啓闔聲，旋見一僧來，渾身血污，目中若不見道士，道士亦若不見之。僧直入殿，登佛座，抱佛頭而笑，久之乃去。及明，視室，門扃如故。怪之，入村道所見。眾如寺，發扃驗之，則僧殺死在地，室中席篋掀騰，知為盜劫。疑鬼笑有因；共驗佛首，見腦後有微痕，刓之，內藏三十餘金。遂用以葬之。

異史氏曰：「諺有之：『財連於命。』不虛哉！夫人儉嗇封殖，以予所不知誰何之人，亦已癡矣；況僧並不知誰何之人而無之哉！生不肯享，死猶顧而笑之，財奴之可歎如此。佛云：『一文將不去，誰有業隨身。』其僧之謂夫！」

阿英

甘玉，字璧人，廬陵人，父母早喪。遺弟珏，字雙璧。始五歲，從兄鞠養；玉性友愛，撫弟如子。後珏漸長，丰姿秀出，又惠能文。玉益愛之，每曰：「吾弟表表，不可以無良匹。」然簡拔過刻，姻卒不就。適讀書匡山僧寺，夜初就枕，聞窗外有女子聲。窺之，見三四女郎席地坐，數婢陳肴酒，皆殊色也。一女曰：「秦娘子，阿英何不來？」下座者曰：「昨自函谷來，被惡人傷右臂，不能同游，方用恨恨。」一女曰：「前宵一夢大惡，今猶汗悸。」下座者搖手曰：「莫道莫道！今宵姊妹歡會，言之嚇人不快。」女笑曰：「婢子何膽怯爾爾！便有虎狼銜去耶？若要勿言，須歌一曲，為娘行侑酒。」女低吟曰：「閒階桃花取次開，昨日踏青小約未應乖。咐囑東鄰女伴少待莫相催，著得鳳頭鞋子即當來。」吟罷，一座無不歎賞。

談笑間，忽一偉丈夫岸然自外入，鶻睛熒熒，其貌獰醜。眾啼曰：「妖至矣！」倉卒鬨然，殆如鳥散。惟歌者婀娜不前，被執哀啼，強與支撐。丈夫吼怒，齕手斷指，就便嚼食。女郎踣地若死。玉憐惻不可復忍，乃急袖劍拔關出，揮之，中股；股落，負痛逃去。扶女入室，面如塵土，血淋衿袖；驗其手，則右拇斷矣，裂帛代裹之。女始呻曰：「拯命之德，將何以報？」玉自初窺時，心已隱為弟謀，因告以意。女曰：「狼疾之人，不能操箕帚矣。當別為賢仲圖之。」詰其姓氏，答言：「秦氏。」玉乃展衾，俾暫休養；自乃襆被他所。曉而視之，則牀已空；意其自歸。而訪察近村，殊少此姓；廣託戚朋，並無確耗。歸與弟言，悔恨若失。珏一日偶游塗野，遇一二八女郎，姿致娟娟，顧之微笑，似將有言。因以秋波四顧而後問曰：「君甘家二郎否？」曰：「然。」曰：「君家尊曾與妾有婚姻之約，何今日欲背前盟，另訂秦家？」珏云：「小生幼孤，夙好都不曾聞，請言族閥，歸當問兄。」女曰：「無須細道，但得一言，妾當自至。」珏以未稟兄命為辭，女笑曰：「騃郎君！遂如此怕哥子耶？妾陸氏，居東山望村。三日內，當候玉音。」

乃別而去。玨歸，述諸兄嫂。兄曰：「此大謬語！父沒時，我二十餘歲，倘有是說，那得不聞？」又以其獨行曠野，遂與男兒交語，愈益鄙之。因問其貌，玨紅徹面頸，不出一言。嫂笑曰：「想是佳人。」玉曰：「童子何辨妍媸？縱美，必不及秦；待秦氏不諧，圖之未晚。」玨默而退。踰數日，玉在途，見一女子，零涕前行。垂鞭按轡而微睨之，人世殆無其匹。使僕詰焉，答曰：「我舊許甘家二郎；因家貧遠徙，遂絕耗問。近方歸，復聞郎家二三其德，背棄前盟。往問伯伯甘璧人，焉置妾也？」玉驚喜曰：「甘璧人，即我是也。先人曩約，實所不知。去家不遠，請即歸謀。」乃下騎授轡，步御以歸。女自言：「小字阿英。家無昆季，惟外姊秦氏同居。」始悟麗者即其人也。玉欲告諸其家，女固止之。竊喜弟得佳婦，然恐其佻達招議。久之，女殊矜莊，又嬌婉善言。母事嫂，嫂亦雅愛慕之。值中秋，夫妻方狎宴，嫂招之。玨意悵惘。女遣招者先行，約以繼至；而端坐笑言，良久殊無去志。玨恐嫂待久，故連促之。女但笑，卒不復去。質旦，晨妝甫竟，嫂自來撫問：「夜來相對，何爾怏怏？」女微哂之。玨覺有異，質對參差，嫂大駭：「苟非妖物，何得有分身術？」玉亦懼，隔簾而告之曰：「家世積德，曾無怨仇。如其妖也，請速行，幸勿殺吾弟！」女靦然曰：「妾本非人，只以阿翁夙盟，故秦家姊以此勸駕。自分不能育男女，嘗欲辭去，所以戀戀者，為兄嫂待我不薄耳。今既見疑，請從此訣。」轉眼化為鸚鵡，翩然逝矣。

初，甘翁在時，蓄一鸚鵡甚慧，嘗自投餌。時玨四五歲，問：「飼鳥何為？」父戲曰：「將以為汝婦。」間鸚鵡乏食，則呼玨云：「不將餌去，餓煞媳婦矣！」家人亦皆以此為戲。後斷鎖亡去。始悟舊約云即此也。然玨明知非人，而思之不置；嫂懸情猶切，旦夕啜泣。玉悔之而無如何。後二年，為弟聘姜氏女，意終不自得。有表兄為粵司李，玉往省之，久不歸。適土寇為亂，近村里落，半為丘墟。玨大懼，率家人避山谷。山上男女頗雜，都不知其誰何。忽聞女子小語，絕類英，嫂促玨近驗之，果英。玨喜極，捉臂不釋。女乃謂同行者曰：「姊且去，我望嫂嫂來。」既至，嫂望見悲哽。女慰勸再三，又謂：「此非樂土。」因勸令歸。眾懼寇至，女固言：「不妨。」乃相將俱歸。女撮土攔戶，囑安居勿出，坐數語，反身欲去。嫂急握其腕，又令兩婢捉左右足，女不得已，止焉。然不甚歸私室；珏訂之三四，始為之一往。嫂每謂新婦不能當叔意。女遂早起為姜理妝，梳竟，細勻鉛黃，人視之，豔增數倍；如此三日，居然麗人。嫂奇之，因言：「我又無子。欲購一妾，姑未遑暇。不知婢輩可塗澤否？」女曰：「無人不可轉移，但質美者易為力耳。」遂遍相諸婢，惟一黑醜者，有宜男相。乃喚與洗濯，已而以濃粉雜藥末塗之，如是三日，面赤漸黃；四七日，脂澤沁入肌理，居然可觀。日惟閉門作笑，並不計及兵火。一夜，噪聲四起，舉家不知所謀。俄聞門外人馬鳴動，紛紛俱去。既明，始知村中焚掠殆盡；盜縱羣隊窮搜，凡伏匿巖穴者，悉被殺擄。遂益德女，目之以神。女忽謂嫂曰：「妾此來，徒以嫂義難忘，聊分離亂之憂。阿伯行至，妾在此，如諺所云，非李非桃，可笑人也。我姑去，當乘間一相望耳。」嫂問：「行人無恙乎？」曰：「近中有大難。此無與他人事，秦家姊受恩奢，意必報之，固當無妨。」嫂挽之過宿，未明已去。玉自東粵歸，聞亂，兼程進。途遇寇，主僕棄馬，各以金束腰間，潛身叢棘中。一秦吉了飛集棘上，展翼覆之。視其足，缺一指，心異之。俄而羣盜四合，繞莽殆遍，似尋之。二人氣不敢息。盜既散，鳥始翔去。既歸，各道所見。始知秦吉了即所救麗者也。後值玉他出不歸，英必暮至；計玉將歸而蚤出。珏或會於嫂所，間邀之，則諾而不赴。一夕，玉他往，珏意英必至；潛伏候之。未幾，英果來，暴起，要遮而歸於室。女曰：「妾與君情緣已盡，強合之，恐為造物所忌。少留有餘，時作一面之會，如何？」珏不聽，卒與狎。天明，詣嫂，嫂怪之。女笑云：「中途為強寇所劫，勞嫂懸望矣。」數語趨出。居無何，有巨狸啣鸚鵡經寢門過。嫂駭絕，固疑是英。時方沐，輟洗急號，羣起譟擊，始得之。左翼沾血，奄存餘息。抱置膝頭，撫摩良久，始漸醒。自以喙理其翼。少選，飛繞中室，呼曰：「嫂嫂，別矣！吾怨珏也！」振翼遂去，不復來。

橘樹

陝西劉公，為興化令。有道士來獻盆樹；視之，則小橘細裁如指，擯弗受。劉有幼女，時六七歲，適值初度。道士云：「此不足供大人清玩，聊祝女公子福壽耳。」乃受之。女一見，不勝愛悅，寘諸閨闥，朝夕護之惟恐傷。劉任滿，橘盈把矣。是年初結實。簡裝將行，以橘重贅，謀棄之。女抱樹嬌啼。家人紿之曰：「暫去，且將復來。」女信之，涕始止。又恐為大力者負之而去，立視家人，移栽墀下，乃行。女歸，受莊氏聘。莊丙戌登進士，釋褐為興化令，夫人大喜。竊意十餘年橘不復存，及至，則橘已十圍，實纍纍以千計。問之故役，皆云：「劉公去後，橘甚茂而不實，此其初結也。」更奇之。莊任三年，繁實不懈；第四年，憔悴無少華。夫人曰：「君任此不久矣。」至秋，果解任。

異史氏曰：「橘其有夙緣於女與？何遇之巧也。其實也似感恩，其不華也似傷離。物猶如此，而況於人乎？」

赤字

順治乙未冬夜，天上赤字如火。其文云：「白茗代靖否復議朝治馳。」

牛成章

牛成章，江西之布商也。娶鄭氏，生子女各一。牛三十三歲病死。子名忠，時方十二；女八九歲而已。母不能貞，貨產入囊，改醮而去，遺兩孤，難以存濟。有牛從嫂，年已六袠，貧寡無歸，送與居處。數年，嫗死，家益替。而忠漸長，思繼父業而苦無資。妹適毛姓，毛富賈也，女哀婿假數十金付兄。兄從人適金陵，途中遇寇，資斧盡喪，飄蕩不能歸。偶趨典肆，見主肆者絕類其父；出而潛察之，姓字皆符，駭異不諭其故。惟日流連其旁，以窺意旨，而其人亦略不顧問。如此三日，觀其言笑舉止，真父無訛。即又不敢拜識；乃自陳於羣小，求以同鄉之故，進身為傭。立券已，主人視其里居、姓氏，似有所動，問所從來。忠泣訴父名。主人悵然若失，久之，問：「而母無恙乎？」忠又不敢謂父死，婉應曰：「我父六年前，經商不返，母醮而去。幸有伯母撫育，不然，葬溝瀆久矣。」主人慘然曰：「我即是汝父也。」於是握手悲哀。又導入參其後母。後母姬，年三十餘，無出，得忠喜，設宴寢門。牛終欷歔不樂，即欲一歸故里。妻慮肆中乏人，故止之。牛乃率子紀理肆務；居之三月，乃以諸籍委子，取裝西歸。既別，忠實以父死告母。姬乃大驚，言：「彼負販於此，曩所與交好者，留作當商，娶我已六年矣，何言死耶？」忠又細述之。相與疑念，不喻其由。踰一晝夜，而牛已返，攜一婦人，頭如蓬葆，忠視之，則其所生母也。牛摘耳頓罵：「何棄吾兒！」婦懾伏不敢少動。牛以口齕其項，婦呼忠曰：「兒救吾！兒救吾！」忠大不忍，橫身蔽鬲其間。牛猶忿怒，婦已不見。眾大驚，相譁以鬼。旋視牛，顏色慘變，委衣於地，化為黑氣，亦尋滅矣。母子駭歎，舉衣冠而瘞之。忠席父業，富有萬金。後歸家問之，則嫁母於是日死，一家皆見牛成章云。

青娥

霍桓，字匡九，晉人也。父官縣尉，早卒。遺生最幼，聰惠絕人，十一歲，以神童入泮。而母過於愛惜，禁不令出庭戶，年十三，尚不能辨叔伯甥舅焉。同里有武評事者，好道，入山不返。有女青娥，年十四，美異常倫。幼時竊讀父書，慕何仙姑之為人。父既隱，立志不嫁，母無奈之。一日，生於門外瞥見之。童子雖無知，祇覺愛之極，而不能言；直告母，使委禽焉。母知其不可，故難之，生鬱鬱不自得。母恐拂兒意，遂託往來者致意武，果不諧。生行思坐籌，無以為計。會有一道士在門，手握小鑱，長裁尺許，生借閱一過，問：「將何用？」答云：「此劚藥之具；物雖微，堅石可入。」生未深信。道士即以斫牆上石，應手落如腐。生大異之，把玩不釋於手，道士笑曰：「公子愛之，即以奉贈。」生大喜，酬之以錢，不受而去。持歸，歷試磚石，略無隔閡。頓念穴牆則美人可見，而不知其非法也。更定，踰垣而出，直至武第；凡穴兩重垣，始達中庭。見小廂中，尚有燈火，伏窺之，則青娥卸晚妝矣。少頃，燭滅，寂無聲，穿墉入，女已熟眠。輕解雙履，悄然登榻；又恐女郎驚覺，必遭訶逐，遂潛伏繡褶之側，略聞香息，心願竊慰。而半夜經營，疲殆頗甚，少一合眸，不覺睡去。女醒，聞鼻氣休休；開目，見穴隙亮入。大駭，急起，暗中拔關輕出，敲窗喚家人婦，共爇火操杖以往。見一總角書生，酣眠繡榻；細審，識為霍生。推之始覺，遽起，目灼灼如流星，似亦不大畏懼，但靦然不作一語。眾指為賊，恐呵之。始出涕曰：「我非賊，實以愛娘子故，願以近芳澤耳。」眾又疑穴數重垣，非童子所能者。生出鑱以言異。共試之，駭絕，訝為神授。將共告諸夫人。女俛首沈思，意似不以為可。眾窺知女意，因曰：「此子聲名門第，殊不辱玷。不如縱之使去，俾復求媒焉。詰旦，假盜以告夫人，如何也？」女不答。眾乃促生行。生索鑱，共笑曰：「騃兒童！猶不忘凶器耶？」生覷枕邊，有鳳釵一股。陰納袖中。已為婢子所窺，急白之，女不言亦不怒。一媼拍頸曰：「莫道他騃若，意念乖絕也！」

乃曳之，仍自竇中出。

既歸，不敢實告母，但囑母復媒致之。母不忍顯拒，惟遍託媒氏，急為別覓良姻。青娥知之，中情惶急，陰使腹心者風示媼。媼悅，託媒往。會小婢漏洩前事，武夫人辱之，不勝恚憤。媒至，益觸其怒，以杖畫地，罵生並及其母。媒懼竄歸，具述其狀。生母亦怒曰：「不肖兒所為，我都夢夢。何遂以無禮相加！當交股時，何不將蕩兒淫女一併殺卻？」由是見其親屬，輒便披訴。女聞，愧欲死，武夫人大悔，而不能禁之使勿言也。女陰使人婉致生母，且矢之以不他，其詞悲切。母感之，乃不復言；而論親之媒，亦遂輟矣。會秦中歐公宰是邑，見生文，深器之，時召入內署，極意優寵。一日，問生：「婚乎？」答言：「未。」細詰之，對曰：「夙與故武評事女小有盟約；後以微嫌，遂致中寢。」問：「猶願之否？」生靦然不言。公笑曰：「我當為子成之。」即委縣尉、教諭，納幣於武。夫人喜，婚乃定。踰歲，娶歸。女入門，乃以鑱擲地曰：「此寇盜物，可將去！」生笑曰：「勿忘媒妁。」珍佩之恆不去身。女為人溫良寡默，一日三朝其母；餘惟閉門寂坐，不甚留心家務。母或以弔慶他往，則事事經紀，罔不井井。年餘，生一子孟仙。一切委之乳保，似亦不甚顧惜。又四五年，忽謂生曰：「歡愛之緣，於茲八載。今離長會短，可將奈何！」生驚問之，即已默默，盛妝拜母，返身入室。追而詰之，則仰眠榻上而氣絕矣。母子痛悼，購良材而葬之。母已衰邁，每每抱子思母，如摧肺肝，由是遘病，遂憊不起。逆害飲食，但思魚羹，而近地則無，百里外始可購致。時廝騎皆被差遣；生性純孝，急不可待，懷資獨往，晝夜無停趾。返至山中，日已沈冥，兩足跛踦，步不能咫。後一叟至，問曰：「足得毋泡乎？」生唯唯。叟便曳坐路隅，敲石取火，以紙裹藥末，熏生兩足訖。試使行，不惟痛止，兼益矯健。感極申謝，叟問：「何事汲汲？」答以母病，因歷道所由。叟問：「何不另娶？」答云：「未得佳者。」叟遙指山村曰：「此處有一佳人，倘能從我去，僕當為君作伐。」生辭以母病待魚，姑不遑暇。叟乃拱手，約以異日入村，但問老王，乃別而去。生歸，烹魚獻母，母略進，數日尋瘳。乃命僕馬往尋叟，至舊處，迷村所在。周章踰時，夕暾漸墜；山谷甚雜，又不可以極望。乃與僕上山頭，以瞻里落；而山逕崎嶇，苦不可復騎，跋履而上，昧色籠煙矣。蹀躞四望，更無村落。方將下山，而歸路已迷，心中燥火如燒。荒竄間，冥墮絕壁，幸數尺下有一綫荒臺，墜臥其上，闊僅容身，下視黑不見底。懼極不敢少動。又幸崖邊皆生小樹，約體如欄。移時，見足旁有小洞口；心竊喜，以背著石，螬行而入。意稍穩，冀天明可以呼救。少頃，深處有光如星點。漸近之，約三四里許，忽睹廊舍，並無釭燭，而光明若晝。一麗人自房中出，視之，則青娥也。見生，驚曰：「郎何能來？」生不暇陳，抱袪嗚惻。女勸止之，問母及兒，生悉述苦況，女亦慘然。生曰：「卿死年餘，此得無冥間耶？」女曰：「非也，此乃仙府。曩時非死，所瘞，一竹杖耳。郎今來，仙緣有分也。」因導令朝父，則一修髯丈夫，坐堂上；生趨拜。女曰：「霍郎來。」翁驚起，握手略道平素。曰：「婿來大好，分當留此。」生辭以母望，不能久留。翁曰：「我亦知之。但遲三數日，即亦何傷。」乃餌以肴酒，即令婢設榻於西堂，施錦裀焉。生既退，約女同榻寢，女卻之曰：「此何處，可容狎褻？」生捉臂不舍。窗外婢子笑聲嗤然，女益慚。方爭拒間，翁入，叱曰：「俗骨污吾洞府！宜即去！」生素負氣，愧不能忍，作色曰：「兒女之情，人所不免，長者何當伺我？無難即去，但令女須便將隨。」翁無辭，招女隨之，啓後戶送之；賺生離門，父子闔扉去。回首峭壁巉岩，無少隙縫，隻影煢煢，罔所歸適。視天上斜月高揭，星斗已稀。悵悵良久，悲已而恨，面壁叫號，迄無應者。憤極，腰中出鑱，鑿石攻進，且攻且罵。瞬息洞入三四尺許。隱隱聞人語曰：「孽障哉！」生奮力鑿益急。忽洞底豁開二扉，推娥出曰：「可去，可去！」壁即復合。女怨曰：「既愛我為婦，豈有待丈人如此者？是何處老道士，授汝凶器，將人纏混欲死？」生得女，意願已慰，不復置辨；但憂路險難歸。女折兩枝，各跨其一，即化為馬，行且駛，俄頃至家。時失生已七日矣。初生之與僕相失也，覓之不得，歸而告母。母遣人窮搜山谷，並無蹤緒。正憂惶所，聞子自歸，歡喜承迎。舉首見婦，幾駭絕。生略述之，母益忻慰。女以行迹詭異，慮駭物聽，求即播遷。母從之。異郡有別業，刻期徙往，人莫之知。偕居十八年，生一女，適同邑李氏。後母壽終。女謂生曰：「吾家茅田中，有雉抱八卵，其地可葬。汝父子扶櫬歸窆。兒已成立，宜即留守廬墓，無庸復來。」生從其言，葬後自返。月餘，孟仙往省之，而父母俱杳。問之老奴，則云：「赴葬未還。」心知其異，浩歎而已。孟仙文名甚譟，而困於場屋，四旬不售。後以拔貢入北闈，遇同號生，年可十七八，神采俊逸，愛之。視其卷，註順天廩生霍仲仙。瞪目大駭，因自道姓名。仲仙亦異之，便問鄉貫，孟悉告之。仲仙喜曰：「弟赴都時，父囑文場中如逢山右霍姓者，吾族也，宜與款接，今果然矣。顧何以名字相同如此？」孟仙因詰高、曾，並嚴、慈姓諱，已而驚曰：「是我父母也！」仲仙疑年齒之不類。孟仙曰：「我父母皆仙人，何可以貌信其年歲乎？」因述往迹，仲仙始信。場後不暇休息，命駕同歸。才到門，家人迎告，是夜失太翁及夫人所在。兩人大驚。仲仙入而詢諸婦，婦言：「昨夕尚共杯酒，母謂：『汝夫婦少不更事。明日大哥來，吾無慮矣。』早旦入室，則闃無人類。」兄弟聞之，頓足悲哀。仲仙猶欲追覓，孟仙以為無益，乃止。是科仲領鄉薦。以晉中祖墓所在，從兄而歸。猶冀父母尚在人間，隨在探訪，而終無蹤迹矣。

異史氏曰：「鑽穴眠榻，其意則癡；鑿壁罵翁，其行則狂；仙人之撮合之者，惟欲以長生報其孝耳。然既混迹人間，狎生子女，則居而終焉，亦何不可？乃三十年而屢棄其子，抑獨何哉？異已！」

鏡聽

益都鄭氏兄弟，皆文學士。大鄭早知名，父母嘗過愛之，又因子並及其婦；二鄭落拓，不甚為父母所歡，遂惡次婦，至不齒禮。冷暖相形，頗存芥蒂。次婦每謂二鄭：「等男子耳，何遂不能為妻子爭氣？」遂擯弗與同宿。於是二鄭感憤，勤心銳思，亦遂知名。父母稍稍優顧之，然終殺於兄。次婦望夫綦切，是歲大比，竊於除夜以鏡聽卜。有二人初起，相推為戲，云：「汝也涼涼去！」婦歸，凶吉不可解，亦置之。闈後，兄弟皆歸。時暑氣猶盛，兩婦在廚下炊飯餉耕，其熱正苦。忽有報騎登門，報大鄭捷，母入廚喚大婦曰：「大男中式矣！汝可涼涼去。」次婦忿惻，泣且炊。俄又有報二鄭捷者，次婦力擲餅杖而起，曰：「儂也涼涼去！」此時中情所激，不覺出之於口；既而思之，始知鏡聽之驗也。

異史氏曰：「貧窮則父母不子，有以也哉！庭幃之中，固非憤激之地；然二鄭婦激發男兒，亦與怨望無賴者殊不同科。投杖而起，真千古之快事也！」

牛瘟

陳華封，蒙山人。以盛暑煩熱，枕籍野樹下。忽一人奔波而來，首著圍領，疾趨樹陰，掬石而坐，揮扇不停，汗下如流瀋。陳起座，笑曰：「若除圍領，不扇可涼。」客曰：「脫之易，再著難也。」就與傾談，頗極蘊藉。既而曰：「此時無他想，但得冰浸良醞，一道冷芳，度下十二重樓，暑氣可消一半。」陳笑曰：「此願易遂，僕當為君償之。」因握手曰：「寒舍伊邇，請即迂步。」客笑而從之。至家，出藏酒於石洞，其涼震齒。客大悅，一舉十觥。日已就暮，天忽雨；於是張燈於室，客乃解除領巾，相與磅礴。語次，見客腦後，時漏燈光，疑之。無何，客酩酊，眠榻上。陳移燈竊窺之，見耳後有巨穴，戔大；數道厚膜，間鬲如櫺；櫺外軟革垂蔽，中似空空。駭極，潛抽髻簪，撥膜覷之，有一物，狀類小牛，隨手飛出，破窗而去。益駭，不敢復撥。方欲轉步，而客已醒。驚曰：「子窺見吾隱矣！放牛瘟出，將為奈何？」陳拜詰其故，客曰：「今已若此，尚復何諱。實相告：我六畜瘟神耳。適所縱者牛瘟，恐百里內牛無種矣。」陳故以養牛為業，聞之大恐，拜求術解。客曰：「余且不免於罪，其何術之能解？惟苦參散最效，其廣傳此方，勿存私念可也。」言已，謝別出門，又掬土堆壁龕中，曰：「每用一合亦效。」拱不復見。居無何，牛果病，瘟疫大作。陳欲專利，祕其方，不肯傳；惟傳其弟。弟試之神驗。而陳自剉啖牛，殊罔所效。有牛兩百蹄躈，倒斃殆盡；遺老牡牛四五頭，亦逡巡就死。中心懊惱，無所用力。忽憶龕中掬土，念未必效，姑妄投之，經夜，牛乃盡起。始悟藥之不靈，乃神罰其私也。後數年，牝牛繁育，漸復其故。

金姑夫

會稽有梅姑祠。神故馬姓，族居東莞，未嫁而夫早死，遂矢志不醮，三旬而卒。族人祠之，謂之梅姑。丙申，上虞金生，赴試經此，入廟徘徊，頗涉冥想。至夜，夢青衣來，傳梅姑命招之。從去，入祠，梅姑立候簷下，笑曰：「蒙君寵顧，實切依戀。不嫌陋拙，願以身為姬侍。」金唯唯。梅姑送之曰：「君且去。設座成，當相迓耳。」醒而惡之。是夜，居人夢梅姑曰：「上虞金生，今為吾婿，宜塑其像。」詰旦，村人語夢悉同。族長恐玷其貞，以故不從。未幾，一家俱病。大懼，為肖像於左。既成，金生告妻子曰：「梅姑迎我矣。」衣冠而死。妻痛恨，詣祠指女像穢罵；又升座批頰數四，乃去。今馬氏呼為金姑夫。

異史氏曰：「未嫁而守，不可謂不貞矣。為鬼數百年，而始易其操，抑何其無恥也？大抵貞魂烈魄，未必即依於土偶；其廟貌有靈，驚世而駭俗者，皆鬼狐憑之耳。」

梓潼令

常進士大忠，太原人。候選在都。前一夜，夢文昌投刺。拔籤，得梓潼令，奇之。後丁艱歸，服闋候補，又夢如前。默思豈復任梓潼乎？已而果然。

鬼津

李某晝臥，見一婦人自牆中出，蓬首如筐，髮垂蔽面；至牀前，始以手自分，露面出，肥黑絕醜。某大懼，欲奔。婦猝然登牀，力抱其首，便與接脣，以舌度津，冷如冰塊，浸浸入喉。欲不嚥而氣不得息，嚥之稠粘塞喉。才一呼吸，而口中又滿，氣急復嚥之。如此良久，氣閉不可復忍。聞門外有人行聲，婦始釋手去。由此腹脹喘滿，數十日不食。或教以參蘆湯探吐之，吐出物如卵清，病乃瘥。

仙人島

王勉，字黽齋，靈山人。有才思，屢冠文場，心氣頗高，善誚罵，多所凌折。偶遇一道士，視之曰：「子相極貴，然被『輕薄孽』折除幾盡矣。以子智慧，若反身修道，尚可登仙籍。」王嗤曰：「福澤誠不可知，然世上豈有仙人！」道士曰：「子何見之卑？無他求，即我便是仙耳。」王乃益笑其誣。道士曰：「我何足異。能從我去，真仙數十，可立見之。」問：「在何處？」曰：「咫尺耳。」遂以杖夾股間，即以一頭授生，令如己狀。囑合眼，呵曰：「起！」覺杖粗如五斗囊，凌空翕飛，潛捫之，鱗甲齒齒焉。駭懼，不敢復動。移時，又呵曰：「止！」即抽杖去，落巨宅中，重樓延閣，類帝王居。有臺高丈餘，臺上殿十一楹，弘麗無比。道士曳客上，即命童子設筵招賓。殿上列數十筵，鋪張炫目。道士易盛服以伺。少頃，諸客自空中來，所騎，或龍，或虎，或鸞鳳，不一類。又各攜樂器。有女子，有丈夫，有赤其兩足。中獨一麗者，跨彩鳳；宮樣妝束，有侍兒代抱樂具，長五尺以來，非琴非瑟，不知其名。酒既行，珍肴雜錯，入口甘芳，並異常饈。王默然寂坐，惟目注麗者，然心愛其人，而又欲聞其樂，竊恐其終不一彈。酒闌，一叟倡言曰：「蒙崔真人雅召，今日可云盛會，自宜盡歡。請以器之同者，共隊為曲。」於是各合配旅。絲竹之聲，響徹雲漢。獨有跨鳳者，樂伎無偶。羣聲既歇，侍兒始啓繡囊，橫陳几上。女乃舒玉腕，如搊箏狀，其亮數倍於琴，烈足開胸，柔可蕩魄。彈半炊許，合殿寂然，無有欬者。既闋，鏗爾一聲，如擊清磬。並贊曰：「雲和夫人絕技哉！」大眾皆起告別，鶴唳龍吟，一時並散。道士設寶榻錦衾，備生寢處。王初睹麗人，心情已動；聞樂之後，涉想尤勞。念己才調，自合芥拾青紫，富貴後何求弗得。頃刻百緒，亂如蓬麻。道士似已知之，謂曰：「子前身與我同學，後緣意念不堅，遂墜塵網。僕不自他於君，實欲拔出惡濁；不料迷晦已深，夢夢不可提悟。今當送君行。未必無復見之期，然作天仙須再劫矣。」遂指階下長石，令閉目坐，堅囑無視。已，乃以鞭驅石。石飛起，風聲灌耳，不知所行幾許。忽念下方景界，未審何似；隱將兩眸微開一綫，則見大海茫茫，渾無邊際。大懼，即復合，而身已隨石俱墮，砰然一聲，汩沒若鷗。幸夙近海，略諳泅浮。聞人鼓掌曰：「美哉跌乎！」危殆方急，一女子援登舟上，且曰：「吉利，吉利，秀才『中涇』矣！」視之，年可十六七，顏色豔麗。王出水寒慄，求火燎之。女子言：「從我至家，當為處置。苟適意，勿相忘。」王曰：「是何言哉！我中原才子，偶遭狼狽，過此圖以身報，何但不忘！」女子以棹催艇，疾如風雨，俄已近岸。於艙中攜所采蓮花一握，導與俱去。半里許入村，見朱戶南開，進歷數重門，女子先馳入。少間，一丈夫出，是四十許人，揖王升階，命侍者取冠袍襪履，為王更衣。既，詢邦族。王曰：「某非相欺，才名略可聽聞。崔真人切切眷戀，招昇天闕。自分功名反掌，以故不願棲隱。」丈夫起敬曰：「此名仙人島，遠絕人世。文若，姓桓。世居幽僻，何幸得近名流。」因而慇懃置酒。又從容而言曰：「僕有二女，長者芳雲，年十六矣，祗今未遭良匹，欲以奉侍高人，如何？」王意必采蓮人，離席稱謝。桓命於鄰黨中，招二三齒德來。顧左右，立喚女郎。無何，異香濃射，美姝十餘輩，擁芳雲出，光豔明媚，若芙蕖之映朝日。拜已，即坐，羣姝列侍，則采蓮人亦在焉。酒數行，一垂髫女自內出，僅十餘齡，而姿態秀曼，笑依芳雲肘下，秋波流動。桓曰：「女子不在閨中，出作何務？」乃顧客曰：「此綠雲，即僕幼女。頗惠，能記典、墳矣。」因令對客吟詩，遂誦竹枝詞三章，嬌婉可聽，便令傍姊隅坐。桓因謂：「王郎天才，宿構必富，可使鄙人得聞教乎？」王即慨然誦近體一作，顧盼自雄，中二句云：「一身剩有鬚眉在，小飲能令塊磊消。」鄰叟再三誦之。芳雲低告曰：「上句是孫行者離火雲洞，下句是豬八戒過子母河也。」一座撫掌。桓請其他。王述水鳥詩云：「瀦頭鳴格磔，……」忽忘下句。甫一沈吟，芳雲向妹呫呫耳語，遂掩口而笑。綠雲告父曰：「渠為姊夫續下句矣。云：『狗腚響弸巴。』」合席粲然。王有慚色。桓顧芳雲，怒之以目。王色稍定，桓復請其文藝。王意世外人必不知八股業，乃炫其冠軍之作，題為「孝哉閔子騫」二句，破云：「聖人贊大賢之孝……」綠雲顧父曰：「聖人無字門人者，『孝哉……』一句，即是人言。」王聞之，意興索然。桓笑曰：

「童子何知！不在此，只論文耳。」王乃復誦，每數句，姊妹必相耳語，似是月旦之詞，但嚅囁不可辨。王誦至佳處，兼述文宗評語，有云：「字字痛切。」綠雲告父曰：「姊云：『宜刪「切」字。』」眾都不解。桓恐其語嫚，不敢研詰。王誦畢，又述總評，有云：「羯鼓一撾，則萬花齊落。」芳雲又掩口語妹，兩人皆笑不可仰。綠雲又告曰：「姊云：『羯鼓當是四撾。』」眾又不解。綠雲啓口欲言，芳雲忍笑訶之曰：「婢子敢言，打煞矣！」眾大疑，互有猜論。綠雲不能忍，乃曰：「去『切』字，言『痛』則『不通』。鼓四撾，其聲云『不通又不通』也。」眾大笑。桓怒訶之。因而自起泛卮，謝過不遑。王初以才名自詡，目中實無千古；至此，神氣沮喪，徒有汗淫。桓諛而慰之曰：「適有一言，請席中屬對焉：『王子身邊，無有一點不似玉。』」眾未措想，綠雲應聲曰：「黽翁頭上，再著半夕即成龜。」芳雲失笑，呵手扭脅肉數四。綠雲解脫而走，回顧曰：「何預汝事！汝罵之頻頻，不以為非；寧他人一句，便不許耶？」桓咄之，始笑而去。鄰叟辭別。諸婢導夫妻入內寢，燈燭屏榻，陳設精備。又視洞房中，牙籤滿架，靡書不有。略致問難，響應無窮。王至此，始覺望洋堪羞。女喚「明璫」，則采蓮者趨應，由是始識其名。屢受誚辱，自恐不見重於閨闥；幸芳雲語言雖虐，而房幃之內，猶相愛好。王安居無事，輒復吟哦。女曰：「妾有良言，不知肯嘉納否？」問：「何言？」曰：「從此不作詩，亦藏拙之一道也。」王大慚，遂絕筆。久之，與明璫漸狎。告芳雲曰：「明璫與小生有拯命之德，願少假以辭色。」芳雲乃即許之。每作房中之戲，招與共事，兩情益篤，時色授而手語之。芳雲微覺；責詞重疊；王惟喋喋，強自解免。一夕，對酌，王以為寂，勸招明璫。芳雲不許，王曰：「卿無書不讀，何不記『獨樂樂』數語？」芳雲曰：「我言君不通，今益驗矣。句讀尚不知耶？『獨要，乃樂於人要；問樂，孰要乎？曰：不。』」一笑而罷。適芳雲姊妹赴鄰女之約，王得間，急引明璫，綢繆備至。當晚，覺小腹微痛，痛已，而前陰盡腫。大懼，以告芳雲。雲笑曰：「必明璫之恩報矣！」王不敢隱，實供之。芳雲曰：「自作之殃，實無可以方略。既非痛癢，聽之可矣。」數日不瘳，憂悶寡歡。芳雲知其意，亦不問訊，但凝視之，秋水盈盈，朗若曙星。王曰：「卿所謂『胸中正，則眸子瞭焉』。」芳雲笑曰：「卿所謂『胸中不正，則瞭子眸焉』。」蓋「沒有」之「沒」，俗讀似「眸」，故以此戲之也。王失笑，哀求方劑。曰：「君不聽良言，前此未必不疑妾為妒意。不知此婢，原不可近。曩實相愛，而君若東風之吹馬耳，故唾棄不相憐。無已，為若治之。然醫師必審患處。」乃探衣而咒曰：「『黃鳥黃鳥，無止于楚！』」王不覺大笑，笑已而瘳。踰數月，王以親老子幼，每切懷憶。以意告女。女曰：「歸即不難，但會合無日耳。」王涕下交頤，哀與同歸，女籌思再三，始許之，桓翁張筵祖餞。綠雲提籃入，曰：「姊姊遠別，莫可持贈。恐至海南，無以為家，夙夜代營宮室，勿嫌草創。」芳雲拜而受之。近而審諦，則用細草製為樓閣，大如橼，小如橘，約二十餘座，每座梁棟榱題，歷歷可數；其中供帳牀榻，類麻粒焉。王兒戲視之，而心竊歎其工。芳雲曰：「實於君言：我等皆是地仙。因有夙分，遂得陪從。本不欲踐紅塵，徒以君有老父，故不忍違。待父天年，須復還也。」王敬諾。桓乃問：「陸耶？舟耶？」王以風濤險，願陸。出則車馬已候於門。謝別而邁，行蹤騖駛。俄至海岸，王心慮其無途。芳雲出素練一疋，望南拋去，化為長堤，其闊盈丈。瞬息馳過，堤亦漸收。至一處，潮水所經，四望遼邈。芳雲止勿行，下車取籃中草具，偕明璫數輩，佈置如法，轉眼化為巨第。並入解裝，則與島中居無稍差殊，洞房內几榻宛然。時已昏暮，因止宿焉。早旦，命王迎養。王命騎趨詣故里，至則居宅已屬他姓。問之里人，始知母及妻皆已物故，惟老父尚存。子善博，田產並盡，祖孫莫可棲止，暫僦居於西村。王初歸時，尚有功名之念，不恝於懷；及聞此況，沈痛大悲，自念富貴縱可攜取，與空花何異。驅馬至西村，見父衣服滓敝，衰老堪憐。相見，各哭失聲。問不肖子，則出賭未歸。王乃載父而還。芳雲朝拜已畢，燂湯請浴，進以錦裳，寢以香舍。又遙致故老與談讌，享奉過於世家。子一日尋至其處，王絕之，不聽入，但予以廿金，使人傳語曰：「可持此買婦，以圖生業。再來，則鞭打立斃矣！」子泣而去。王自歸，不甚與人通禮；然故人偶至，必延接盤桓，撝抑過於平日。獨有黃子介，夙與同門學，亦名士之坎坷者，王留之甚久，時與祕語，賂遺甚厚。居三四年，王翁卒，王萬錢卜兆，營葬盡禮。時子已娶婦，婦束男子嚴，子賭亦少間矣；是日臨喪，始得拜識姑嫜。芳雲一見，許其能家，賜三百金為田產之費。翼日，黃及子同往省視，則舍宇全渺，不知所在。

異史氏曰：「佳麗所在，人且於地獄中求之，況享受無窮乎？地仙許攜姝麗，恐帝闕下虛無人矣。輕薄減其祿籍，理固宜然，豈仙人遂不之忌哉？彼婦之口，抑何其虐也！」

閻羅薨

巡撫某公父，先為南服總督，殂謝已久。公一夜夢父來，顏色慘慄，告曰：「我生平無多孽愆，祗有鎮師一旅，不應調而誤調之，途逢海寇，全軍盡覆；今訟於閻君，刑獄酷毒，實可畏凜。閻羅非他，明日有經歷解糧至，魏姓者是也。當代哀之，勿忘！」醒而異之，意未深信。既寐，又夢父讓之曰：「父罹厄難，尚弗鏤心，猶妖夢置之耶？」公大異之。明日，留心審閱，果有魏經歷，轉運初至，即刻傳入，使兩人捺坐，而後起拜，如朝參禮。拜已，長跽漣洏而告以故。魏不自任，公伏地不起。魏乃云：「然，其有之。但陰曹之法，非若陽世懜懜，可以上下其手，即恐不能為力。」公哀之益切。魏不得已，諾之。公又求其速理，魏籌迴慮無靜所。公請為糞除賓廨，許之。公乃起。又求一往竊聽，魏不可。強之再四，囑曰：「去即勿聲。且冥刑雖慘，與世不同，暫置若死，其實非死。如有所見，無庸駭怪。」至夜，潛伏廨側，見階下囚人，斷頭折臂者，紛雜無數。墀中置火鐺油鑊，數人熾薪其下。俄見魏冠帶出，升座，氣象威猛，迴與曩殊。羣鬼一時都伏，齊鳴冤苦。魏曰：「汝等命戕於寇，冤自有主，何得妄告官長？」眾鬼譁言曰：「例不應調，乃被妄檄前來，遂遭凶害，誰貽之冤？」魏又曲為解脫，眾鬼嗥冤，其聲訩動。魏乃喚鬼役：「可將某官赴油鼎，略入一煠，於理亦當。」察其意，似欲借此以洩眾忿。即有牛首阿旁，執公父至，即以利叉刺入油鼎。公見之，中心慘怛，痛不可忍，不覺失聲一號，庭中寂然，萬形俱滅矣。公歎吒而歸。及明，視魏，則已死於廨中。松江張禹定言之。以非佳名，故諱其人。

顛道人

顛道人，不知姓名，寓蒙山寺。歌哭不常，人莫之測，或見其煮石為飯者。會重陽，有邑貴載酒登臨，輿蓋而往，宴畢過寺，甫及門，則道人赤足著破衲，自張黃蓋，作警蹕聲而出，意近玩弄。邑貴乃慚怒，揮僕輩逐罵之。道人笑而卻走。逐急棄蓋；共毀裂之，片片化為鷹隼，四散羣飛。眾始駭，蓋柄轉成巨蟒，赤鱗耀目。眾譁欲奔。有同游者止之曰：「此不過翳眼之幻術耳，烏能噬人！」遂操刃直前。蟒張吻怒逆，吞客嚥之。眾駭，擁貴人急奔，息於三里之外。使數人逡巡往探，漸入寺，則人蟒俱無。方將返報，聞老槐內喘急如驢，駭甚。初不敢前；潛蹤移近之，見樹朽中空，有竅如盤。試一攀窺，則鬥蟒者倒植其中，而孔大僅容兩手，無術可以出之。急以刀劈樹，比樹開而人已死。踰時少蘇，舁歸。道人不知所之矣。

異史氏曰：「張蓋游山，厭氣浹於骨髓。仙人游戲三昧，一何可笑！予鄉殷生文屏，畢司農之妹夫也，為人玩世不恭。章丘有周生者，以寒賤起家，出必駕肩而行。亦與司農有瓜葛之舊。值太夫人壽，殷料其必來，先候於道，著豬皮靴，公服持手本。俟周輿至，鞠躬道左，唱曰：『淄川生員，接章丘生員！』周慚，下輿，略致數語而別。少間，同聚於司農之堂，冠裳滿座，視其服色，無不竊笑；殷傲睨自若。既而筵終出門，各命輿馬。殷亦大聲呼：『殷老爺獨龍車何在？』有二健僕，橫扁杖於前，騰身跨之。致聲拜謝，飛馳而去。殷亦仙人之亞也。」

胡四娘

程孝思，劍南人，少惠能文。父母俱早喪，家赤貧，無衣食業，求傭為胡銀臺司筆札。胡公試使文，大悅之，曰：「此不長貧，可妻也。」銀臺有三子四女，皆褓中論親於大家；只有少女四娘，孽出，母早亡，笄年未字，遂贅程。或非笑之，以為惛髦之亂命，而公弗之顧也，除館館生，供備豐隆。羣公子鄙不與同食，僕婢咸揶揄焉。生默默不較短長，研讀甚苦，眾從旁厭譏之，程讀弗輟；羣又以鳴鉦鍠聒其側，程攜卷去，讀於閨中。初，四娘之未字也，有神巫知人貴賤，遍觀之，都無諛詞；惟四娘至，乃曰：「此真貴人也！」及贅程，諸姊妹皆呼之「貴人」以嘲笑之；而四娘端重寡言，若罔聞之。漸至婢媼，亦率相呼。四娘有婢名桂兒，意頗不平，大言曰：「何知吾家郎君，便不作貴官耶？」二姊聞而嗤之曰：「程郎如作貴官，當抉我眸子去！」桂兒怒而言曰：「到爾時，恐不捨得眸子也！」二姊婢春香曰：「二娘食言，我以兩睛代之。」桂兒益恚，擊掌為誓曰：「管教兩丁盲也！」二姊忿其語侵，立批之。桂兒號譁。夫人聞知，即亦無所可否，但微哂焉。桂兒譟訴四娘；四娘方績，不怒亦不言，績自若。會公初度，諸婿皆至，壽儀充庭。大婦嘲四娘曰：「汝家祝儀何物？」二婦曰：「兩肩荷一口！」四娘坦然，殊無慚怍。人見其事事類癡，愈益狎之。獨有公愛妾李氏，三姊所自出也，恆禮重四娘，往往相顧恤。每謂三娘曰：「四娘內慧外樸，聰明渾而不露，諸婢子皆在其包羅中而不自知。況程郎晝夜攻苦，夫豈久為人下者？汝勿效尤，宜善之，他日好相見也。」故三娘每歸寧，輒加意相歡。

是年，程以公力得入邑庠。明年，學使科試士，而公適薨，程縗哀如子，未得與試。既離苫塊，四娘贈以金，使趨入「遺才」籍。囑曰：「曩久居，所不被呵逐者，徒以有老父在；今萬分不可矣！倘能吐氣，庶回時尚有家耳。」臨別，李氏、三娘賂遺優厚。程入闈，砥志研思，以求必售。無何，放榜，竟被黜。願乖氣結，難於旋里，幸囊資小泰，攜卷入都。時妻黨多任京秩，恐見誚訕，乃易舊名，詭託里居，求潛身於大人之門。東海李蘭臺見而器之，收諸幕中，資以膏火，為之納貢，使應順天舉；連戰皆捷，授庶吉士。自乃實言其故。李公假千金，先使紀綱赴劍南，為之治第。時胡大郎以父亡空匱，貨其沃墅，因購焉。既成，然後貸輿馬往迎四娘。

先是，程擢第後，有郵報者，舉宅皆惡聞之；又審其名字不符，叱去之。適三郎完婚，戚眷登堂為餪，姊妹諸姑咸在，獨四娘不見招於兄嫂，忽一人馳入，呈程寄四娘函信；兄弟發視，相顧失色。筵中諸眷客始請見四娘。姊妹惴惴，惟恐四娘啣恨不至。無何，翩然竟來。申賀者，捉坐者，寒暄者，喧雜滿屋。耳有聽，聽四娘；目有視，視四娘；口有道，道四娘也：而四娘凝重如故。眾見其靡所短長，稍就安帖，於是爭把琖酌四娘。方宴笑間，門外啼號甚急，羣致怪問。俄見春香奔入，面血沾染，共詰之，哭不能對。二娘呵之，始泣曰：「桂兒逼索眼睛，非解脫，幾抉去矣！」二娘大慚，汗粉交下。四娘漠然，合座寂無一語，各始告別。四娘盛妝，獨拜李夫人及三姊，出門登車而去。眾始知買墅者即程也。四娘初至墅，什物多闕。夫人及諸郎各以婢僕器具相贈遺，四娘一無所受；惟李夫人贈一婢，受之。居無何，程假歸展墓，車馬扈從如雲。詣岳家，禮公柩，次參李夫人。諸郎衣冠既竟，已升輿矣。

胡公沒，羣公子日競資財，柩弗顧。數年，靈寢漏敗，漸將以華屋作山丘矣。程睹之悲，竟不謀於諸郎，刻期營葬，事事盡禮。殯日，冠蓋相屬，里中咸嘉歎焉。程十餘年歷秩清顯，凡遇鄉黨厄急，罔不極力。二郎適以人命被逮，直指巡方者，為程同譜，風規甚烈。大郎浼婦翁王觀察函致之，殊無裁答，益懼。欲往求妹，而自覺無顏，乃持李夫人手書往。至都，不敢遽進。覷程入朝，而後詣之。冀四娘念手足之義，而忘睚眦之嫌。閽人既通，即有舊媼出，導入廳事，具酒饌，亦頗草草。食畢，四娘出，顏溫霽，問：「大哥人事大忙，萬里何暇枉顧？」大郎五體投地，泣述所來。四娘扶而笑曰：「大哥好男子，此何大事，直復爾爾？妹子一女流，幾曾見嗚嗚向人？」大郎乃出李夫人書。四娘曰：「諸兄家娘子，都是天人，各求父兄，即可了矣，何至奔波到此？」大郎無詞，但顧哀之。四娘作色曰：「我以為跋涉來省妹子，乃以大訟求貴人耶！」

拂袖逕入。大郎慚憤而出。歸家詳述，大小無不詬詈；李夫人亦謂其忍。逾數日，二郎釋放寧家，眾大喜，方笑四娘之徒取怨謗也。俄而四娘遣价候李夫人。喚入，僕陳金幣，言：「夫人為二舅事，遣發甚急，未遑字覆。聊寄微儀，以代函信。」眾始知二郎之歸，乃程力也。後三娘家漸貧，程施報逾於常格。又以李夫人無子，迎養若母焉。

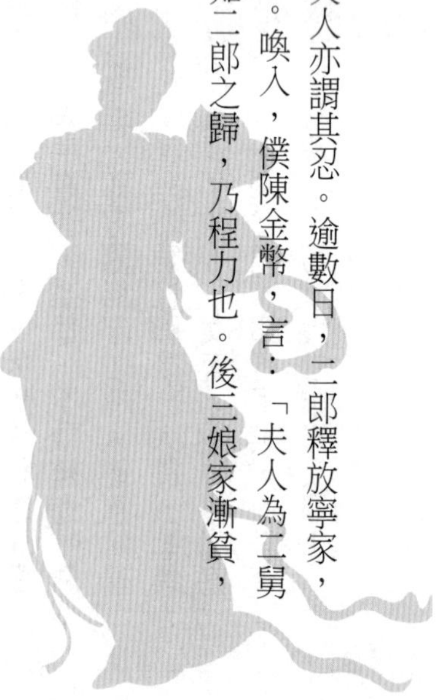

僧術

黃生，故家子，才情頗贍，夙志高騫。村外蘭若，有居僧某，素與分深，既而僧雲游，去十餘年復歸。見黃，歎曰：「謂君騰達已久，今尚白紵耶？想福命固薄耳。請為君賄冥中主者。能置十千否？」答言：「不能。」僧曰：「請勉辦其半，餘當代假之。三日為約。」黃諾之。竭力典質如數。三日，僧果以五千來付黃。黃家舊有汲水井，深不竭，云通河海。僧命束置井邊，戒曰：「約我到寺，即推墮井中。候半炊時，有一錢泛起，當拜之。」乃去。黃不解何術；轉念效否未定，而十千可惜。乃匿其九，而以一千投之。少間，巨泡突起，鏗然而破，即有一錢浮出，大如車輪。黃大駭。既拜，又取四千投焉。落下，擊觸有聲，為大錢所隔不得沈。日暮，僧至，譙讓之曰：「胡不盡投？」黃云：「已盡投矣。」僧曰：「冥中使者只將一千去，何乃妄言？」黃實告之，僧歎曰：「鄙吝者必非大器。此子之命合以明經終；不然甲科立致矣。」黃大悔，求再禳之，僧固辭而去。黃視井中錢猶浮，以綆釣上，大錢乃沈。是歲，黃以副榜准貢，卒如僧言。

異史氏曰：「豈冥中亦開捐納之科耶？十千而得一第，直亦廉矣。然一千准貢，猶昂貴耳。明經不第，何值一錢！」

祿數

某顯者多為不道；夫人每以果報勸諫之，殊不聽信。適有方士，能知人祿數，詣之。方士熟視曰：「君再食米二十石、麵四十石，天祿乃終。」歸語夫人。計一人終年僅食麵二石，尚有二十餘年天祿，豈不善所能絕耶？橫如故。逾年，忽病「除中」，食甚多而旋饑，一晝夜十餘餐。未及周歲，死矣。

柳生

周生，順天宦裔也。與柳生善。柳得異人之傳，精袁許之術。嘗謂周曰：「子功名無分；萬鍾之資，尚可以人謀。然尊閫薄相，恐不能佐君成業。」未幾，婦果亡。家室蕭條，不可聊賴。因詣柳，將以卜姻。入客舍，坐良久，柳歸內不出。呼之再三，始出，曰：「我日為君物色佳偶，今始得之。適在內作小術，求月老繫赤繩耳。」周喜問之，答曰：「甫有一人攜囊出，遇之否？」曰：「遇之。襤褸若丐。」曰：「此君岳翁，宜敬禮之。」周曰：「緣相交好，遂謀隱密，何相戲之甚也！僕即式微，猶是世裔，何至下昏於市儈？」柳曰：「不然。犁牛尚有子，何害？」周問：「曾見其女耶？」答曰：「未也。我素與無舊，姓名亦問訊知之。」周笑曰：「尚未知犁牛，何知其子？」柳曰：「我以數信之，其人凶而賤，然當生厚福之女。但強合之必有大厄，容復禳之。」周既歸，未肯以其言為信，諸方覓之，迄無一成。一日，柳生忽至，曰：「有一客，我已代折簡矣。」問：「為誰？」曰：「且勿問，宜速作黍。」周不喻其故，如命治具。俄客至，蓋傅姓營卒也。心內不合，陽浮道與之；而柳生承應甚恭。少間，酒肴既陳，雜惡草具進。柳起告客：「公子嚮慕已久，每託某代訪，曩夕始得晤。又聞不日遠征，立刻相邀，可謂倉卒主人矣。」飲間，傅憂馬病，不可騎。柳亦俛首為之籌思。既而客去，柳讓周曰：「千金不能買此友，何乃視之漠漠？」借馬騎歸，因假周命，登門持贈傅。周既知，稍稍不快，已無如何。過歲，將如江西，投臬司幕。詣柳問卜，柳言：「大吉！」周笑曰：「我意無他，但薄有所獵，當購佳婦，幾幸前言之不驗也，能否？」柳云：「並如君願。」及至江西，值大寇叛亂，三年不得歸。後稍平，選日遵路，中途為土寇所掠，同難人七八位，皆劫其金資，釋令去；惟周被擄至巢。盜首詰其家世，因曰：「我有息女，欲奉箕帚，當即無辭。」周不答，盜怒，立命梟斬。周懼，思不如暫從其請，因從容而棄之。遂告曰：「小生所以踟躕者，以文弱不能從戎，恐益為丈人累耳。如使夫婦得相將俱去，恩莫厚焉。」盜曰：「我方憂女子累人，此何不可從也。」引入內，妝女出見，年可十八九，蓋天人也。當夕合巹，深過所望。細審姓氏，乃知其父，即當年荷囊人也。因述柳言，為之感歎。過三四日，將送之行，忽大軍掩至，全家皆就執縛。有將官三員監視，已將婦翁斬訖，尋次及周。周自分已無生理，一員審視曰：「此非周某耶？」蓋傅卒已軍功授副將軍矣。謂僚曰：「此吾鄉世家名士，安得為賊！」解其縛，問所從來。周詭曰：「適從江臬娶婦而歸，不意途陷盜窟。幸蒙拯救，德戴二天！但室人離散，求借洪威，更賜瓦全。」傅命列諸俘，令其自認，得之。餉以酒食，助以資斧，曰：「曩受解驂之惠，旦夕不忘。但搶攘間不遑修禮，請以馬二匹、金五十兩，助君北旋。」又遣二騎持信矢護送之。途中，女告周曰：「癡父不聽忠告，母氏死之。知有今日久矣；所以偷生旦暮者，以少時曾為相者所許，冀他日能收親骨耳。某所窖藏巨金，可以發贖父骨；餘者攜歸，尚足謀生產。」囑騎者候於路，兩人至舊處，廬舍已燼，於灰火中，取佩刀掘尺許，果得金；盡裝入橐，乃返。以百金賂騎者，使瘞翁尸，又引拜母冢，始行。至直隸界，厚賜騎者而去。周久不歸，家人謂其已死，恣意侵冒，粟帛器具，蕩無存者。及聞主人歸，大懼，鬨然盡逃；祇有一嫗、一婢、一老奴在焉。周以出死得生，不復追問。及訪柳，則不知所適矣。女持家逾於男子，擇醇篤者授以資本，而均其息。每諸商會計於簷下，女垂簾聽之；盤中誤下一珠，輒指其訛。內外無敢欺。數年，夥商盈百，家數十巨萬矣。乃遣人移親骨，厚葬之。

異史氏曰：「月老可以賄囑，無怪媒妁之同於牙儈矣。乃盜也而有是女耶？培塿無松栢，此鄙人之論耳。婦人女子猶失之，況以相天下士哉！」

寃獄

朱生，陽穀人。少年佻達，喜詼謔。因喪偶，往求媒媼，遇其鄰人之妻，睨之美。戲謂媼曰：「適睹尊鄰，雅少麗，若為我求凰，渠可也。」媼亦戲曰：「請殺其男子，我為若圖之。」朱笑曰：「諾。」更月餘，鄰人出討負，被殺於野。邑令拘鄰保，血膚取實，究無端緒；惟媒媼述相謔之詞，以此疑朱。捕至，百口不承。令又疑鄰婦與私，搒掠之，五毒參至。婦不能堪，誣伏。又訊朱。朱曰：「細嫩不任苦刑，所言皆妄。既是寃死，而又加以不節之名，縱鬼神無知，予心何忍乎？我實供之可矣：欲殺夫而娶其婦，皆我之為，婦實不知之也。」問：「何憑？」答言：「血衣可證。」及使人搜諸其家，竟不可得。又掠之，死而復蘇者再。朱乃云：「此母不忍出證據死我耳，待自取之。」因押歸告母曰：「予我衣，死也；即不予，亦死也；均之死，故遲也不如其速也。」母泣，入室移時，取衣出，付之。令審其迹確，擬斬。再駁再審，無異詞。經年餘，決有日矣。令方慮囚，忽一人直上公堂，怒目視令而大罵曰：「如此憒憒，何足臨民！」隸役數十輩，將共執之。其人振臂一揮，頹然並仆。令懼，欲逃。其人大言曰：「我關帝前周將軍也！昏官若動，即便誅卻！」令戰懼悚聽。其人曰：「殺人者乃宮標也，於朱某何與？」言已，倒地，氣若絕。少頃而醒，面無人色。及問其人，則宮標也，搒之，盡服其罪。

蓋宮素不逞，知某討負而歸，意腰橐必富，及殺之，竟無所得。聞朱誣服，竊自幸。是日身入公門，殊不自知。令問朱血衣所自來，朱亦不知之。喚其母鞫之，則割臂所染；驗其左臂，刀痕猶未平也。令亦愕然。後以此被參揭免官，罰贖羈留而死。年餘，鄰母欲嫁其婦；婦感朱義，遂嫁之。

異史氏曰：「訟獄乃居官之首務，培陰騭，滅天理，皆在於此，不可不慎也。躁急污暴，固乖天和；淹滯因循，亦傷民命。一人興訟，則數農違時；一案既成，則十家蕩產：豈故之細哉！

余嘗謂為官者，不濫受詞訟，即是盛德。且非重大之情，不必羈候；若無疑難之事，何用徘徊？即或鄰里愚民，山村豪氣，偶因鵝鴨之爭，致起雀角之忿，此不過借官宰之一言，以為平定而已，無用全人，祗須兩造，笞杖立加，葛藤悉斷。所謂神明之宰非耶？每見今之聽訟者矣：一票既出，若故忘之。攝牒者入手未盈，不令消見官之票；承刑者潤筆不飽，不肯懸聽審之牌。矇蔽因循，動經歲月，不及登長吏之庭，而皮骨已將盡矣！而儼然而民上也者，偃息在牀，漠若無事。寧知水火獄中，有無數冤魂，伸頸延息，以望拔救耶！然在奸民之凶頑，固無足惜；而在良民株累，亦復何堪？況且無辜之干連，往往奸民少而良民多；而良民之受害，且更倍於奸民。何以故？奸民難虐，而良民易欺也。皂隸之所毆罵，胥徒之所需索，皆相良者而施之暴。自入公門，如蹈湯火。早結一日之案，則早安一日之生，有何大事，而顧奄奄堂上若死人，似恐谿壑之不遽飽，而故假之以歲時也者！雖非酷暴，而其實厥罪維均矣。嘗見一詞之中，其急要不可少者，不過三數人；其餘皆無辜之赤子，妄被羅織者也。或平昔以睚眥開嫌，或當前以懷璧致罪，故興訟者以其全力謀正案，而以其餘毒復小仇，帶一名於紙尾，遂成附骨之疽；受萬罪於公門，竟屬切膚之痛。人跪亦跪，狀若烏集；人出亦出，還同猱繫。而究之官問不及，吏詰不至，其實一無所用，祗足以破產傾家，飽蠹役之貪囊，鬻子典妻，洩小人之私憤而已。深願為官者，每投到時，略一審詰：當逐逐之，不當逐芟之。不過一濡毫、一動腕之間耳，便保全多少身家，培養多少元氣。從政者曾不一念及於此，又何必桁楊刀鋸能殺人哉！」

鬼令

教諭展先生，灑脫有名士風。然酒狂，不持儀節。每醉歸，輒馳馬殿階。階上多古柏。一日，縱馬入，觸樹頭裂，自言：「子路怒我無禮，擊腦破矣！」中夜遂卒。邑中某乙者，負販其鄉，夜宿古剎。更靜人稀，忽見四五人攜酒入飲，展亦在焉。酒數行，或以字為令曰：「田字不透風，十字在當中；十字推上去，古字贏一鍾。」一人曰：「回字不透風，口字在當中；口字推上去，呂字贏一鍾。」一人曰：「囹字不透風，令字在當中；令字推上去，含字贏一鍾。」又一人曰：「困字不透風，木字在當中；木字推上去，杏字贏一鍾。」末至展，凝思不得。眾笑曰：「既不能令，須當受命。」飛一觥來。展云：「我得之矣：曰字不透風，一字在當中……」眾又笑曰：「推作何物？」展吸盡曰：「一字推上去，一口一大鍾！」相與大笑，未幾出門去。某不知展死，竊疑其罷官歸也。及歸問之，則展死已久，始悟所遇者鬼耳。

甄后

洛城劉仲堪，少鈍而淫於典籍。恆杜門攻苦，不與世通。一日，方讀，忽聞異香滿室；少間，珮聲甚繁。驚顧之，有美人入，簪珥光采；從者皆宮妝。劉驚伏地下。美人扶之曰：「子何前倨而後恭也？」劉益惶恐曰：「何處天仙，未曾拜識。前此幾時有侮？」美人笑曰：「相別幾何，遂爾懵懵！危坐磨磚者，非子耶？」乃展錦薦，設瑤漿，捉坐對飲，與論古今事，博洽非常。劉茫茫不知所對。美人曰：「我只赴瑤池一回宴耳；子歷幾生，聰明頓盡矣！」遂命侍者以湯沃水晶膏進之。劉受飲訖，忽覺心神澄徹。既而曛黑，從者盡去，息燭解襦，曲盡歡好。未曙，諸姬已復集。美人起，妝容如故，鬢髮修整，不再理也。劉依依苦詰姓字，答曰：「告郎不妨，恐益君疑耳。妾，甄氏；君，公幹後身。當日以妾故罹罪，心實不忍，今日之會，亦聊以報情癡也。」問：「魏文安在？」曰：「丕，不過賊父之庸子耳。妾偶從游嬉富貴者數載，過即不復置念。彼曩以阿瞞故，久滯幽冥，今未聞知。反是陳思為帝典籍，時一見之。」旋見龍輿止於庭中，乃以玉脂合贈劉，作別登車，雲推而去。劉自是文思大進。然追念美人，凝思若癡，歷數月，漸近羸殆。母不知其故，憂之。家一老嫗，忽謂劉曰：「郎君意頗有思否？」劉以言隱中情，告之。嫗曰：「郎試作尺一書，我能郵致之。」劉驚喜曰：「子有異術，向日昧於物色。果能之，不敢忘也。」乃折柬為函，付嫗便去。半夜而返曰：「幸不誤事。初至門，門者以我為妖，欲加縛縶。我遂出郎君書，乃將去。少頃喚入，夫人亦欷歔，自言不能復會。便欲裁答。我言：『郎君羸憊，非一字所能瘳。』夫人沈思久，乃釋筆云：『煩先報劉郎：當即送一佳婦去。』瀕行，又囑：『適所言，乃百年計；但無洩，便可永久矣。』」劉喜伺之。

明日，果一老姥率女郎，詣母所，容色絕世，自言：「陳氏；女其所出，名司香，願求作婦。」母愛之；議聘，更不索資，坐待成禮而去。惟劉心知其異，陰問女：「係夫人何人？」答云：「妾銅雀故妓也。」劉疑為鬼，女曰：「非也。妾與夫人，俱隸仙籍，偶以罪過謫人間。夫人已復舊位；妾謫限未滿，夫人請之天曹，暫使給役，去留皆在夫人，故得長侍牀簀耳。」一日，有瞽媼牽黃犬丐食其家，拍板俚歌。女出窺，立未定，犬斷索咋女。女駭走，羅衿斷。劉急以杖擊犬。犬猶怒，齕斷幅，頃刻碎如麻。瞽媼捉領毛，縛以去。劉入視女，驚顏未定，曰：「卿仙人，何乃畏犬？」女曰：「君自不知：犬乃老瞞所化，蓋怒妾不守分香戒也。」劉欲買犬杖斃。女不可，曰：「上帝所罰，何得擅誅？」居二年，見者皆驚其豔，而審所從來，殊恍惚，於是共疑為妖。母詰劉，劉亦微道其異。母大懼，戒使絕之，劉不聽。母陰覓術士來，作法於庭。方規地為壇，女慘然曰：「本期白首；今老母見疑，分義絕矣。要我去，亦復非難，但恐非禁呪所能遣耳！」乃束薪爇火，拋階下。瞬息煙蔽房屋，對面相失。有聲震如雷。既而煙滅，見術士七竅流血死矣。入室，女已渺。呼媼問之，媼亦不知所去。劉始告母：「媼蓋狐也。」

異史氏曰：「始於袁，終於曹，而後注意於公幹，仙人不應若是。然平心而論：奸瞞之篡子，何必有貞婦哉？犬睹故妓，應大悟分香賣履之癡，固猶然妒之耶？嗚呼！奸雄不暇自哀，而後人哀之已！」

宦娘

溫如春，秦之世家也。少癖嗜琴，雖逆旅未嘗暫舍。客晉，經由古寺，繫馬門外，暫憩止。入則有布衲道人，趺坐廊間，筇杖倚壁，花布囊琴。溫觸所好，因問：「亦善此也？」道人云：「顧不能工，願就善者學之耳。」遂脫囊授溫，視之，紋理佳妙，略一勾撥，清越異常。喜為撫一短曲。道人微笑，似未許可。溫乃竭盡所長，道人哂曰：「亦佳，亦佳！但未足為貧道師也。」溫以其言誇，轉請之。道人接置膝上，裁撥動，覺和風自來；又頃之，百鳥羣集，庭樹為滿。溫驚極，拜請受業。道人三復之，溫側耳傾心，稍稍會其節奏。道人試使彈，點正疏節，曰：「此塵間已無對矣。」溫由是精心刻畫，遂稱絕技。後歸程，離家數十里，日已暮，暴雨莫可投止。路傍有小村，趨之。不遑審擇，見一門，匆匆遽入。登其堂，闃無人。俄一女郎出，年十七八，貌類神仙。舉首見客，驚而走入。溫時未偶，繫情殊深。俄一老嫗出問客。溫道姓名，兼求寄宿。嫗言：「宿當不妨，但少牀榻；不嫌屈體，便可藉藁。」少旋，以燭來，展草鋪地，意良殷。問其姓氏，答云：「趙姓。」又問：「女郎何人？」曰：「此宦娘，老身之猶子也。」溫曰：「不揣寒陋，欲求援繫，如何？」嫗顰蹙曰：「此即不敢應命。」溫詰其故，但云難言，悵然遂罷。嫗既去，溫視藉草腐溼，不堪臥處，因危坐鼓琴，以消永夜。雨既歇，冒夜遂歸。邑有林下部郎葛公，喜文士。溫偶詣之，受命彈琴。簾內隱約有眷客窺聽，忽風動簾開，見一及笄人，麗絕一世。蓋公有一女，小字良工，善詞賦，有豔名。溫心動，歸與母言，媒通之；而葛以溫勢式微，不許。然女自聞琴以後，心竊傾慕，每冀再聆雅奏；而溫以姻事不諧，志乖意沮，絕迹於葛氏之門矣。一日，女於園中，拾得舊箋一折，上書惜餘春詞云：「因恨成癡，轉思作想，日日為情顛倒。海棠帶醉，楊柳傷春，同是一般懷抱。甚得新愁舊愁，剗盡還生，便如青草。自別離，只在奈何天裏，度將昏曉。今日個蹙損春山，望穿秋水，道棄已拚棄了！芳衾妒夢，玉漏驚魂，要睡何能睡好？漫說長宵似年；儂視一年，比更猶少：過三更已是三年，更有何人不老！」女吟咏數四，心悅好之。懷歸，出錦箋，莊書一通，置案間；踰時索之不可得，竊意為風飄去。適葛經閨門過，拾之；謂良工作，惡其詞蕩，火之而未忍言，欲急醮之。臨邑劉方伯之公子，適來問名，心善之，而猶欲一睹其人。公子盛服而至，儀容秀美。葛大悅，款延優渥。既而告別，坐下遺女舄一鉤。心頓惡其儇薄，因呼媒而告以故。公子亟辨其誣；葛弗聽，卒絕之。先是，葛有綠菊種，吝不傳，良工以植閨中。溫庭菊忽有一二株化為綠，同人聞之，輒造廬觀賞，溫亦寶之。凌晨趨視，於畦畔得箋寫惜餘春詞，反覆披讀，不知其所自至。以「春」為己名，益惑之，即案頭細加丹黃，評語褻嫚。適葛聞溫菊變綠，訝之，躬詣其齋，見詞便取展讀。溫以其評褻，奪而挼莎之。葛僅讀一兩句，蓋即閨門所拾者也。大疑，並綠菊之種，亦猜良工所贈。歸告夫人，使逼詰良工。良工涕欲死；而事無驗見，莫有取實。夫人恐其迹益彰，計不如以女歸溫。葛然之，遙致溫，溫喜極。是日招客為綠菊之宴，焚香彈琴，良夜方罷。既歸寢，齋童聞琴自作聲，初以為僚僕之戲也；既知其非人，始白溫。溫自詣之，果不妄。其聲梗澀，似將效己而未能者。爇火暴入，杳無所見。溫攜琴去，則終夜寂然。因意為狐，固知其願拜門牆也者，遂每夕為奏一曲，而設絃任操若師，夜夜潛伏聽之。至六七夜，居然成曲，雅足聽聞。溫既親迎，各述曩詞，始知締好之由，而終不知所由來。良工聞琴鳴之異，往聽之，曰：「此非狐也，調悽楚，有鬼聲。」溫未深信。良工因言其家有古鏡，可鑑魑魅。翊日，遣人取至，伺琴聲既作，握鏡遽入；火之，果有女子在，倉惶室隅，莫能復隱，細審之，趙氏之宦娘也。大駭，窮詰之。泫然曰：「代作蹇修，不為無德，何相逼之甚也？」溫請去鏡，約勿避；諾之。乃囊鏡。女遙坐曰：「妾太守之女，死百年矣。少喜琴箏；箏已頗能諳之，獨此技未能嫡傳，重泉猶以為憾。惠顧時，得聆雅奏，傾心向往；又恨以異物不能奉裳衣，陰為君胹合佳偶，以報眷顧之情。劉公子之女舄，惜餘春之俚詞，皆妾為之也。酬師者不可謂不勞矣。」夫妻咸拜謝之。宦娘曰：「君之業，妾思過半矣；但未盡其神理。請為妾再鼓之。」溫如其請，又曲陳其法。宦娘大悅曰：「妾已盡得之矣！」乃起辭欲去。良工故善箏，聞其所長，願以披聆。宦娘不辭，其調其譜，並非塵世所能。良工擊節，轉請受業。女命箏為繪譜十八章，又起告別。夫妻挽之良苦。宦娘悽然曰：「君琴瑟之好，自相知音；薄命人烏有此福。如有緣，再世可相聚耳。」因以一卷授溫曰：「此妾小像。如不忘媒妁，當懸之臥室，快意時，焚香一炷，對鼓一曲，則兒身受之矣。」出門遂沒。

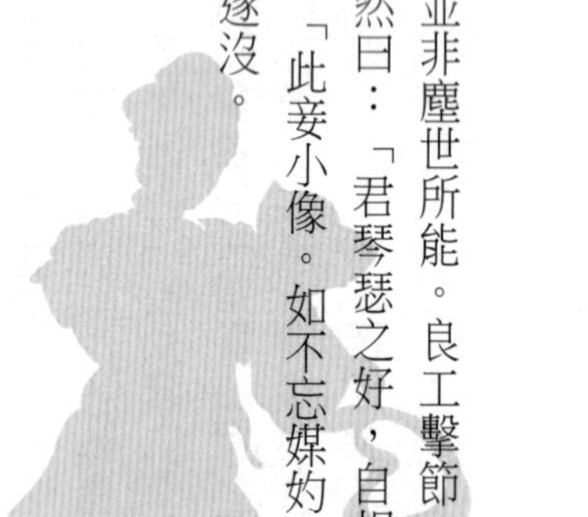

阿繡

海州劉子固，十五歲時，至蓋省其舅。見雜貨肆中一女子，姣麗無雙，心愛好之。潛至其肆，託言買扇。女子便呼父，父出，劉意沮，故折閱之而退。遙睹其父他往，又詣之。女將覓父。劉止之曰：「無須，但言其價，我不靳直耳。」女如言，故昂之，劉不忍爭，脫貫逕去。明日復往，又如之。行數武，女追呼曰：「返來！適偽言耳，價奢過當。」因以半價返之。劉益感其誠，蹈隙輒往，由是日熟。女問：「郎居何所？」以實對。轉詰之，自言：「姚氏。」臨行，所市物，女以紙代裹完好，已而以舌舐粘之。劉懷歸不敢復動，恐亂其舌痕也。積半月，為僕所窺，陰與舅力要之歸。意惓惓不自得。以所市香帕脂粉等類，密置一篋，無人時，輒闔戶自檢一過，觸類凝思。次年，復至蓋，裝甫解，即趨女所；至則肆宇闔焉，失望而返。猶意偶出未返，蚤又詣之，闔如故。問諸鄰，始知姚原廣寧人，以貿易無重息，故暫歸去；又不審何時可復來。神志乖喪。居數日，怏怏而歸。母為議婚，屢梗之，母怪且怒。僕私以曩事告母，母益防閑之，蓋之途由是絕。劉忽忽遂減眠食。母憂思無計，念不如從其志。於是刻日辦裝，使如蓋，轉寄語舅，媒合之。舅即承命詣姚。踰時而返，謂劉曰：「事不諧矣！阿繡已字廣寧人。」劉低頭喪氣，心灰絕望。既歸，捧篋啜泣，而徘徊顧念，冀天下有似之者。適媒來，豔稱復州黃氏女。劉恐不確，命駕至復。入西門，見北向一家，兩扉半開，內一女郎，怪似阿繡；再屬目之，且行且盼而入，真是無訛。劉大動，因僦其東鄰居，細詰知為李氏。反復凝念：天下寧有此相似者耶？居數日，莫可夤緣，惟目眈眈伺候其門，以冀女或復出。一日，日方西，女果出。忽見劉，即返身走，以手指其後；又復掌及額，乃入。劉喜極，但不能解。凝思移時，信步詣舍後，見荒園寥廓，西有短垣，略可及肩。豁然頓悟，遂蹲伏露草中。久之，有人自牆上露其首，小語曰：「來乎？」劉諾而起，細視，真阿繡也。因大慟，涕墮如綆。女隔堵探身，以巾拭其淚，深慰之。劉曰：「百計不遂，自謂今生已矣，何期復有今夕？顧卿何以至此？」曰：「李氏，妾表叔也。」劉請踰垣。女曰：「君先歸，遣從人他宿，妾當自至。」劉如言，坐伺之。少間，女悄然入，妝飾不甚炫麗，袍袴猶昔。劉挽坐，備道艱苦，因問：「卿已字，何未醮也？」女曰：「言妾受聘者妄也。家君以道里賒遠，不願附公子婚，此或託舅氏詭詞，以絕君望耳。」既就枕席，宛轉萬態，款接之歡，不可言喻。四更遽起，過牆而去。劉自是不復措意黃氏矣。旅居忘返，經月不歸。一夜，僕起飼馬，見室中燈猶明；窺之，見阿繡，大駭。顧不敢言主人，旦起，訪市肆，始返而詰劉曰：「夜與還往者，何人也？」劉初諱之，僕曰：「此第岑寂，狐鬼之藪，公子宜自愛。彼姚家女郎，何為而至此？」劉始覥然曰：「西鄰是其表叔，有何疑沮？」僕言：「我已訪之審：東鄰只一孤媼，西家一子尚幼，別無密戚。所遇當是鬼魅；不然，焉有數年之衣，尚未易者？且其面色過白，兩頰少瘦，笑處無微渦，不如阿繡美。」劉反覆思，乃大懼曰：「然且奈何？」僕謀伺其來，操兵入共擊之。至暮，女至，謂劉曰：「知君見疑，然妾亦無他，不過了夙分耳。」言未已，僕排闥入。女呵之曰：「可棄兵！速具酒來，當與若主別。」僕便自投，若或奪焉。劉益恐，強設酒饌。女談笑如常，舉手向劉曰：「悉君心事，方將圖效綿薄，何勞伏戎？妾雖非阿繡，頗自謂不亞，君視之猶昔否耶？」劉毛髮俱豎，噤不語。女聽漏三下，把琖一呷，起立曰：「我且去，待花燭後，再與新婦較優劣也。」轉身遂杳。劉信狐言，逕如蓋。怨舅之誑已也，不舍其家；寓近姚氏，託媒自通，啗以重賂。姚妻乃言：「小郎為覓婿廣寧，若翁以是故去，就否未可知。須旋日，方可計校。」劉聞之，彷徨無以自主，惟堅守以伺其歸。踰十餘日，忽聞兵警，猶疑訛傳；久之，信益急，乃趣裝行。中途遇亂，主僕相失，為偵者所掠。以劉文弱，疏其防，盜馬亡去。至海州界，見一女子，蓬鬢垢耳，出履蹉跌，不可堪。劉馳過之，女遽呼曰：「馬上人非劉郎乎？」劉停鞭審顧，則阿繡也。心仍訝其為狐，曰：「汝真阿繡耶？」女問：「何為出此言？」劉述所遇。女曰：「妾真阿繡也。父攜妾自廣寧歸，遇兵被俘，授馬屢墮。忽一女子，握腕趣遁，荒竄軍中，亦無詰者。女子健步若飛隼，苦不能從，百步而屨屢褪焉。久之，聞號嘶漸遠，乃釋手曰：『別矣！前皆坦途，可緩行，愛汝者將至，宜與同歸。』」劉知其狐，感之。因述其留蓋之故。女言其叔為擇婿於方氏，未委禽而亂始作。劉始知舅言非妄。攜女馬上，疊騎歸。入門則老母無恙，大喜。繫馬入，俱道所以。母亦喜，為女盥濯，竟妝，容光煥發。母撫掌曰：「無怪癡兒魂夢不置也！」遂設裀褥，使從己宿。又遣人赴蓋，寓書於姚。不數日，姚夫婦俱至，卜吉成禮乃去。劉出藏篋，封識儼然。有粉一函，啓之，化為赤土。劉異之。女掩口曰：「數年之盜，今始發覺矣。爾日見郎任妾包裹，更不及審真偽，故以此相戲耳。」方嬉笑間，一人搴簾入曰：「快意如此，當謝蹇修否？」劉視之，又一阿繡也，急呼母。母及家人悉集，無有能辨識者。劉回眸亦迷，注目移時，始揖而謝之。女子索鏡自照，赧然趨出，尋之已杳。夫婦感其義，為位於室而祀之。一夕，劉醉歸，室暗無人，方自挑燈，而阿繡至。劉挽問：「何之？」笑曰：「醉臭熏人，使人不耐！如此盤詰，誰作桑中逃耶？」劉笑捧其頰，女曰：「郎視妾與狐姊孰勝？」劉曰：「卿過之。然皮相者辨也。」已而合扉相狎。俄有叩門者，女起笑曰：「君亦皮相者也。」劉不解。趨啓門，則阿繡入，大愕。始悟適與語者，狐也。暗中又聞笑聲。夫妻望空而禱，祈求現像。狐曰：「我不願見阿繡。」問：「何不另化一貌？」曰：「我不能。」問：「何故不能？」曰：「阿繡，吾妹也，前世不幸夭殂。生時，與余從母至天宮，見西王母，心竊愛慕，歸則刻意效之。妹較我慧，一月神似；我學三月而後成，然終不及妹。今已隔世。自謂過之，不意猶昔耳。我感汝兩人誠意，故時復一至，今去矣。」遂不復言。自此三五日輒一來，一切疑難悉決之。值阿繡歸寧，來常數日住，家人皆懼避之。每有亡失，則華妝端坐，插玳瑁簪長數寸，朝家人而莊語之：「所竊物，夜當送至某所；不然，頭痛大作，悔無及！」天明，果於某所獲之。三年後，絕不復來。偶失金帛，阿繡效其裝，嚇家人，亦屢效焉。

楊疤眼

一獵人，夜伏山中，見一小人，長二尺已來，踽踽行澗底。少間，又一人來，高亦如之。適相值，交問何之。前者曰：「我將往望楊疤眼。前見其氣色晦黯，多罹不吉。」後人曰：「我亦為此，汝言不謬。」獵者知其非人，厲聲大叱，二人並無有矣。夜獲一狐，左目上有瘢痕，大如錢。

小翠

王太常，越人。總角時，晝臥榻上。忽陰晦，巨霆暴作。一物大於貓，來伏身下，輾轉不離。移時晴霽，物即逕出。視之，非貓，始怖，隔房呼兄。兄聞喜曰：「弟必大貴，此狐來避雷霆劫也。」後果少年登進士，以縣令入為侍御。生一子名元豐，絕癡，十六歲不能知牝牡，因而鄉黨無於為婚。王憂之。適有婦人率少女登門，自請為婦。視其女，嫣然展笑，真仙品也。喜問姓名。自言：「虞氏。女小翠，年二八矣。」與議聘金。曰：「是從我糠覈不得飽，一旦置身廣廈，役婢僕，厭膏粱，彼意適，我願慰矣，豈賣菜也而索直乎！」夫人大悅，優厚之。婦即命女拜王及夫人，囑曰：「此爾翁姑，奉侍宜謹。我大忙，且去，三數日當復來。」王命僕馬送之，婦言：「里巷不遠，無煩多事。」遂出門去。小翠殊不悲戀，便即匳中翻取花樣。夫人亦愛樂之。數日，婦不至。以居里問女，女亦憨然不能言其道路。遂治別院，使夫婦成禮。諸戚聞拾得貧家兒作新婦，共笑姍之；見女皆驚，羣議始息。女又甚慧，能窺翁姑喜怒。王公夫婦，寵惜過於常情，然惕惕焉惟恐其憎子癡；而女殊歡笑，不為嫌。第善謔，刺布作圓，蹋蹴為笑。著小皮靴，蹴去數十步，給公子奔拾之；公子及婢恆流汗相屬。一日，王偶過，圓訇然來，直中面目。女與婢俱斂迹去，公子猶踴躍奔逐之。王怒，投之以石，始伏而啼。王以告夫人；夫人往責女，女俛首微笑，以手刓牀。既退，憨跳如故，以脂粉塗公子作花面如鬼。夫人見之，怒甚，呼女詬罵。女倚几弄帶，不懼，亦不言。夫人無奈之，因杖其子。元豐大號，女始色變，屈膝乞宥。夫人怒頓解，釋杖去。女笑拉公子入室，代撲衣上塵，拭眼淚，摩挲杖痕，餌以棗栗。公子乃收涕以忻。女闔庭戶，復裝公子作霸王，作沙漠人；己乃豔服，束細腰，婆娑作帳下舞；或髻插雉尾，撥琵琶，丁丁縷縷然，喧笑一室，日以為常。王公以子癡，不忍過責婦；即微聞焉，亦若置之。同巷有王給諫者，相隔十餘戶，然素不相能；時值三年大計吏，忌公握河南道篆，思中傷之。公知其謀，憂慮無所為計。一夕，早寢，女冠帶，飾冢宰狀，翦素絲作濃髭，又以青衣飾兩婢為虞候，竊跨廄馬而出，戲云：「將謁王先生。」馳至給諫之門，即又鞭撾從人，大言曰：「我謁侍御王，寧謁給諫王耶！」回轡而歸。比至家門，門者誤以為真，奔白王公。公急起承迎，方知為子婦之戲。怒甚，謂夫人曰：「人方蹈我之瑕，反以閨閣之醜登門而告之，余禍不遠矣！」夫人怒，奔女室，詬讓之。女惟憨笑，並不一置詞。撻之，不忍；出之，則無家：夫妻懊怨，終夜不寢。時冢宰某公赫甚，其儀采服從，與女偽裝無少殊別，王給諫亦誤為真。屢偵公門，中夜而客未出，疑冢宰與公有陰謀。次日早期，見而問曰：「夜相公至君家耶？」公疑其相譏，慚顏唯唯，不甚響答。給諫愈疑，謀遂寢，由此益交歡公。公探知其情，竊喜，而陰囑夫人；勸女改行，女笑應之。逾歲，首相免，適有以私函致公者，誤投給諫。給諫大喜，先託善公者往假萬金，公拒之。給諫自詣公所。公覓巾袍，並不可得；給諫伺候久，怒公慢，憤將行。忽見公子袞衣旒冕，有女子自門內推之以出，大駭；已而笑撫之，脫其服冕而去。公急出，則客去遠。聞其故，驚顏如土，大哭曰：「此禍水也！指日赤吾族矣！」與夫人操杖往。女已知之，闔扉任其詬厲。公怒，斧其門，女在內含笑而告之曰：「翁無煩怒！有新婦在，刀鋸斧鉞，婦自受之，必不令貽害雙親。翁若此，是欲殺婦以滅口耶？」公乃止。給諫歸，果抗疏揭王不軌，袞冕作據。上驚驗之，其旒冕乃梁䕸心所製，袍則敗布黃袱也。上怒其誣。又召元豐至，見其憨狀可掬，笑曰：「此可以作天子耶？」乃下之法司。給諫又訟公家有妖人，法司嚴詰臧獲，並言無他，惟顛婦癡兒，日事戲笑；鄰里亦無異詞。案乃定，以給諫充雲南軍。王由是奇女。又以母久不至，意其非人，使夫人探詰之，女但笑不言。再復窮問，則掩口曰：「兒玉皇女，母不知耶？」無何，公擢京卿。五十餘，每患無孫。女居三年，夜夜與公子異寢，似未嘗有所私。夫人舁榻去，囑公子與婦同寢。過數日，公子告母曰：「借榻去，悍不還！小翠夜夜以足股加腹上，喘氣不得；又慣掐人股裏。」婢嫗無不粲然。夫人呵拍令去。一日，女浴於室，公子見之，欲與偕；女笑止之，諭使姑待。既去，乃更瀉熱湯於甕，解其袍袴，與婢扶之入。公子覺蒸悶，大呼欲出。女不聽，以衾蒙之。少時，無聲，啓視，已絕。女坦笑不驚，曳置牀上，拭體乾潔，加複被焉。夫人聞之，哭而入，罵曰：「狂婢何殺吾兒！」女輾然曰：「如此癡兒，不如勿有。」夫人益恚，以首觸女；婢輩爭曳勸之。方紛譟間，一婢告曰：「公子呻矣！」輟涕撫之，則氣息休休，而大汗浸淫，沾浹裀褥。食頃，汗已，忽開目四顧，遍視家人，似不相識，曰：「我今回憶往昔，都如夢寐，何也？」夫人以其言語不癡，大異之。攜參其父，屢試之，果不癡，大喜，如獲異寶。至晚，還榻故處，更設衾枕以覘之。公子入室，盡遣婢去。早窺之，則榻虛設。自此癡顛皆不復作，而琴瑟靜好，如形影焉。年餘，公為給諫之黨奏劾免官，小有罣誤。舊有廣西中丞所贈玉瓶，價累千金，將出以賄當路。女愛而把玩之，失手墮碎，慚而自投。公夫婦方以免官不快，聞之，怒，交口呵罵。女奮而出，謂公子曰：「我在汝家，所保全者不只一瓶，何遂不少存面目？實與君言：我非人也。以母遭雷霆之劫，深受而翁庇翼；又以我兩人有五年夙分，故以我來報曩恩、了夙願耳。身受唾罵，擢髮不足以數，所以不即行者，五年之愛未盈。今何可以暫止乎！」盛氣而出，追之已杳。公爽然自失，而悔無及矣。公子入室，睹其賸粉遺鉤，慟哭欲死；寢食不甘，日就羸瘁。公大憂，急為膠續以解之，而公子不樂。惟求良工畫小翠像，日夜澆禱其下，幾二年。偶以故自他里歸，明月已皎，村外有公家亭園，騎馬牆外過，聞笑語聲，停轡，使廄卒捉鞚，登鞍一望，則二女郎游戲其中。雲月昏蒙，不甚可辨，但聞一翠衣者曰：「婢子當逐出門！」一紅衣者曰：「汝在吾家園亭，反逐阿誰？」翠衣人曰：「婢子不羞！不能作婦，被人驅遣，猶冒認物產也？」紅衣者曰：「索勝老大婢無主顧者！」聽其音，酷類小翠，疾呼之。翠衣人去曰：「姑不與若爭，汝漢子來矣。」既而紅衣人來，果小翠。喜極。女令登垣，承接而下之，曰：「二年不見，骨瘦一把矣！」公子握手泣下，具道相思。女言：「妾亦知之，但無顏復見家人。今與大姊游戲，又相邂逅，足知前因不可逃也。」請與同歸，不可；請止園中，許之。公子遣僕奔白夫人。夫人驚起，駕肩輿而往，啓鑰入亭。女即趨下迎拜；夫人捉臂流涕，力白前過，幾不自容，曰：「若不少記榛梗，請偕歸，慰我遲暮。」女峻辭不可。夫人慮野亭荒寂，謀以多人服役。女曰：「我諸人悉不願見，惟前兩婢朝夕相從，不能無眷注耳，外惟一老僕應門，餘都無所復須。」夫人悉如其言。託公子養痾園中，日供食用而已。女每勸公子別婚，公子不從。後年餘，女眉目音聲，漸與曩異，出像質之，迥若兩人。大怪之。女曰：「視妾今日，何如疇昔美？」公子曰：「今日美則美矣，然較昔則似不如。」女曰：「意妾老矣！」公子曰：「二十餘歲，何得速老。」女笑而焚圖，救之已燼。一日，謂公子曰：「昔在家時，阿翁謂妾抵死不作繭，今親老君孤，妾實不能產，恐誤君宗嗣。請娶婦於家，旦晚侍奉翁姑，君往來於兩間，亦無所不便。」公子然之，納幣於鍾太史之家。吉期將近，女為新人製衣履，齎送母所。及新人入門，則言貌舉止，與小翠無毫髮之異。大奇之。往至園亭，則女亦不知所在。問婢，婢出紅巾曰：「娘子暫歸寧，留此貽公子。」展巾，則結玉玦一枚，心知其不返，遂攜婢俱歸。雖頃刻不忘小翠，幸而對新人如覿舊好焉。始悟鍾氏之姻，女預知之，故先化其貌，以慰他日之思云。

異史氏曰：「一狐也，以無心之德，而猶思所報；而身受再造之福者，顧失聲於破甑，何其鄙哉！月缺重圓，從容而去，始知仙人之情，亦更深於流俗也！」

金和尚

金和尚，諸城人，父無賴，以數百錢鬻子五蓮山寺。少頑鈍，不能肄清業，牧豬赴市，若傭保。後本師死，稍有遺金，捲懷離寺，作負販去。飲羊、登壟，計最工。數年暴富，買田宅於水坡里。弟子繁有徒，食指日千計。繞里膏田千百畝。里中起第數十處，皆僧無人；即有亦貧無業，攜妻子，僦屋佃田者也。每一門內，四繚連屋，皆此輩列而居。僧舍其中：前有廳事，梁楹節梲，繪金碧，射人眼；堂上几屏，晶光可鑑；又其後為內寢，朱簾繡幙，蘭麝香充溢噴人；螺鈿雕檀為牀，牀上錦茵褥，褶疊厚尺有咫；壁上美人山水諸名迹，懸粘幾無隙處。一聲長呼，門外數十人，轟應如雷，細纓革靴者，皆烏集鵠立；受命皆掩口語，側耳以聽。客倉卒至，十餘筵可咄嗟辦，肥醴蒸薰，紛紛狼藉如霧霈。但不敢公然蓄歌妓；而狡童十數輩，皆慧黠能媚人，皂紗纏頭，唱豔曲，聽睹亦頗不惡。金若一出，前後數十騎，腰弓矢相摩戛。奴輩呼之皆以「爺」；即邑人之若民，或「祖」之，「伯、叔」之，不以「師」，不以「上人」，不以禪號也。其徒出，稍稍殺於金，而風鬃雲轡，亦略與貴公子等。金又廣結納，即千里外呼吸亦可通，以此挾方面短長，偶氣觸之，輒惕自懼。而其為人，鄙不文，頂趾無雅骨。生平不奉一經，持一咒，迹不履寺院，室中亦未嘗蓄鐃鼓；此等物，門人輩弗及見，並弗及聞。凡僦屋者，婦女浮麗如京都，脂澤金粉，皆取給於僧，僧亦不之靳，以故里中不田而農者以百數。時而惡佃決僧首瘞牀下，亦不甚窮詰，但逐去之，其積習然也。金又買異姓兒，私子之。延儒師，教帖括業。兒聰慧能文，因令入邑庠；旋援例作太學生；未幾，赴北闈，領鄉薦。由是金之名以「太公」譟。向之「爺」之者「太」之，膝席者皆垂手執兒孫禮。無何，太公僧薨。孝廉縗絰臥苫塊，北面稱孤；諸門人釋杖滿牀榻；而靈幃後嚶嚶細泣，惟孝廉夫人一而已。士大夫婦咸華妝來，搴幃弔唁，冠蓋輿馬塞道路。殯日，棚閣雲連，旛幢翳日。殉葬芻靈，飾以金帛；輿蓋儀仗數十事；馬千匹，美人百袂，皆如生。方弼、方相，以紙殼製巨人，皂帕金鎧；空中而橫以木架，納活人內負之行。設機轉動，鬚眉飛舞；目光鑠閃，如將叱咤；觀者驚怪，或小兒女遙望之，輒啼走。冥宅壯麗如宮闕，樓閣房廊連垣數十畝，千門萬戶，入者迷不可出。祭品象物，多難指名。會葬者蓋相摩，上自方面，皆傴僂入，起拜如朝儀；下至貢監簿史，則手據地以叩，不敢勞公子，勞諸師叔也。當是時，傾國瞻仰，男女喘汗屬於道；攜婦襁兒，呼兄覓妹者，聲鼎沸。雜以鼓樂喧豗，百戲鞳鞈，人語都不可聞。觀者自肩以下皆隱不見，惟萬頂攢動而已。有孕婦痛急欲產，諸女伴張裙為幄，羅守之；但聞兒啼，不暇問雌雄，斷幅綳懷中，或扶之，或曳之，蹩躠以去。奇觀哉！葬後，以金所遺資產，瓜分而二之：子一，門人一。孝廉得半，而居第之南；之北、之西東，盡緇黨；然皆兄弟敘，痛癢又相關云。

異史氏曰：「此一派也，兩宗未有，六祖無傳，可謂獨闢法門者矣。抑聞之：五蘊皆空，六塵不染，是謂『和尚』；口中說法，座上參禪，是謂『和樣』；鞋香楚地，笠重吳天，是謂『和撞』；鼓鉦鍠聒，笙管敖曹，是謂『和唱』；狗苟鑽緣，蠅營淫賭，是謂『和幛』。金也者，『尚』耶？『樣』耶？『撞』耶？『唱』耶？抑地獄之『幛』耶？」

龍戲蛛

徐公為齊東令。署中有樓，用藏肴餌，往往被物竊食，狼藉於地。家人屢受譙責，因伏伺之。見一蜘蛛，大如斗，駭走白公。公以為異，日遣婢輩投餌焉。蛛益馴，饑輒出依人，飽而後去。積年餘，公偶閱案牘，蛛忽來伏几上。疑其饑，方呼家人取餌；旋見兩蛇夾蛛臥，細裁如箸，蛛爪蜷腹縮，若不勝懼。轉瞬間，蛇暴長，粗於卵。大駭，欲走。巨霆大作，闔家震斃。移時，公蘇；夫人及婢僕擊死者七人。公病月餘，尋卒。公為人廉正愛民，柩發之日，民斂錢以送，哭聲滿野。

異史氏曰：「龍戲蛛，每意是里巷之訛言耳，乃真有之乎？聞雷霆之擊，必於凶人，奈何以循良之吏，罹此慘毒；天公之憒憒，不已多乎！」

商婦

天津商人某，將賈遠方，往從富人貸資數百。為偷兒所窺，及夕，預匿室中以俟其歸。而商以是日良，負資竟發。偷兒伏久，但聞商人婦轉側牀上，似不成眠。既而壁上一小門開，一室盡亮。門內有女子出，容齒少好，手引長帶一條，近榻授婦，婦以手卻之。女固授之；婦乃受帶，起懸梁上，引頸自縊。女遂去，壁扉亦闔。偷兒大驚，拔關遁去。既明，家人見婦死，質諸官。官拘鄰人而鍛煉之，誣服成獄，不日就決。偷兒憤其冤，自首於堂，告以是夜所見。鞫之情真，鄰人遂免。問其里人，言宅之故主曾有少婦經死，年齒容貌，與盜言悉符，因知是其鬼也。欲傳暴死者必求代替，其然歟？

閻羅宴

靜海邵生，家貧。值母初度，備牲酒祀於庭；拜已而起，則案上肴饌皆空。甚駭，以情告母。母疑其困乏不能為壽，故詭言之，邵默然無以自白。無何，學使案臨，苦無資斧，薄貸而往。途遇一人，伏候道左，邀請甚殷。從去。見殿閣樓臺，彌亙街路。既入，一王者坐殿上。邵伏拜。王者霽顏命坐，即賜宴飲，因曰：「前過華居，廝僕輩道路饑渴，有叨盛饌。」邵愕然不解。王者曰：「我忤官王也。不記尊堂設帨之辰乎？」筵終，出白鏹一裹，曰：「豚蹄之擾，聊以相報。」受之而出，則宮殿人物，一時都渺；惟有大樹數章，蕭然道側。視所贈，則真金，秤之得五兩。考終，只耗其半，猶懷歸以奉母焉。

役鬼

山西楊醫，善針灸之術；又能役鬼。一出門，則捉騾操鞭者，皆鬼物也。嘗夜自他歸，與友人同行。途中見二人來，修偉異常。友人大駭，楊便問：「何人？」答云：「長腳王、大頭李，敬迓主人。」楊曰：「為我前驅。」二人旋踵而行，蹇緩則立候之，若奴隸然。

細柳

細柳娘，中都之士人女也。或以其腰嫖嫋可愛，戲呼之「細柳」云。柳少慧，解文字，喜讀相人書。而生平簡默，未嘗言人臧否；但有問名者，必求一親窺其人。閱人甚多，俱未可，而年十九矣。父母怒之曰：「天下迄無良匹，汝將以丫角老耶？」女曰：「我實欲以人勝天；顧久而不就，亦吾命也。今而後，請惟父母之命是聽。」時有高生者，世家名士，聞細柳之名，委禽焉。既醮，夫婦甚得。生前室遺孤，小字長福，時五歲，女撫養周至。女或歸寧，福輒號啼從之，呵遣所不能止。年餘，女產一子，名之長怙。生問名字之義，答言：「無他，但望其長依膝下耳。」女於女紅疏略，常不留意；而於畝之東南，稅之多寡，按籍而問，惟恐不詳。久之，謂生曰：「家中事請置勿顧，待妾自為之，不知可當家否？」生如言，半載而家無廢事，生亦賢之。一日，生赴鄰村飲酒，適有追逋賦者，打門而誶。遣奴慰之，弗去。乃趣僮召生歸。隸既去，生笑曰：「細柳，今始知慧女不若癡男耶？」女聞之，俯首而哭。生驚挽而勸之，女終不樂。生不忍以家政累之，仍欲自任，女又不肯。晨興夜寐，經紀彌勤。每先一年，即儲來歲之賦，以故終歲未嘗見催租者一至其門；又以此法計衣食，由此用度益紓。於是生乃大喜，嘗戲之曰：「細柳何細哉：眉細、腰細、凌波細，且喜心思更細。」女對曰：「高郎誠高矣：品高、志高、文字高，但願壽數尤高。」村中有貨美材者，女不惜重直致之；價不能足，又多方乞貸於戚里。生以其不急之物，固止之，卒弗聽。蓄之年餘，富室有喪者，以倍資贖諸其門。生因利而謀諸女，女不可。問其故，不語；再問之，熒熒欲涕。心異之，然不忍重拂焉，乃罷。又踰歲，生年二十有五，女禁不令遠游；歸稍晚，僮僕招請者，相屬於道。於是同人咸戲謗之。一日，生如友人飲，覺體不快而歸，至中途墮馬，遂卒。時方溽暑，幸衣衾皆所夙備。里中始共服細娘智。福年十歲，始學為文。父既沒，嬌惰不肯讀，輒亡去從牧兒遨。譙訶不改，繼以夏楚，而頑冥如故。母無奈之，因呼而諭之曰：「既不願讀，亦復何能相強？但貧家無冗人，便更若衣，使與僮僕共操作。不然，鞭撻勿悔！」於是衣以敗絮，使牧豬，歸則自掇陶器，與諸僕啗飯粥。數日，苦之，泣跪庭下，願仍讀。母返身向壁，置不聞，不得已，執鞭啜泣而出。殘秋向盡，桁無衣，足無履，冷雨沾濡，縮頭如丐。里人見而憐之，納繼室者，皆引細娘為戒，嘖有煩言。女亦稍稍聞之，而漠不為意。福不堪其苦，棄豬逃去，女亦任之，殊不追問。積數月，乞食無所，憔悴自歸；不敢遽入，哀求鄰媼往白母。女曰：「若能受百杖，可來見；不然，早復去。」福聞之，驟入，痛哭願受杖。母問：「今知改悔乎？」曰：「悔矣。」曰：「既知悔，無須撻楚，可安分牧豬，再犯不宥！」福大哭曰：「願受百杖，請復讀。」女不聽。鄰嫗慫恿之，始納焉。濯髮授衣，令與弟怙同師。勤身銳慮，大異往昔，三年游泮。中丞楊公，見其文而器之，月給常廩，以助燈火。怙最鈍，讀數年不能記姓名。母令棄卷而農。怙游閒憚於作苦，母怒曰：「四民各有本業，既不能讀，又不能耕，寧不溝瘠死耶？」立杖之。由是率奴輩耕作，一朝晏起，則詬罵從之；而衣服飲食，母輒以美者歸兄。怙雖不敢言，而心竊不能平。農工既畢，母出資使學負販。怙淫賭，入手喪敗，詭託盜賊運數，以欺其母。母覺之，杖責瀕死。福長跪哀乞，願以身代，怒始解。自是一出門，母輒探察之。怙行稍斂，而非其心之所得已也。一日，請母，將從諸賈入洛；實借遠游，以快所欲，而中心惕惕，惟恐不遂所請。母聞之，殊無疑慮，即出碎金三十兩為之具裝；末又以鋌金一枚付之，曰：「此乃祖宦囊之遺，不可用去，聊以壓裝，備急可耳。且汝初學跋涉，亦不敢望重息，只此三十金得無虧負足矣。」臨又囑之。怙諾而出，忻忻意自得。至洛，謝絕客侶，宿名娼李姬之家。凡十餘夕，散金漸盡，自以巨金在橐，初不意空匱在慮；及取而斫之，則偽金耳。大駭，失色。李媼見其狀，冷語侵客。怙心不自安，然囊空無所向往，猶冀姬念夙好，不即絕之。俄有二人握索入，驟縶項領。驚懼不知所為。哀問其故，則姬已竊偽金去首公庭矣。至官，不能置辭，梏掠幾死。收獄中，又無資斧，大為獄吏所虐，乞食於囚，苟延餘息。初，怙之行也，母謂福曰：「記取廿日後，當遣汝之洛。我事煩，恐忽忘之。」福請所謂，黯然欲悲，不敢復請而退。過二十日而問之，歎曰：「汝弟今日之浮蕩，猶汝昔日之廢學也。我不冒惡名，汝何以有今日？人皆謂我忍，但淚浮枕簟，而人不知耳！」因泣下。福侍立敬聽，不敢研詰。泣已，乃曰：「汝弟蕩心不死，故授之偽金以挫折之，今度已在縲絏中矣。中丞待汝厚，汝往求焉，可以脫其死難，而生其愧悔也。」福立刻而發；比入洛，則弟被逮三日矣。即獄中而望之，怙奄然面目如鬼，見兄涕不可仰。福亦哭。時福為中丞所寵異，故遐邇皆知其名。邑宰知為怙兄，急釋之。怙至家，猶恐母怒，膝行而前。母顧曰：「汝願遂耶？」怙零涕不敢復作聲，福亦同跪，母始叱之起。由是痛自悔，家中諸務，經理維勤；即偶惰，母亦不呵問之。凡數月，並不與言商賈，意欲自請而不敢，以意告兄。母聞而喜，並力質貸而付之，半載而息倍焉。是年，福秋捷，又三年登第；弟貨殖累巨萬矣。邑有客洛者，窺見太夫人，年四旬，猶若三十許人，而衣妝樸素，類常家云。

異史氏曰：「黑心符出，蘆花變生，古與今如一丘之貉，良可哀也！或有避其謗者，又每矯枉過正，至坐視兒女之放縱而不一置問，其視虐遇者幾何哉？獨是日撻所生，而人不以為暴；施之異腹兒，則指摘從之矣。夫細柳固非獨忍於前子也；然使所出賢，亦何能出此心以自白於天下？而乃不引嫌，不辭謗，卒使二子一富一貴，表表於世。此無論閨闥，當亦丈夫之錚錚者矣！」

卷八

畫馬

臨清崔生，家窶貧。圍垣不修，每晨起。輒見一馬臥露草間，黑質白章；惟尾毛不整，似火燎斷者。逐去，夜又復來，不知所自。崔有好友，官於晉，欲往就之，苦無健步，遂捉馬施勒乘去，囑屬家人曰：「倘有尋馬者，當如晉以告。」既就途，馬騖駛，瞬息百里。夜不甚餤芻豆，意其病。次日緊啣不令馳；而馬蹄嘶噴沫，健怒如昨。復縱之，午已達晉。時騎入市廛，觀者無不稱歎。晉王聞之，以重直購之。崔恐為失者所尋，不敢售。居半年，無耗，遂以八百金貨於晉邸，乃自市健騾歸。後王以急務，遣校尉騎赴臨清。馬逸，追至崔之東鄰，入門，不見。索諸主人，主曾姓，實莫之睹。及入室，見壁間掛子昂畫馬一幀，內一匹毛色渾似，尾處為香炷所燒，始知馬，畫妖也。校尉難復王命，因訟曾。時崔得馬資，居積盈萬，自願以直貸曾，付校尉去。曾甚德之，不知崔即當年之售主也。

局詐

某御史家人，偶立市間，有一人衣冠華好，近與攀談。漸問主人姓字、官閥，家人並告之。其人自言：「王姓，貴主家之內使也。」語漸款洽，因曰：「宦途險惡，顯者皆附貴戚之門，尊主人所託何人也？」答曰：「無之。」王曰：「此所謂惜小費而忘大禍者也。」家人曰：「何託而可？」王曰：「公主待人以禮，能覆翼人。某侍郎係僕階進。倘不惜千金贄，見公主當亦不難。」家人喜，問其居止。便指其門戶曰：「日同巷不知耶？」家人歸告侍御。侍御喜，即張盛筵，使家人往邀王。王忻然來。筵間道公主情性及起居瑣事甚悉，且言：「非同巷之誼，即賜百金賞，不肯效牛馬。」御史益佩戴之。臨別訂約。王曰：「公但備物，僕乘間言之，旦晚當有報命。」越數日始至，騎駿馬甚都。謂侍御曰：「可速治裝行。公主事大煩，投謁者踵相接，自晨及夕，不得一間。今得少隙，宜急往，誤則相見無期矣。」侍御乃出兼金重幣，從之去。曲折十餘里，始至公主第，下騎祗候。王先持贄入。久之，出，宣言：「公主召某御史。」即有數人接遞傳呼。侍御傴僂而入，見高堂上坐麗人，姿貌如仙，服飾炳耀；侍姬著錦繡，羅列成行。侍御伏謁盡禮。傳命賜坐簷下，金椀進茗。主略致溫旨，侍御肅而退。自內傳賜緞靴、貂帽。既歸，深德王，持刺謁謝，則門闔無人。疑其侍主未歸。三日三詣，終不復見。使人詢諸貴主之門，則高扉扃錮。訪之居人，並言：「此間曾無貴主。前有數人僦屋而居，今去已三日矣。」使反命，主僕喪氣而已。

副將軍某，負資入都，將圖握篆，苦無階。一日，有裘馬者謁之，自言：「內兄為天子近侍。」茶已，請間云：「目下有某處將軍缺，倘不吝重金，僕囑內兄游揚聖主之前，此任可致，大力者不能奪也。」某疑其妄。其人曰：「此無須踟躕。某不過欲抽小數於內兄，於將軍錙銖無所望。言定如干數，署券為信。待召見後，方求實給；不效，則汝金尚在，誰從懷中而攫之耶？」

某乃喜，諾之。次日，復來引某去，見其內兄，云：「姓田。」煊赫如侯家。某參謁，殊傲睨不甚為禮。其人持券向某曰：「適與內兄議，率非萬金不可，請即署尾。」某從之。田曰：「人心叵測，事後慮有翻覆。」其人笑曰：「兄慮之過矣。既能予之，寧不能奪之耶？且朝中將相，有願納交而不可得者，將軍前程方遠，應不喪心至此。」某亦力矢而去。其人送之，曰：「三日即覆公命。」逾兩日，日方西，數人吼奔而入，曰：「聖上坐待矣！」某驚甚，疾趨入朝。見天子坐殿上，爪牙森立。某拜舞已。上命賜坐，慰問殷勤。顧左右曰：「聞某武烈非常，今見之，真將軍才也！」因曰：「某處險要地，今以委卿，勿負朕意，侯封有日耳。」某拜恩出。即有前日裘馬者從至客邸，依券兌付而去。於是高枕待綬，日誇榮於親友。過數日，探訪之，則前缺已有人矣。大怒，忿爭於兵部之堂，曰：「某承帝簡，何得授之他人？」司馬怪之。及述寵遇，半如夢境。司馬怒，執下廷尉。始供其引見者之姓名，則朝中並無此人。又耗萬金，始得革職而去。異哉！武弁雖騃，豈朝門亦可假耶？疑其中有幻術存焉，所謂「大盜不操矛弧」者也。

嘉祥李生，善琴。偶適東郊，見工人掘土得古琴，遂以賤直得之。拭之有異光；安絃而操，清烈非常。喜極，若獲拱璧，貯以錦囊，藏之密室，雖至戚不以示也。邑丞程氏，新蒞任，投刺謁李。李故寡交游，以其先施故，報之。過數日，又招飲，固請乃往。程為人風雅絕倫，議論瀟灑，李悅焉。越日，折柬酬之，歡笑益洽。從此月夕花晨，未嘗不相共也。年餘，偶於丞廨中，見繡囊裹琴置几上。李便展玩。程問：「亦諳此否？」李曰：「生平最好。」程訝曰：「知交非一日，絕技胡不一聞？」撥爐爇沉香，請為小奏。李敬如教。程曰：「大高手！願獻薄技，勿笑小巫也。」遂鼓「御風曲」，其聲泠泠，有絕世出塵之意。李更傾倒，願師事之。自此二人以琴交，情分益篤。年餘，盡傳其技。然程每詣李，李以常琴供之，未肯洩所藏也。一夕，薄醉。丞曰：「某新肄一曲，無亦願聞之乎？」為奏「湘妃」，幽怨若泣。李亟贊之。丞曰：「所恨無良琴；若得良琴，音調益勝。」李忻然曰：「僕蓄一琴，頗異凡品。今遇鍾期，何敢終密？」乃啓櫝負囊而出。程以袍袂拂塵，凴几再鼓，剛柔應節，工妙入神。李擊節不置。丞曰：「區區拙技，負此良琴。若得荊人一奏，當有一兩聲可聽者。」李驚曰：「公閨中亦精之耶？」丞笑曰：「適此操乃傳自細君者。」李曰：「恨在閨閣，小生不得聞耳。」丞曰：「我輩通家，原不以形迹相限。明日，請攜琴去，當使隔簾為君奏之。」李悅。次日，抱琴而往。程即治具歡飲。少間，將琴入，旋出即坐。俄見簾內隱隱有麗妝，頃之，香流戶外。又少時，絃聲細作；聽之不知何曲，但覺蕩心媚骨，令人魂魄飛越。曲終便來窺簾，竟二十餘絕代之姝也。丞以巨白勸釂，內復改絃為「閑情之賦」，李形神益惑。傾飲過醉，離席興辭，索琴。丞曰：「醉後防有蹉跌。明日復臨，當令閨人盡其所長。」李歸。次日詣之，則廨舍寂然，惟一老隸應門。問之，云：「五更攜眷去，不知何作，言往復可三日耳。」如期往伺之，日暮，並無音耗。吏皂皆疑，白令破扃而窺其室，室盡空，惟几榻猶存耳。達之上臺，並不測其何故。李喪琴，寢食俱廢，不遠數千里訪諸其家。——程故楚產，三年前，捐資授嘉祥。——執其姓名，詢其居里，楚中並無其人。或云：「有程道士者，善鼓琴；又傳其有點金術。三年前，忽去不復見。」疑即其人。又細審其年甲、容貌，吻合不謬。乃知道士之納官，皆為琴也。知交年餘，並不言及音律；漸而出琴，漸而獻技，又漸而惑以佳麗；浸漬三年，得琴而去。道士之癖，更甚於李生也。天下之騙機多端，若道士，猶騙中之風雅者也。

放蝶

長山王進士㞳生為令時，每聽訟，按律之輕重，罰令納蝶自贖；堂上千百齊放，如風飄碎錦，王乃拍案大笑。一夜，夢一女子，衣裳華好，從容而入，曰：「遭君虐政，姊妹多物故。當使君先受風流之小譴耳。」言已，化為蝶，迴翔而去。明日，方獨酌署中，忽報直指使至，惶遽而出，閨中戲以素花簪冠上，忘除之。直指見之，以為不恭，大受詬罵而返。由是罰蝶令遂止。

青城于重寅，性放誕。為司理時，元夕以火花爆竹縛驢上，首尾並滿，牽登太守之門，擊柝而請，自白：「某獻火驢，幸出一覽。」時太守有愛子患痘，心緒方惡，辭之。于固請之。太守不得已，使閽人啓鑰。門甫闢，于火發機，推驢入。爆震驢驚，踶趹狂奔；又飛火射人，人莫敢近。驢穿堂入室，破甌毀甑，火觸成塵，窗紗都燼。家人大譁。痘兒驚陷，終夜而死。太守痛恨，將揭劾之。于浼諸司道，登堂負荊，乃免。

男生子

福建總兵楊輔，有孌童，腹震動。十月既滿，夢神人剖其兩脅去之。及醒，兩男夾左右啼。起視脅下，剖痕儼然。兒名之天舍、地舍云。

異史氏曰：「按此吳藩未叛前事也。吳既叛，閩撫蔡公疑楊欲圖之，而恐其為亂，以他故召之。楊妻夙智勇，疑之，沮楊行，楊不聽。妻涕而送之。歸則傳齊諸將，披堅執銳，以待消息。少間，聞夫被誅，遂反攻蔡。蔡倉惶不知所為，幸標卒固守，不克乃去。去既遠，蔡始戎裝突出，率眾大譟。人傳為笑焉。後數年，盜乃就撫。未幾，蔡暴亡。臨卒，見楊操兵入，左右亦皆見之。嗚呼！其鬼雖雄，而頭不可復續矣！生子之妖，其兆於此耶？」

鍾生

鍾慶餘，遼東名士。應濟南鄉試。聞藩邸有道士，知人休咎，心向往之。二場後，至趵突泉，適相值。年六十餘，鬚長過胸，一皤然道人也。集問災祥者如堵，道士悉以微詞授之。於眾中見生，忻然握手，曰：「君心術德行，可敬也！」挽登閣上，屏人語，因問：「莫欲知將來否？」曰：「然。」曰：「子福命至薄，然今科鄉舉可望。但榮歸後，恐不復見尊堂矣。」生至孝，聞之泣下，遂欲不試而歸。道士曰：「若過此已往，一榜亦不可得矣。」生云：「母死不見，且不可復為人，貴為卿相，何加焉？」道士曰：「某夙世與君有緣，今日必合盡力。」乃以一丸授之曰：「可遣人夙夜將去，服之可延七日。場畢而行，母子猶及見也。」生藏之，匆匆而出，神志喪失。因計終天有期，早歸一日，則多得一日之奉養，攜僕貰驢，即刻東邁。驅里許，驢忽返奔，下之不馴，控之則蹶。生無計，躁汗如雨。僕勸止之，生不聽。又貰他驢，亦如之。日已啣山，莫知為計。僕又勸曰：「明日即完場矣，何爭此一朝夕乎？請即先主而行，計亦良得。」不得已，從之。次日，草草竣事，立時遂發，不遑啜息，星馳而歸。則母病綿惙，下丹藥，漸就痊可。入視之，就榻泫泣。母搖首止之，執手喜曰：「適夢之陰司，見王者顏色和霽。謂稽爾生平，無大罪惡；今念汝子純孝，賜壽一紀。」生亦喜。歷數日，果平健如故。未幾，聞捷，辭母如濟。因賂內監，致意道士。道士忻然出，生便伏謁。道士曰：「君既高捷，太夫人又增壽數，此皆盛德所致。道人何力焉！」生又訝其先知，因而拜問終身。道士云：「君無大貴，但得耄耋足矣。君前身與我為僧侶，以石投犬，誤斃一蛙，今已投生為驢。論前定數，君當橫折；今孝德感神，已有解星入命，固當無恙。但夫人前世為婦不貞，數應少寡。今君以德延壽，非其所偶，恐歲後瑤臺傾也。」生惻然良久，問繼室所在。曰：「在中州，今十四歲矣。」臨別囑曰：「倘遇危急，宜奔東南。」後年餘，妻病果死。鍾舅令於西江，母遣往省，以便途過中州，將應繼室之讖。偶適一村。值臨河優戲，士女甚雜。方欲整轡趨過，有一失勒牡驢，隨之而行，致騾蹄趹。生回首，以鞭擊驢耳；驢驚，大奔。時有王世子方六七歲，乳媼抱坐堤上；驢沖過，扈從皆不及防，擠墮河中。眾大譁，欲執之。生縱騾絕馳。頓憶道士言，極力趨東南。約二十餘里，入一山村，有叟在門，下騎揖之。叟邀入，自言「方姓」，便詰所來。生叩伏在地，具以情告。叟言：「不妨。請即寄居此間，當使徼者去。」至晚得耗，始知為世子，叟大駭曰：「他家可以為力。此真愛莫能助矣！」生哀不已。叟籌思曰：「不可為也。請過一宵，聽其緩急，倘可再謀。」生愁怖，終夜不枕。次日偵聽，則已行牒譏察，收藏者棄市。叟有難色，無言而入。生疑懼，無以自安。中夜，叟來，入坐，便問：「夫人年幾何矣？」生以鰥對。叟喜曰：「吾謀濟矣。」問之，答云：「余姊夫慕道，掛錫南山；姊又謝世。遺有孤女，從僕鞠養，亦頗慧。以奉箕帚如何？」生喜符道士之言，而又冀親戚密邇，可以得其周謀，曰：「小生誠幸矣。但遠方罪人，深恐貽累丈人。」叟曰：「此為君謀也。姊夫道術頗神，但久不與人事矣。合巹後，自與甥女籌之，必合有計。」生喜極，贅焉。女十六歲，豔絕無雙。生每對之欷歔。女云：「妾即陋，何遂遽見嫌惡？」生謝曰：「娘子仙人，相偶為幸。但有禍患，恐致乖違。」因以實告。女怨曰：「舅乃非人！此彌天之禍，不可為謀，乃不明言，而陷我於坎窞！」生長跪曰：「是小生以死命哀舅，舅慈悲而窮於術，知卿能生死人而肉白骨也。某誠不足稱好逑，然家門幸不辱寞。倘得再生，香花供養有日耳。」女歎曰：「事已至此，夫復何辭？然父自削髮招提，兒女之愛已絕。無已，同往哀之，恐擔挫辱不淺也。」乃一夜不寐，以氈綿厚作蔽膝，各以隱著衣底；然後喚肩輿，入南山十餘里。山逕拗折絕險，不復可乘。下輿，女跬步甚艱，生挽臂拽扶之，竭蹶始得上達。不遠，即見山門，共坐少憩。女喘汗淫淫，粉黛交下。生見之，情不可忍，曰：「為某故，遂使卿罹此苦！」女愀然曰：「恐此尚未是苦！」困少蘇，相將入蘭若，禮佛而進。曲折入禪堂，見老僧趺坐，目若瞑，一僮執拂侍之。方丈中，掃除光潔；而坐前悉布沙礫，密如星宿。女不敢擇，入跪其上；生亦從諸其後。僧開目一瞻，即復合去。女參曰：「久不定省，今女已嫁，故偕婿來。」僧久之，啓視曰：「妮子大累人！」即不復言。夫妻跪良久，筋力俱殆，沙石將壓入骨，痛不可支。又移時，乃言曰：「將騾來未？」女答曰：「未。」曰：「夫妻即去，可速將來。」二人拜而起，狼狽而行。既歸，如命，不解其意，但伏聽之。過數日，相傳罪人已得，伏誅訖。夫妻相慶。無何，山中遣僮來，以斷杖付生云：「代死者，此君也。」便囑瘞葬致祭，以解竹木之冤。生視之，斷處有血痕焉。乃祝而葬之。夫妻不敢久居，星夜歸遼陽。

鬼妻

泰安聶鵬雲，與妻某，魚水甚諧。妻遘疾卒，聶坐臥悲思，忽忽若失。一夕獨坐，妻忽排扉入，聶驚問：「何來？」笑云：「妾已鬼矣。感君悼念，哀白地下主者，聊與作幽會。」聶喜，攜就牀寢，一切無異於常。從此星離月會，積有年餘。聶亦不復言娶。伯叔兄弟懼墮宗主，私勸聶鸞續；聶從之，聘於良家。然恐妻不樂，祕之。未幾，吉期逼邇，鬼知其情，責之曰：「我以君義，故冒幽冥之譴；今乃質盟不卒，鍾情者固如是乎？」聶述宗黨之意。鬼終不悅，謝絕而去。聶雖憐之，而計亦得也。迨合巹之夕，夫婦俱寢，鬼忽至，就牀上撾新婦，大罵：「何得占我牀寢！」新婦起，方與撐拒。聶惕然赤蹲，並無敢左右袒。無何，雞鳴，鬼乃去。新婦疑聶妻故並未死，謂其賺己，投繯欲自縊。聶為之緬述，新婦始知為鬼。日夕復來，新婦懼避之。鬼亦不與聶寢，但以指掐膚肉；已乃對燭目怒相視，默默不語。如是數夕，聶患之。近村有良於術者，削桃為杙，釘墓四隅，其怪始絕。

黃將軍

黃靖南得功微時，與二孝廉赴都，途遇響寇。孝廉懼，長跪獻資。黃怒甚，手無寸鐵，即以兩手握騾足，舉而投之。寇不及防，馬倒人墮。黃拳之臂斷，搜橐而歸孝廉。孝廉服其勇，資勸從軍。後屢建奇勛，遂腰蟒玉。

三朝元老

某中堂，故明相也。曾降流寇，世論非之。老歸林下，享堂落成，數人直宿其中，天明，見堂上一匾云：「三朝元老。」一聯云：「一二三四五六七，孝弟忠信禮義廉。」不知何時所懸。怪之，不解其義。或測之云：「首句隱亡八，次句隱無恥也。」

洪經略南征，凱旋。至金陵，醮薦陣亡將士。有舊門人謁見，拜已，即呈文藝。洪久厭文事，辭以昏眊。其人云：「但煩坐聽，容某誦達上聞。」遂探袖出文，抗聲朗讀，乃故明思宗御製祭洪遼陽死難文也。讀畢，大哭而去。

醫術

張氏者，沂之貧民。途中遇一道士，善風鑑，相之曰：「子當以術業富。」張曰：「宜何從？」又顧之，曰：「醫可也。」張曰：「我僅識之無耳，烏能是？」道士笑曰：「迂哉！名醫何必多識字乎？但行之耳。」既歸，貧無業，乃摭拾海上方，即市廛中除地作肆，設魚牙蜂房，謀升斗於口舌之間，而人亦未之奇也。會青州太守病嗽，牒檄所屬徵醫。沂故山僻，少醫工；而令懼無以塞責，又責里中使自報。於是共舉張，令立召之。張方痰喘，不能自療，聞命大懼，固辭。令弗聽，卒郵送去。路經深山，渴極，咳愈甚。入村求水，而出中水價與玉液等，遍乞之，無與者。見一婦漉野菜，菜多水寡，盎中濃濁如涎。張燥急難堪，便乞餘瀋飲之。少間，渴解，嗽亦頓止。陰念：殆良方也。比至郡，諸邑醫工，已先施治，並未痊減。張入，求密所，偽作藥目，傳示內外；復遣人於民間索諸藜藿，如法淘汰訖，以汁進太守。一服病良已，太守大悅，賜賚甚厚，旌以金扁。由此名大譟，門常如市，應手無不悉效。有病傷寒者，言症求方。張適醉，誤以瘧劑予之。醒而悟之，不敢以告人。三日後，有盛儀造門而謝者，問之，則傷寒之人，大吐大下而癒矣。此類甚多。張由此稱素封，益以聲價自重，聘者非重資安輿不至焉。

益都韓翁，名醫也。其未著時，貨藥於四方。暮無所宿，投止一家，則其子傷寒將死，因請施治。韓思不治則去此莫適，而治之誠無術。往復跮踱，以手搓體，而污成片，捻之如丸。頓思以此給之，當亦無所害。曉而不癒，已賺得寢食安飽矣。遂付之。中夜，主人撾門甚急，意其子死，恐被侵辱，驚起，踰垣疾遁。主人追之數里，韓無所逃，始止。乃知病者汗出而癒矣。挽回，款宴豐隆；臨行，厚贈之。

藏蝨

鄉人某者，偶坐樹下，捫得一蝨，片紙裹之，塞樹孔中而去。後二三年，復經其處，忽憶之，視孔中紙裹宛然。發而驗之，蝨薄如麩。置掌中審顧之。少頃，覺掌中奇癢，而蝨腹漸盈矣。置之而歸。癢處核起，腫數日，死焉。

夢狼

白翁，直隸人。長子甲，筮仕南服，三年無耗。適有瓜葛丁姓造謁，翁款之。丁素走無常。談次，翁輒問以冥事，丁對語涉幻；翁不深信，但微哂之。別後數日，翁方臥，見丁又來，邀與同游。從之去，入一城闕。移時，丁指一門曰：「此間君家甥也。」時翁有姊子為晉令，訝曰：「烏在此？」丁曰：「倘不信，入便知之。」翁入，果見甥，蟬冠豸繡坐堂上，戟幢行列，無人可通。丁曳之出，曰：「公子衙署，去此不遠，亦願見之否？」翁諾。少間，至一第，丁曰：「入之。」窺其門，見一巨狼當道，大懼不敢進。丁又曰：「入之。」又入一門，見堂上、堂下，坐者、臥者，皆狼也。又視墀中，白骨如山，益懼。丁乃以身翼翁而進。公子甲方自內出，見父及丁良喜。少坐，喚侍者治肴蔌。忽一巨狼，啣死人入。翁戰惕而起，曰：「此胡為者？」甲曰：「聊充庖廚。」翁急止之。心怔忡不寧，辭欲出，而羣狼阻道。進退方無所主，忽見諸狼紛然嗥避，或竄牀下，或伏几底。錯愕不解其故。俄有兩金甲猛士努目入，出黑索索甲。甲撲地化為虎，牙齒巉巉。一人出利劍，欲梟其首。一人曰：「且勿，且勿，此明年四月間事，不如姑敲齒去。」乃出巨錘錘齒，齒零落墮地。虎大吼，聲震山岳。翁大懼，忽醒，乃知其夢。心異之，遣人招丁，丁辭不至。翁誌其夢，使次子詣甲，函戒哀切。既至，見兄門齒盡脫；駭而問之，則醉中墜馬所折，考其時，則父夢之日也。益駭。出父書。甲讀之變色，間曰：「此幻夢之適符耳，何足怪。」時方賂當路者，得首薦，故不以妖夢為意。弟居數日，見其蠹役滿堂，納賄關說者，中夜不絕，流涕諫止之。甲曰：「弟日居衡茅，故不知仕途之關竅耳。黜陟之權，在上臺不在百姓。上臺喜，便是好官；愛百姓，何術能令上臺喜也？」弟知不可勸止，遂歸。告父，翁聞之大哭。無可如何，惟捐家濟貧，日禱於神，但求逆子之報，不累妻孥。次年，報甲以薦舉作吏部，賀者盈門；翁惟欷歔，伏枕託疾不出。未幾，聞子歸途遇寇，主僕殞命。翁乃起，謂人曰：「鬼神之怒，只及其身，祐我家者不可謂不厚也。」因焚香而報謝之。慰藉翁者，咸以為道路訛傳，惟翁則深信不疑，刻日為之營兆。——而甲固未死。先是，四月間，甲解任，甫離境，即遭寇，甲傾裝以獻之。諸寇曰：「我等來，為一邑之民洩冤憤耳，寧耑為此哉！」遂決其首。又問家人：「有司大成者誰是？」——司故甲之腹心，助桀為虐者。——家人共指之。賊亦殺之。更有蠹役四人，——甲聚斂臣也，將攜入都。——併搜決訖，始分資入囊，騖馳而去。甲魂伏道旁，見一宰官過，問：「殺者何人？」前驅者曰：「某縣白知縣也。」宰官曰：「此白某之子，不宜使老後見此凶慘，宜續其頭。」即有一人掇頭置腔上，曰：「邪人不宜使正，以肩承領可也。」遂去。移時復蘇。妻子往收其尸，見有餘息，載之以行；從容灌之，亦受飲。但寄旅邸，貧不能歸。半年許，翁始得確耗，遣次子致之而歸。甲雖復生，而目能自顧其背，不復齒人數矣。翁姊子有政聲，是年行取為御史，悉符所夢。

異史氏曰：「竊歎天下之官虎而吏狼者，比比也。——即官不為虎，而吏且將為狼，況有猛於虎者耶！夫人患不能自顧其後耳；蘇而使之自顧，鬼神之教微矣哉！」

鄒平李進士匡九，居官頗廉明。常有富民為人羅織，門役嚇之曰：「官索汝二百金，宜速辦；不然，敗矣！」富民懼，諾備半數。役搖手不可，富民苦哀之，役曰：「我無不極力，但恐不允耳。待聽鞫時，汝目睹我為若白之，其允與否，亦可明我意之無他也。」少間，公按是事。役知李戒烟，近問：「飲烟否？」李搖其首。役即趨下曰：「適言其數，官搖首不許，汝見之耶？」富民信之，懼，許如數。役知李嗜茶，近問：「飲茶否？」李頷之。役托烹茶，趨下曰：「諧矣！適首肯，汝見之耶？」既而審結，富民某獲免，役即收其苞苴，且索謝金。嗚呼！官自以為廉，而罵其貪者載道焉。此又縱狼而不自知者矣。世之如此類者更多，可為居官者備一鑑也。

夜明

有賈客泛於南海。三更時，舟中大亮似曉。起視，見一巨物，半身出水上，儼若山岳；目如兩日初升，光四射，大地皆明。駭問舟人，並無知者。共伏瞻之。移時，漸縮入水，乃復晦。後至閩中，俱言某夜明而復昏，相傳為異。計其時，則舟中見怪之夜也。

夏雪

丁亥年七月初六日，蘇州大雪。百姓惶駭，共禱諸大王之廟。大王忽附人而言曰：「如今稱老爺者，皆增一大字；其以我神為小，消不得一大字耶？」眾悚然，齊呼「大老爺」，雪立止。由此觀之，神亦喜諂，宜乎治下部者之得車多矣。

異史氏曰：「世風之變也，下者益諂，上者益驕。即康熙四十餘年中，稱謂之不古，甚可笑也。舉人稱爺，二十年始；進士稱老爺，三十年始；司、院稱大老爺，二十五年始。昔者大令謁中丞，亦不過老大人而止；今則此稱久廢矣。即有君子，亦素諂媚行乎諂媚，莫敢有異詞也。若縉紳之妻呼太太，裁數年耳。昔惟縉紳之母，始有此稱；以妻而得此稱者，惟淫史中有林喬耳，他未之見也。唐時，上欲加張說大學士，說辭曰：『學士從無大名，臣不敢稱。』今之大，誰大之？初由於小人之諂，而因得貴倨者之悅，居之不疑，而紛紛者遂遍天下矣。竊意數年以後，稱爺者必進而老，稱老者必進而大，但不知大上造何尊稱？匪夷所思已！」

丁亥年六月初三日，河南歸德府大雪尺餘，禾皆凍死，惜乎其未知媚大王之術也。悲夫！

化男

蘇州木瀆鎮有民女夜坐庭中，忽星隕中顱，仆地而死。其父母老而無子，只此女，哀呼急救。移時始蘇，笑曰：「我今為男子矣！」驗之，果然。其家不以為妖，而竊喜其暴得丈夫也。奇已。此丁亥間事。

禽俠

天津某寺，鸛鳥巢於鴟尾。殿承塵上，藏大蛇如盆，每至鸛雛團翼時，輒出吞食淨盡。鸛悲鳴數日乃去。如是三年，人料其必不復至，而次歲巢如故。約雛長成，即逕去，三日始還。入巢啞啞，哺子如初。蛇又蜿蜒而上。甫近巢，兩鸛驚，飛鳴哀急，直上青冥。俄聞風聲蓬蓬，一瞬間，天地似晦。眾駭異，共視一大鳥，翼蔽天日，從空疾下，驟如風雨，以爪擊蛇，蛇首立墮，連催殿角數尺許，振翼而去。鸛從其後，若將送之。巢既傾，兩雛俱墮，一生一死。僧取生者置鐘樓上。少頃，鸛返，仍就哺之，翼成而去。

異史氏曰：「次年復至，蓋不料其禍之復也；三年而巢不移，則報仇之計已決；三日不返，其去作秦庭之哭，可知矣。大鳥必羽族之劍仙也，飆然而來，一擊而去，妙手空空兒何以加此？」

濟南有營卒，見鸛鳥過，射之，應弦而落。喙中啣魚，將哺子也。或勸拔矢放之，卒不聽。少頃，帶矢飛去。後往來近郭間，兩年餘，貫矢如故。一日，卒坐轅門下，鸛過，矢墜地。卒拾視曰：「矢固無恙耶？」耳適癢，因以矢搔耳。忽大風摧門，門驟闔，觸矢貫腦而死。

鴻

天津弋人得一鴻。其雄者隨至其家，哀鳴翱翔，抵暮始去。次日，弋人早出，則鴻已至，飛號從之；既而集其足下。弋人將並捉之。見其伸頸俛仰，吐出黃金半鋌。弋人悟其意，乃曰：「是將以贖婦也。」遂釋雌。兩鴻徘徊，若有悲喜，遂雙飛而去。弋人稱金，得二兩六錢強。噫！禽鳥何知，而鍾情若此！悲莫悲於生別離，物亦然耶？

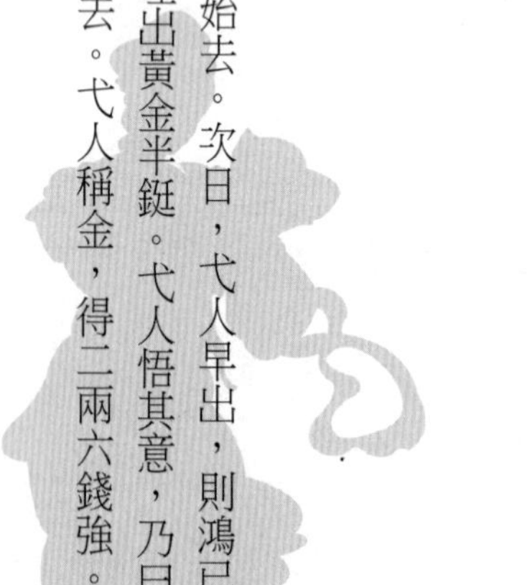

象

粵中有獵獸者，挾矢如山。偶臥憩息，不覺沈睡，被象來鼻攝而去。自分必遭殘害。未幾，釋置樹下，頓首一鳴，羣象紛至，四面旋繞，若有所求。前象伏樹下，仰視樹而俯視人，似欲其登。獵者會意，即足踏象背，攀援而升。雖至樹巔，亦不知其意向所存。少時，有狻猊來，眾象皆伏。狻猊擇一肥者，意將搏噬，象戰慄，無敢逃者，惟共仰樹上，似求憐拯。獵者會意，因望狻猊發一弩，狻猊立殪。諸象瞻空，意若拜舞，獵者乃下。象復伏，以鼻牽衣，似欲其乘，獵者隨跨身其上，象乃行。至一處，以蹄穴地，得脫牙無算。獵人下，束治置象背。象乃負送出山，始返。

負尸

有樵夫赴市，荷杖而歸，忽覺杖頭如有重負。回顧，見一無頭人懸繫其上，大驚。脫杖亂擊之，遂不復見。駭奔，至一村，時已昏暮，有數人爇火照地，似有所尋。近問訊，蓋眾適聚坐，忽空中墮一人頭，鬚髮蓬然，倏忽已渺。樵人亦言所見，合之適成一人，究不解其何來。後有人荷籃而行，忽見其中有人頭，人訝詰之，始大驚，傾諸地上，宛轉而沒。

紫花和尚

諸城丁生，野鶴公之孫也。少年名士，沈病而死，隔夜復蘇，曰：「我悟道矣。」時有僧善參玄，因遣人邀至，使就榻前講「楞嚴」。生每聽一節，都言非是，乃曰：「使吾病痊，證道何難。惟某生可癒吾疾，宜虔請之。」蓋邑有某生者，精岐黃而不以術行，三聘始至，疏方下藥，病癒。既歸，一女子自外入，曰：「我董尚書府中侍兒也。紫花和尚與妾有夙冤，今得追報，君又活之耶？再往，禍將及。」言已，遂沒。某懼，辭丁。丁病復作，固要之，乃以實告。丁歎曰：「孽自前生，死吾分耳。」尋卒。後尋諸人，果有紫花和尚，高僧也，青州董尚書夫人嘗供養家中；亦無有知其冤之所自結者。

周克昌

淮上貢生周天儀，年五旬，只一子，名克昌，愛暱之。至十三四歲，丰姿甚秀；而性不喜讀，輒逃塾，從羣兒戲，恆終日不返。周亦聽之。一日，既暮不歸，始尋之，殊竟烏有。夫妻號咷，幾不欲生。年餘，昌忽自至。言：「為道士迷去，幸不見害。值其他出，得逃而歸。」周喜極，亦不追問。及教以讀，慧悟倍於疇曩。踰年，文思大進，既入郡庠試，遂知名。世族爭婚，昌頗不願。趙進士女有姿，周強為娶之。既入門，夫妻調笑甚歡；而昌恆獨宿，若無所私。逾年，秋戰而捷，周益慰。然年漸暮，日望抱孫，故嘗隱諷昌，昌漠若不解。母不能忍，朝夕多絮語。昌變色，出曰：「我久欲亡去，所不遽捨者，顧復之情耳。實不能探討房帷，以慰所望。請仍去，彼順志者且復來矣。」媼追曳之，已踣，衣冠如蛻。大駭，疑昌已死，是必其鬼也。悲歎而已。次日，昌忽僕馬而至，舉家惶駭。近詰之，亦言：為惡人略賣於富商之家；商無子，子焉。得昌後，忽生一子。昌思家，遂送之歸。問所學，則頑鈍如昔。乃知此為昌；其入泮鄉捷者，鬼之假也。然竊喜其事未洩，即使襲孝廉之名。入房，婦甚狎熟；而昌靦然有愧色，似新婚者。甫周年，生子矣。

異史氏曰：「古言庸福人，必鼻口眉目間具有少庸，而後福隨之；其精光陸離者，鬼所棄也。庸之所在，桂籍可以不入闈而通，佳麗可以不親迎而致；而況少有憑藉，益之以鑽窺者乎！」

嫦娥

太原宗子美，從父游學，流寓廣陵。父與紅橋下林嫗有素。一日，父子過紅橋，遇之，固請過諸其家，瀹茗共話。有女在旁，殊色也。翁亟贊之，嫗顧宗曰：「大郎溫婉如處子，福相也。若不鄙棄，便奉箕帚，如何？」翁笑，促子離席，使拜媼曰：「一言千金矣！」先是，嫗獨居，女忽自至，告訴孤苦。問其小字，則名嫦娥。嫗愛而留之，實將奇貨居之也。時宗年十四，睨女竊喜，意翁必媒定之，而翁歸若忘。心灼熱，隱以白母。翁聞而笑曰：「曩與貪婆子戲耳。彼不知將賣黃金幾何矣，此何可易言！」踰年，翁媼並卒。子美不能忘情嫦娥，服將闋，託人示意林嫗。嫗初不承，宗忿曰：「我生平不輕折腰，何媼視之不值一錢？若負前盟，須見還也！」嫗乃云：「曩或與而翁戲約，容有之。但無成言，遂都忘卻。今既云云，我豈留嫁天王耶？要日日裝束，實望易千金；今請半焉，可乎？」宗自度難辦，亦遂置之。適有寡媼，僦居西鄰，有女及笄，小名顛當。偶窺之，雅麗不減嫦娥。向慕之，每以饋遺階進；久而漸熟，往往送情以目，而欲語無間。一夕，踰垣乞火。宗喜挽之，遂相燕好。約為嫁娶，辭以兄負販未歸。由此蹈隙往來，形迹周密。一日，偶經紅橋，見嫦娥適在門內，疾趨過之。嫦娥望見，招之以手，宗駐足；女又招之，遂入。女以背約讓宗，宗述其故。便入室，取黃金一鋌付之，宗不受，辭曰：「自分永與卿絕，遂他有所約。受金而為卿謀，是負人也；受金而不為卿謀，是負卿也：誠不敢有所負。」女良久曰：「君所約，妾頗知之。其事必無成；即成之，妾不怨君之負心也。其速行，媼將至矣。」宗倉卒無以自主，受之而歸。隔夜，告之顛當，顛當深然其言，但勸宗專心嫦娥。宗不語；願下之，宗乃悅。即遣媒納金林嫗，嫗無辭，以嫦娥歸宗。入門後，悉述顛當言。嫦娥微笑，陽慫恿之。宗喜，急欲一白顛當，而顛當迹久絕。嫦娥知其為己，因暫歸寧，故予之間，囑宗竊其佩囊。已而顛當果至，與商所謀，但言勿急。及解衿狎笑，脇下有紫荷囊，將便摘取。顛當變色起，曰：

「君與人一心，而與妾二！負心郎！請從此絕。」宗屈意挽解，不聽，逕去。一日，過其門探察之，已另有吳客僦居其中，顛當子母遷去已久，影滅迹絕，莫可問訊。宗自娶嫦娥，家暴富，連閣長廊，彌亙街路。嫦娥善諧謔，適見美人畫卷，宗曰：「吾自謂，如卿天下無兩，但不曾見飛燕、楊妃耳。」女笑曰：「若欲見之，此亦何難。」乃執卷細審一過，便趨入室，對鏡修妝，傚飛燕舞風，又學楊妃帶醉。長短肥瘦，隨時變更；風情態度，對卷逼真。方作態時，有婢自外至，不復能識，驚問其僚；既而審注，恍然始笑。宗喜曰：「吾得一美人，而千古之美人，皆在牀闥矣！」一夜，方熟寢，數人撬扉而入，火光射壁。女急起，驚言：「盜入！」宗初醒，即欲鳴呼。一人以白刃加頸，懼不敢喘。又一人掠嫦娥負背上，鬨然而去。宗始號，家役畢集，室中珍玩，無少亡者。宗大悲，悵然失圖，無復情地。告官追捕，殊無音息。荏苒三四年，鬱鬱無聊，因假赴試入都。居半載，占驗詢察，無計不施。偶過姚巷，值一女子，垢面敝衣，傴儴如丐。停趾相之，乃顛當也。駭曰：「卿何憔悴至此？」答云：「別後南遷，老母即世，為惡人掠賣旗下，撻辱凍餒，所不忍言。」宗泣下，問：「可贖否？」曰：「難矣。耗費煩多，不能為力。」宗曰：「實告卿：年來頗稱小有；惜客中資斧有限，傾裝貨馬，所不敢辭。如所需過奢，當歸家營辦之。」女約明日出西城，相會叢柳下；囑獨往，勿以人從。宗曰：「諾。」次日，早往，則女先在，袿衣鮮明，大非前狀。驚問之，笑曰：「曩試君心耳，幸綈袍之意猶存。請至敝廬，宜必得當以報。」北行數武，即至其家，遂出肴酒，相與談讌。宗約與俱歸，女曰：「妾多俗累，不能從。嫦娥消息，固頗聞之。」宗急詢其何所，女曰：「其行蹤縹緲，妾亦不能深悉。西山有老尼，一目眇，問之，當自知。」遂止宿其家。天明示以逕。宗至其處，有古寺，周垣盡頹；叢竹內有茅屋半間，老尼綴衲其中。見客至，漫不為禮。宗揖之，尼始舉頭致問。因告姓氏，即白所求。尼曰：「八十老瞽，與世睽絕，何處知佳人消息？」宗固求之。乃曰：「我實不知。有二三戚屬，來夕相過，或小女子輩識之，未可知。汝明夕可來。」宗乃出。次日再至，則尼他出，敗扉扃焉。伺之既久，更漏已催，明月高揭，徘徊無計，遙見二三女郎自外入，則嫦娥在焉。宗喜極，突起，

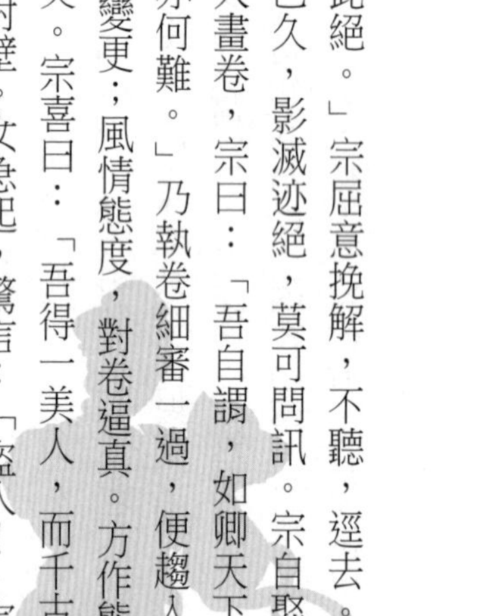

急攬其袪。嫦娥曰：「莽郎君！嚇煞妾矣！可恨顛當饒舌，乃教情欲纏人。」宗曳坐，執手款曲，歷訴艱難，不覺惻楚。女曰：「實相告：妾實嫦娥被謫，浮沈俗間，其限已滿；託為寇劫，所以絕君望耳。尼亦王母守府者，妾初譴時，蒙其收恤，故暇時常一臨存。君如釋妾，當為代致顛當。」宗不聽，垂首隕涕。女遙顧曰：「姊妹輩來矣。」宗方四顧，而嫦娥已杳。宗大哭失聲，不欲復活，因解帶自縊。恍惚覺魂已出舍，倀倀靡適。俄見嫦娥來，捉而提之，足離於地；入寺，取樹上尸推擠之，喚曰：「癡郎，癡郎！嫦娥在此。」忽若夢醒。少定，女恚曰：「顛當賤婢！害妾而殺郎君，我不能恕之也！」下山賃輿而歸。既命家人治裝，乃返身而出西城，詣謝顛當；至則舍宇全非，愕歎而返。竊幸嫦娥不知。入門，嫦娥迎笑曰：「君見顛當耶？」宗愕然不能答。女曰：「君背嫦娥，烏得顛當？請坐待之，當自至。」未幾，顛當果至，倉惶伏榻下。嫦娥疊指彈之，曰：「小鬼頭陷人不淺！」顛當叩頭，但求賒死。嫦娥曰：「推人坑中，而欲脫身天外耶？廣寒十一姑不日下嫁，須繡枕百幅、履百雙，可從我去，相共操作。」顛當恭白：「但求分工，按時賫送。」女不許，謂宗曰：「君若緩頰，即便放卻。」顛當目宗，宗笑不語，顛當目怒之。乃乞還告家人，許之，遂去。宗問其生平，乃知其西山狐也。買輿待之。次日，果來，遂俱歸。然嫦娥重來，恆持重不輕諧笑。宗強使狎戲，惟密教顛當為之。顛當慧絕，工媚。嫦娥樂獨宿，每辭不當夕。一夜，漏三下，猶聞顛當房中，吃吃不絕。使婢竊聽之。婢還，不以告，但請夫人自往。伏窗窺之，則見顛當凝妝作己狀，宗擁抱，呼以嫦娥。女哂而退。未幾，顛當心暴痛，急披衣，曳宗詣嫦娥所，入門便伏。嫦娥曰：「我豈醫巫厭勝者？汝自欲捧心傚西子耳。」顛當頓首，但言知罪。女曰：「癒矣。」遂起，失笑而去。顛當私謂宗：「吾能使娘子學觀音。」宗不信，因戲相賭。嫦娥每趺坐，眸含若瞑。顛當悄以玉瓶插柳，置几上；自乃垂髮合掌，侍立其側，櫻唇半啓，瓠犀微露，睛不少瞬。宗笑之。嫦娥開目問之，顛當曰：「我學龍女侍觀音耳。」嫦娥笑罵之，罰使學童子拜。顛當束髮，遂四面朝參之，伏地翻轉，逞諸變態，左右側折，襪能磨乎其耳。嫦娥解頤，坐而蹴之。顛當仰首，口啣鳳鉤，微觸以齒。嫦娥方嬉笑間，忽覺媚情一縷，自足趾而上，直達心舍，意蕩思淫，若不自主。乃急斂神，呵曰：「狐奴當死！不擇人而惑之耶？」顛當懼，釋口投地。嫦娥又厲責之，眾不解。嫦娥謂宗曰：「顛當狐性不改，適間幾為所愚。若非夙根深者，墮落何難！」自是見顛當，每嚴御之。顛當慚懼，告宗曰：「妾於娘子一肢一體，無不親愛；愛之極，不覺媚之甚。謂妾有異心，不惟不敢，亦不忍。」宗因以告嫦娥，嫦娥遇之如初。然以狎戲無節，數戒宗，不聽；因而大小婢婦，競相狎戲。一日，二人扶一婢，效作楊妃。二人以目會意，賺婢懈骨作酣態，兩手遽釋；婢暴顛墀下，聲如傾堵。眾方大譁；近撫之，而妃子已作馬嵬薨矣。大眾懼，急白主人。嫦娥驚曰：「禍作矣！我言如何哉！」往驗之，不可救。使人告其父。父某甲，素無行，號奔而至，負尸入廳事，叫罵萬端。宗閉戶惴恐，莫知所措。嫦娥自出責之，曰：「主即虐婢至死，律無償法；且邂逅暴殂，焉知其不再蘇？」甲譟言：「四支已冰，焉有生理！」嫦娥曰：「勿譁。縱不活，自有官在。」乃入廳事撫尸，而婢已蘇，隨手而起。嫦娥返身怒曰：「婢幸不死，賊奴何得無狀！可以草索縶送官府！」甲無詞，長跪哀免。嫦娥曰：「汝既知罪，姑免究處。但小人無賴，反復何常，留汝女終為禍胎，宜即將去。原價如干數，當速措置來。」遣人押出，俾浼二三村老，券証署尾。已，乃喚婢至前，使甲自問之：「無恙乎？」答曰：「無恙。」乃付之去。已，遂召諸婢，數責遍扑。又呼顛當，為之厲禁。謂宗曰：「今而知為人上者，一笑嚬亦不可輕。謔端開之自妾，而流弊遂不可止。凡哀者屬陰，樂者屬陽；陽極陰生，此循環之定數。婢子之禍，是鬼神告之以漸也。荒迷不悟，則傾覆及之矣。」宗敬聽之。顛當泣求拔脫。嫦娥乃掐其耳；逾刻釋手，顛當憮然為間，忽若夢醒，據地自投，歡喜欲舞。由此閨閣清肅，無敢譁者。婢至其家，無疾暴死。甲以贖金莫償，浼村老代求憐恕，許之。又以服役之情，施以材木而去。宗常患無子。嫦娥腹中忽聞兒啼，遂以刃破左脅出之，果男；無何，復有身，又破右脅而出一女。男酷類父，女酷類母，皆論婚於世家。

異史氏曰：「陽極陰生，至言哉！然室有仙人，幸能極我之樂，消我之災，長我之生，而不我之死。是鄉樂，老焉可矣，而仙人顧憂之耶？天運循環之數，理固宜然；而世之長困而不亨者，又何以為解哉？昔宋人有求仙不得者，每曰：『作一日仙人，而死亦無憾。』我不復能笑之也。」

鞠藥如

鞠藥如，青州人。妻死，棄家而去。後數年，道服荷蒲團至。經宿欲去，戚族強留其衣杖。鞠託閒步至村外，室中服具，皆冉冉飛出，隨之而去。

褚生

順天陳孝廉，十六七歲時，嘗從塾師讀於僧寺，徒侶甚繁。內有褚生，自言山東人，攻苦講求，略不暇息；且寄宿齋中，未嘗一見其歸。陳與最善，因詰之，答曰：「僕家貧，辦束金不易，即不能惜寸陰，而加以夜半，則我之二日，可當人三日。」陳感其言，欲攜榻來與共寢。褚止之曰：「且勿，且勿！我視先生，學非吾師也。阜城門有呂先生，年雖耄，可師，請與俱遷之。」——蓋都中設帳者多以月計，月終束金完，任其留止。於是兩生同詣呂。呂，越之宿儒，落魄不能歸，因授童蒙，實非其志也。得兩生甚喜；而褚又甚惠，過目輒了，故尤器重之。兩人情好款密，晝同几，夜亦共榻。月既終，褚忽假歸，十餘日不復至。共疑之。一日，陳以故至天寧寺，遇褚廊下，劈檾淬硫，作火具焉。見陳，忸怩不安，陳問：「何遽廢讀？」褚握手請間，戚然曰：「貧無以遺先生，必半月販，始能一月讀。」陳感慨良久，曰：「但往讀，自合極力。」命從人收其業，同歸塾。戒陳勿洩，但託故以告先生。陳父固肆賈，居物致富，陳輒竊父金，代褚遺師。父以亡金責陳，陳實告之。父以為癡，遂使廢學。褚大慚，別師欲去。呂知其故，讓之曰：「子既貧，胡不早告？」乃悉以金返陳父，止褚讀如故，與共饔飧，若子焉。陳雖不入館，每邀褚過酒家飲。褚固以避嫌不往，而陳要之彌堅，往往泣下，褚不忍絕，遂與往來無間。逾二年，陳父死，復求受業。呂感其誠，納之；而廢學既久，較褚懸絕矣。居半年，呂長子自越來，丐食尋父。門人輩斂金助裝，褚惟灑涕依戀而已。呂臨別，囑陳師事褚。陳從之，館褚於家。未幾，入邑庠，以「遺才」應試。陳慮不能終幅，褚請代之。至期，褚偕一人來，云是表兄劉天若，囑陳暫從去。陳方出，褚忽自後曳之，身欲踣，劉急挽之而去。覽眺一過，相攜宿於其家。家無婦女，即館客於內舍。居數日，忽已中秋。劉曰：「今日李皇親園中，游人甚夥，當往一豁積悶，相便送君歸。」使人荷茶鼎、酒具而往。但見水肆梅亭，喧啾不得入。過水關，則老柳之下，橫一畫橈，相將登舟。酒數行，苦寂。劉顧僮曰：「梅花館近有新姬，不知在家否？」僮去少時，與姬俱至，蓋勾欄李遏雲也。李，都中名妓，工詩善歌，陳曾與友人飲其家，故識之。相見，略道溫涼。姬戚戚有憂容。劉命之歌，為歌「蒿里」。陳不悅，曰：「主客即不當卿意，何至對生人歌死曲？」姬起謝，強顏歡笑，乃歌豔曲。陳喜，捉腕曰：「卿向日『浣溪紗』讀之數過，今並忘之。」姬吟曰：「淚眼盈盈對鏡臺，開簾忽見小姑來，低頭轉側看弓鞋。強解綠蛾開笑面，頻將紅袖拭香腮，小心猶恐被人猜。」陳反覆數四。已而泊舟，過長廊，見壁上題詠甚多，即命筆記詞其上。日已薄暮，劉曰：「闈中人將出矣。」遂送陳歸。入門，即別去。陳見室暗無人，俄延間，褚已入門；細審之卻非褚生。方疑，客遽近身而仆。家人曰：「公子憊矣！」共扶拽之。轉覺仆者非他，即己也。既起，見褚生在旁，惚惚若夢。屏人而研究之。褚曰：「告之勿驚：我實鬼也。久當投生，所以因循於此者，高誼所不能忘，故附君體，以代捉刀；三場畢，此願了矣。」陳復求赴春闈，曰：「君先世福薄，慳吝之骨，誥贈所不堪也。」問：「將何適？」曰：「呂先生與僕有父子之分，繫念常不能置。表兄為冥司典簿，求白地府主者，或當有說。」遂別而去。陳異之。天明，訪李姬，將問以泛舟之事；則姬死數日矣。又至皇親園，見題句猶存，而淡墨依稀，若將磨滅。始悟題者為魂，作者為鬼。至夕，褚喜而至，曰：「所謀幸成，敬與君別。」遂伸兩掌，命陳書褚字於上以誌之。陳將置酒為餞，搖首曰：「勿須。君如不忘舊好，放榜後，勿憚修阻。」陳揮涕送之。見一人伺候於門；褚方依依，其人以手按其項，隨手而匾，掬入囊，負之而去。過數日，陳果捷。於是治裝如越。呂妻斷育幾十年，五旬餘，忽生一子，兩手握固不可開。陳至，請相見，便謂掌中當有文曰「褚」。呂不深信。兒見陳，十指自開，視之果然。驚問其故，具告之。共相歡異。陳厚貽之，乃返。後呂以歲貢，廷試入都，舍於陳；則兒十三歲，入泮矣。

異史氏曰：「呂老教門人，而不知自教其子。嗚呼！作善於人，而降祥於己，一間也哉！褚生者，未以身報師，先以魂報友，其志其行，可貫日月，豈以其鬼故奇之與！」

盜戶

順治間，滕、嶧之區，十人而七盜，官不敢捕。後受撫，邑宰別之為「盜戶」。凡值與良民爭，則曲意左袒之，蓋恐其復叛也。後訟者輒冒稱盜戶，而怨家則力攻其偽。每兩造具陳，曲直且置不辨，而先以盜之真偽，反復相苦，煩有司稽籍焉。適官署多狐，宰有女為所惑，聘術士來，符捉入瓶，將熾以火。狐在瓶內大呼曰：「我盜戶也！」聞者無不匿笑。

異史氏曰：「今有明火劫人者，官不以為盜而以為姦；踰牆行淫者，每不自認姦而自認盜：世局又一變矣。設今日官署有狐，亦必大呼曰『吾盜』無疑也。」

章丘漕糧徭役，以及徵收火耗；小民嘗數倍於紳衿，故有田者爭求託焉。雖於國課無傷，而實於官橐有損。邑令鍾，牒請釐弊，得可。初使自首；既而奸民以此要上，數十年鬻去之產，皆誣託詭掛，以訟售主。令悉左袒之。故良儒者多喪其產。有李生為某甲所訟，同赴質審。甲呼之「秀才」；李厲聲爭辯，不居秀才之名。喧不已。令詰左右，共指為真秀才，令問：「何故不承？」李曰：「秀才且置高閣，待爭地後，再作之不晚也。」噫！以盜之名，則爭冒之；以秀才之名，則爭辭之：變異矣哉！有人投匿名狀云：「告狀人原壤，為抗法吞產事：身以年老不能當差，有負郭田五十畝，於隱公元年，暫掛惡衿顏淵名下。今功令森嚴，理合自首。詎惡久假不歸，霸為己有。身往理說，被伊師率惡黨七十二人，毒杖交加，傷殘脛肢；又將身鎖置陋巷，日給簞食瓢飲，囚餓幾死。互鄉地証，叩乞革頂嚴究，俾血產歸主，上告。」此可以繼柳跖之告夷、齊矣。

某 乙

邑西某乙，故梁上君子也。其妻深以為懼，屢勸止之；乙遂翻然自改。居二三年，貧窶不能自堪，思欲一作馮婦而後已。乃託貿易，就善卜者問何往之善。術者占曰：「東南吉，利小人，不利君子。」兆隱與心合，竊喜。遂南行，抵蘇、松間，日游村郭，凡數月。偶入一寺，見牆隅堆石子二三枚，心知其異，亦以一石投之，逕趨龕後臥。日既暮，寺中聚語，似有十餘人。忽一人數石，訝其多，因共搜龕後，得乙，問：「投石者汝耶？」乙諾。詰里居、姓名，乙詭對之。乃授以兵，率與共去。至一巨第，出軟梯，爭踰垣入。以乙遠至，逕不熟，俾伏牆外，司傳遞、守囊橐焉。少頃，擲一裹下；又少頃，縋一篋下。乙舉篋知有物，乃破篋，以手揣取，凡沈重物，悉納一囊，負之疾走，逕取道歸。由此建樓閣、買良田，為子納粟。邑令扁其門曰「善士」。後大案發，羣寇悉獲；惟乙無名籍，莫可查詰，得免。事寢既久，乙醉後時自述之。

曹有大寇某，得重資歸，肆然安寢。有二三小盜，踰垣入，捉之，索金。某不與；箠灼並施，罄所有，乃去。某向人曰：「吾不知炮烙之苦如此！」遂深恨盜，投充馬捕，捕邑寇殆盡。獲曩寇，亦以所施者施之。

霍女

朱大興，彰德人。家富有而吝嗇已甚，非兒女婚嫁，坐無賓、廚無肉。然佻達喜漁色，色所在，冗費不惜。每夜，踰垣過村，從蕩婦眠。一夜，遇少婦獨行，知為亡者，強脅之，引與俱歸。燭之，美絕。自言「霍氏」。細緻研詰，女不悅曰：「既加收齒，何必復盤察？如恐相累，不如早去。」朱不敢問，留與寢處。顧女不能安粗糲，又厭見肉臛，必燕窩或雞心、魚肚白作羹湯，始能饜飽。朱無奈，竭力奉之。又善病，日須參湯一碗。朱初不肯。女呻吟垂絕，不得已，投之，病若失，遂以為常。女衣必錦繡，數日，即厭其故。如是月餘，計費不資，朱漸不供。女啜泣不食，求去。朱懼，又委曲承順之。每苦悶，輒令十數日一招優伶為戲；戲時，朱設凳簾外，抱兒坐觀之。女亦無喜容，數相誚罵，朱亦不甚分解。居二年，家漸落。向女婉言，求少減；女許之，用度皆損其半。久之，仍不給，女亦以肉糜相安；又漸而不珍亦御矣。朱竊喜。忽一夜，啓後扉亡去。朱怊悵若失；遍訪之，乃知在鄰村何氏家。何大姓，世冑也，豪縱好客，燈火達旦。忽有麗人，半夜入閨闥。詰之，則朱家之逃妾也。朱為人，何素藐之；又悅女美，竟納焉。綢繆數日，益惑之，窮極奢欲，供奉一如朱。朱得耗，坐索之，何殊不為意。朱質於官。官以其姓名來歷不明，置不理。朱貨產行賕，乃准拘質。女謂何曰：「妾在朱家，原非采禮媒定者，胡畏之？」何喜，將與質成。座客顧生諫曰：「收納逋逃，已干國紀；況此女入門，日費無度，即千金之家，何能久也？」何大悟，罷訟，以女歸朱。過一二日，女又逃。有黃生者，故貧士，無偶。女叩扉入，自言所來。黃見豔麗忽投，驚懼不知所為。黃素懷刑，固卻之，女不去。應對間，嬌婉無那。黃心動，留之；而慮其不能安貧。女早起，躬操家苦，劬勞過舊室焉。黃為人蘊藉瀟灑，工於內媚，因恨相得之晚，只恐風聲漏洩，為歡不久。而朱自訟後，家益貧；又度女終不能安，遂置不究。女從黃數歲，親愛甚篤。一日，忽欲歸寧，要黃御送之。黃曰：「向言無家，何前後之舛？」

曰：「囊漫言之。妾鎮江人。昔從蕩子流落江湖，遂至於此。妾家頗裕，君竭資而往，必無相虧。」黃從其言，賃輿同去。至揚州境，泊舟江際。女適凭窗，有巨商子過，驚其豔，反舟綴之，而黃不知也。女忽曰：「君家綦貧，今有一療貧之法，不知能從否？」黃詰之，女曰：「妾相從數年，未能為君育男女，亦一不了事。妾雖陋，幸未老耄，有能以千金相贈者，便鬻妾去，此中妻室、田廬皆備焉。此計如何？」黃失色，不知何故。女笑曰：「君勿急，天下固多佳人，誰肯以千金買妾者？其戲言於外，以覲其有無。賣不賣，固自在君耳。」黃不肯。女自與榜人婦言之，婦目黃，黃漫應焉。婦去無幾，返言：「鄰舟有商人子，願出八百。」黃故搖首以難之。未幾，復來，便言如命，即請過船交兌。黃微哂，女曰：「教渠姑待，我囑黃郎，即今去。」女謂黃曰：「妾日以千金之軀事君，今始知耶？」黃問：「以何詞遣之？」女曰：「請即往署券，去不去固自在我耳。」黃不可。女逼促之，黃不得已，詣焉。立刻兌付。黃令封誌之，曰：「遂以貧故，竟果如此，遽相割捨。倘室人必不肯從，仍以原金璧趙。」方運金至舟，女已從榜人婦從船尾登商舟，遙顧作別，並無悽戀。黃驚魂離舍，嗌不能言。俄商舟解纜，去如箭激。黃大號，欲追傍之，榜人不從，開舟南渡矣。瞬息達鎮江，運資上岸，榜人急解舟去。黃守裝悶坐，無所適歸，望江水之滔滔，如萬鏑之叢體。方掩泣間，忽聞嬌聲呼「黃郎」。愕然四顧，則女已在前途。喜極，負裝從之，問：「卿何遽得來？」女笑曰：「再遲數刻，則君有疑心矣。」黃乃疑其非常，固詰其情。女笑曰：「妾生平於吝者則破之，於邪者則誑之也。若實與君謀，君必不肯，何處可致千金者？錯囊充牣，而合浦珠還，君幸足矣，窮問何為？」乃僱役荷囊，相將俱去。至水門內，一宅南向，逕入。俄而翁媼男婦，紛出相迎，皆曰：「黃郎來也！」黃入參公姥。有兩少年，揖坐與語，是女兄弟，大郎、三郎也。筵間味無多品，玉柈四枚，方几已滿。雞蟹鵝魚，皆臠切為箇。少年以巨椀行酒，談吐豪放。已而導入別院，俾夫婦同處。衾枕滑軟，而牀則以熟革代棕藤焉。日有婢媼饋致三餐，女或時竟日不出。黃獨居悶苦，屢言歸，女固止之。一日，謂黃曰：「今為君謀：請買一人，為子嗣計。然買婢媵則價奢；當偽為妾也兄者，使父與論婚，良家子不難致。」黃不可。女弗聽。有張貢士之女新寡，議聘金百緡，女強為娶之。新婦小名阿美，頗婉妙。女嫂呼之；黃瑟踧不安，女殊坦坦。他日，謂黃曰：「妾將與大姊至南海一省阿姨，月餘可返，請夫婦安居。」遂去。夫妻獨居一院，按時給飲食，亦甚隆備。然自入門後，曾無一人復至其室。每晨，阿美入覲媼，一兩言輒退。娣姒在旁，惟相視一笑。既流連久坐，亦不款曲。黃見翁，亦如之。偶值諸郎聚語，黃至，既都寂然。黃疑悶莫可告語。阿美覺之，詰曰：「君既與諸郎伯仲，何以月來都如生客？」黃倉猝不能對，吃吃而言曰：「我十年於外，今始歸耳。」美又細審翁姑閥閱，及妯娌里居。黃大窘，不能復隱，底裏盡露。女泣曰：「妾家雖貧，無作賤媵者，無怪諸宛若鄙不齒數矣！」黃惶怖莫知籌計，惟長跪一聽女命。美收涕挽之，轉請所處。黃曰：「僕何敢他謀，計惟孑身自去耳。」女曰：「既嫁復歸，於情何忍？渠雖先從，私也；妾雖後至，公也。不如姑俟其歸，問彼既出此謀，將何以置妾也？」居數月，女竟不返。一夜，聞客舍喧飲，黃潛往窺之，見二客戎裝上座：一人裹豹皮巾，凜若天神；東首一人，以虎頭革作兜牟，虎口啣額，鼻耳悉具焉。驚異而返，以告阿美，竟莫測霍父子何人。夫妻疑懼，謀欲僦寓他所，又恐生其猜度。黃曰：「實告卿：即南海人還，折證已定，僕亦不能家此也。今欲攜卿去，又恐尊大人別有異言。不如姑別，二年中當復至。卿能待，待之；如欲他適，亦自任也。」阿美欲告父母而從之，黃不可。阿美流涕，要以信誓，乃別而歸。黃入辭翁姑。時諸郎皆他出，翁挽留以待其歸，黃不聽而行。登舟悽然，形神喪失。至瓜州，忽回首見片帆來，駛如飛；漸近，則船頭按劍而坐者，霍大郎也。遙謂曰：「君欲遄返，胡再不謀？遺夫人去，二三年，誰能相待也？」言次，舟已逼近。阿美自舟中出，大郎挽登黃舟，跳身逕去。先是，阿美既歸，方向父母泣訴，忽大郎將輿登門，按劍相脅，逼女風走。一家慴息，莫敢遮問。女述其狀，黃不解何意，而得美良喜，開舟遂發。至家，出資營業，頗稱富有。阿美常懸念父母，欲黃一往探之；又恐以霍女來，嫡庶復有參差。居無何，張翁訪至，見屋宇修整，心頗慰，謂女曰：「汝出門後，遂詣霍家探問，見門戶已扃，第主亦不之知，半年竟無消息。汝母日夜零涕，謂被奸人賺去，不知流離何所。今幸無恙耶？」黃實告以情，因相猜為神。後阿美生子，取名仙賜。至十餘歲，母遣詣鎮江，至揚州界，休於旅舍，從者皆出。有女子來，挽兒入他室，下簾，抱諸膝上，笑問何名。兒告之。問：「取名何義？」答云：「不知。」女曰：「歸問汝父當自知。」乃為挽髻，自摘髻上花代簪之；出金釧束腕上。又以黃金內袖，曰：「將去買書讀。」兒問其誰，曰：「兒不知更有一母耶？歸告汝父：朱大興死無棺木，當助之，勿忘也。」老僕歸舍，失少主；尋至他室，聞與人語，窺之，則故主母。簾外微嗽，將有咨白。女推兒榻上，恍惚已杳。問之舍主，並無知者。數日，自鎮江歸，語黃，又出所贈。黃感歎不已。及詢朱，則死裁三日，露尸未葬，厚恤之。

異史氏曰：「女其仙耶？三易其主不為貞。然為吝者破其慳，為淫者速其蕩，女非無心者也。然破之則不必其憐之矣，貪淫鄙吝之骨，溝壑何惜焉？」

司文郎

平陽王平子，赴試北闈，賃居報國寺。寺中有餘杭生先在，王以比屋居，投刺焉，生不之答。朝夕遇之，多無狀。王怒其狂悖，交往遂絕。一日，有少年游寺中，白服裙帽，望之傀然。近與接談，言語諧妙。心愛敬之。展問邦族，云：「登州宋姓。」因命蒼頭設座，相對噱談。餘杭生適過，共起遜坐。生居然上座，更不撝挹。卒然問宋：「爾亦入闈者耶？」答曰：「非也。駑駘之才，無志騰驤久矣。」又問：「何省？」宋告之。生曰：「竟不進取，足知高明。山左、右並無一字通者。」宋曰：「北人固少通者，而不通者未必是小生；南人固多通者，然通者亦未必是足下。」言已，鼓掌；王和之，因而鬨堂。生慚忿，軒眉攘腕而大言曰：「敢當前命題，一校文藝乎？」宋他顧而哂曰：「有何不敢！」便趨寓所，出經授王。王隨手一翻，指曰：「『闕黨童子將命。』」生起，求筆札。宋曳之曰：「口占可也。我破已成：『於賓客往來之地，而見一無所知之人焉。』」王捧腹大笑。生怒曰：「全不能文，徒事謾罵，何以為人！」王力為排難，請另命佳題。又翻曰：「『殷有三仁焉。』」宋立應曰：「三子者不同道，其趨一也。夫一者何也？曰：仁也。君子亦仁而已矣，何必同？」生遂不作，起曰：「其為人也小有才。」遂去。王以此益重宋。邀入寓室，款言移晷，盡出所作質宋。宋流覽絕疾，踰刻已盡百首，曰：「君亦沈深於此道者；然命筆時，無求必得之念，而尚有冀倖得之心，即此，已落下乘。」遂取閱過者一一詮說。王大悅，師事之。使庖人以蔗糖作水角。宋啗而甘之，曰：「生平未解此味，煩異日更一作也。」由此相得甚歡。宋三五日輒一至，王必為之設水角焉。餘杭生時一遇之，雖不甚傾談，而傲睨之氣頓減。一日，以窗藝示宋，宋見諸友圈贊已濃，目一過，推置案頭，不作一語。生疑其未閱，復請之。答已覽竟。生又疑其不解。宋曰：「有何難解？但不佳耳！」生曰：「一覽丹黃，何知不佳？」宋便誦其文，如夙讀者，且誦且呰。生踧踖汗流，不言而去。移時，宋去，生入，堅請王作，王拒之。生強搜得，見文多圈點，笑曰：「此大似水角子！」王故樸訥，覥然而已。次日，宋至，王具以告。宋怒曰：「我謂『南人不復反矣』，傖楚何敢乃爾！必當有以報之！」王力陳輕薄之戒以勸之，宋深感佩。既而場後，以文示宋，宋頗相許。偶與涉歷殿閣，見一瞽僧坐廊下，設藥賣醫。宋訝曰：「此奇人也！最能知文，不可不一請教。」因命歸寓取文。遇餘杭生，遂與俱來。王呼師而參之。僧疑其問醫者，便詰症候。王具白請教之意，僧笑曰：「是誰多口？無目何以論文？」王請以耳代目。僧曰：「三作兩千餘言，誰耐久聽！不如焚之，我視以鼻可也。」王從之。每焚一作，僧嗅而頷之曰：「君初法大家，雖未逼真，亦近似矣。我適受之以脾。」問：「可中否？」曰：「亦中得。」餘杭生未深信，先以古大家文燒試之。僧再嗅曰：「妙哉！此文我心受之矣，非歸、胡何解辦此！」生大駭，始焚己作。僧曰：「適領一藝，未窺全豹，何忽另易一人來也？」生託言：「朋友之作，只彼一首；此乃小生作也。」僧嗅其餘灰，咳逆數聲，曰：「勿再投矣！格格而不能下，強受之以鬲；再焚，則作惡矣。」生慚而退。數日榜放，生竟領薦；王下第。宋與王走告僧。僧歎曰：「僕雖盲於目，而不盲於鼻；簾中人並鼻盲矣。」俄餘杭生至，意氣發舒，曰：「盲和尚，汝亦啖人水角耶？今竟何如？」僧曰：「我所論者文耳，不謀與君論命。君試尋諸試官之文，各取一首焚之，我便知孰為爾師。」生與王並搜之，只得八九人。生曰：「如有舛錯，以何為罰？」僧憤曰：「剜我盲瞳去！」生焚之，每一首，都言非是；至第六篇，忽向壁大嘔，下氣如雷。眾皆粲然。僧拭目向生曰：「此真汝師也！初不知而驟嗅之，刺於鼻，棘於腹，膀胱所不能容，直自下部出矣！」生大怒，去，曰：「明日自見！勿悔！勿悔！」越二三日，竟不至；視之，已移去矣。——乃知即某門生也。宋慰王曰：「凡吾輩讀書人，不當尤人，但當克己；不尤人則德益弘，能克己則學益進。當前踧落，固是數之不偶；平心而論，文亦未便登峰，其由此砥礪，天下自有不盲之人。」王肅然起敬。又聞次年再行鄉試，遂不歸，止而受教。宋曰：「都中薪桂米珠，勿憂資斧。舍後有窖鏹，可以發用。」即示之處。王謝曰：「昔竇、范貧而能廉，今某幸能自給，敢自污乎？」王一日醉眠，僕及庖人竊發之。王忽覺，聞舍後有聲；竊出，則金堆地上。情見事露，並相慴伏。方訶責間，見有金爵，類多鐫款，審視，皆大父字諱。——蓋王祖曾為南部郎，入都寓此，暴病而卒，金其所遺也。王乃喜，秤得金八百餘兩。明日告宋，且示之爵，欲與瓜分，固辭乃已。以百金往贈瞽僧，僧已去。積數月，敦習益苦。及試，宋曰：「此戰不捷，始真是命矣！」俄以犯規被黜。王尚無言；宋大哭不能止，王反慰解之。宋曰：「僕為造物所忌，困頓至於終身，今又累及良友。其命也夫！其命也夫！」王曰：「萬事固有數在。如先生乃無志進取，非命也。」宋拭淚曰：「久欲有言，恐相驚怪：某非生人，乃飄泊之游魂也。少負才名，不得志於場屋。佯狂至都，冀得知我者，傳諸著作。甲申之年，竟罹於難，歲歲飄蓬。幸相知愛，故極力為『他山』之攻，生平未酬之願，實欲借良朋一快之耳。今文字之厄若此，誰復能漠然哉！」王亦感泣，問：「何淹滯？」曰：「去年上帝有命，委宣聖及閻羅王核查劫鬼，上者備諸曹任用，餘者即俾轉輪。賤名已錄，所未投到者，欲一見飛黃之快耳。今請別矣！」王問：「所考何職？」曰：「梓潼府中缺一司文郎，暫令聾僮署篆，文運所以顛倒。萬一倖得此秩，當使聖教昌明。」

明日，忻忻而至，曰：「願遂矣！宣聖命作『性道論』，視之色喜，謂可司文。閻羅稽簿，欲以『口孽』見棄。宣聖爭之，乃得就。某伏謝已，又呼近案下，囑云：『今以憐才，拔充清要；宜洗心供職，勿蹈前愆。』此可知冥中重德行更甚於文學也。君必修行未至，但積善勿懈可耳。」王曰：「果爾，餘杭其德行何在？」曰：「不知。要冥司賞罰，皆無少爽。即前日瞽僧，亦一鬼也，是前朝名家。以生前拋棄字紙過多，罰作瞽。彼自欲醫人疾苦，以贖前愆，故托游廛肆耳。」王命置酒，宋曰：「無須；終歲之擾，盡此一刻，再為我設水角足矣。」王悲愴不食，坐令自啖，頃刻，已過三盛，捧腹曰：「此餐可飽三日，吾以志君德耳。向所食，都在舍後，已成菌矣。藏作藥餌，可益兒慧。」王問後會，曰：「既有官責，當引嫌也。」又問：「梓潼祠中，一相酹祝，可能達否？」曰：「此都無益。九天甚遠，但潔身力行，自有地司牒報，則某必與知之。」言已，作別而沒。王視舍後，果生紫菌，采而藏之。旁有新土墳起，則水角宛然在焉。王歸，彌自刻厲。

一夜，夢宋輿蓋而至，曰：「君向以小忿，誤殺一婢，削去祿籍；今篤行已折除矣。然命薄不足任仕進也。」是年，捷於鄉；明年，春闈又捷。遂不復仕。生二子，其一絕鈍，啖以菌，遂大慧。後以故詣金陵，遇餘杭生於旅次，極道契闊，深自降抑，然鬢毛斑矣。

異史氏曰：「餘杭生公然自詡，意其為文，未必盡無可觀；而驕詐之意態顏色，遂使人頃刻不可復忍。天人之厭棄已久，故鬼神皆玩弄之。脫能增修厥德，則簾內之『刺鼻棘心』者，遇之正易，何所遭之僅也。」

醜狐

穆生，長沙人，家清貧，冬無絮衣。一夕枯坐，有女子入，衣服炫麗而顏色黑醜，笑曰：「得毋寒乎？」生驚問之，曰：「我狐仙也。憐君枯寂，聊與共溫冷榻耳。」生懼其狐，而厭其醜，大號。女以元寶置几上，曰：「若相諧好，以此相贈。」生悅而從之。牀無裀褥，女代以袍。將曉，起而囑曰：「所贈，可急市軟帛作臥具；餘者絮衣作饌，足矣。倘得永好，勿憂貧也。」遂去。生告妻，妻亦喜，即市帛為之縫紉。女夜至，見臥具一新，喜曰：「君家娘子劬勞哉！」留金以酬之。從此至無虛夕。每去，必有所遺。年餘，屋廬修潔，內外皆衣文錦繡，居然素封。女賂遺漸少，生由此心厭之，聘術士至，畫符於門。女來，嚙折而棄之，入指生曰：「背德負心，至君已極！然此奈何我！若相厭薄，我自去耳。但情義既絕，受於我者，須要償也！」忿然而去。生懼，告術士。術士作壇，陳設未已，忽顛地下，血流滿頰；視之，割去一耳。眾大懼，奔散；術士亦掩耳竄去。室中擲石如盆，門窗釜甑，無復全者。生伏牀下，蓄縮汗聳。俄見女抱一物入，貓首猧尾，置牀前，嗾之曰：「嘻嘻！可嚼奸人足。」物即齕履，齒利於刃。生大懼，將屈藏之，四肢不能動。物嚼指，爽脆有聲。生痛極，哀祝，女曰：「所有金珠，盡出勿隱。」生應之。女曰：「呵呵！」物乃止。生不能起，但告以處。女自往搜括，珠鈿衣服之外，只得二百餘金。女少之，又曰：「嘻嘻！」物復嚼。生哀鳴求恕。女限十日，償金六百。生諾之，女乃抱物去。久之，家人漸聚，從牀下曳生出，足血淋漓，喪其二指。視室中，財物盡空，惟當年破被存焉。遂以覆生，令臥。又懼十日復來，乃貨婢鬻衣，以足其數。至期，女果至；急付之，無言而去。自此遂絕。生足創，醫藥半年始癒，而家清貧如初矣。狐適近村于氏。于業農，家不中資；三年間，援例納粟，夏屋連蔓，所衣華服，半生家物。生見之，亦不敢問。偶適野，遇女於途，長跪道左。女無言，但以素巾裹五六金，遙擲生，反身逕去。後于氏早卒，女猶時至其家，家中金帛輒亡去。

于子睹其來，拜參之，遙祝曰：「父即去世，兒輩皆若子，縱不撫恤，何忍坐令貧也？」女去，遂不復至。

異史氏曰：「邪物之來，殺之亦壯；而既受其德，即鬼物不可負也。既貴而殺趙孟，則賢豪非之矣。夫人非其心之所好，即萬鍾何動焉。觀其見金色喜，其亦利之所在，喪身辱行而不惜者歟？傷哉貪人，卒取殘敗！」

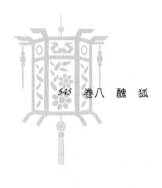

呂無病

洛陽孫公子，名麒，娶蔣太守女，甚相得。二十夭殂，悲不自勝。離家，居山中別業。適陰雨，晝臥，室無人。忽見複室簾下，露婦人足，疑而問之。有女子褰簾入，年約十八九，衣服樸潔，而微黑多麻，類貧家女。意必村中僦屋者，呵曰：「所須宜白家人，何得輕入！」女微笑曰：「妾非村中人，祖籍山東，呂姓。父文學士。妾小字無病。從父客遷，早離顧復。慕公子世家名士，願為康成文婢。」孫笑曰：「卿意良佳。然僕輩雜居，實所不便，容旋里後，當輿聘之。」女次且曰：「自揣陋劣，何敢遂望敵體？聊備案前驅使，當不至倒捧冊卷。」孫曰：「納婢亦須吉日。」乃指架上，使取通書第四卷，——蓋試之也。女翻檢得之。先自涉覽，而後進之，笑曰：「今日河魁不曾在房。」孫意少動，留匿室中。女閒居無事，為之拂几整書，焚香拭鼎，滿室光潔。孫悅之。至夕，遣僕他宿。女俛眉承睫，殷勤臻至。命之寢，始持燭去。中夜睡醒，則牀頭似有臥人；以手探之，知為女，捉而撼焉。女驚起立榻下，孫曰：「何不別寢，牀頭豈汝臥處也？」女曰：「妾善懼。」孫憐之，俾施枕牀內。忽聞氣息之來，清如蓮蕊，異之；呼與共枕，不覺心蕩；漸與同衾，大悅之。念避匿非策，又恐同歸招議。孫有母姨，近隔十餘門，謀令遁諸其家，而後再致之。女稱善，便言：「阿姨，妾熟識之，無容先達，請即去。」孫送之，踰垣而去。孫母姨，寡媼也。凌晨啟戶，女掩入。媼詰之，答云：「若甥遣問阿姨。公子欲歸，路賒乏騎，留奴暫寄此耳。」媼信之，遂止焉。孫歸，矯謂姨家有婢，欲相贈，遣人舁之而還，坐臥皆以從。久益嬖之，納為妾。世家論婚，皆勿許，殆有終焉之志。女知之，苦勸令娶；乃娶於許，而終嬖愛無病。許甚賢，略不爭夕；無病事許益恭；以此嫡庶偕好。許舉一子阿堅，無病愛抱如己出。兒甫三歲，輒離乳媼，從無病宿；許喚之，不去。無何，許病卒。臨訣，囑孫曰：「無病最愛兒，即令子之可也；即正位焉亦可也。」既葬，孫將踐其言，告諸宗黨，僉謂不可；女亦固辭，遂止。邑有王天官女，新寡，來求婚。孫雅不欲娶，王再請之。媒道其美，宗族仰其勢，共慫恿之。孫惑焉，又娶之。色果豔，而驕已甚，衣服器用，多厭嫌，輒加毀棄。孫以愛敬故，不忍有所拂。入門數月，擅寵專房，而無病至前，笑啼皆罪。時怒遷夫婿，數相鬧鬥。孫患苦之，以故多獨宿。婦又怒。孫不能堪，託故之都，逃婦難也。婦以遠游咎無病。無病鞠躬屏氣，承望顏色；而婦終不快。夜使直宿牀下，兒奔與俱。每喚起給使，兒輒啼。婦厭罵之。無病急呼乳媼來抱之，不去；強之，益號。婦怒起，毒撻無算，始從乳媼去。兒以是病悸，不食。婦禁無病不令見之。兒終日啼，婦叱媼，使棄諸地。兒氣竭聲嘶，呼而求飲；婦戒勿與。日既暮，無病窺婦不在，潛飲兒。兒見之，棄水捉衿，號啕不止。婦聞之，意氣洶洶而出。兒聞聲輟涕，一躍遂絕。無病大哭。婦怒曰：「賤婢醜態！豈以兒死脅我耶！無論孫家襁褓物；即殺王府世子，王天官女亦能任之！」無病乃抽息忍涕，請為葬具。婦不許，立命棄之。婦去，竊撫兒，四體猶溫，隱語媼曰：「可速將去，少待於野，我當繼至。其死也，共棄之；活也，共撫之。」媼曰：「諾。」無病入室，攜簪珥出，追及之。共視兒，已蘇。二人喜，謀趨別業，往依姨。媼慮其纖步為累，無病乃先趨以俟之，疾若飄風，媼力奔始能及。約二更許，兒病危，不復可前。遂斜行入村，至田叟家，倚門待曉，叩扉借室，出簪珥易資，巫醫並致，病卒不瘳。女掩泣曰：「媼好視兒，我往尋其父也。」媼方驚其謬妄，而女已杳矣。駭詫不已。是日，孫在都，方憩息牀上，女悄然入。孫驚起曰：「才眠已入夢耶！」女握手哽咽，頓足不能出聲。久之久之，方失聲而言曰：「妾歷千辛萬苦，與兒逃於楊——」句未終，縱聲大哭，倒地而滅。孫駭絕，猶疑為夢。喚從人共視之，衣履宛然，大異不解。即刻趣裝，星馳而歸。既聞兒死妾遁，撫膺大悲。語侵婦，婦反脣相稽。孫忿，出白刃；婢嫗遮救，不得近，遙擲之。刀脊中額，額破血流，披髮嗥叫而出，將以奔告其家。孫捉還，杖撻無數，衣皆若縷，傷痛不可轉側。孫命舁諸房中護養之，將待其痊而後出之。婦兄弟聞之。怒，率多騎登門；孫亦集健僕械禦之。兩相叫罵，竟日始散。王未快意，訟之。孫捍衛入城，自詣質審，訴婦惡狀。宰不能屈，送廣文懲戒以悅王。廣文朱先生，世家子，剛正不阿。廉得情。怒曰：「堂上公以我為天下之齷齪教官，勒索傷天害理之錢，以吮人癰痔者耶！此等乞丐相，我所不能！」竟不受命。孫公然歸。王無奈之，乃示意朋好，為之調停，欲生謝過其家。孫不肯，十反不能決。婦創漸平，欲出之，又恐王氏不受，因循而安之。

妾亡子死，夙夜傷心，思得乳媼，一問其情。因憶無病言「逃於楊」，近村有楊家疃，疑其在是；往問之，並無知者。或言五十里外有楊谷，遣騎詣訊，果得之。兒漸平復；相見各喜，載與俱歸。兒望見父，嗷然大啼，孫亦淚下。婦聞兒尚存，盛氣奔出，將致誚罵。兒方啼，開目見婦，驚投父懷，若求藏匿。抱而視之，氣已絕矣。急呼之，移時始蘇。孫恚曰：「不知如何酷虐，遂使吾兒至此！」乃立離婚書，送婦歸。王果不受，又舁還孫。孫不得已，父子別居一院，不與婦通。乳媼乃備述無病情狀，孫始悟其為鬼。感其義，葬其衣履，題碑曰：「鬼妻呂無病之墓。」無何，婦產一男，交手於項而死之。孫益忿，復出婦；王又舁還之。孫乃具狀控諸上臺，皆以天官故，置不理。後天官卒，孫控不已，乃判令大歸。孫由此不復娶，納婢焉。婦既歸，悍名譟甚，居三四年，無問名者。婦頓悔，而已不可復挽。有孫家舊媼，適至其家。婦優待之，對之流涕；揣其情，似念故夫。媼歸告孫，孫笑置之。又年餘，婦母又卒，孤無所依，諸娣姒頗厭嫉之；婦益失所，日輒涕零。一貧士喪偶，兄議厚其奩妝而遣之，婦不肯。每陰託往來者致意孫，泣告以悔，孫不聽。一日，婦率一婢，竊驢跨之，竟奔孫。孫方自內出，迎跪階下，泣不可止。孫欲去之，婦牽衣復跪之。孫固辭曰：「如復相聚，常無間言則已耳；一朝有他，汝兄弟如虎狼，再求離逷，豈可復得！」婦曰：「妾竊奔而來，萬無還理。留則留之，否則死之！且妾自二十一歲從君，二十三歲被出，誠有十分惡，寧無一分情？」乃脫一腕釧，並兩足而束之，袖覆其上，曰：「此時香火之誓，君寧不憶之耶？」孫乃熒眥欲淚，使人挽扶入室；而猶疑王氏詐諼，欲得其兄弟一言為證據。婦曰：「妾私出，何顏復求兄弟？如不相信，妾藏有死具在此，請斷指以自明。」遂於腰間出利刃，就牀邊伸左手一指斷之，血溢如湧。孫大駭，急為束裹。婦容色痛變，而更不呻吟，笑曰：「妾今日黃粱之夢已醒，特借斗室為出家計，何用相猜？」孫乃使子及妾另居一所，而已朝夕往來於兩間。又日求良藥醫指創，月餘尋癒。婦由此不茹葷酒，閉戶誦佛而已。居久，見家政廢弛，謂孫曰：「妾此來，本欲置他事於不問；今見如此用度，恐子孫有餓莩者矣。無已，再靦顏一經紀之。」乃集婢媼，按日責其績織。家人以其自投也，慢之，竊相誚訕，婦若不聞知。既而課工，惰者鞭撻不貸，眾始懼之。又垂簾課主計僕，綜理微密。孫乃大喜，使兒及妾皆朝見之。阿堅已九歲，婦加意溫恤，朝入塾，常留甘餌以待其歸；兒亦漸親愛之。一日，兒以石投雀，婦適過，中顱而仆，踰刻不語。孫大怒，撻兒；婦蘇，力止之，且喜曰：「妾昔虐兒，心中每不自釋，今幸消一罪案矣。」孫益嬖愛之，婦每拒，使就妾宿。居數年，屢產屢殤，曰：「此昔日殺兒之報也。」阿堅既娶，遂以外事委兒，內事委媳。一日曰：「妾某日當死。」孫不信。婦自理葬具，至日，更衣入棺而卒。顏色如生，異香滿室；既殮，香始漸滅。

異史氏曰：「心之所好，原不在妍媸也。毛嬙、西施，焉知非自愛之者美之乎？然不遭悍妒，其賢不彰，幾令人與嗜痂者並笑矣。至錦屏之人，其夙根原厚，故豁然一悟，立證菩提；若地獄道中，皆富貴而不經艱難者也。」

錢卜巫

夏商，河間人。其父東陵，豪富侈汰，每食包子，輒棄其角，狼藉滿地。人以其肥重，呼之「丟角太尉」。暮年，家綦貧，日不給餐；兩肱瘦，垂革如囊，人又呼「募莊僧」，——謂其掛袋也。臨終謂商曰：「余生平暴殄天物，上干天怒，遂至凍餓以死。汝當惜福力行，以蓋父愆。」商恪遵治命，誠樸無二，躬耕自給。鄉人咸愛敬之。富人某翁哀其貧，假以資，使學負販，輒虧其母。愧無以償，請為傭，翁不肯。商瞿然不自安，盡貨其田宅，往酬翁。翁詰得情，益憐之。強為贖還舊業；又益貸以重金，俾作賈。商辭曰：「十數金尚不能償，奈何結來世驢馬債耶？」翁乃招他賈與偕。數月而返，僅能不虧；翁不收其息，使復之。年餘，貸資盈輦，歸至江，遭颶，舟幾覆，物半喪失。歸計所有，略可償主，遂語賈曰：「天之所貧，誰能救之？此皆我累君也！」乃稽簿付賈，奉身而退。翁再強之，必不可，躬耕如故。每自歎曰：「人生世上，皆有數年之亨；何遂落魄如此？」會有外來巫，以錢卜，悉知人運數。敬詣之。巫，老嫗也。寓室精潔，中設神座，香氣常熏。商入朝拜訖，便索資。商授百錢，巫盡內木筩中，執跪座下，搖響如祈籤狀。已而起，傾錢入手，而後於案上次第擺之。其法以字為否，幕為亨；數至五十八皆字，以後則盡幕矣。遂問：「庚甲幾何？」答：「二十八歲。」巫搖首曰：「早矣！官人現行者先人運，非本身運。五十八歲，方交本身運，始無盤錯也。」問：「何謂先人運？」曰：「先人有善，其福未盡，則後人享之；先人有不善，其禍未盡，則後人亦受之。」商屈指曰：「再三十年，齒已老耄，行就木矣。」巫曰：「五十八以前，便有五年回潤，略可營謀；然僅免寒餓耳。五十八之年，當有巨金自來，不須力求。官人生無過行，再世享之不盡也。」別巫而返，疑信半焉。然安貧自守，不敢妄求。後至五十三歲，留意驗之。時方東作，病痁不能耕。既痊，天大旱，早禾盡枯。近秋方雨，家無別種，田數畝悉以種穀。既而又旱，蕎菽半死，惟穀無恙；後得雨勃發，其豐倍焉。

來春大饑，得以無餒。商以此信巫，從翁貸資，小權子母，輒小獲；或勸作大賈，商不肯。迨五十七歲，偶葺牆垣，掘地得鐵釜；揭之，白氣如絮，懼不敢發。移時，氣盡，白鏹滿甕。夫妻共運之，稱計一千三百二十五兩。竊議巫術小舛。鄰人妻入商家，窺見之，歸告夫。夫忌焉，潛告邑宰。宰最貪，拘商索金。妻欲隱其半，商曰：「非所宜得，留之賈禍。」盡獻之。宰得金，恐其漏匿，又追貯器，以金實之，滿焉，乃釋商。居無何，宰遷南昌同知。踰歲，商以懋遷至南昌，則宰已死。妻子將歸，貨其粗重；有桐油如干簍，商以直賤，買之以歸。既抵家，器有滲漏，瀉注他器，則內有白金二鋌；遍探皆然。兌之，適得前掘鏹之數。商由此暴富，益贍貧窮，慷慨不吝。妻勸積遺子孫，商曰：「此即所以遺子孫也。」鄰人赤貧至為丐，欲有所求，而心自愧。商聞而告之曰：「昔日事，乃我時數未至，故鬼神假子手以敗之，於汝何尤？」遂周給之。鄰人感泣。後商壽八十，子孫承繼，數世不衰。

異史氏曰：「汰侈已甚，王侯不免，況庶人乎！生暴天物，死無飯含，可哀矣哉！幸而鳥死鳴哀，子能幹蠱，窮敗七十年，卒以中興；不然，父孽累子，子復累孫，不至乞丐相傳不止矣。何物老巫，遂宣天之祕？嗚呼！怪哉！」

姚安

姚安，臨洮人，美丰標。同里宮姓，有女子字綠娥，豔而知書，擇偶不嫁。母語人曰：「門族丰采，必如姚某始字之。」姚聞，紿妻窺井，擠墮之，遂娶綠娥。雅甚親愛。然以其美也，故疑之：閉戶相守，步輒綴焉；女欲歸寧，則以兩肘支袍，覆翼以出，入輿封誌，而後馳隨其後，越宿，促與俱歸。女心不能善，忿曰：「若有桑中約，豈瑣瑣所能止耶！」姚以故他往，則扃女室中，女益厭之；俟其去，故以他鑰置門外以疑之。姚見大怒，問所自來。女憤言：「不知！」姚愈疑，伺察彌嚴。一日，自外至，潛聽久之，乃開鎖啓扉，惟恐其響，悄然掩入。見一男子貂冠臥牀上，忿怒，取刀奔入，力斬之。近視，則女晝眠畏寒，以貂覆面上。大駭，頓足自悔。宮翁忿質官。官收姚，褫衿苦械。姚破產，以具金賂上下，得不死。由此精神迷惘，若有所失。適獨坐，見女與髯丈夫，狎褻榻上，惡之，操刃而往，則沒矣；反坐，又見之。怒甚，以刀擊榻，席褥斷裂。憤然執刃，近榻以伺之，見女立面前，視之而笑。遽砍之，立斷其首；既坐，女不移處，而笑如故。夜間滅燭，則聞淫溺之聲，褻不可言。日日如是，不復可忍，於是鬻其田宅，將卜居他所。至夜，偷兒穴壁入，劫金而去。自此貧無立錐，忿恚而死。里人藁葬之。

異史氏曰：「愛新而殺其舊，忍乎哉！人只知新鬼為厲，而不知故鬼之奪其魄也。嗚呼！截指而適其屨，不亡何待！」

采薇翁

明鼎革，干戈蠭起。於陵劉芝生，聚眾數萬，將南渡。忽一肥男子詣柵門，敞衣露腹，請見兵主。劉延入與語，大悅之。問其姓字，自號采薇翁。劉留參帷幄，贈以刃。翁言：「我自有利兵，無須矛戟。」問兵所在。翁乃捋衣露腹，臍大可容雞子；忍氣鼓之，忽臍中塞膚，嗤然突出劍跗；握而抽之，白刃如霜。劉大驚，問：「只此乎？」笑指腹曰：「此武庫也，何所不有。」命取弓矢，又如前狀，出雕弓一；略一閉息，則一矢飛墮，其出不窮。已而劍插臍中，既都不見。劉神之，與同寢處，敬禮甚備。時營中號令雖嚴，而烏合之羣，時出剽掠。翁曰：「兵貴紀律；今統數萬之眾，而不能鎮懾人心，此敗亡之道。」劉喜之，於是糾察卒伍，有掠取婦女財物者，梟以示眾。軍中稍肅，而終不能絕。翁不時乘馬出，遨游部伍之間，而軍中悍將驕卒，輒首自墮地，不知其何因。因共疑翁。前進嚴飭之策，兵士已畏惡之；至此益相憾怨。諸部領譖於劉曰：「采薇翁，妖術也。自古名將，只聞以智，不聞以術。浮雲、白雀之徒，終致滅亡。今無辜將士，往往自失其首，人情洶懼；將軍與處，亦危道也，不如圖之。」劉從其言，謀俟其寢，誅之。使覘翁，翁坦腹方臥，息如雷。眾大喜，以兵繞舍，兩人持刀入，斷其頭；及舉刀，頭已復合，息如故，大驚。又斫其腹；腹裂無血，其中戈矛森聚，盡露其穎。眾益駭，不敢近；遙撥以矟，而鐵弩大發，射中數人。眾驚散，白劉。劉急詣之，已杳矣。

崔猛

崔猛，字勿猛，建昌世家子。性剛毅，幼在塾中，諸童稍有所犯，輒奮拳毆擊，師屢戒不悛；名、字，皆先生所賜也。至十六七，強武絕倫。又能持長竿躍登夏屋。喜雪不平，以是鄉人共服之，求訴稟白者盈階滿室。崔抑強扶弱，不避怨嫌；稍逆之，石杖交加，支體為殘。每盛怒，無敢勸者。惟事母孝，母至則解。母譴責備至，崔唯唯聽命，出門輒忘。比鄰有悍婦，日虐其姑。姑餓瀕死，子竊啖之；婦知，詬厲萬端，聲聞四院。崔怒，踰垣而過，鼻耳脣舌盡割之，立斃。母聞大駭，呼鄰子，極意溫恤，配以少婢，事乃寢。母憤泣不食。崔懼，跪請受杖，且告以悔，母泣不顧。崔妻周，亦與並跪。母乃杖子，而又針刺其臂，作十字紋，朱塗之，俾勿滅。崔並受之，母乃食。

母喜飯僧道，往往饜飽之。適一道士在門，崔過之。道士目之曰：「郎君多凶橫之氣，恐難保其令終。積善之家，不宜有此。」崔新受母戒，聞之，起敬曰：「某亦自知；但一見不平，苦不自禁。力改之，或可免否？」道士笑曰：「姑勿問可免不可免，請先自問能改不能改。但當痛自抑；如有萬分之一，我告君以解死之術。」崔生平不信厭禳，笑而不言。道士曰：「我固知君不信。但我所言，不類巫覡，行之亦盛德；即或不效，亦無妨礙。」崔請教，乃曰：「適門外一後生，宜厚結之，即犯死罪，彼亦能活之也。」呼崔出，指示其人。蓋趙氏兒，名僧哥。趙，南昌人，以歲祲饑，僑寓建昌。崔由是深相結，請趙館於其家，供給優厚。僧哥年十二，登堂拜母，約為弟昆。踰歲東作，趙攜家去，音問遂絕。崔母自鄰婦死，戒子益切，有赴訴者，輒擯斥之。

一日，崔母弟卒，從母往弔。途遇數人，縶一男子，呵罵促步，加以捶扑。觀者塞途，輿不得進。崔問之，識崔者競相擁告。先是，有巨紳子某甲者，豪橫一鄉，窺李申妻有色，欲奪之，道無由。因命家人誘與博賭，貸以資而重其息，要使署妻於券，資盡復給。終夜，負債數千；積半年，計子母三十餘千。申不能償，強以多人篡取其妻。申哭諸其門。某怒，拉繫樹上，榜笞刺剟，逼立「無悔狀」。崔聞之，氣涌如山，鞭馬前向，意將用武。母搴簾而呼曰：「唶！又欲爾耶！」崔乃止。既弔而歸，不語亦不食，兀坐直視，若有所嗔。妻詰之，不答。至夜，和衣臥榻上，輾轉達旦，次夜復然。忽啓戶出，輒又還臥。如此三四，妻不敢詰，惟慴息以聽之。既而遲久乃反，掩扉熟寢矣。是夜，有人殺某甲於牀上，刳腹流腸；申妻亦裸尸牀下。官疑申，捕治之。橫被殘梏，踝骨皆見，卒無詞。積年餘，不堪刑，誣服，論辟。會崔母死，既殯，告妻曰：「殺甲者，實我也。徒以有老母故，不敢洩。今大事已了，奈何以一身之罪殃他人？我將赴有司死耳！」妻驚挽之，絕裾而去，自首於庭。官愕然，械送獄，釋申。申不可，堅以自承。官不能決，兩收之。戚屬皆誚讓申，申曰：「公子所為，是我欲為而不能者也。彼代我為之，而忍坐視其死乎？今日即謂公子未出也可。」執不異詞，固與崔爭。久之，衙門皆知其故，強出之，以崔抵罪，瀕就決矣。會恤刑官趙部郎，案臨閱囚，至崔名，屏人而喚之。崔入，仰視堂上，僧哥也。悲喜實訴。趙徘徊良久，仍令下獄，囑獄卒善視之。尋以自首減等，充雲南軍，申為服役而去；未期年，援赦而歸。皆趙力也。既歸，申終從不去，代為紀理生業。予之資，不受。緣橦技擊之術，頗以關懷。崔厚遇之，買婦授田焉。崔由此力改前行，每撫臂上刺痕，泫然流涕。以故鄉鄰有事，申輒矯命排解，不相稟白。

有王監生者，家豪富，四方無賴不仁之輩，出入其門。邑中殷實者，多被劫掠；或迕之，輒遣盜殺諸途。子亦淫暴。王有寡嬸，父子俱烝之。妻仇氏，屢沮王，王縊殺之。仇兄弟質諸官，王賕囑，以告者坐誣。兄弟冤憤莫伸，詣崔求訴。申絕之使去。過數日，客至，適無僕，使申瀹茗。申默然出，告人曰：「我與崔猛朋友耳，從徙萬里，不可謂不至矣；曾無廩給，而役同廝養，所不甘也！」遂忿而去。或以告崔。崔訝其改節，而亦未之奇也。申忽訟於官，謂崔三年不給傭值。崔大異之，親與對狀，申忿相爭。官不直之，責逐而去。又數日，申忽夜入王家，將其父子嬸婦併殺之，粘紙於壁，自書姓名，及追捕之，則亡命無迹。王家疑崔主使，官不信。崔始悟前此之訟，蓋恐殺人之累己也。關行附近州邑，追捕甚急。會闖賊犯順，其事遂寢。及明鼎革，申攜家歸，仍與崔善如初。

時土寇嘯聚，王有從子得仁，集叔所招無賴，據山為盜，焚掠村疃。一夜，傾巢而至，以報仇為名。崔適他出；申破扉始覺，越牆伏暗中。賊搜崔、李不得，擄崔妻，括財物而去。申歸，只有一僕，忿極，乃斷繩數十段，以短者付僕，長者自懷之。囑僕越賊巢，登半山，以火爇繩，散掛荊棘，即反勿顧。僕應而去。申窺賊皆腰束紅帶，帽繫紅絹，遂傚其裝。有老牝馬初生駒，賊棄諸門外。申乃縛駒跨馬，啣枚而出，直至賊穴。賊據一大村，申縶馬村外，踰垣入。見賊眾紛紜，操戈未釋。申竊問諸賊，知崔妻在王某所。俄聞傳令，俾各休息，轟然噭應。忽一人報東山有火，眾賊共望之；初猶一二點，既而多類星宿。申坌息急呼東山有警。王大驚，束裝率眾而出。申乘間漏出其右，返身入內。見兩賊守帳，紿之曰：「王將軍遺佩刀。」兩賊競覓。申自後斫之，一賊踣；其一回顧，申又斬之。逕負崔妻越垣而出。解馬授轡，曰：「娘子不知途，縱馬可也。」馬戀駒奔駛，申從之。出一隘口，申灼火於繩，遍懸之，乃歸。次日，崔還，以為大辱，形神跳躁，欲單騎往平賊。申諫止之。集村人共謀，眾恇怯莫敢應。解諭再四，得敢往二十餘人，又苦無兵。適於得仁族姓家獲奸細二，崔欲殺之，申不可；命二十人各持白梃，具列於前，乃割其耳而縱之。眾怨曰：「此等兵旅，方懼賊知，而反示之。脫其傾隊而來，闔村不保矣！」申曰：「吾正欲其來也。」執匿盜者誅之。遣人四出，各假弓矢火銃，又詣邑借巨炮二。日暮，率壯士至隘口，置炮當其衝，使二人匿火而伏，囑見賊乃發。又至谷東口，伐樹置崖上。已而與崔各率十餘人，分岸伏之。一更向盡，遙聞馬嘶，賊果大至，繈屬不絕。俟盡入谷，乃推墮樹木，斷其歸路。俄而炮發，喧騰號叫之聲，震動山谷。賊驟退，自相踐踏；至東口，不得出，集無隙地。兩岸銃矢夾攻，勢如風雨，斷頭折足者，枕藉溝中。遺二十餘人，長跪乞命。乃遣人縶送以歸。乘勝直抵其巢。守巢者聞風奔竄，搜其輜重而還。崔大喜，問其設火之謀。曰：「設火於東，恐其西追也；短，欲其速盡，恐偵知其無人也；既而設於谷口，口甚隘，一夫可以斷之，彼即追來，見火必懼：皆一時犯險之下策也。」取賊鞫之，果追入谷，見火驚退。二十餘賊，盡劓刖而放之。由此威聲大震，遠近避亂者從之如市，得土團三百餘人。各處強寇無敢犯，一方賴之以安。

異史氏曰：「快牛必能破車，崔之謂哉！志意忼慨，蓋鮮儷矣。然欲天下無不平之事，寧非意過其通者與？李申，一介細民，遂能濟美。緣橦飛入，翦禽獸於深閨；斷路夾攻，蕩幺魔於隘谷。使得假五丈之旗，為國效命，烏在不南面而王哉！」

詩讞

青州居民范小山，販筆為業，行賈未歸。四月間，妻賀氏獨居，夜為盜所殺。是夜微雨，泥中遺詩扇一柄，乃王晟之贈吳蜚卿者。晟，不知何人；吳，益都之素封，與范同里，平日頗有佻達之行，故里黨共信之。郡縣拘質，堅不伏，慘被械梏，誣以成案；駁解往復，歷十餘官，更無異議。吳亦自分必死，囑其妻罄竭所有，以濟煢獨。有向其門誦佛千者，給以絮袴；至萬者絮襖；於是乞丐如市，佛號聲聞十餘里。因而家驟貧，惟日貨田產，以給資斧。陰賂監者使市鴆，夜夢神人告之曰：「子勿死，曩日『外邊凶』，目下『裏邊吉』矣。」再睡，又言，以是不果死。無何，周元亮先生分守是道，錄囚至吳，若有所思。因問：「吳某殺人，有何確據？」范以扇對。先生熟視扇，便問：「王晟何人？」並云不知。又將爰書細閱一過，立命脫其死械，自監移之倉。范力爭之，怒曰：「爾欲妄殺一人便了卻耶？抑將得仇人而甘心耶？」眾疑先生私吳，俱莫敢言。先生標朱簽，立拘南郭某肆主人。主人懼，莫知所以。至則問曰：「肆壁有東莞李秀詩，何時題耶？」答云：「舊歲提學按臨，有日照二三秀才，飲醉留題，不知所居何里。」遂遣役至日照，坐拘李秀。數日，秀至，怒曰：「既作秀才，奈何謀殺人？」秀頓首錯愕，曰：「無之！」先生擲扇下，令其自視，曰：「明係爾作，何詭託王晟？」秀審視曰：「詩真某作，字實非某書。」曰：「既知汝詩，當即汝友。誰書者？」秀曰：「迹似沂州王佐。」乃遣役關拘王佐。佐至，呵之如秀狀。佐供：「此益都鐵商張成索某書者，云晟其表兄也。」先生曰：「盜在此矣。」執成至，一訊遂伏。

先是，成窺賀美，欲挑之，恐不諧。念託於吳，必人所共信，故偽為吳扇，執而往。諧則自認，不諧則嫁名於吳，而實不期至於殺也。踰垣入，逼婦；婦因獨居，常以刀自衛。既覺，捉成衣，操刀而起。成懼，奪其刀。婦力挽，令不得脫，且號。成益窘，遂殺之，委扇而去。三年寃獄，一朝而雪，無不誦神明者。吳始悟「裏邊吉」乃「周」字也。然終莫解其故。後邑紳乘間請之，笑曰：「此最易知。細閱爰書，賀被殺在四月上旬；是夜陰雨，天氣猶寒，扇乃不急之物，豈有忙迫之時，反攜此以增累者，其嫁禍可知。向避雨南郭，見題壁詩與箑頭之作，口角相類，故妄度李生，果因是而得真盜。」聞者歎服。

異史氏曰：「天下事，入之深者，當其無有有之用。詞賦文章，華國之具也，而先生以相天下士，稱孫陽焉。豈非入其中深乎？而不謂相士之道，移於折獄。易曰：『知幾其神』先生有之矣。」

鹿啣草

關外山中多鹿。土人戴鹿首，伏草中，捲葉作聲，鹿即羣至。然牡少而牝多。牡交羣牝，千百必遍，既遍遂死。眾牝嗅之，知其死，分走谷中，啣異草置吻旁以熏之，頃刻復蘇。急鳴金施銃，羣鹿驚走。因取其草，可以回生。

小棺

天津有舟人某，夜夢一人教之曰：「明日有載竹笥賃舟者，索之千金；不然，勿渡也。」某醒，不信。既寐，復夢，且書「顒、灝、灝」三字於壁，囑云：「倘渠吝價，當即書此示之。」某異之。但不識其字，亦不解何意。次日，留心行旅。日向西，果有一人驅騾載笥來，問舟。某如夢索價，其人笑之。反復良久，某牽其手，以指書前字。其人大愕，即刻而滅。搜其裝載，則小棺數萬餘，每具僅長指許，各貯滴血而已。某以三字傳示遐邇，並無知者。未幾，吳逆叛謀既露，黨羽盡誅，陳尸幾如棺數焉。徐白山說。

邢子儀

滕有楊某，從白蓮教黨，得左道之術。徐鴻儒誅後，楊幸漏脫，遂挾術以遨。家中田園樓閣，頗稱富有。至泗上某紳家，幻法為戲，婦女出窺。楊睨其女美，歸謀攝取之。其繼室朱氏，亦風韻，飾以華妝，偽作仙姬；又授木鳥，教之作用；乃自樓頭推墮之。朱覺身輕如葉，飄飄然凌雲而行。無何，至一處，雲止不前，知已至矣。是夜，月明清潔，俯視甚了。取木鳥投之，鳥振翼飛去，直達女室。女見彩禽翔入，喚婢撲之；鳥已沖簾出。女追之，鳥墮地作鼓翼聲；近逼之，撲入裙底；展轉間，負女飛騰，直沖霄漢。婢大號。朱在雲中言曰：「下界人勿須驚怖，我月府姮娥也。渠是王母第九女，偶謫塵世。王母日切懷念，暫招去一相會聚，即送還耳。」遂與結襟而行。方及泗水之界，適有放飛爆者，斜觸鳥翼；鳥驚墮，牽朱亦墮，落一秀才家。秀才邢子儀，家赤貧而性方鯁。曾有鄰婦夜奔，拒不納。婦啣憤去，譖諸其夫，誣以挑引。夫固無賴，晨夕登門詬辱之，邢因貨產僦居別村。有相者顧某善決人福壽，刑踵門叩之。顧望見笑曰：「君富足千鍾，何著敗絮見人？豈謂某無瞳耶？」邢嗤妄之。顧細審曰：「是矣。固雖蕭索，然金穴不遠矣。」邢又妄之。顧曰：「不惟暴富，且得麗人。」邢終不以為信。顧推之出，曰：「且去且去，驗後方索謝耳。」是夜，獨坐月下，忽二女自天降，視之，皆麗姝。詫為妖，詰問之，初不肯言。邢將號召鄉里，朱懼，始以實告，且囑勿洩，願終從焉。邢思世家女不與妖人婦等，遂遣人告其家。其父母自女飛升，零涕惶惑；忽得報書，驚喜過望，立刻命輿馬星馳而去。報邢百金，攜女歸。邢得豔妻，方憂四壁，得金甚慰。往謝顧，顧又審曰：「尚未尚未。泰運已交，百金何足言！」遂不受謝。先是，紳歸，請於上官捕楊。楊預遁，不知所之，遂籍其家，發牒追朱。朱懼，牽邢飲泣。邢亦計窘，始賂承牒者，賃車騎攜朱詣紳，哀求解脫。紳感其義，為竭力營謀，得贖免；留夫妻於別館，歡如戚好。紳女幼受劉聘；劉，顯秩也，聞女寄邢家信宿，以為辱，反婚書，與女絕姻。紳將議姻他族；女告父母，誓從邢。邢聞之喜；朱亦喜，自願下之。紳憂邢無家，時楊居宅從官貨，因代購之。夫妻遂歸，出囊金，粗治器具，蓄婢僕，旬日耗費已盡。但冀女來，當復得其資助。一夕，朱謂邢曰：「孽夫楊某，曾以千金埋樓下，惟妾知之。適視其處，磚石依然，或窖藏無恙。」往共發之，果得金。因信顧術之神，厚報之。後女于歸，妝資豐盛，不數年，富甲一郡矣。

異史氏曰：「白蓮殲滅而楊獨不死，又附益之，幾疑恢恢者疏而且漏矣。孰知天留之，蓋為邢也。不然，邢即否極而泰，亦惡能倉卒起樓閣、累巨金哉？不愛一色，而天報之以兩。嗚呼！造物無言，而意可知矣。」

李生

商河李生，好道。村外里餘，有蘭若，築精舍三楹，趺坐其中。游食緇黃，往來寄宿，輒與傾談，供給不厭。一日，大雪嚴寒，有老僧擔囊借榻，其詞玄妙。信宿將行，固挽之，留數日。適生以他故歸，僧囑早至，意將別生。雞鳴而往，叩關不應。踰垣入，見室中燈火熒熒，疑其有作，潛窺之。僧趣裝矣，一瘦驢縶燈檠上。細審，不類真驢，頗似殉葬物；然耳尾時動，氣咻咻然。俄而裝成，啓戶牽出。生潛尾之。門外原有大洩，僧繫驢洩樹，裸入水中，遍體掬濯已；著衣牽驢入，亦濯之。既而加裝超乘，行絕駛。生始呼之。僧但遙拱致謝，語不及聞，去已遠矣。

王梅屋言：李其友人。曾至其家，見堂上額書「待死堂」，亦達士也。

陸押官

趙公，湖廣武陵人，官宮詹，致仕歸。有少年伺門下，求司筆札。公召入，見其人秀雅，詰其姓名，自言陸押官，不索傭值。公留之，慧過凡僕。往來牋奏，任意裁答，無不工妙。主人與客弈，陸睨之，指點輒勝。趙益優寵之。諸僚僕見其得主人青目，戲索作筵。押官許之。問：「僚屬幾何？」會別業主計皆至，約三十餘人，眾悉告之數以難之。押官曰：「此大易。但客多，倉卒不能遽辦，肆中可也。」遂遍邀諸侶赴臨街店。皆坐。酒甫行，有按壺起者曰：「諸君姑勿酌，請問今日誰作東道主？宜先出資為質，始可放情飲啖；不然，一舉數千，鬨然都散，向何取償也？」眾目押官。押官笑曰：「得無謂我無錢耶？我固有錢。」乃起向盆中捻溼面如拳，碎掐置几上；隨擲，遂化為鼠，竄動滿案。押官任捉一頭，裂之，啾然腹破，得小金；再捉，亦如之。頃刻鼠盡，碎金滿前，乃告眾曰：「是不足供飲耶？」眾異之，乃共恣飲。既畢，會直三兩餘，眾秤金，適符其數。眾索一枚懷歸，白其異於主人。主人命取金，搜之已亡。反質肆主，則償資悉化蒺藜。還白趙，趙詰之。押官曰：「朋輩逼索酒食，囊空無資。少年學作小劇，故試之耳。」眾復責償。押官曰：「我非賺酒食者，某村麥穰中，再一簸揚，可得麥二石，足償酒價有餘也。」因浼一人同去。某村主計者將歸，遂與偕往。至則淨麥數斛，已堆場中矣。眾以此益奇押官。一日，趙赴友筵，堂中有盆蘭甚茂，愛之。歸猶讚歎之。押官曰：「誠愛此蘭，無難致者。」趙猶未信。凌晨至齋，忽聞異香蓬勃，則有蘭花一盆，箭葉多寡，宛如所見。因疑其竊，審之。押官曰：「臣家所蓄，不下千百，何須竊焉？」趙不信。適某友至，見蘭驚曰：「何酷肖寒家物！」趙曰：「余適購之，亦不識所自來。但君出門時，見蘭花尚在否？」某曰：「我實不曾至齋，有無固不可知。然何以至此？」趙視押官，押官曰：「此無難辨：公家盆破，有補綴處；此盆無也。」驗之始信。夜告主人曰：「向言某家花卉頗多，今屈玉趾，乘月往觀。但諸人皆不可從，惟阿鴨無害。」——鴨，宮詹僮也。遂如所請。公出，已有四人荷肩輿，伏候道左。趙乘之，疾於奔馬。俄頃入山，但聞奇香沁骨。至一洞府，見舍宇華耀，迥異人間；隨處皆設花石，精盆佳卉，流光散馥，即蘭一種，約有數十餘盆，無不茂盛。觀已，如前命駕歸。押官從趙十餘年，後趙無疾卒，遂與阿鴨俱出，不知所往。

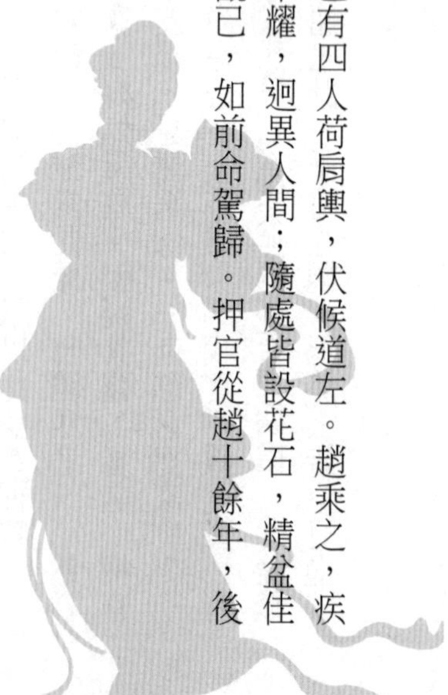

蔣太史

蔣太史超，記前世為峨嵋僧，數夢至故居庵前潭邊濯足。為人篤嗜內典，一意臺宗，雖早登禁林，嘗有出世之想。假歸江南，抵秦郵，不欲歸。子哭挽之，弗聽。遂入蜀，居成都金沙寺；久之，又之峨嵋，居伏虎寺，示疾怛化。自書偈云：「翛然猿鶴自來親，老衲無端墮業塵。妄向鑊湯求避熱，那從大海去翻身。功名傀儡場中物，妻子骷髏隊裏人。只有君親無報答，生生常自祝能仁。」

邵士梅

邵進士，名士梅，濟寧人。初授登州教授，有二老秀才投刺，睹其名，似甚熟識；凝思良久，忽悟前身。便問齋夫：「某生居某村否？」又言其手範，一一吻合。俄兩生入，執手傾語，歡若平生。談次，問高東海況。二生曰：「獄死二十餘年矣，今一子尚存。此鄉中細民，何以見知？」邵笑云：「我舊戚也。」先是，高東海素無賴；然性豪爽，輕財好義。有負租而鬻女者，傾囊代贖之。私一媼，媼坐隱盜，官捕甚急，逃匿高家。官知之，收高，備極搒掠，終不服，尋死獄中。其死之日，即邵生辰。後邵至某村，恤其妻子，遠近皆知其異。此高少宰言之，即高公子冀良同年也。

顧生

江南顧生，客稷下，眼暴腫，晝夜呻吟，罔所醫藥。十餘日，痛少減。乃合眼時輒睹巨宅，凡四五進，門皆洞闢；最深處有人往來，但遙睹不可細認。一日，方凝神注之，忽覺身入宅中，三歷門戶，絕無人迹。有南北廳事，內以紅氈貼地。略窺之，見滿屋嬰兒，坐者、臥者、膝行者，不可數計。愕疑間，一人自舍後出，見之曰：「小王子謂有遠客在門，果然。」便邀之。顧不敢入，強之乃入。問：「此何所？」曰：「九王世子居。世子瘧疾新瘥，今日親賓作賀，先生有緣也。」言未已，有奔至者，督促速行。俄至一處，雕榭朱欄，一殿北向，凡九楹。歷階而升，則客已滿座，見一少年北面坐，知是王子，便伏堂下。滿堂盡起。王子曳顧東向坐。酒既行，鼓樂暴作，諸妓升堂，演「華封祝」。才過三折，逆旅主人及僕喚進午餐，就牀頭頻呼之。耳聞甚真，心恐王子知，遂託更衣而出。仰視日中夕，則見僕立牀前，始悟未離旅邸。心欲急反，因遣僕闔扉去。甫交睫，見宮舍依然，急循故道而入。路經前嬰兒處，並無嬰兒，有數十媼蓬首駝背，坐臥其中。望見顧，出惡聲曰：「誰家無賴子，來此窺伺！」顧驚懼，不敢置辯，疾趨後庭，升殿即坐。見王子頷下添髭尺餘矣。見顧，笑問：「何往？劇本過七折矣。」因以巨觥示罰。移時曲終，又呈齣目。顧點「彭祖娶婦」。妓即以椰瓢行酒，可容五斗許。顧離席辭曰：「臣目疾，不敢過醉。」王子曰：「君患目，有太醫在此，便合診視。」東座一客，即離坐來，兩指啓雙眥，以玉簪點白膏如脂，囑合目少睡。王子命侍兒導入複室，令臥；臥片時，覺牀帳香軟，因而熟眠。居無何，忽聞鳴鉦鍠聒，即復驚醒。疑是優戲未畢；開目視之，則旅舍中狗舐油鐺也。然目疾若失。再閉眼，一無所睹矣。

陳錫九

陳錫九，邳人。父子言，邑名士。富室周某，仰其聲望，訂為婚姻。陳累舉不第，家業蕭索，游學於秦，數年無信。周陰有悔心。以少女適王孝廉為繼室；王聘儀豐盛，僕馬甚都。以此愈憎錫九貧，堅意絕婚；問女，女不從。怒，以惡服飾遣歸錫九。日不舉火，周全不顧恤。一日，使傭媼以榼餉女，入門向母曰：「主人使某視小姑姑餓死否。」女恐母慚，強笑以亂其詞。因出榼中肴餌，列母前。媼止之曰：「無須爾！自小姑入人家，何曾交換出一杯溫涼水？吾家物，料姥姥亦無顏啗噉得。」母大恚，聲色俱變。媼不服，惡語相侵。紛紜間，錫九自外入，訊知大怒，撮毛批頰，撻逐出門而去。次日，周來逆女，女不肯歸；明日又來，增其人數，眾口呶呶，如將尋鬥。母強勸女去。女潸然拜母，登車而去。過數日，又使人來，逼索離婚書，母強錫九與之。惟望子言歸，以圖別處。周家有人自西安來，知子言已死，陳母哀憤成疾而卒。錫九哀迫中，尚望妻歸；久而渺然，悲憤益切。薄田數畝，鬻治葬具。葬畢，乞食赴秦，以求父骨。至西安，遍訪居人，或言數年前有書生死於逆旅，葬之東郊，今冢已沒。錫九無策，惟朝丐市廛，暮宿野寺，冀有知者。會晚經叢葬處，有數人遮道，逼索飯價。錫九曰：「我異鄉人，乞食城郭，何處少人飯價？」共怒，捽之仆地，以埋兒敗絮塞其口。力盡聲嘶，漸就危殆。忽共驚曰：「何處官府至矣！」釋手寂然。俄有車馬至，便問：「臥者何人？」即有數人扶至車下。車中人曰：「是吾兒也。孽鬼何敢爾！可悉縛來，勿致漏脫。」錫九覺有人去其塞，少定，細認，真其父也。大哭曰：「兒為父骨良苦。今固尚在人間耶！」父曰：「我非人，太行總管也。此來亦為吾兒。」錫九哭益哀。父慰諭之。錫九泣述岳家離婚。父曰：「無憂，今新婦亦在母所。母念兒甚，可暫一往。」遂與同車，馳如風雨。移時，至一官署，下車入重門，則母在焉。錫九痛欲絕，父止之。錫九啜泣聽命。見妻在母側，問母曰：「兒婦在此，得毋亦泉下耶？」母曰：「非也，是汝父接來，待汝歸家，當便送去。」錫九曰：「兒侍父母，不願歸矣。」母曰：「辛苦跋涉而來，為父骨耳。汝不歸，初志為何也？況汝孝行已達天帝，賜汝金萬斤，夫妻享受正遠，何言不歸？」錫九垂泣。父數數促行，錫九哭失聲。父怒曰：「汝不行耶！」錫九懼，收聲，始詢葬所。父挽之曰：「子行，我告之：去叢葬處百餘步，有子母白榆是也。」挽之甚急，竟不遑別母。門外有健僕，捉馬待之。既超乘，父囑曰：「日所宿處，有少資斧，可速辦裝歸，向岳索婦；不得婦，勿休也。」錫九諾而行。馬絕駛，雞鳴至西安。僕扶下，方將拜致父母，而人馬已杳。尋至舊宿處，倚壁假寐，以待天明。坐處有拳石礙股；曉而視之，白金也。市棺賃輿，尋雙榆下，得父骨而歸。合厝既畢，家徒四壁。幸里中憐其孝，共飯之。將往索婦，自度不能用武，與族兄十九往。及門，門者絕之。十九素無賴，出語穢褻。周使人勸錫九歸，願即送女去，錫九乃還。初，女之歸也，周對之罵婿及母，女不語，但向壁零涕。陳母死，亦不使聞。得離書，擲向女曰：「陳家出汝矣！」女曰：「我不曾悍逆，何為出我？」欲歸質其故，又禁閉之。後錫九如西安，遂造凶訃，以絕女志。此信一播，遂有杜中翰來議姻，竟許之。親迎有日，女始知，遂泣不食，以被韜面，氣如游絲。周正無法，忽聞錫九至，發語不遜，意料女必死，遂舁歸錫九，意將待女死以洩其憤。錫九歸，而送女者已至；猶恐錫九見其病而不內，甫入門，委之而去。鄰里代憂，共謀舁還；錫九不聽，扶置榻上，而氣已絕。始大恐。正遑迫間，周子率數人持械入，門窗盡毀。錫九逃匿，苦搜之。鄉人盡為不平；十九糾十餘人銳身急難，周子兄弟皆被夷傷，始鼠竄而去。周益怒，訟於官，捕錫九、十九等。錫九將行，以女尸囑鄰媼，忽聞榻上若息，近視之，秋波微動矣；少時，已能轉側。大喜，詣官自陳。宰怒周訟誣。周懼，啗以重賂，始得免。錫九歸，夫妻相見，悲喜交并。

先是，女絕食奄臥，自矢必死。忽有人捉起曰：「我陳家人也，速從我去，夫妻可以相見；不然，無及矣！」不覺身已出門，兩人扶登肩輿。頃刻至官廨，見公姑具在，問：「此何所？」母曰：「不必問，容當送汝歸。」一日，見錫九至，甚喜。一見遽別，心頗疑怪。公不知何事，恆數日不歸。昨夕忽歸，曰：「我在武夷，遲歸二日，難為保兒矣，可速送兒歸去。」遂以輿馬送女。

忽見家門，遂如夢醒。女與錫九共述曩事，相與驚喜。從此夫妻相聚，但朝夕無以自給。錫九於村中設童蒙帳，兼自攻苦，每私語曰：「父言天賜黃金，今四堵空空，豈訓讀所能發迹耶？」一日，自塾中歸，遇二人，問之曰：「君陳某耶？」錫九曰：「然。」二人即出鐵索縶之，錫九不解其故。少間，村人畢集，共詰之，始知郡盜所牽。眾憐其冤，醵錢賂役，途中得無苦。至郡見太守，歷述家世。太守愕然曰：「此名士之子，溫文爾雅，烏能作賊！」命脫縲絏，取盜嚴梏之，始供為周某賄囑，錫九又訴翁婿反面之由，太守更怒，立刻拘提。即延錫九至署，與論世好，蓋太守舊邳宰韓公之子，即子言受業門人也。贈燈火之費以百金；又以二騾代步，使不時趨郡，以課文藝。轉於各上官游揚其孝，自總制而下，皆有饋遺。錫九乘騾而歸，夫妻慰甚。

一日，妻母哭至，見女伏地不起。女駭問之，始知周已被械有獄矣。女哀哭自咎，但欲覓死。錫九不得已，詣郡為之緩頰。太守釋令自贖，罰穀一百石，批賜孝子陳錫九。放歸，出倉粟，雜糠粃而輦運之，錫九謂女曰：「爾翁以小人之心度君子矣。烏知我必受之，而瑣瑣雜糠覈耶？」因笑卻之。錫九家雖小有，而垣牆陋蔽。一夜，羣盜入。僕覺，大號，只竊兩騾而去。後半年餘，錫九夜讀，聞撾門聲，問之寂然。呼僕起視，則門一啓，兩騾躍入，乃向所亡也。直奔櫪下，咻咻汗喘。燭之，各負革囊；解視，則白鏹滿中。大異，不知其所自來。後聞是夜大盜劫周，盈裝出，適防兵追急，委其捆載而去。騾認故主，逕奔至家。周自獄中歸，刑創猶劇；又遭盜劫，大病而死。女夜夢父囚繫而至，曰：「吾生平所為，悔已無及。今受冥譴，非若翁莫能解脫，為我代求婿，致一函焉。」醒而嗚泣。詰之，具以告。錫九久欲一詣太行，即日遂發。既至，備牲物酹祝之，即露宿其處，冀有所見，終夜無異，遂歸。周死，母子逾貧，仰給於次婿。王孝廉考補縣尹，以墨敗，舉家徙瀋陽，益無所歸。錫九時顧恤之。

異史氏曰：「善莫大於孝，鬼神通之，理固宜然。使為尚德之達人也者，即終貧，猶將取之，烏論後此之必昌哉？或以膝下之嬌女，付諸頒白之叟，而揚揚曰：『某貴官，吾東牀也。』嗚呼！宛宛嬰嬰者如故，而金龜婿以諭葬歸，其慘已甚矣；而況以少婦從軍乎？」

卷九

邵臨淄

臨淄某翁之女，太學李生妻也。未嫁時，有術士推其造，決其必受官刑。翁怒之；既而笑曰：「妄言一至於此！無論世家女必不至公庭，豈一監生不能庇一婦乎？」既嫁，悍甚，指罵夫婿以為常。李不堪其虐，忿鳴於官。邑宰邵公准其詞，簽役立勾。翁聞之，大駭，率子弟登堂，哀求寢息，弗許。李亦自悔，求罷。公怒曰：「公門內豈作輟盡由爾耶？必拘審！」既到，略詰一二言，便曰：「真悍婦！」杖責三十，臀肉盡脫。

異史氏曰：「公豈有傷心於閨闥耶？何怒之暴也！然邑有賢宰，里無悍婦矣。誌之，以補『循吏傳』之所不及者。」

于去惡

北平陶聖俞，名下士。順治間，赴鄉試，寓居郊郭。偶出戶，見一人負笈俇儴，似卜居未就者。略詰之，遂釋負於道，相與傾語，言論有名士風。陶大說之，請與同居。客喜，攜囊入，遂同棲止。客自言：「順天人，姓于，字去惡。」以陶差長，兄之。于性不喜游矚，常獨坐一室，而案頭無書卷。陶不與談，則默臥而已。陶疑之，搜其囊篋，則筆研之外，更無長物。怪而問之，笑曰：「吾輩讀書，豈臨渴始掘井耶？」一日，就陶借書去，閉戶抄甚疾，終日五十餘紙，亦不見其摺疊成卷。竊窺之，則每一稿脫，輒燒灰吞之。愈益怪焉，詰其故。曰：「我以此代讀耳。」便誦所抄書，頃刻數篇，一字無訛。陶悅，欲傳其術；于以為不可。陶疑其吝，詞涉誚讓，于曰：「兄誠不諒我之深矣。欲不言，則此心無以自剖；驟言之，又恐驚為異怪。奈何？」陶固謂：「不妨。」于曰：「我非人，是鬼耳。今冥中以科目授官，七月十四日奉詔考簾官，十五日士子入闈，月盡榜放矣。」陶問：「考簾官為何？」曰：「此上帝慎重之意，無論烏吏鼈官，皆考之。能文者以內簾用，不通者不得與焉。蓋陰之有諸神，猶陽之有守、令也。得志諸公，目不睹墳、典，不過少年持敲門磚，獵取功名，門既開，則棄去；再司簿書十數年，即文學士，胸中尚有字耶！陽世所以陋劣倖進，而英雄失志者，惟少此一考耳。」陶深然之，由是益加敬畏。一日，自外來，有憂色，歎曰：「僕生而貧賤，自謂死後可免；不謂迍邅，先生相從地下。」陶請其故，曰：「文昌奉命都羅國封王，簾官之考遂罷。數十年游神耗鬼，雜入衡文，吾輩寧有望耶？」陶問：「此輩皆誰何人？」曰：「即言之，君亦不識。略舉一二人，大概可知：樂正師曠、司庫和嶠是也。僕自念命不可憑，文不可恃，不如休耳。」言已怏怏，遂將治任。陶挽而慰之，乃止。至中元之夕，謂陶曰：「我將入闈。煩於昧爽時，持香炷於東野。三呼去惡，我便至。」乃出門去。陶沽酒烹鮮以待之。東方既白，敬如所囑。無何，于偕一少年來。問其姓字，于曰：「此方子晉，是我良友，適於場中相邂逅。聞兄盛名，深欲拜識。」同至寓，秉燭為禮。少年亭亭似玉，意度謙婉。陶甚愛之，便問：「子晉佳作，當大快意。」于曰：「言之可笑！闈中七則，作過半矣；細審主司姓名，裹具遁出。奇人也！」陶扇爐進酒，因問：「闈中何題？去惡魁解否？」于曰：「書藝、經論各一，夫人而能之。策問：『自古邪僻固多，而世風至今日，姦情醜態，愈不可名，不惟十八獄所不得盡，抑非十八獄所能容。是果何術而可？或謂宜量加一二獄，然殊失上帝好生之心。其宜增與、否與，或別有道以清其源，爾多士其悉言勿隱。』弟策雖不佳，頗為痛快。表：『擬天魔殄滅，賜群臣龍馬天衣有差。』次則『瑤臺應制詩』、『西洩桃花賦』。此三種，自謂場中無兩矣！」言已鼓掌。方笑曰：「此時快心，放兄獨步矣；數辰後，不痛哭始為男子也。」天明，方欲辭去。陶留與同寓，方不可，但期暮至。三日，竟不復來，陶使于往尋之。于曰：「無須。子晉拳拳，非無意者。」日既西，方果來。出一卷授陶，曰：「三日失約。敬錄舊藝百餘作，求一品題。」陶捧讀大喜，一句一贊，略盡一二首，遂藏諸笥。談至更深，方遂留，與于共榻寢。自此為常；方無夕不至，陶亦無方不歡也。一夕，倉惶而入，向陶曰：「地榜已揭，于五兄落第矣！」于方臥，聞言驚起，泫然流涕。二人極意慰藉，涕始止。然相對默默，殊不可堪。方曰：「適聞大巡環張桓侯將至，恐失志者之造言也；不然，文場尚有翻覆。」于聞之，色喜。陶詢其故，曰：「桓侯翼德，三十年一巡陰曹，三十五年一巡陽世，兩間之不平，待此老而一消也。」乃起，拉方俱去。兩夜始返，方喜謂陶曰：「君不賀五兄耶？桓侯前夕至，裂碎地榜，榜上名字，只存三之一。遍閱遺卷，得五兄甚喜，薦作交南巡海使，旦晚輿馬可到。」陶大喜，置酒稱賀。酒數行，于問陶曰：「君家有閒舍否？」問：「將何為？」曰：「子晉孤無鄉土，又不忍恝然於兄。弟意欲假館相依。」陶喜曰：「如此，為幸多矣。即無多屋宇，同榻何礙。但有嚴君，須先關白。」于曰：「審知尊大人慈厚可依。兄場闈有日，子晉如不能待，先歸何如？」陶留伴逆旅，以待同歸。次日，方暮，有車馬至門，接于莅任。于起握手曰：「從此別矣。一言欲告，又恐阻銳進之志。」問：「何言？」曰：「君命淹蹇，生非其時。此科之分十之一；後科桓侯臨世，公道初彰，十之三；三科始可望也。」陶聞，欲中止。于曰：「不然，此皆天數。即明知不可，而註定之艱若，亦要歷盡耳。」又顧方曰：「勿淹滯，今朝年、月、日、時皆良，即以輿蓋送君歸。僕馳馬自去。」方忻然拜別。陶中心迷亂，不知所囑，但揮涕送之。見輿馬分途，頃刻都散。始悔子晉北旋，未致一字，而已無及矣。三場畢，不甚滿志，奔波而歸。入門問子晉，家中並無知者。因為父述之，父喜曰：「若然，則客至久矣。」先是陶翁晝臥，夢輿蓋止於其門，一美少年自車中出，登堂展拜。訝問所來，答云：「大哥許假一舍，以入闈不得偕來。我先至矣。」言已，請入拜母。翁方謙卻，適家媼入曰：「夫人產公子矣。」恍然而醒，大奇之。是日陶言，適與夢符，乃知兒即子晉後身也。父子各喜，名之小晉。兒初生，善夜啼，母苦之。陶曰：「倘是子晉，我見之，啼當止。」俗忌客忤，故不令陶見。母患啼不可耐，乃呼陶入。陶嗚之曰：「子晉勿爾！我來矣！」兒啼正急，聞聲輟止，停睇不瞬，如審顧狀。陶摩頂而去。自是竟不復啼。數月後，陶不敢見之；一見，則折腰索抱，走去，則啼不可止。陶亦狎愛之。四歲離母，輒就兄眠；兄他出，則假寐以俟其歸。兄於枕上教毛詩，誦聲呢喃，夜盡四十餘行。以子晉遺文授之，忻然樂讀，過口成誦；試之他文不能也。八九歲，眉目朗徹，宛然一子晉矣。陶兩入闈，皆不第。丁酉，文場事發，簾官多遭誅遣，貢舉之途一肅，乃張巡環力也。陶下科中副車，尋貢。遂灰志前途，隱居教弟。常語人曰：「吾有此樂，翰苑不易也。」

異史氏曰：「余每至張夫子廟堂，瞻其鬚眉，凜凜有生氣。又其生平喑啞如霹靂聲，矛馬所至，無不大快，出人意表。世以將軍好武，遂置與絳，灌伍；寧知文昌事繁，須侯固多哉！嗚呼！三十五年，來何暮也！」

狂生

劉學師言：「濟寧有狂生某，善飲；家無儋石，而得錢輒沽，殊不以窮厄為意。值新刺史蒞任，善飲無對。聞生名，招與飲而悅之，時共談宴。生恃其狎，凡有小訟求直者，輒受薄賄，為之緩頰；刺史每可其請。生習為常，刺史心厭之。一日早衙，持刺登堂。刺史覽之微笑。生厲聲曰：『公如所請，可之；不如所請，否之，何笑也！聞之：士可殺而不可辱。他固不能相報，豈一笑不能報耶？』言已，大笑，聲震堂壁。刺史怒曰：『何敢無禮！寧不聞滅門令尹耶！』生掉臂竟下，大聲曰：『生員無門之可滅！』刺史益怒，執之。訪其家居，則並無田宅，惟攜妻在城堞上住。刺史聞而釋之，但逐不令居城垣。朋友憐其狂，為買數尺地，購斗室焉。入而居之，歎曰：『今而後畏今尹矣！』」

異史氏曰：「士君子奉法守禮，不敢劫人於市，南面者奈我何哉！然仇之猶得而加者，徒以有門在耳；夫至無門可滅，則怒者更無以加之矣。噫嘻！此所謂『貧賤驕人』者耶！獨是君子雖貧，不輕干人，乃以口腹之累，喋喋公堂，品斯下矣。雖然，其狂不可及。」

澂俗

澂人多化物類，出院求食。有客寓旅邸時，見羣鼠入米盎，驅之即遁。客伺其入，驟覆之，瓢水灌注其中，頃之盡斃。主人全家暴卒，惟一子在。訟官，官原而宥之。

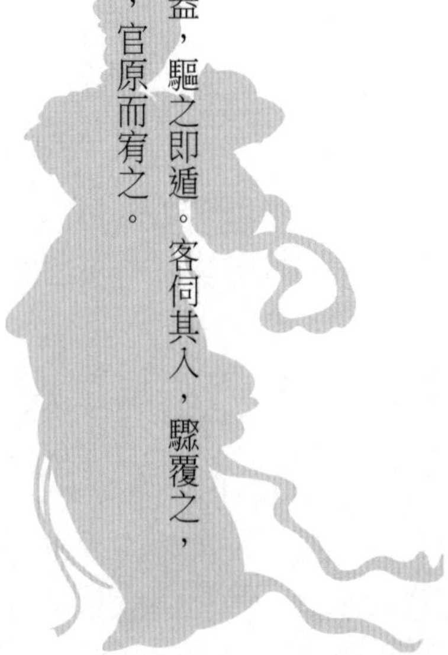

鳳仙

劉赤水，平樂人，少穎秀，十五入郡庠。父母早亡，遂以游蕩自廢。家不中資，而性好修飾，衾榻皆精美。一夕，被人招飲，忘滅燭而去。酒數行，始憶之，急返。聞室中小語，伏窺之，見少年擁麗者眠榻上。宅臨貴家廢第，恆多怪異，心知其狐，亦不恐，入而叱曰：「臥榻豈容鼾睡！」二人惶遽，抱衣赤身遁去。遺紫紈袴一，帶上繫針囊。大悅，恐其竊去，藏衾中而抱之。俄一蓬頭婢自門罅入，向劉索取。劉笑要償。婢請遺以酒，不應；贈以金，又不應。婢笑而去。旋返曰：「大姑言：如賜還，當以佳偶為報。」劉問：「伊誰？」曰：「吾家皮姓，大姑小字八仙，共臥者胡郎也；二姑水仙，適富川丁官人；三姑鳳仙，較兩姑尤美，自無不當意者。」劉恐失信，請坐待好音。婢去復返曰：「大姑寄語官人：好事豈能猝合？適與之言，反遭詬厲；但緩時日以待之，吾家非輕諾寡信者。」劉付之。

過數日，渺無信息。薄暮，自外歸。閉門甫坐，忽雙扉自啓，兩人以被承女郎，手捉四角而入，曰：「送新人至矣！」笑置榻上而去。近視之，酣睡未醒，酒氣猶芳，赬顏醉態，傾絕人寰。喜極，為之捉足解襪，抱體緩裳。而女已微醒，開目見劉，四肢不能自主，但恨曰：「八仙淫婢賣我矣！」劉狎抱之。女嫌膚冰，微笑曰：「今夕何夕，見此涼人！」劉曰：「子兮子兮，如此涼人何！」遂相歡愛。既而曰：「婢子無恥，玷人牀寢，而以妾換袴耶！必小報之！」從此無夕不至，綢繆甚殷。袖中出金釧一枚，曰：「此八仙物也。」又數日，懷繡履一雙來，珠嵌金繡，工巧殊絕，且囑劉暴揚之。劉出誇示親賓，求觀者皆以資酒為贄，由此奇貨居之。女夜來，作別語。怪問之，答云：「姊以履故恨妾，欲攜家遠去，隔絕我好。」劉懼，願還之。女云：「不必，彼方以此挾妾，如還之，中其機矣。」劉問：「何不獨留？」曰：「父母遠去，一家十餘口，俱託胡郎經紀，若不從去，恐長舌婦造黑白也。」從此不復至。踰二年，思念綦切。偶在途中，遇女郎騎款段馬，老僕鞚之，摩肩過；反啓障紗相窺，手姿豔豔。頃，一少年後至，曰：「女子何人?似頗佳麗。」劉亟贊之。少年拱手笑曰：「太過獎矣！此即山荊也。」劉惶愧謝過。少年曰：「何妨。但南陽三葛，君得其龍，區區者又何足道！」劉疑其言。少年曰：「君不認竊眠臥榻者耶？」劉始悟為胡。敘僚婿之誼，嘲謔甚歡。少年曰：「岳新歸，將以省覲，可同行否？」劉喜，從入縈山。——山上故有邑人避難之宅——女下馬入。少間，數人出望，曰：「劉官人亦來矣。」入門謁見翁媼。又一少年先在，靴袍炫美。翁曰：「此富川丁婿。」並揖就坐。少時，酒炙紛綸，談笑頗洽。翁曰：「今日三婿並臨，可稱佳集。又無他人，可喚兒輩來。作一團圞之會。」俄，姊妹俱出，翁命設坐，各傍其婿。八仙見劉，惟掩口而笑；鳳仙輒與嘲弄；水仙貌少亞，而沈重溫克，滿座傾談，惟把酒含笑而已。於是履舄交錯，蘭麝熏人，飲酒樂甚。劉視牀頭樂具畢備，遂取玉笛，請為翁壽。翁喜，命善者各執一藝，因而合座爭取；惟丁與鳳仙不取。八仙曰：「丁郎不諳可也，汝寧指屈不伸者？」因以拍板擲鳳仙懷中，便串繁響。翁悅曰：「家人之樂極矣！兒輩俱能歌舞，何不各盡所長？」八仙起，捉水仙曰：「鳳仙從來金玉其音，不敢相勞；我二人可歌『洛妃』一曲。」二人歌舞方已，適婢以金盤進果，都不知其何名。翁曰：「此自真臘攜來，所謂『田婆羅』也。」因掬數枚送丁前。鳳仙不悅曰：「婿豈以貧富為愛憎耶？」翁微哂不言。八仙曰：「阿爹以丁郎異縣，故是客耳。若論長幼，豈獨鳳妹妹有拳大酸婿耶？」鳳仙終不快，解華妝，以鼓拍授婢，唱「破窯」一折，聲淚俱下；既闋，拂袖逕去，一座為之不歡。八仙曰：「婢子喬性猶昔。」乃追之，不知所往。劉無顏，亦辭而歸。至半途，見鳳仙坐路旁，呼與並坐，曰：「君一丈夫，不能為牀頭人吐氣耶?黃金屋自在書中，願好為之。」舉足云：「出門匆遽，棘刺破複履矣，所贈物，在身邊否？」劉出之。女取而易之。劉乞其敝者，囅然曰：「君亦大無賴矣！幾見自己衾枕之物，亦要懷藏者?如相見愛，一物可以相贈。」旋出一鏡付之曰：「欲見妾，當於書卷中覓之；不然，相見無期矣。」言已，不見。怊悵而歸。視鏡，則鳳仙背立其中，如望去人於百步之外者。因念所囑，謝客下帷。一日，見鏡中人忽現正面，盈盈欲笑，益重愛之。

無人時，輒以共對。月餘，銳志漸衰，遊恆忘返。歸見鏡影，慘然若涕；隔日再視，則背立如初矣：始悟為己之廢學也。乃閉戶研讀，晝夜不輟；月餘，則影復向外。自此驗之：每有事荒廢，則其容戚；數日攻苦，則其容笑。於是朝夕懸之，如對師保。如此二年，一舉而捷。喜曰：「今可以對我鳳仙矣！」攬鏡視之，見畫黛彎長，瓠犀微露，喜容可掬，宛在目前。愛極，停睇不已。忽鏡中人笑曰：「『影裏情郎，畫中愛寵』，今之謂矣。」驚喜四顧，則鳳仙已在座右。握手問翁媼起居，曰：「妾別後，不曾歸家，伏處巖穴，聊與君分苦耳。」劉赴宴郡中，女請與俱；共乘而往，人對面不相窺。既而將歸，陰與劉謀，偽為娶於郡也者。女既歸，始出見客，經理家政。人皆驚其美，而不知其狐也。劉屬富川令門人，往謁之。遇丁，殷殷邀至其家，款禮優渥，言：「岳父母近又他徙。內人歸寧，將復。當寄信往，並詣申賀。」劉初疑丁亦狐，及細審邦族，始知富川大賈子也。初，丁自別業暮歸，遇水仙獨步，見其美，微睨之。女請附驥以行。丁喜，載至齋，與同寢處。櫺隙可入，始知為狐。女言：「郎勿見疑。妾以君誠篤，故願託之。」丁嬖之。竟不復娶。劉歸，假貴家廣宅，備客燕寢，灑掃光潔，而苦無供帳；隔夜視之，則陳設煥然矣。過數日，果有三十餘人，齎旗采酒禮而至，輿馬繽紛，填溢堦巷。劉揖翁及丁、胡入客舍；鳳仙逆媼及兩姨入內寢。八仙曰：「婢子今貴，不怨冰人矣。──釧履猶存否？」女搜付之，曰：「履則猶是也，而被千人看破矣。」八仙以履擊背，曰：「撻汝寄於劉郎。」乃投諸火，祝曰：「新時如花開，舊時如花謝；珍重不曾著，姮娥來相借。」水仙亦代祝曰：「曾經籠玉笋，著出萬人稱；若使姮娥見，應憐太瘦生。」鳳仙撥火曰：「夜夜上青天，一朝去所歡；留得纖纖影，遍與世人看。」遂以灰撚柈中，堆作十餘分，望見劉來，托以贈之。但見繡履滿柈，悉如故款。八仙急出，推柈墮地；地上猶有一二隻存者，又伏吹之，其跡始滅。次日，丁以道遠，夫婦先歸。八仙貪與妹戲，翁及胡屢督促之，亭午始出，與眾俱去。初來，儀從過盛，觀者如市，有兩寇窺見麗人，魂魄喪失，因謀劫諸途。偵其離村，尾之而去。相隔不盈一尺，馬極奔，不能及。至一處，兩崖夾道，輿行稍緩；追及之，持刀吼咤，人眾都奔。下馬啓簾，則老媼坐焉。方疑誤掠其母；

才他顧，而兵傷右臂，頃已被縛。凝視之，崖並非崖，乃平樂城門也；輿中則李進士母，自鄉中歸耳。一寇後至，亦被斷馬足而縶之。門丁執送太守，一訊而伏。時有大盜未獲，詰之，即其人也。明春，劉及第。鳳仙以招禍，故悉辭內戚之賀。劉亦更不他娶。及為郎官，納妾，生二子。

異史氏曰：「嗟乎！冷暖之態，仙凡固無殊哉！『少不努力，老大徒傷』。惜無好勝佳人，作鏡影悲笑耳。吾願恆河沙數仙人，並遣嬌女婚嫁人間，則貧窮海中，少苦眾生矣。」

佟客

董生，徐州人。好擊劍，每慷慨自負。偶於途中遇一客，跨蹇同行。與之語，談吐豪邁。詰其姓字，云：「遼陽佟姓。」問：「何往？」曰：「余出門二十年，適自海外歸耳。」董曰：「君遨游四海，閱人綦多，曾見異人否？」佟曰：「異人何等？」董乃自述所好，恨不得異人之傳。佟曰：「異人何地無之，要必忠臣孝子，始得傳其術也。」董又毅然自許；即出佩劍，彈之而歌；又斬路側小樹，以矜其利。佟掀髯微笑，因便借觀。董授之。展玩一過，曰：「此甲鐵所鑄，為汗臭所蒸，最為下品。僕雖未聞劍術，然有一劍，頗可用。」遂於衣底出短刃尺許，以削董劍，脆如瓜瓠，應手斜斷，如馬蹄。董駭極，亦請過手，再三拂拭而後返之。邀佟至家，堅留信宿。叩以劍法，謝不知。董按膝雄談，惟敬聽而已。更既深，忽聞隔院紛拏。隔院為生父居，心驚疑。近壁凝聽，但聞人作怒聲曰：「教汝子速出即刑，便赦汝！」少頃，似加搒掠，呻吟不絕者，真其父也。生捉戈欲往，佟止之曰：「此去恐無生理，宜審萬全。」生惶然請教，佟曰：「盜坐名相索，必將甘心焉。君無他骨肉，宜囑後事於妻子；我啓戶，為君警廝僕。」生諾，入告其妻。妻牽衣泣。生壯念頓消，遂共登樓上，尋弓覓矢，以備盜攻。倉皇未已，聞佟在樓簷上笑曰：「賊幸去矣。」燭之已杳。逡巡出，則見翁赴鄰飲，籠燭方歸；惟庭前多編菅遺灰焉。乃知佟異人也。

異史氏曰：「忠孝，人之血性；古來臣子而不能死君父者，其初豈遂無提戈壯往時哉，要皆一轉念誤之耳。昔解縉與方孝孺相約以死，而卒食其言；安知矢約歸後，不聽牀頭人嗚泣哉？邑有快役某，每數日不歸，妻遂與里中無賴通。一日歸，值少年自房中出，大疑，苦詰妻。妻不服。既於牀頭得少年遺物，妻窘無詞，惟長跪哀乞。某怒甚，擲以繩，逼令自縊。妻請妝服而死，許之。妻乃入室理妝；某自酌以待之，呵叱頻催。俄妻炫服出，含涕拜曰：『君果忍令奴死耶？』某盛氣咄之。妻返走入房，方將結帶，某擲琖呼曰：『咍，返矣！一頂綠頭巾，或不能壓人死耳。』遂為夫婦如初。此亦大紳者類也，一笑。」

遼陽軍

沂水某，明季充遼陽軍。會遼城陷，為亂兵所殺；頭雖斷，猶不甚死。至夜，一人執簿來，按點諸鬼。至某，謂其不宜死，使左右續其頭而送之。遂共取頭按項上，羣扶之，風聲簌簌，行移時，置之而去。視其地，則故里也。沂令聞之，疑其竊逃。拘訊而得其情，頗不信；又審其頸無少斷痕，將刑之。某曰：「言無可憑信，但請寄獄中。斷頭可假，陷城不可假。設遼城無恙，然後受刑未晚也。」令從之。數日，遼信至，時日一如所言，遂釋之。

張貢士

安丘張貢士，寢疾，仰臥牀頭。忽見心頭有小人出，長僅半尺；儒冠儒服，作俳優狀。唱崑山曲，音調清澈，說白、自道名貫，一與己同；所唱節末，皆其生平所遭。四折既畢，吟詩而沒。張猶記其梗概，為人述之。高西園晤杞園先生，曾細詢之，猶述其曲文，惜不能全憶。

高西園云：「向讀漁洋先生『洩北偶談』，見有記心頭小人者，為安丘張某事。余素善安丘張卯君，意必其宗屬也。一日，晤間問及，始知即卯君事。詢其本末，云：當病起時，所記崑山曲者，無一字遺，皆手錄成冊。後其嫂夫人以為不祥語，焚棄之。每從酒邊茶餘，猶能記其尾聲，常舉以誦客。今並識之，以廣異聞。其詞云：『詩云子曰都休講，不過是都都平丈（相傳一邨塾師訓童子讀論語，字多訛謬。其尤堪笑者，讀『郁郁乎文哉』為『都都平丈我』）。全憑著佛留一百二十行（村塾中有訓蒙要書，名『莊農雜字』。其開章云：『佛留一百二十行，惟有莊農打頭強，最為鄙俚』）。』玩其語意，似自道其生平寥落，晚為農家作塾師，主人慢之，而為是曲。意者：夙世老儒，其卯君前身乎？卯君名在辛，善漢隸篆印。」

愛奴

河間徐生，設教於恩。臘初歸，途遇一叟，審視曰：「徐先生撤帳矣。明歲授教何所？」答曰：「仍舊。」叟曰：「敬業姓施。有舍甥，延求明師，適託某至東疃聘呂子廉，渠已受贄稷門。君如苟就，束儀請倍於恩。」徐以成約為辭。叟曰：「信行君子也。然去新歲尚遠，敬以黃金一兩為贄，暫留教之，明歲另議何如？」徐可之。叟下騎呈禮函，且曰：「敝里不遙矣。宅綦隘，飼畜為艱，請即遣僕馬去，散步亦佳。」徐從之，以行李寄叟馬上。行三四里許，日既暮，始抵其宅，漚釘獸環，宛然世家。呼甥出拜，十三四歲童子也。叟曰：「妹夫蔣南川，舊為指揮使。只遺此兒，頗不鈍，但嬌慣耳。得先生一月善誘，當勝十年。」未幾，設筵，備極豐美；而行酒下食，皆以婢媼。一婢執壺侍立，年約十五六，風致韻絕，心竊動之。席既終，叟命安置牀寢，始辭而去。天未明，兒出就學。徐方起，即有婢來捧巾侍盥，即執壺人也。日給三餐，悉此婢；至夕，又來掃榻。徐問：「何無僮僕？」婢笑不言，佈衾逕去。次夕復至。入以游語，婢笑不拒，遂與狎。因告曰：「吾家並無男子，外事則託施舅。妾名愛奴。夫人雅敬先生，恐諸婢不潔，故以妾來。今日但須緘密，恐發覺，兩無顏也。」一夜，共寢忘曉，為公子所遭，徐慚怍不自安。至夕，婢來曰：「幸夫人重君，不然，敗矣！公子入告，夫人急掩其口，若恐君聞，但戒妾勿得久留齋館而已。」言已，遂去。徐甚德之。然公子不善讀，訶責之，則夫人輒為緩頰。初猶遣婢傳言；漸親出，隔戶與先生語，往往零涕。顧每晚必問公子日課。徐頗不耐，作色曰：「既從兒懶，又責兒工，此等師我不慣作！請辭。」夫人遣婢謝過，徐乃止。自入館以來，每欲一出登眺，輒錮閉之。一日，醉中怏悶，呼婢問故。婢言：「無他，恐廢學耳。如必欲出，但請以夜。」徐怒曰：「受人數金，便當淹禁死耶！教我夜竄何之乎？久以素食為恥，贄固猶在囊耳。」遂出金置几上，治裝欲行。夫人出，脈脈不語，惟掩袂哽咽，使婢返金，啓鑰送之。徐覺門戶偪側；走數步，目光射入，則身自陷冢中出，四望荒涼，一古墓也。大駭。然心感其義，乃賣所賜金，封堆植樹而去。過歲，復經其處，展拜而行。遙見施叟，笑致溫涼，邀之殷切。心知其鬼，而欲一問夫人起居，遂相將入村，沽酒共酌，不覺日暮。叟起償酒價，便言：「寒舍不遠，舍妹亦適歸寧，望移玉趾，為老夫祓除不祥。」出村數武，又一里落，叩扉入，秉燭向客。俄，蔣夫人自內出，始審視之，蓋四十許麗人也。拜謝曰：「式微之族，門戶零落，先生澤及枯骨，真無計可以償之。」言已，泣下。既而呼愛奴，向徐曰：「此婢，妾所憐愛，今以相贈，聊慰客中寂寞。凡有所須，渠亦略能解意。」徐唯唯。少間，兄妹俱去，婢留侍寢。雞初鳴，叟即來促裝送行；夫人亦出，囑婢善事先生。又謂徐曰：「從此尤宜謹祕，彼此遭逢詭異，恐好事者造言也。」徐諾而別，與婢共騎。至館，獨處一室，與同棲止。或客至，婢不避，人亦不之見也。偶有所欲，意一萌，而婢已致之。又善巫，一挼挲而痾立癒。清明歸，至墓所，婢辭而下。徐囑代謝夫人。曰：「諾。」遂沒。數日返，方擬展墓，見婢華妝坐樹下，因與俱發。終歲往還，如此為常。欲攜同歸，執不可。歲杪，辭館歸，相訂後期。婢送至前坐處，指石堆曰：「此妾墓也。夫人未出閣時，便從服役，夭殂瘞此。如再過，以炷香相弔，當得復會。」別歸，懷思頗苦，敬往祝之，殊無影響。乃市櫬發冢，意將載骨歸葬，以寄戀慕。穴開自入，則見顏色如生。膚雖未朽，而衣敗若灰；頭上玉飾金釧，都如新製。又視腰間，裹黃金數鋌，卷懷之。始解袍覆尸，抱入材內，賃輿載歸；停諸別第，飾以繡裳，獨宿其旁，冀有靈應。忽愛奴自外入，笑曰：「劫墳賊在此耶！」徐驚喜慰問。婢曰：「向從夫人往東昌，三日既歸，則舍宇已空。頻蒙相邀，所以不肯相從者，以少受夫人重恩，不忍離逷耳。今既劫我來，即速瘞葬，便見厚德。」徐問：「古人有百年復生者，今芳體如故，何不效之？」歎曰：「此有定數。世傳靈迹，半涉幻妄。要欲復起動履，亦復何難？但不能類生人，故不必也。」乃啓棺入，尸即自起，亭亭可愛。探其懷，則冷若冰雪。遂將入棺復臥，徐強止之。婢曰：「妾過蒙夫人寵，主人自異域來，得黃金數萬，妾竊取之，亦不甚追問。後瀕危，又無戚屬，遂藏以自殉。夫人痛妾夭謝，又以寶飾入殮。身所以不朽者，不過得金寶之餘氣耳。若在人世，豈能久乎？必欲如此，切勿強以飲食；若使靈氣一散，則游魂亦消矣。」徐乃構精舍，與共寢處。笑語一如常人；但不食不息，不見生人。年餘，徐飲薄醉，執殘瀝強灌之；立刻倒地，口中血水流溢，終日而尸已變。哀悔無及，厚葬之。

異史氏曰：「夫人教子，無異人世；而所以待師者何厚也！不亦賢乎！余謂豔尸不如雅鬼，乃以措大之俗莽，致靈物不享其年，惜哉！」

章丘朱生，素剛鯁，設帳於某貢士家。每譴弟子，內輒遣婢為乞免，不聽。一日，親詣窗外，與朱關說。朱怒，執界方，大罵而出。婦懼而奔；朱追之，自後橫擊臀股，鏘然作皮肉聲。一何可笑！

長山某，每延師，必以一年束金，合終歲之虛盈，計每日得如干數；又以師離齋、歸齋之日，詳記為籍；歲終，則公同按日而乘除之。馬生館其家，初見操珠盤來，得故甚駭；既而暗生一術，反嗔為喜，聽其覆算不少校。翁大悅，堅訂來歲之約。馬辭以故。遂薦一生乖謬者自代。及就館，動輒詬罵，翁無奈，悉含忍之。歲杪，攜珠盤至。生勃然忿極，姑聽其算。翁又以途中日盡歸於西，生不受，撥珠歸東。兩爭不決，操戈相向，兩人破頭爛額而赴公庭焉。

單父宰

青州民某，五旬餘，繼娶少婦。二子恐其復育，乘父醉，潛割睪丸而藥糝之。父覺，託病不言。久之，創漸平。忽入室，刀縫綻裂，血溢不止，尋斃。妻知其故，訟於官。官械其子，果伏。駭曰：「余今為『單父宰』矣！」並誅之。

邑有王生者，娶月餘而出其妻。妻父訟之。時淄宰辛公，問王何故出妻。答云：「不可說。」固詰之。曰：「以其不能產育耳。」公曰：「妄哉！月餘新婦，何知不產？」忸怩久之，告曰：「其陰甚偏。」公笑曰：「是則偏之為害，而家之所以不齊也。」此可與「單父宰」並傳一笑。

孫必振

孫必振渡江，值大風雷，舟船蕩搖，同舟大恐。忽見金甲神立雲中，手持金字牌下示；諸人共仰視之，上書「孫必振」三字，甚真。眾謂孫：「必汝有犯天譴，請自為一舟，勿相累。」孫尚無言，眾不待其肯可，視旁有小舟，共推置其上。孫既登舟，回首，則前舟覆矣。

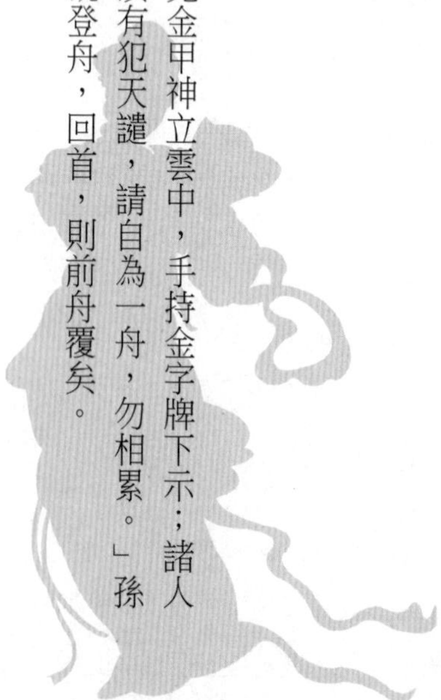

邑　人

邑有鄉人，素無賴。一日，晨起，有二人攝之去。至市頭，見屠人以半豬懸架上，二人便極力推擠之，忽覺身與肉合，二人亦逕去。少間，屠人賣肉，操刀斷割，遂覺一刀一痛，徹於骨髓。後有鄰翁來市肉，苦爭低昂，添脂搭肉，片片碎割，其苦更慘。肉盡，乃尋途歸；歸時，日已向辰。家人謂其晏起，乃細述所遭。呼鄰問之，則市肉方歸，言其片數、斤數，毫髮不爽。崇朝之間，已受凌遲一度，不亦奇哉！

元寶

廣東臨江山崖巉巖，常有元寶嵌石上。崖下波湧，舟不可泊。或蕩槳近摘之，則牢不可動；若其人數應得此，則一摘即落，回首已復生矣。

研石

王仲超言：「洞庭君山間有石洞，高可容舟，深暗不測，湖水出入其中。嘗秉燭泛舟而入，見兩壁皆黑石，其色如漆，按之而軟；出刀割之，如切硬腐。隨意製為研。既出，見風則堅凝過於他石。試之墨，大佳。估舟游楫，往來甚眾，中有佳石，不知取用，亦賴好奇者之品題也。」

武夷

武夷山有削壁千仞，人每於下拾沈香玉塊焉。太守聞之，督數百人作雲梯，將造頂以觀其異，三年始成。太守登之，將及巔，見大足伸下，一拇指粗於擣衣杵，大聲曰：「不下，將墮矣！」大驚，疾下。才至地，則架木朽折，崩墜無遺。

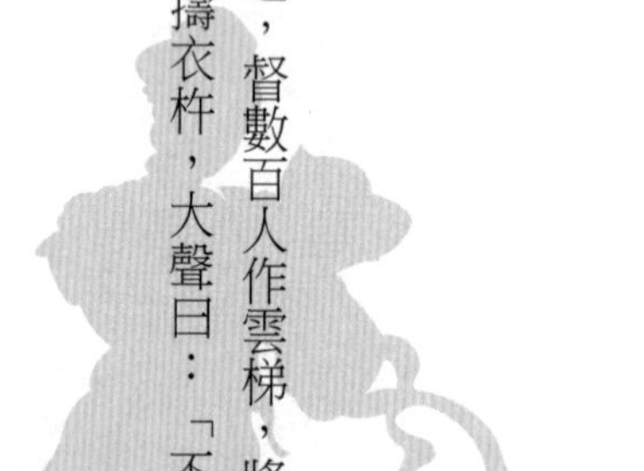

大鼠

萬曆間，宮中有鼠，大與貓等，為害甚劇。遍求民間佳貓捕制之，輒被噉食。適異國來貢獅貓，毛白如雪。抱投鼠屋，闔其扉，潛窺之。貓蹲良久，鼠逡巡自穴中出，見貓，怒奔之。貓避登几上，鼠亦登，貓則躍下。如此往復，不啻百次。眾咸謂貓怯，以為是無能為者。既而鼠跳擲漸遲，碩腹似喘，蹲地上少休。貓即疾下，爪掬頂毛，口齕首領，輾轉爭持，貓聲嗚嗚，鼠聲啾啾。啓扉急視，則鼠首已嚼碎矣。然後知貓之避，非怯也，待其惰也。彼出則歸，彼歸則復，用此智耳。噫！匹夫按劍，何異鼠乎！

張不量

賈人某，至直隸界，忽大雨雹，伏禾中。聞空中云：「此張不量田，勿傷其稼。」賈私意張氏既云「不良」，何反祐護。雹止，入村，訪問其人，且問取名之義。蓋張素封，積粟甚富。每春間貧民就貸，償時多寡不校，悉內之，未嘗執概取盈，故名「不量」，非「不良」也。眾趨田中，見稞穗摧折如麻，獨張氏諸田無恙。

牧豎

兩牧豎入山至狼穴，穴有小狼二，謀分捉之。各登一樹，相去數十步。少頃，大狼至，入穴失子，意甚倉惶。豎於樹上扭小狼蹄耳故令嗥；大狼聞聲仰視，怒奔樹下，號且爬抓。其一豎又在彼樹致小狼鳴急；狼輟聲四顧，始望見之，乃舍此趨彼，跑號如前狀。前樹又鳴，又轉奔之。口無停聲，足無停趾，數十往復，奔漸遲，聲漸弱；既而奄奄僵臥，久之不動。豎下視之，氣已絕矣。今有豪強子，怒目按劍，若將搏噬；為所怒者，乃闔扇去。豪力盡聲嘶，更無敵者，豈不暢然自雄？不知此禽獸之威，人故弄之以為戲耳。

富翁

富翁某，商賈多貸其資。一日出，有少年從馬後，問之，亦假本者。翁諾之。至家，適几上有錢數十，少年即以手疊錢，高下堆壘之。翁謝去，竟不與資。或問故。翁曰：「此人必善博，非端人也。所熟之技，不覺形於手足矣。」訪之果然。

王司馬

新城王大司馬霽宇鎮北邊時，常使匠人鑄一大桿刀，闊盈尺，重百鈞。每按邊，輒使四人扛之。鹵簿所止，則置地上，故令北人捉之，力撼不可少動。司馬陰以桐木依樣為刀，寬狹大小無異，貼以銀箔，時於馬上舞動。諸部落望見，無不震悚。又於邊外埋葦薄為界，橫斜十餘里，狀若藩籬，揚言曰：「此吾長城也。」北兵至，悉拔而火之。司馬又置之。既而三火，乃以礮石伏機其下，北兵焚薄，礮石盡發，死傷甚眾。既遁去，司馬設薄如前。北兵遙望皆卻走，以故帖服若神。後司馬乞骸歸，塞上復警。召再起；司馬時年八十有三，力疾陛辭。上慰之曰：「但煩卿臥治耳。」於是司馬復至邊。每止處，輒臥幛中。北人聞司馬至，皆不信，因假議和，將驗真偽。啓簾，見司馬坦臥，皆望榻伏拜，撟舌而退。

岳神

揚州提同知，夜夢岳神召之，詞色憤怒。仰見一人侍神側，少為緩頰。醒而惡之。早詣岳廟，默作祈禳。既出，見藥肆一人，絕肖所見。問之，知為醫生。既歸，暴病，特遣人聘之。至則出方為劑，暮服之，中夜而卒。或言：閻羅王與東岳天子，日遣侍者男女十萬八千眾，分布天下作巫醫，名「勾魂使者」。用藥者不可不察也！

小梅

蒙陰王慕貞，世家子也。偶游江浙，見媼哭於途，詰之。言：「先夫只遺一子，今犯死刑，誰有能出之者？」王素慷慨，誌其姓名，出橐中金為之斡旋，竟釋其罪。其人出，聞王之救己也，茫然不解其故，訪詣旅邸，感泣謝問。王曰：「無他，憐汝母老耳。」其人大駭曰：「母故已久。」王亦異之。抵暮，媼來申謝，王咎其謬誣。媼曰：「實相告：我東山老狐也。二十年前曾與兒父有一夕之好，故不忍其鬼之餒也。」王悚然起敬，再欲詰之，已杳。

先是，王妻賢而好佛，不茹葷酒；治潔室，懸觀音像，以無子，日日焚禱其中。而神又最靈，輒示夢，教人趨避，以故家中事皆取決焉。後有疾，綦篤，移榻其中；又別設錦裀於內室而扃其戶，若有所伺。王以為惑，而以其疾勢昏瞀，不忍傷之。臥病二年，惡囂，常屏人獨寢。潛聽之，似與人語；啓門視之，又寂然。病中他無所慮，有女十四歲，惟日催治裝遣嫁。既醮，呼王至榻前，執手曰：「今訣矣！初病時，菩薩告我，命當速死，念不了者，幼女未嫁，因賜少藥，俾延息以待。去歲，菩薩將回南海，留案前侍女小梅，為妾服役。今將死，薄命人又無所出。保兒，妾所憐愛，恐娶悍怒之婦，令其子母失所。小梅姿容秀美，又溫淑，即以為繼室可也。」蓋王有妾，生一子，名保兒。王以其言荒唐，曰：「卿素敬者神，今出此言，不已褻乎？」答云：「小梅事我年餘，相忘形骸，我已婉求之矣。」問：「小梅何處？」曰：「室中非耶？」方欲再詰，閉目已逝。王夜守靈幃，聞室中隱隱啜泣，大駭，疑為鬼。喚諸婢妾啓鑰視之，則二八麗者，縗服在室。眾以為神，共羅拜之。女斂涕扶掖。王凝注之，俛首而已。王曰：「如果亡室之言非妄，請即上堂，受兒女朝謁；如其不可，僕亦不敢妄想，以取罪過。」女靦然出，竟登北堂。王使婢為設坐南嚮，王先拜，女亦答拜；下而長幼卑賤，以次伏叩，女莊容坐受；惟妾至，則挽之。自夫人臥病，婢惰奴偷，家久替。眾參已，肅肅列侍。女曰：「我感夫人盛意，覊留人間，又以大事相委，汝輩宜各洗心，為主效力，從前愆尤，悉不計校；不然，莫謂室無人也！」共視座上，真如懸觀音圖像，時被微風吹動。聞言悚惕，鬨然並諾。女乃排撥喪務，一切井井。由是大小無敢懈者。女終日經紀內外，王將有作，亦稟白而行；然雖一夕數見，並不交一私語。既殯，王欲申前約，不敢逕告，囑妾微示意。女曰：「妾受夫人諄囑，義不容辭；但匹配大禮，不得草草。年伯黃先生，位尊德重，求使主秦晉之盟，則惟命是聽。」時沂水黃太僕，致仕閒居，於王為父執，往來最善。王即親詣，以實告。黃奇之，即與同來。女聞，即出展拜。黃一見，驚為天人，遜謝不敢當禮；既而助妝優厚，成禮乃去。女饋遺枕履，若奉舅姑，由此交益親。合巹後，王終以神故，褻中帶肅，時研詰菩薩起居。女笑曰：「君亦太愚，焉有正直之神，而下婚塵世者？」王力審所自。女曰：「不必研窮，既以為神，朝夕供養，自無殃咎。」女御下常寬，非笑不語；然婢賤戲狎時，遙見之，則默默無聲。女笑諭曰：「豈爾輩尚以我為神耶？我何神哉！實為夫人姨妹，少相交好；姊病見思，陰使南村王姥招我來。第以日近姊夫，有男女之嫌，故託為神道，閉內室中，其實何神！」眾猶不信；而日侍邊傍，見其舉動，不少異於常人，浮言漸息。然即頑奴鈍婢，王素撻楚所不能化者，女一言無不樂於奉命。皆云：「並不自知。實非畏之，但睹其貌，則心自柔，故不忍拂其意耳。」以此百廢具舉。數年中，田地連阡，倉廩萬石矣。

又數年，妾產一女。女生一子；子生，左臂有朱點，因字小紅。彌月，女使王盛筵招黃。黃賀儀豐渥，但辭以耄，不能遠涉；女遣兩媼，強邀之，黃始至。抱兒出，袒其左臂，以示命名之意。又再三問其吉凶。黃笑曰：「此喜紅也，可增一字，名喜紅。」女大悅，更出展叩。是日，鼓樂充庭，貴戚如市。黃留三日始去。忽門外有輿馬來，逆女歸寧。向十餘年，並無瓜葛，共議之，而女若不聞。理妝竟，抱子於懷，要王相送，王從之。至二三十里許，寂無行人，女停輿，呼王下騎，屏人與語，曰：「王郎王郎，會短離長，謂可悲否？」王驚問故。女曰：「君謂妾何人也？」答曰：「不知。」女曰：「江南拯一死罪，有之乎？」曰：「有。」曰：「哭於路者吾母也，感義而思所報，乃因夫人好佛，附為神道，實將以妾報君也。今幸生此襁褓物，此願已慰。

妾視君晦運將來，此兒在家，恐不能育，故借歸寧，解兒厄難。君記取家有死口時，當於晨雞初唱，詣西河柳堤上，見有挑葵花燈來者，遮道苦求，可免災難。」王曰：「諾。」因訊歸期。女云：「不可預定。要當牢記吾言，後會亦不遠也。」臨別，執手愴然交涕。俄登輿，疾若風。王望之不見，始返。經六七年，絕無音問。忽四鄉瘟疫流行，死者甚眾，一婢病三日死。王念曩囑，頗以關心。是日與客飲，大醉而睡。既醒，聞雞鳴，急起至堤頭，見燈光閃爍，適已過去。急追之，只隔百步許，愈追愈遠，漸不可見，懊恨而返。數日暴病，尋卒。王族多無賴，共憑陵其孤寡，田禾樹木，公然伐取，家日陵替。踰歲，保兒又殤，一家更無所主。族人益橫，割裂田產，廄中牛馬俱空；又欲瓜分第宅。以妾居故，遂將數人來，強奪鬻之。妾戀幼女，母子環泣，慘動鄰里。方危難間，俄聞門外有肩輿入，共觀，則女引小郎自車中出。四顧人紛如市，問：「此何人？」妾哭訴其由。女顏色慘變，便喚從來僕役，關門下鑰。眾欲抗拒，而手足若痿。女令一一收縛，繫諸廊柱，日與薄粥三甌。即遣老僕奔告黃公，然後入室哀泣。泣已，謂妾曰：「此天數也。已期前月來，適以母病耽延，遂至於今。不謂轉盼間已成邱墟！」問舊時婢媼，則皆被族人掠去，又益欷歔。越日，婢僕聞女至，皆自遁歸，相見無不流涕。所縶族人，共譟兒非慕貞體胤，女亦不置辯。既而黃公至，女引兒出迎。黃握兒臂，便捋左袂，見朱記宛然，因袒示眾人，以證其確。乃細審失物，登簿記名，親詣邑令，令拘無賴輩，各笞四十，械禁嚴追；不數日，田地馬牛，悉歸故主。黃將歸，女引兒泣拜曰：「妾非世間人，叔父所知也。今以此子委叔父矣。」黃曰：「老夫一息尚在，無不為區處。」黃去，女盤查就緒，託兒於妾，乃具饌為夫祭掃，半日不返。視之，則杯饌猶陳，而人杳矣。

異史氏曰：「不絕人嗣者，人亦不絕其嗣，此人也而實天也。至座有良朋，車裘可共；迨宿莽既滋，妻子陵夷，則車中人望望然去之矣。死友而不忍忘，感恩而思所報，獨何人哉！狐乎！倘爾多財，吾為爾宰。」

藥僧

濟寧某，偶於野寺外，見一游僧，向陽捫蝨，杖掛葫蘆，似賣藥者。因戲曰：「和尚亦賣房中丹否？」僧曰：「有。弱者可強，微者可鉅，立刻見效，不俟經宿。」某喜求之。僧解衲角，出藥一丸，如黍大，令吞之。約半炊時，下部暴長；踰刻自捫，增於舊者三之一。心猶未足，窺僧起遺，竊解衲，拈二三丸並吞之。俄覺膚若裂，筋若抽，項縮腰橐，而陰長不已。大懼，無法。僧返，見其狀，驚曰：「子必竊吾藥矣！」急與一丸，始覺休止。解衣自視，則幾與兩股鼎足而三矣。縮頸蹣跚而歸，父母皆不能識。從此為廢物，日臥街上，多見之者。

于中丞

于中丞成龍，按部至高郵。適巨紳家將嫁女，妝奩甚富，夜被穿窬席捲而去。刺史無術。公令諸門盡閉，只留一門放行人出入，吏目守之，嚴搜裝載。又出示諭闔城戶口，各歸第宅，候次日查點搜掘，務得贓物所在。乃陰囑吏目：設有城門中出入至再者，捉之。過午，得二人，一身之外，並無行裝。公曰：「此真盜也。」二人詭辯不已。公令解衣搜之，見袍服內著女衣二襲，皆奩中物也。——蓋恐次日大搜，急於移置，而物多難攜，故密著而屢出之也。

又公為宰時，至鄰邑。早旦，經郭外，見二人以牀舁病人，覆大被；枕上露髮，髮上簪鳳釵一股，側眠牀上。有三四健男夾隨之，時更番以手擁被，令壓身底，似恐風入。少頃，息肩路側，又使二人更相為荷。于公過，遣隸回問之，云是妹子垂危，將送歸夫家。公行二三里，又遣隸回，視其所入何村。隸尾之，至一村舍，兩男子迎之而入。還以白公。公謂其邑宰：「城中得無有劫寇否？」宰曰：「無之。」時功令嚴，上下諱盜，故即被盜賊劫殺，亦隱忍而不敢言。公就館舍，囑家人細訪之，果有富室被強寇入家，炮烙而死。公喚其子來，詰其狀。子固不承。公曰：「我已代捕大盜在此，非有他也。」子乃頓首哀泣，求為死者雪恨。公叩關往見邑宰，差健役四鼓出城，直至村舍，捕得八人，一鞫而伏。詰其病婦何人。盜供：「是夜同在勾欄，故與妓女合謀，置金牀上，令抱臥至窩處始瓜分耳。」共服于公之神。或問所以能知之故。公曰：「此甚易解，但人不關心耳。豈有少婦在牀，而容入手衾底者。且易肩而行，其勢甚重，交手護之，則知其中必有物矣。若病婦昏憒而至，必有婦人倚門而迎；只見男子，並不驚問一言，是以確知其為盜也。」

皂隸

萬曆間，歷城令夢城隍索人服役，即以皂隸八人書姓名於牒，焚廟中；至夜，八人皆死。廟東有酒肆，肆主故與一隸有素。會夜來沽酒，問：「款何客？」答云：「僚友甚多，沽一尊少敘姓名耳。」質明，見他役，始知其人已死。入廟啓扉，則瓶在焉，貯酒如故。歸視所與錢，皆紙灰也。今肖八像於廟，諸役得差，皆先酬之乃行；不然，必遭笞譴。

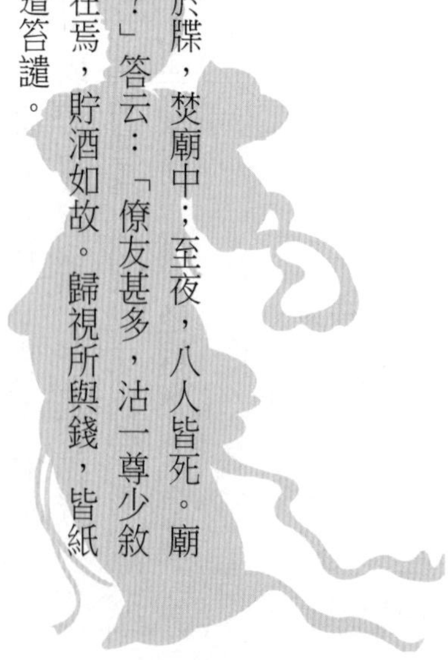

績女

紹興有寡媼夜績，忽一少女推扉入，笑曰：「老姥無乃勞乎？」視之，年十八九，儀容秀美，袍服炫麗。媼驚問：「何來？」女曰：「憐媼獨居，故來相伴。」媼疑為侯門亡人，苦相詰。女曰：「媼勿懼，妾之孤，亦猶媼也。我愛媼潔，故相就，兩免岑寂，固不佳耶？」媼又疑為狐，默然猶豫。女竟升牀代績。曰：「媼無憂，此等生活，妾優為之，定不以口腹相累。」媼見其溫婉可愛，遂安之。夜深，謂媼曰：「攜來衾枕，尚在門外，出溲時，煩捉之。」媼出，果得衣一裹。女解陳榻上，不知是何等錦繡，香滑無比。媼亦設布被，與女同榻。羅衿甫解，異香滿室。既寢，媼私念：遇此佳人，可惜身非男子。女子枕邊笑曰：「姥七旬，猶妄想耶？」媼曰：「無之。」女曰：「既不妄想，奈何欲作男子？」媼愈知為狐，大懼。女又笑曰：「願作男子，何心而又懼我耶？」媼益恐，股戰搖牀。女曰：「嗟乎！膽如此大，還欲作男子！實相告：我真仙人，然非禍汝者。但須謹言，衣食自足。」媼早起，拜於牀下。女出臂挽之，臂膩如脂，熱香噴溢；肌一著人，覺皮膚鬆快。媼心動，復涉遐想。女哂曰：「婆子戰慄才止，心又何處去矣！使作丈夫，當為情死。」媼曰：「使是丈夫，今夜那得不死！」由是兩心浹洽，日同操作。視所績，匀細生光；織為布，晶瑩如錦，價較常三倍。媼出，則扃其戶；有訪媼者，輒於他室應之。

居半載，無知者。後媼漸洩於所親，里中姊妹行皆託媼以求見。女讓曰：「汝言不慎，我將不能久居矣。」媼悔失言，深自責；而求見者日益眾，至有以勢迫媼者。媼涕泣自陳。女曰：「若諸女伴，見亦無妨；恐有輕薄兒，將見狎侮。」媼復哀懇，始許之。越日，老媼少女，香煙相屬於道。女厭其煩，無貴賤，悉不交語，惟默然端坐，以聽朝參而已。鄉中少年聞其美，神魂傾動，媼悉絕之。有費生者，邑之名士，傾其產，以重金啗媼。媼諾，為之請。女已知之，責曰：「汝賣我耶？」媼伏地自投。女曰：「汝貪其賂，我感其癡，可以一見。然而緣分盡矣。」媼又伏叩。

女約以明日。生聞之，喜，具香燭而往，入門長揖。女簾內與語，問：「君破產相見，將何以教妾也？」生曰：「實不敢他有所干，只以王嬙、西子，徒得傳聞，如不以冥頑見棄，俾得一闊眼界，下願已足。若休咎自有定數，非所樂聞。」忽見布幕之中，容光射露，翠黛朱櫻，無不畢現，似無簾幌之隔者。生意眩神馳，不覺傾拜。拜已而起，則厚幙沈沈，聞聲不見矣。悒悵間，竊恨未睹下體；俄見簾下繡履雙翹，瘦不盈指。生又拜。簾中語曰：「君歸休！妾體惰矣！」媼延生別室，烹茶為供。生題「南鄉子」一調於壁云：「隱約畫簾前，三寸凌波玉筍尖；點地分明，蓮瓣落纖纖，再著重臺更可憐。花襯鳳頭彎，入握應知軟似綿；但願化為蝴蝶去裙邊，一嗅餘香死亦甜。」題畢而去。

女覽題不悅，謂媼曰：「我言緣分已盡，今不妄矣。」媼伏地請罪。女曰：「罪不盡在汝。我偶墮情障，以色身示人，遂被淫詞污褻，此皆自取，於汝何尤。若不速遷，恐陷身情窟，轉劫難出矣。」遂襆被出。媼追挽之，轉瞬已失。

紅毛氈

紅毛國，舊許與中國相貿易。邊帥見其眾，不許登岸。紅毛人固請：「賜一氈地足矣。」帥思一氈所容無幾，許之。其人置氈岸上，僅容二人；拉之，容四五人；且拉且登，頃刻氈大畝許，已數百人矣。短刃並發，出於不意，被掠數里而去。

抽腸

萊陽民某晝臥，見一男子與婦人握手入。婦黃腫，腰粗欲仰，意象愁苦。男子促之曰：「來，來！」某意其苟合者，因假睡以窺所為。既入，似不見榻上有人，又促曰：「速之！」婦便自坦胸懷，露其腹，腹大如鼓。男子出屠刀一把，用力刺入，從心下直剖至臍，蚩蚩有聲。某大懼，不敢喘息。而婦人攢眉忍受，未嘗少呻。男子口啣刀，入手於腹，捉腸掛肘際；且掛且抽，頃刻滿臂。乃以刀斷之，舉置几上，還復抽之。几既滿，懸椅上；椅又滿，乃肘數十盤，如漁人舉網狀，望某首邊一擲。覺一陣熱腥，面目喉鬲覆壓無縫。某不能復忍，以手推腸，大號起奔。腸墮榻前，兩足被縶，冥然而倒。家人趨視，但見身繞豬臟；既入審顧，則初無所有。眾各自謂目眩，未嘗駭異。及某述所見，始共奇之。而室中並無痕迹，惟數日血腥不散。

張鴻漸

張鴻漸，永平人。年十八，為郡名士。時盧龍令趙某貪暴，人民共苦之。有范生被杖斃，同學忿其冤，將鳴部院，求張為刀筆之詞，約其共事。張許之。妻方氏，美而賢，聞其謀，諫曰：「大凡秀才作事，可以共勝，而不可以共敗：勝則人人貪天功，一敗則紛然瓦解，不能成聚。今勢力世界，曲直難以理定，君又孤，脫有翻覆，急難者誰也！」張服其言，悔之，乃婉謝諸生，但為創詞而去。質審一過，無所可否。趙以巨金納大僚，諸生坐結黨被收，又追捉刀人。張懼，亡去。至鳳翔界，資斧斷絕。日既暮，踟躕曠野，無所歸宿。欻睹小村，趨之。老嫗方出闔扉，見生，問所欲為，張以實告。嫗曰：「飲食牀榻，此都細事；但家無男子，不便留客。」張曰：「僕亦不敢過望，但容寄宿門內，得避虎狼足矣。」嫗乃令入，閉門，授以草薦，囑曰：「我憐客無歸，私容止宿，未明宜早去，恐吾家小娘子聞知，將便怪罪。」嫗去，張倚壁假寐。忽有籠燈晃耀，見嫗導一女郎出。張急避暗處，微窺之，二十許麗人也。及門，見草薦，詰嫗；嫗實告之。女怒曰：「一門細弱，何得容納匪人！」即問：「其人焉往？」張懼，出伏階下。女審詰邦族，色稍霽，曰：「幸是風雅士，不妨相留。然老奴竟不關白，此等草草，豈所以待君子！」命嫗引客入舍。俄頃，羅酒漿，品物精潔；既而設錦裀於榻。張甚德之。因私詢其姓氏。嫗曰：「吾家施氏，太翁夫人俱謝世，只遺三女。適所見，長姑舜華也。」嫗去。張視几上有「南華經」註，因取就枕上，伏榻翻閱。忽舜華推扉入。張釋卷，搜覓冠履。女即榻捺坐曰：「無須，無須！」因近榻坐，靦然曰：「妾以君風流才士，欲以門戶相託，遂犯瓜李之嫌。得不相遐棄否？」張惶然不知所對，但云：「不相誑，小生家中，固有妻耳。」女笑曰：「此亦見君誠篤，顧亦不妨。既不嫌憎，明日當煩媒妁。」言已，欲去。張探身挽之，女亦遂留。未曙即起，以金贈張，曰：「君持作臨眺之資；向暮，宜晚來，恐傍人所窺。」張如其言，早出晏歸，半年以為常。

一日，歸頗早，至其處，村舍全無，不勝驚怪。方徘徊間，聞嫗云：「來何早也！」一轉盼間，則院落如故，身固已在室中矣，益異之。舜華自內出，笑曰：「君疑妾耶？實對君言：妾，狐仙也，與君固有夙緣。如必見怪，請即別。」張戀其美，亦安之。夜謂女曰：「卿既仙人，當千里一息耳。小生離家三年，念妻孥不去心，能攜我一歸乎？」女似不悅，曰：「琴瑟之情，妾自分於君為篤；君守此念彼，是相對綢繆者，皆妄也！」張謝曰：「卿何出此言！諺云：『一日夫妻，百日恩義。』後日歸念卿時，亦猶今日之念彼也。設得新忘故，卿何取焉？」女乃笑曰：「妾有褊心：於妾，願君之不忘；於人，願君之忘之也。然欲暫歸，此復何難？君家咫尺耳！」遂把袂出門，見道路昏暗，張逡巡不前。女曳之走，無幾時，曰：「至矣。君歸，妾且去。」張停足細認，果見家門。踰垝垣入，見室中燈火猶熒。近以兩指彈扉。內問為誰，張具道所來。內秉燭啓關，真方氏也。兩相驚喜，握手入帷。見兒臥牀上，慨然曰：「我去時兒才及膝，今身長如許矣！」夫婦依倚，恍如夢寐。張歷述所遭。問及訟獄，始知諸生有瘐死者，有遠徙者，益服妻之遠見。方縱體入懷，曰：「君有佳偶，想不復念孤衾中有零涕人矣！」張曰：「不念，胡以來也？我與彼雖云情好，終非同類；獨其恩義難忘耳。」方曰：「君以我何人也？」張審視，竟非方氏，乃舜華也。以手探兒，一竹夫人耳。大慚無語。女曰：「君心可知矣！分當自此絕矣，猶幸未忘恩義，差足自贖。」

過二三日，忽曰：「妾思癡情戀人，終無意味。君日怨我不相送，今適欲至都，便道可以同去。」乃向牀頭取竹夫人共跨之，令閉兩眸，覺離地不遠，風聲颼颼。移時，尋落。女曰：「從此別矣。」方將訂囑，女去已渺。悵立少時，聞村犬鳴吠，蒼茫中見樹木屋廬，皆故里景物，循途而歸。踰垣叩戶，宛若前狀。方氏驚起，不信夫歸，詰證確實，始挑燈嗚咽而出。既相見，涕不可仰。張猶疑舜華之幻弄也；又見牀臥一兒，如昨夕，因笑曰：「竹夫人又攜入耶？」方氏不解，變色曰：「妾望君如歲，枕上啼痕固在也。甫能相見，全無悲戀之情，何以為心矣！」張察其情真，始執臂欷歔，具言其詳。問訟案所結，並如舜華言。方相感慨，聞門外有履聲，問之不應。蓋里中有惡少，久窺方豔，是夜自別村歸，遙見一人踰垣去，謂必赴淫約者，尾之入。甲故不甚識張，但伏聽之。及方氏亟問，乃曰：「室中何人也？」方諱言：「無之。」甲言：「竊聽已久，敬將以執姦也。」方不得已，以實告。甲曰：「張鴻漸大案未消，即使歸家，亦當縛送官府。」方苦哀之，甲詞益狎逼。張忿火中燒，把刀直出，剁甲中顱。甲踣，猶號；又連剁之，遂死。方曰：「事已至此，罪益加重。君速逃，妾請任其辜。」張曰：「丈夫死則死耳，焉肯辱妻累子以求活耶！卿無顧慮，但令此子勿斷書香，目即瞑矣。」天明，赴縣自首。趙以欽案中人，姑薄懲之。尋由郡解都，械禁頗苦。途中遇女子跨馬過，一老嫗捉鞚，蓋舜華也。張呼嫗欲語，淚隨聲墮。女返轡，手啓障紗，訝曰：「表兄也，何至此？」張略述之。女曰：「依兄平昔，便當掉頭不顧；然予不忍也。寒舍不遠，即邀公役同臨，亦可少助資斧。」從去二、三里，見一山村，樓閣高整。女下馬入，令嫗啓舍延客。既而酒炙豐美，似所夙備。又使嫗出曰：「家中適無男子，張官人即向公役多勸數觴，前途倚賴多矣。遣人措辦數十金，為官人作費，兼酬兩客，尚未至也。」二役竊喜，縱飲，不復言行。日漸暮，二役逕醉矣。女出，以手指械，械立脫；曳張共跨一馬，駛如龍。少時，促下，曰：「君止此。妾與妹有青海之約，又為君逗留一晌，久勞盼注矣。」張問：「後會何時？」女不答；再問之，推墮馬下而去。既曉，問其地，太原也。遂至郡，賃屋授徒焉。託名宮子遷。

居十年，訪知捕亡寖怠，乃復逡巡東向。既近里門，不敢遽入，俟夜深而後入。及門，則牆垣高固，不復可越，只得以鞭撾門。久之，妻始出問，張低語之。喜極，納入，作呵叱聲，曰：「都中少用度，即當早歸，何得遣汝半夜來？」入室，各道情事，始知二役逃亡未返。言次，簾外一少婦頻來，張問伊誰，曰：「兒婦耳。」問：「兒安在？」曰：「赴郡大比未歸。」張涕下曰：「流離數年，兒已成立，不謂能繼書香，卿心血殆盡矣！」話未已，子婦已溫酒炊飯，羅列滿几。張喜慰過望。居數日，隱匿房榻，惟恐人知。一夜，方臥，忽聞人語騰沸，捶門甚厲。大懼，並起。聞人言曰：「有後門否？」益懼，急以門扇代梯，送張夜度垣而出，然後詣門問故，乃報新貴者也。方大喜，深悔張遁，不可追挽。張是夜越莽穿榛，急不擇途；及明，困殆已極。初念本欲向西，問之途人，則去京都通衢不遠矣。遂入鄉村，意將質衣而食。見一高門，有報條粘壁上，近視，知為許姓，新孝廉也。頃之，一翁自內出，張迎揖而告以情。翁見儀貌都雅，知非賺食者，延入相款。因詰所往。張託言：「設帳都門，歸途遇寇。」翁留誨其少子。張略問官閥，乃京堂林下者；孝廉，其猶子也。月餘，孝廉偕一同榜歸，云是永平張姓，十八九少年也。張以鄉、譜俱同，暗中疑是其子；然邑中此姓良多，姑默之。至晚解裝，出「齒錄」，急借披讀，真子也。不覺淚下。共驚問之。乃指名曰：「張鴻漸，即我是也。」備言其由。張孝廉抱父大哭。許叔姪慰勸，始收悲以喜。許即以金帛函字，致告憲臺，父子乃同歸。方自聞報，日以張在亡為悲；忽白孝廉歸，感傷益痛。少時，父子並入，駭如天降，詢知其故，始共悲喜。甲父見其子貴，禍心不敢復萌。張益厚遇之，又歷述當年情狀，甲父感愧，遂相交好。

太醫

萬曆間，孫評事少孤，母十九歲守節。孫舉進士，而母已死。嘗語人曰：「我必博誥命以光泉壤，始不負萱堂苦節。」忽得暴病，綦篤。素與太醫善，使人招之；使者出門，而疾益劇。張目曰：「生不能揚名顯親，何以見老母地下乎！」遂卒，目不瞑。無何，太醫至，聞哭聲，即入臨弔。見其狀，異之。家人告以故。太醫曰：「欲得誥贈，即亦不難。今皇后旦晚臨盆矣，但活十餘日，誥命可得。」立命取艾，灸尸一十八處。炷將盡，牀上已呻；急灌以藥，居然復生。囑曰：「切記勿食熊虎肉。」共誌之；然以此物不常有，頗不關意。既而三日平復，仍從朝賀。過六七日，果生太子，召賜羣臣宴。中使出異品，遍賜文武，白片朱絲，甘美無比。孫啖之，不知何物。次日，訪諸同僚，曰：「熊膰也。」大驚，失色，即刻而病，至家遂卒。

牛飛

邑人某，購一牛，頗健。夜夢牛生兩翼飛去，以為不祥，疑有喪失。牽入市損價售之。以巾裹金，纏臂上。歸至半途，見有鷹食殘兔，近之甚馴。遂以巾頭縶股，臂之。鷹屢擺撲，把捉稍懈，帶巾騰去。此雖定數，然不疑夢，不貪拾遺，則走者何遽能飛哉？

王子安

王子安，東昌名士，困於場屋。入闈後，期望甚切。近放榜時，痛飲大醉，歸臥內室。忽有人白：「報馬來。」王踉蹌起曰：「賞錢十千！」家人因其醉，誑而安之曰：「但請睡，已賞矣。」王乃眠。俄又有入者曰：「汝中進士矣！」王自言：「尚未赴都，何得及第？」其人曰：「汝忘之耶？三場畢矣。」王大喜，起而呼曰：「賞錢十千！」家人又誑之如前。又移時，一人急入曰：「汝殿試翰林，長班在此。」果見二人拜牀下，衣冠修潔。王呼賜酒食，家人又紿之，暗笑其醉而已。久之，王自念不可不出耀鄉里。大呼長班，凡數十呼，無應者。家人笑曰：「暫臥候，尋他去。」又久之，長班果復來。王捶牀頓足，大罵：「鈍奴焉往！」長班怒曰：「措大無賴！向與爾戲耳，而真罵耶？」王怒，驟起撲之，落其帽。王亦傾跌。妻入，扶之曰：「何醉至此！」王曰：「長班可惡，我故懲之，何醉也？」妻笑曰：「家中只有一媼，晝為汝炊，夜為汝溫足耳。何處長班，伺汝窮骨？」子女皆笑。王醉亦稍解，忽如夢醒，始知前此之妄。然猶記長班帽落；尋至門後，得一纓帽如琖大，共疑之。自笑曰：「昔人為鬼揶揄，吾今為狐奚落矣。」

異史氏曰：「秀才入闈，有七似焉：初入時，白足提籃，似丐。唱名時，官呵隸罵，似囚。其歸號舍也，孔孔伸頭，房房露腳，似秋末之冷蜂。其出場也，神情惝怳，天地異色，似出籠之病鳥。迨望報也，草木皆驚，夢想亦幻。時作一得志想，則頃刻而樓閣俱成；作一失志想，則瞬息而骸骨已朽。此際行坐難安，則似被縶之猱。忽然而飛騎傳人，報條無我，此時神色猝變，嗒然若死，則似餌毒之蠅，弄之亦不覺也。初失志，心灰意敗，大罵司衡無目，筆墨無靈，勢必舉案頭物而盡炬之；炬之不已，而碎踏之；踏之不已，而投之濁流。從此披髮入山，面向石壁，再有以且夫、嘗謂之文進我者，定當操戈逐之。無何，日漸遠，氣漸平，技又漸癢；遂似破卵之鳩，只得啣木營巢，從新另抱矣。如此情況，當局者痛哭欲死；而自旁觀者視之，其可笑孰甚焉。王子安方寸之中，頃刻萬緒，想鬼狐竊笑已久，故乘其醉而玩弄之。牀頭人醒，寧不啞然失笑哉？顧得志之況味，不過須臾；詞林諸公，不過經兩三須臾耳，子安一朝而盡嘗之，則狐之恩與薦師等。」

刁姓

有刁姓者，家無生產，每出賣許負之術，——實無術也。數月一歸，則金帛盈橐。共異之。會里人有客於外者，遙見高門內一人，冠華陽巾，言語嗢噱，眾婦叢繞之。近視，則刁也。因微窺所為。見有問者曰：「吾等眾人中，有一夫人在，能辨之乎？」——蓋有一貴婦微服其中，將以驗其術也。里人代為刁窘。刁從容望空橫指曰：「此何難辨。試觀貴人頂上，自有雲氣環繞。」眾目不覺集視一人，觀其雲氣。刁乃指其人曰：「此真貴人！」眾驚以為神。里人歸述其詐慧。乃知雖小道，亦必有過人之才；不然，烏能欺耳目、賺金錢，無本而殖哉！

農婦

邑西磁窯塢有農人婦，勇健如男子，輒為鄉中排難解紛。與夫異縣而居。夫家高苑，距淄百餘里；偶一來，信宿便去。婦自赴顏山，販陶器為業。有贏餘，則施丐者。一夕與鄰婦語，忽起曰：「腹少微痛，想孽障欲離身也。」遂去。天明往探之，則見其肩荷釀酒巨甕二，方將入門。隨至其室，則有嬰兒繃臥。駭問之，蓋娩後已負重百里矣。故與北庵尼善，訂為姊妹。後聞尼有穢行，忿然操杖，將往撻楚，眾苦勸乃止。一日，遇尼於途，遽批之。問：「何罪？」亦不答。拳石交施，至不能號，乃釋而去。

異史氏曰：「世言女中丈夫，猶自知非丈夫也，婦並忘其為巾幗矣。其豪爽自快，與古劍仙無殊，毋亦其夫亦磨鏡者流耶？」

金陵乙

金陵賣酒人某乙，每釀成，投水而置毒焉；即善飲者，不過數琖，便醉如泥。以此得「中山」之名，富致巨金。早起，見一狐醉臥槽邊，縛其四肢。方將覓刃，狐已醒，哀曰：「勿見害，請如所求。」遂釋之，輾轉已化為人。時巷中孫氏，其長婦患狐為祟，因問之，答云：「是即我也。」乙窺婦娣尤美，求狐攜往。狐難之。乙固求之。狐邀乙去，入一洞中，取褐衣授之，曰：「此先兄所遺，著之當可去。」既服而歸，家人皆不之見；襲常衣而出，始見之。大喜，與狐同詣孫氏家。見牆上貼巨符，畫蜿蜒如龍。狐懼曰：「和尚大惡，我不往矣！」遂去。乙逡巡近之，則真龍盤壁上，昂首欲飛。大懼亦出。蓋孫覓一異域僧，為之厭勝，授符先歸，僧猶未至也。次日，僧來，設壇作法。鄰人共觀之，乙亦雜處其中。忽變色急奔，狀如被捉；至門外，踣地化為狐，四體猶著人衣。將殺之。妻子叩請。僧命牽去，日給飲食，數月尋斃。

郭安

孫五粒，有僮僕獨宿一室，恍惚被人攝去。至一宮殿，見閻羅在上，視之曰：「誤矣，此非是。」因遣送還。既歸，大懼，移宿他所；遂有僚僕郭安者，見榻空閒，因就寢焉。又一僕李祿，與僮有夙怨，久將甘心，是夜操刀入，捫之，以為僮也，竟殺之。郭父鳴於官。時陳其善為邑宰，殊不苦之。郭哀號，言：「半生只此子，今將何以聊生！」陳即以李祿為之子。郭含冤而退。此不奇於僮之見鬼，而奇於陳之折獄也。

濟之西邑有殺人者，其婦訟之。令怒，立拘凶犯至，拍案罵曰：「人家好好夫婦，直令寡耶！即以汝配之，亦令汝妻寡守。」遂判合之。此等明決，皆是甲榜所為，他途不能也。而陳亦爾爾，何途無才！

折獄

邑之西崖莊，有賈某被人殺於途；隔夜，其妻亦自經死。賈弟鳴於官。時浙江費公禕祉令淄，親詣驗之。見布袱裹銀五錢餘，尚在腰中，知非為財也者。拘兩村鄰保審質一過，殊少端緒，並未搒掠，釋散歸農；但命地約細察，十日一關白而已。踰半年，事漸懈。賈弟怨公仁柔，上堂屢聒。公怒曰：「汝既不能指名，欲我以桎梏加良民耶！」呵逐而出。賈弟無所伸訴，憤葬兄嫂。一日，以逋賦故，逮數人至。內一人周成，懼責，上言錢糧措辦已足，即於腰中出銀袱，稟公驗視。公驗已，便問：「汝家何里？」答云：「某村。」又問：「去西崖幾里？」答云：「五六里。」「去年被殺賈某，係汝何人？」答云：「不識其人。」公勃然曰：「汝殺之，尚云不識耶！」周力辯，不聽；嚴梏之，果伏其罪。先是，賈妻王氏，將詣姻家，慚無釵飾，聒夫使假於鄰。夫不肯；妻自假之，頗甚珍重。歸途，卸而裹諸袱，內袖中；既至家，探之已亡。不敢告夫，又無力償鄰，懊惱欲死。是日，周適拾之，知為賈妻所遺，窺賈他出，半夜踰牆，將執以求合。時溽暑，王氏臥庭中，周潛就淫之。王氏覺，大號。周急止之，留袱納釵。事已，婦囑曰：「後勿來，吾家男子惡，犯恐俱死！」周怒曰：「我挾勾欄數宿之資，寧一度可償耶？」婦慰之曰：「我非不願相交，渠常善病，不如從容以待其死。」周乃去，於是殺賈，夜詣婦曰：「今某已被人殺，請如所約。」婦聞大哭，周懼而逃，天明則婦死矣。公廉得情，以周抵罪。共服其神，而不知所以能察之故。公曰：「事無難辦，要在隨處留心耳。初驗尸時，見銀袱刺萬字文，周袱亦然，是出一手也。及詰之，又云無舊，詞貌詭變，是以確知其真凶也。」

異史氏曰：「世之折獄者，非悠悠置之，則縲繫數十人而狼藉之耳。堂上肉鼓吹，喧闐旁午，遂嚬蹙曰：『我勞心民事也。』雲板三敲，則聲色並進，難決之詞，不復置念；耑待升堂時，禍桑樹以烹老龜耳。嗚呼！民情何由得哉！余每曰：『智者不必仁，而仁者則必智；蓋用心苦則機關出也。』『隨在留心』之言，可以教天下之宰民社者矣。」

邑人胡成，與馮安同里，世有隙。胡父子強，馮屈意交歡，胡終猜之。一日，共飲薄醉，頗傾肝膽。胡大言：「勿憂貧，百金之產不難致也。」馮以其家不豐，故嗤之。胡正色曰：「實相告：昨途遇大商，載厚裝來，我顛越於南山眢井中矣。」馮又笑之。時胡有妹夫鄭倫，託為說合田產，寄數百金於胡家，遂盡出以炫馮。馮信之。既散，陰以狀報邑。公拘胡對勘，胡言其實，問鄭及產主皆不訛。乃共驗諸眢井。一役縋下，則果有無首之尸在焉。胡大駭，莫可置辯，但稱冤苦。公怒，擊喙數十，曰：「確有證據，尚叫屈耶！」以死囚具禁制之。尸戒勿出，惟曉示諸村，使尸主投狀。逾日，有婦人抱狀，自言為亡者妻，言：「夫何甲，揭數百金出作貿易，被胡殺死。」公曰：「井有死人，恐未必即是汝夫。」婦執言甚堅。公乃命出尸於井，視之，果不妄。婦不敢近，卻立而號。公曰：「真犯已得，但骸軀未全。汝暫歸，待得死者首，即招報令其抵償。」遂自獄中喚胡出，呵曰：「明日不將頭至，當械折股！」押去終日而返，詰之，但有號泣。乃以梏具置前作刑勢，卻又不刑，曰：「想汝當夜扛尸忙迫，不知墜落何處，奈何不細尋之？」胡哀祈容急覓。公乃問婦：「子女幾何？」答曰：「無。」問：「甲有何戚屬？」「但有堂叔一人。」慨然曰：「少年喪夫，伶仃如此，其何以為生矣！」婦乃哭，叩求憐憫。公曰：「殺人之罪已定，但得全尸，此案即結；結案後，速醮可也。汝少婦，勿復出入公門。」婦感泣，叩頭而下。公即票示里人，代覓其首。經宿，即有同村王五，報稱已獲。問驗既明，賞以千錢。喚甲叔至，曰：「大案已成；然人命重大，非積歲不能成結。姪既無出，少婦亦難存活，早令適人。此後亦無他務，但有上臺檢駁，只須汝應身耳。」甲叔不肯，飛兩籤下；再辯，又一籤下。甲叔懼，應之而出。婦聞，詣謝公恩。公極意慰諭之。又諭：「有買婦者，當堂關白。」既下，即有投婚狀者，蓋即報人頭之王五也。公喚婦上，曰：「殺人之真犯，汝知之乎？」答曰：「胡成。」公曰：「非也。汝與王五乃真犯耳。」二人大駭，力辯冤枉。公曰：「我久知其情，所以遲遲而發者，恐有萬一之屈耳。尸未出井，何以確信為汝夫？蓋先知其死矣。且甲死猶衣敗絮，數百金何所自來？」又謂王五曰：「頭之所在，汝何知之熟也！所以如此其急者，意在速合耳。」兩人驚顏如土，不能強置一詞。並械之，果吐其實。蓋王五與婦私已久，謀殺其夫，而適值胡成之戲也。乃釋胡。馮以誣告，重笞，徒三年。事結，並未妄刑一人。

異史氏曰：「我夫子有仁愛名，即此一事，亦以見仁人之用心苦矣。方宰淄時，松裁弱冠，過蒙器許，而駑鈍不才，竟以不舞之鶴為羊公辱。是我夫子生平有不哲之一事，則松實貽之也。悲夫！」

義犬

周村有賈某，貿易蕪湖，獲重資。賃舟將歸，見堤上有屠人縛犬，倍價贖之，養豢舟上。舟人固積寇也，窺客裝，蕩舟入莽，操刀欲殺。賈哀賜以全尸，盜乃以氈裹置江中。犬見之，哀嗥投水，口啣裹具，與共浮沈。流蕩不知幾里，達淺擱乃止。犬泅出，至有人處，狺狺哀吠。或以為異，從之而往，見氈束水中，引出斷其繩。客固未死，始言其情。復哀舟人，載還蕪湖，將以伺盜船之歸。登舟失犬，心甚悼焉。抵關三四日，估楫如林，而盜船不見。適有同鄉估客將攜俱歸，忽犬自來，望客大嗥，喚之卻走。客下舟趁之。犬奔上一舟，嚙人脛股，撻之不解。客近呵之，則所嚙即前盜也。衣服與舟皆易，故不得而認之矣。縛而搜之，則裹金猶在。嗚呼！一犬也，而報恩如是。世無心肝者，其亦愧此犬也夫！

楊大洪

大洪楊先生漣，微時為楚名儒，自命不凡。科試後，聞報優等者，時方食，含哺出問：「有楊某否？」答云：「無。」不覺嗒然自喪，嚥食入鬲，遂成病塊，噎阻甚苦。眾勸令錄遺才；公患無資，眾醵十金送之行，乃強就道。夜夢人告之云：「前途有人能癒君疾，宜苦求之。」臨去，贈以詩，有「江邊柳下三弄笛，拋向江心莫歎息」之句。明日途次，果見道士坐柳下，因便叩請。道士笑曰：「子誤矣，我何能療病？請為三弄可也。」因出笛吹之。公觸所夢，拜求益切，且傾囊獻之。道士接金，擲諸江流。公以所來不易，啞然驚惜。道士曰：「君未能恝然耶？金在江邊，請自取之。」公詣視果然。又益奇之，呼為仙。道士漫指曰：「我非仙，彼處仙人來矣。」賺公回顧，力拍其項曰：「俗哉！」公受拍，張吻作聲，喉中嘔出一物，墮地堛然，俯而破之，赤絲中裹飯猶存，病若失。回視道士已杳。

異史氏曰：「公生為河嶽，沒為日星，何必長生乃為不死哉！或以未能免俗，不作天仙，因而為公悼惜；余謂天上多一仙人，不如世上多一聖賢，解者必不議予說之慎也。」

查牙山洞

章丘查牙山，有石窟如井，深數尺許。北壁有洞門，伏而引領望見之。會近村數輩，九日登臨，飲其處，共謀入探之。三人受燈，縋而下。洞高敞與夏屋等；入數武，稍狹，即忽見底。底際一竇，蛇行可入。燭之，漆漆然暗深不測。兩人餒而卻退；一人奪火而嗤之，銳身塞而進。幸隘處僅厚於堵，即又頓高頓闊，乃立，乃行。頂上石參差危聳，將墜不墜。兩壁嶙嶙峋峋然，類寺廟中塑，都成鳥獸人鬼形：鳥若飛，獸若走，人若坐若立，鬼罔兩示現忿怒；奇奇怪怪，類多醜少妍。心凜然作怖畏。喜逕夷，無少陂。逡巡幾百步，西壁開石室，門左一怪石，鬼面人身而立，目努，口箕張，齒舌獰惡；左手作拳，觸腰際；右手叉五指，欲撲人。心大恐，毛森森以立。遙望門中有爇灰，知有人曾至者，膽乃稍壯，強入之。見地上列椀琖，泥垢其中；然皆近今物，非古窯也。旁置錫壺四，心利之，解帶縛項繫腰間。即又旁矚，一尸臥西隅，兩肱及股四布以橫。駭極。漸審之，足躡銳履，梅花刻底猶存，知是少婦。人不知何里，斃不知何年。衣色黯敗，莫辨青紅；髮蓬蓬，似筐許亂絲，粘著髑髏上；目、鼻孔各二；瓠犀兩行，白巉巉，意是口也。存想首顛當有金珠飾，以火近腦，似有口氣噓燈，燈搖搖無定，燄纁黃，衣動掀掀。復大懼，手搖顫，燈頓滅。憶路急奔，不敢手索壁，恐觸鬼者物也。頭觸石，仆，即復起；冷溼浸頷頰，知是血，不覺痛，抑不敢呻；坌息奔至竇，方將伏，似有人捉髮住，暈然遂絕。眾坐井上俟久，疑之，又縋二人下。探身入竇，見髮罥石上，血淫淫已殭。二人失色，不敢入，坐愁歎。俄井上又使二人下；中有勇者，始健進，曳之以出。置山上，半日方醒，言之縷縷。所恨未窮其底；極窮之，必更有佳境。後章令聞之，以丸泥封竇，不可復入矣。

康熙二十六、七年間，養母峪之南石崖崩，現洞口；望之，鍾乳林林如密筍。然深險，無人敢入。忽有道士至，自稱鍾離弟子，言：「師遣先至，糞除洞府。」居人供以膏火，道士攜之而下，墜石筍上，貫腹而死。報令，令封其洞。其中必有奇境，惜道士尸解，無回音耳。

安期島

長山劉中堂鴻訓，同武弁某使朝鮮。聞安期島神仙所居，欲命舟往游。國中臣僚僉謂不可，令待小張。——蓋安期不與世通，惟有弟子小張，歲輒一兩至。欲至島者，須先自白。如以為可，則一帆可至；否則颶風覆舟。踰一二日，國王召見。入朝，見一人，佩劍，冠棕笠，坐殿上；年三十許，儀容修潔。問之，即小張也。劉因自述向往之意，小張許之。但言：「副使不可行。」又出，遍視從人，惟二人可以從游。遂命舟導劉俱往。水程不知遠近，但覺習習如駕雲霧，移時已抵其境。時方嚴寒，既至，則氣候溫煦，山花遍巖谷。導入洞府，見三叟趺坐。東西者見客入，漠若罔知；惟中坐者起迎客，相為禮。既坐，呼茶。有僮將盤去。洞外石壁上有鐵錐，銳沒石中；僮拔錐，水即溢射，以琖承之；滿，復塞之。既而托至，其色淡碧。試之，其涼震齒。劉畏寒不飲。叟顧僮頤示之。僮取琖去，呷其殘者；仍於故處拔錐，溢取而返，則芳烈蒸騰，如初出於鼎。竊異之。問以休咎，笑曰：「世外人歲月不知，何解人事？」問以卻老術，曰：「此非富貴人所能為者。」劉興辭，小張仍送之歸。既至朝鮮，備述其異。國王歎曰：「惜未飲其冷者。此先天之玉液，一琖可延百齡。」劉將歸，王贈一物，紙帛重裹，囑近海勿開視。既離海，急取拆視，去盡數百重，始見一鏡；審之，則蛟宮龍族，歷歷在目。方凝注間，忽見潮頭高於樓閣，洶洶已近。大駭，極馳；潮從之，疾若風雨。大懼，以鏡投之，潮乃頓落。

沅俗

李季霖攝篆沅江，初涖任，見貓犬盈堂，訝之。僚屬曰：「此鄉中百姓瞻仰丰采也。」少間，人畜已半；移時，都復為人，紛紛並去。一日，出謁客，肩輿在途。忽一輿夫急呼曰：「小人吃害矣！」即倩役代荷，伏地乞假。怒呵之，役不聽，疾奔而去。遣人尾之。役奔入市，覓得一叟，便求按視。叟相之曰：「是汝吃害矣。」乃以手揣其膚肉，自上而下力推之；推至少股，見皮內墳起，以利刃破之，取出石子一枚，曰：「癒矣。」乃奔而返。後聞其俗有身臥室中，手即飛出，入人房闥，竊取財物。設被主覺，縶不令去，則此人一臂不用矣。

雲蘿公主

安大業，盧龍人。生而能言，母飲以犬血，始止。既長，韶秀，顧影無儔；慧而能讀。世家爭婚之。母夢曰：「兒當尚主。」信之。至十五六，迄無驗，亦漸自悔。一日，安獨坐，忽聞異香。俄一美婢奔入，曰：「公主至。」即以長氈貼地，自門外直至榻前。方駭疑間，一女郎扶婢肩入；服色容光，映照四堵。婢即以繡墊設榻上，扶女郎坐。安倉惶不知所為，鞠躬便問：「何處神仙，勞降玉趾？」女郎微笑，以袍袖掩口。婢曰：「此聖后府中雲蘿公主也。聖后屬意郎君，欲以公主下嫁，故使自來相宅。」安驚喜，不知置詞；女亦俯首：相對寂然。安故好棋，楸枰嘗置坐側。一婢以紅巾拂塵，移諸案上，曰：「主日耽此，不知與粉侯孰勝？」安移坐近案，主笑從之。甫三十餘著，婢竟亂之，曰：「駙馬負矣！」斂子入盒，曰：「駙馬當是俗間高手，主僅能讓六子。」乃以六黑子實局中，主亦從之。主坐次，輒使婢伏坐下，以背受足；左足踏地，則更一婢右伏。又兩小鬟夾侍之；每值安凝思時，輒曲一肘伏肩上。局闌未結，小鬟笑云：「駙馬負一子。」進曰：「主惰，宜且退。」女乃傾身與婢耳語。婢出，少頃而還，以千金置榻上，告生曰：「適主言居宅湫隘，煩以此少致修飾，落成相會也。」一婢曰：「此月犯天刑，不宜建造；月後吉。」女起；生遮止，閉門。婢出一物，狀類皮排，就地鼓之；雲氣突出，俄頃四合，冥不見物，索之已杳。母知之，疑以為妖。而生神馳夢想，不能復捨。急於落成，無暇禁忌；刻日敦迫，廊舍一新。

先是，有灤州生袁大用，僑寓鄰坊，投刺於門；生素寡交，託他出，又窺其亡而報之。後月餘，門外適相值，二十許少年也。宮絹單衣，絲帶烏履，意甚都雅。略與傾談，頗甚溫謹。悅之，揖而入。請與對弈，互有贏虧。已而設酒流連，談笑大歡。明日，邀生至其寓所，珍肴雜進，相待殷渥。有小童十二三許，拍板清歌，又跳擲作劇。生大醉，不能行，便令負之。生以其纖弱，恐不勝。袁強之。僮綽有餘力，荷送而歸。生奇之。次日，犒以金，再辭乃受。由此交情款密，三數日輒一過從。袁為人簡默，而慷慨好施。市有負債鬻女者，解囊代贖，無吝色。生以此益重之。過數日，詣生作別，贈象箸、楠珠等十餘事，白金五百，用助興作。生反金受物，報以束帛。後月餘，樂亭有仕宦而歸者，橐資充牣。盜夜入，執主人，燒鐵鉗灼，劫掠一空。家人識袁，行牒追捕。鄰院屠氏，與生家積不相能，因其土木大興，陰懷疑忌。適有小僕竊象箸，賣諸其家，知袁所贈，因報大尹。尹以兵繞舍，值生主僕他出，執母而去。母衰邁受驚，僅存氣息，二三日不復飲食。尹釋之。生聞母耗，急奔而歸，則母病已篤，越宿遂卒。收殮甫畢，為捕役執去。尹見其年少溫文，竊疑誣枉，故恐喝之。生實述其交往之由。尹問：「其何以暴富？」生曰：「母有藏鏹，因欲親迎，故治昏室耳。」尹信之，具牒解郡。鄰人知其無事，以重金賂監者，使殺諸途。路經深山，被曳近削壁，將推墮之。計逼情危，時方急難，忽一虎自叢莽中出，嚙二役皆死，啣生去。至一處，重樓疊閣，虎入，置之。見雲蘿扶婢出，悽然慰弔曰：「妾欲留君，但母喪未卜窀穸。可懷牒去，到郡自投，保無恙也。」因取生胸前帶，連結十餘扣，囑云：「見官時，拈此結而解之，可以弭禍。」生如其教，詣郡自投。太守喜其誠信，又稽牒知其冤，銷名令歸。至中途，遇袁，下騎執手，備言情況。袁憤然作色，默不一語。生曰：「以君手采，何自汙也？」袁曰：「某所殺皆不義之人，所取皆非義之財。不然，即遺於路者不拾也。君教我固自佳，然如君家鄰，豈可留在人間耶！」言已，超乘而去。生歸，殯母已，柴門謝客。忽一夜，盜入鄰家，父子十餘口，盡行殺戮，只留一婢。席捲資物，與僮分攜之。臨去，執燈謂婢：「汝認之：殺人者我也，與人無涉。」並不啓關，飛簷越壁而去。明日，告官。疑生知情，又捉生去。邑宰詞色甚厲。生上堂握帶，且辯且解，宰不能詰，又釋之。既歸，益自韜晦，讀書不出，一跛嫗執炊而已。服既闋，日掃階庭，以待好音。

一日，異香滿院。登閣視之，內外陳設煥然矣。悄揭畫簾，則公主凝妝坐，急拜之。女挽手曰：「君不信數，遂使土木為災；又以苦塊之戚，遲我三年琴瑟：是急之而反以得緩，天下事大抵然也。」生將出資治具。女曰：「勿復須。」婢探櫝，肴羹熱如新出於鼎，酒亦芳洌。酌移時，日已投暮，足下踏婢，漸都亡去。女四肢嬌惰，足股屈伸，似無所著，生狎抱之。女曰：「君暫釋手。今有兩道，請君擇之。」生攬項問故。曰：「若為棋酒之交，可得三十年聚首；若作牀笫之歡，可六年諧合耳。君焉取？」生曰：「六年後再商之。」女乃默然，遂相燕好。女曰：「妾固知君不免俗道，此亦數也。」因使生蓄婢媼，別居南院，炊爨紡織以作生計。北院中並無煙火，惟棋枰、酒具而已。戶常闔，生推之則自開，他人不得入也。然南院人作事勤惰，女輒知之，每使生往譴責，無不具服。女無繁言，無響笑，與有所談，但俯首微哂。每駢肩坐，喜斜倚人。生舉而加諸膝，輕如抱嬰。生曰：「卿輕若此，可作掌上舞。」曰：「此何難！但婢子之為，所不屑耳。飛燕原九姊侍兒，屢以輕佻獲罪，怒謫塵間，又不守女子之貞；今已幽之。」閣上以錦薦布滿，冬未嘗寒，夏未嘗熱。女嚴冬皆著輕縠；生為製鮮衣，強使著之。踰時解去，曰：「塵濁之物，幾於壓骨成勞！」一日，抱諸膝上，忽覺沈倍曩昔，異之。笑指腹曰：「此中有俗種矣。」過數日，顰黛不食，曰：「近病惡阻，頗思煙火之味。」生乃為具甘旨。從此飲食遂不異於常人。一日曰：「妾質單弱，不任生產。婢子樊英頗健，可使代之。」乃脫衷服衣英，閉諸室。少頃，聞兒啼，啓扉視之，男也。喜曰：「此兒福相，大器也！」因名大器。繃納生懷，俾付乳媼，養諸南院。女自免身，腰細如初，不食煙火矣。忽辭生，欲暫歸寧。問返期，答以「三日」。鼓皮排如前狀，遂不見。至期不來；積年餘，音信全渺，亦已絕望。生鍵戶下幃，遂領鄉薦。終不肯娶；每獨宿北院，沐其餘芳。一夜，輾轉在榻，忽見燈火射窗，門亦自闢，羣婢擁公主入。生喜，起問爽約之罪。女曰：「妾未愆期，天上二日半耳。」生得意自詡，告以秋捷，意主必喜。女愀然曰：「烏用是儻來者為！無足榮辱，只折人壽數耳。三日不見，入俗幛又深一層矣。」生由是不復進取。過數月，又欲歸寧，生殊悽戀。女曰：「此去定早還，無煩穿望。且人生合離，皆有定數，撙節之則長，恣縱之則短也。」既去，月餘即返。從此一年半歲輒一行，往往數月始還，生習為常，亦不之怪。

又生一子。女舉之曰：「豺狼也！」立命棄之。生不忍而止，名曰可棄。甫周歲，急為卜婚。諸媒接踵，問其甲子，皆謂不合。曰：「吾欲為狼子治一深圈，竟不可得，當令傾敗六七年，亦數也。」囑生曰：「記取四年後，侯氏生女，左脅有小贅疣，乃此兒婦。當婚之，勿較其門地也。」即令書而誌之。後又歸寧，竟不復返。生每以所囑告親友。果有侯氏女，生有疣贅，侯賤而行惡，眾咸不齒，生竟媒定焉。大器十七歲及第，娶雲氏，夫妻皆孝友。父鍾愛之。可棄漸長，不喜讀，輒偷與無賴博賭，恆盜物償戲債。父怒，撻之，卒不改。相戒提防，不使有所得。遂夜出，小為穿窬。為主所覺，縛送邑宰。宰審其姓氏，以名刺送之歸。父兄共縶之，楚掠慘棘，幾於絕氣。兄代哀免，始釋之。父忿恚得疾，食銳減。乃為二子立析產書，樓閣沃田，悉歸大器。可棄怨怒，夜持刀入室，將殺兄，誤中嫂。先是，主有遺袴，絕輕軟，雲拾作寢衣。可棄斫之，火星四射，大懼，奔去。父知，病益劇，數月尋卒。可棄聞父死，始歸。兄善視之，而可棄益肆。年餘，所分田產略盡，赴郡訟兄。官審知其人，斥逐之。兄弟之好遂絕。又踰年，可棄二十有三，侯女十五矣。兄憶母言，欲急為完婚。召至家，除佳宅與居；迎婦入門，以父遺良田，悉登籍交之，曰：「數頃薄產，為若蒙死守之，今悉相付。吾弟無行，寸草與之，皆棄也。此後成敗，在於新婦。能令改行，無憂凍餓；不然，兄亦不能填無底壑也。」

侯雖小家女，然固慧麗，可棄雅畏愛之，所言無敢違。每出，限以晷刻，過期，則詬厲不與飲食，可棄以此少斂。年餘，生一子。婦曰：「我以後無求於人矣。膏腴數頃，母子何患不溫飽？無夫焉，亦可也。」會可棄盜粟出賭，婦知之，彎弓於門以拒之。大懼，避去。窺婦入，逡巡亦入。婦操刀起，可棄返奔，婦逐斫之，斷幅傷臀，血沾襪履。忿極，往訴兄，兄不禮焉，冤慚而去。過宿復至，跪嫂哀泣，求先容於婦，婦決絕不納。可棄怒，將往殺婦，兄不語。可棄忿起，操戈直出。嫂愕然，欲止之。兄目禁之。俟其去，乃曰：「彼固作此態，實不敢歸也。」使人覷之，已入家門。兄始色動，將奔赴之，而可棄已坌息入。蓋可棄入家，婦方弄兒，望見之，擲兒牀上，覓得廚刀；可棄懼，曳戈反走，婦逐出門外始返。兄已得其情，故詰之。可棄不言，惟向隅泣，目盡腫。兄憐之，親率之去，婦乃納之。俟兄出，罰使長跪，要以重誓，而後以瓦盆賜之食。自此改行為善。婦持籌握算，日致豐盈，可棄仰成而已。後年七旬，子孫滿前，婦猶時捋白鬚，使膝行焉。

異史氏曰：「悍妻妒婦，遭之者如疽附於骨，死而後已，豈不毒哉！然砒、附，天下之至毒也，苟得其用，瞑眩大瘳，非參、苓所能及矣。而非仙人洞見臟腑，又烏敢以毒藥貽子孫哉！」

章丘李孝廉善遷，少倜儻不泥，絲竹詞曲之屬皆精之。兩兄皆登甲榜，而孝廉益佻脫。娶夫人謝，稍稍禁制之。遂亡去，三年不返，遍覓不得。後得之臨清句闌中。家人入，見其南向坐，少姬十數左右侍，蓋皆學音藝而拜門牆者也。臨行，積衣累笥，悉諸妓所貽。既歸，夫人閉置一室，投書滿案。以長繩縶榻足，引其端自櫺內出，貫以巨鈴，繫諸廚下。凡有所需，則躡繩；繩動鈴響，則應之。夫人躬設典肆，垂簾納物而估其直；左持籌，右握管；老僕供奔走而已。由此居積致富。每恥不及諸姒貴。錮閉三年，而孝廉捷。喜曰：「三卵兩成，吾以汝為毈矣，今亦爾耶？」

又耿進士崧生，亦章丘人。夫人每以績火佐讀：績者不輟，讀者不敢息也。或朋舊相詣，輒竊聽之：論文則瀹茗作黍；若恣諧謔，則惡聲逐客矣。每試得平等，不敢入室門；超等始笑逆之。設帳得金，悉內獻，絲毫不敢隱匿。故東主饋遺，恆面較錙銖。人或非笑之，而不知其銷算良難也。後為婦翁延教內弟。是年游泮，翁謝儀十金。耿受榼返金。夫人知之曰：「彼雖周親，然舌耕謂何也？」追之返而受之。耿不敢爭，而心終歉焉，思暗償之。於是每歲館金，皆短其數以報夫人。積二年餘，得若干數。忽夢一人告之曰：「明日登高，金數即滿。」次日，試一臨眺，果拾遺金，恰符缺數，遂償岳。後成進士，夫人猶呵譴之。耿曰：「今一行作吏，何得復爾？」夫人曰：「諺云：『水長則船亦高。』即為宰相，寧便大耶？」

鳥語

中州境有道士，募食鄉村。食已，聞鸝鳴，因告主人使慎火。問故，答曰：「鳥云：『大火難救，可怕！』」眾笑之，竟不備。明日，果火，延燒數家，始驚其神。好事者追及之，稱為仙。道士曰：「我不過知鳥語耳，何仙乎！」適有皂花雀鳴樹上，眾問何語。曰：「雀言：『初六養之，初六養之；十四、十六殤之。』想此家雙生矣。今日為初十，不出五六日，當俱死也。」詢之，果生二子；無何，並死，其日悉符。邑令聞其奇，招之，延為客。時羣鴨過，因問之。對曰：「明公內室，必相爭也。鴨云：『罷罷！偏向他！偏向他！』」令大服，蓋妻妾反脣，令適被喧聒而出也。因留居署中，優禮之。時辨鳥言，多奇中。而道士樸野，肆言輒無顧忌。令最貪，一切供用諸物，皆折為錢以入之。一日，方坐，羣鴨復來，令又詰之。答曰：「今日所言，不與前同，乃為明公會計耳。」問：「何計？」曰：「彼云：『蠟燭一百八，銀朱一千八。』」令慚，疑其相譏。道士求去，令不許。踰數日，宴客，忽聞杜宇。客問之，答曰：「鳥云：『丟官而去。』」眾愕然失色。令大怒，立逐而出。未幾，令果以墨敗。嗚呼！此仙人儆戒之，而惜乎危厲熏心者，不之悟也！

齊俗呼蟬曰「稍還」，其綠色者曰「都了」。邑有父子，俱青，社生，將赴歲試，忽有蟬集襟上。父喜曰：「稍還，吉兆也。」一僮視之，曰：「何物稍還，都了而已。」父子不悅。已而果皆被黜。

天宮

郭生，京都人。年二十餘，儀容修美。一日，薄暮，有老嫗貽尊酒。怪其無因。嫗笑曰：「無須問；但飲之，自有佳境。」遂逕去。揭尊微嗅，冽香四射，遂飲之。忽大醉，冥然罔覺。及醒，則與一人並枕臥。撫之，膚膩如脂，麝蘭噴溢，蓋女子也。問之，不答。遂與交。交已，以手捫壁，壁皆石，陰陰有土氣，酷類墳冢。大驚，疑為鬼迷。因問女子：「卿何神也？」女曰：「我非神，乃仙耳。此是洞府。與有夙緣，勿相訝，但耐居之。再入一重門，有漏光處，可以溲便。」既而女起，閉戶而去。久之，腹餒，遂有女僮來，餉以麵餅、鴨臛，使捫啖之。黑漆不知昏曉。無何，女子來寢，始知夜矣。郭曰：「晝無天日，夜無燈火，食炙不知口處；常常如此，則姮娥何殊於羅剎，天堂何別於地獄哉！」女笑曰：「為爾俗中人，多言喜洩，故不欲以形色相見。且暗摸索，妍媸亦當有別，何必燈燭！」

居數日，幽悶異常，屢請暫歸。女曰：「來夕與君一游天宮，便即為別。」次日，忽有小鬟籠燈入，曰：「娘子伺郎久矣。」從之出。星斗光中，但見樓閣無數。經幾曲畫廊，始至一處，堂上垂珠簾，燒巨燭如晝。入，則美人華妝南向坐，年約二十許；錦袍眩目；頭上明珠，翹顫四垂；地下皆設短燭，裙底皆照：誠天人也。郭迷亂失次，不覺屈膝。女令婢扶曳入坐。俄頃，八珍羅列。女行酒曰：「飲此以送君行。」郭鞠躬曰：「向覿面不識仙人，實所惶悔；如容自贖，願收為沒齒不二之臣。」女顧婢微笑，便命移席臥室。室中流蘇繡帳，衾褥香軟。使郭就榻坐。飲次，女屢言：「君離家久，暫歸亦無妨。」更盡一籌，郭不言別。女喚婢籠燭送之。郭不言，偽醉眠榻上，抁之不動。女使諸婢扶裸之。一婢排私處曰：「箇男子容貌溫雅，此物何不文也！」舉置牀上，大笑而去。女亦寢，郭乃轉側。女問：「醉乎？」曰：「小生何醉！甫見仙人，神志顛倒耳。」女曰：「此是天宮。未明，宜早去。如嫌洞中怏悶，不如早別。」郭曰：「今有人夜得名花，聞香捫幹，而苦無燈燭，此情何以能堪？」女笑，允給燈火。漏下四點，呼婢籠燭抱衣而送之。入洞，見丹堊精工，寢處褥革棕氈尺許厚。郭解履擁衾，婢徘徊不去。郭凝視之，風致娟好。戲曰：「謂我不文者，卿耶？」婢笑，以足蹴枕曰：「子宜僵矣！勿復多言。」視履端嵌珠如巨菽。捉而曳之，婢仆於懷，遂相狎，而呻楚不勝。郭問：「年幾何矣？」笑答云：「十七。」問：「處子亦知情乎？」曰：「妾非處子，然荒疏已三年矣。」郭研詰仙人姓氏，及其清貫、尊行。婢曰：「勿問！即非天上，亦異人間。若必知其確耗，恐覓死無地矣。」郭遂不敢復問。次夕，女果以燭來，相就寢食，以此為常。一夜，女入曰：「期以永好；不意人情乖阻，今將糞除天宮，不能復相容矣。請以卮酒為別。」郭泣下，請得脂澤為愛。女不許，贈以黃金一斤、珠百顆。三琖既盡，忽已昏醉。既醒，覺四體如縛，糾纏甚密，股不得伸，首不得出。極力轉側，暈墮牀下。出手摸之，則錦被囊裹，細繩束焉。起坐凝思，略見牀櫺，始知為己齋中。時離家已三月，家人謂其已死。郭初不敢明言，懼被仙譴，然心疑怪之。竊間以告知交，莫有測其故者。被置牀頭，香盈一室；拆視，則湖綿雜香屑為之，因珍藏焉。後某達官聞而詰之，笑曰：「此賈后之故智也。仙人烏得如此？雖然，此事亦宜慎祕，洩之，族矣！」有巫嘗出入貴家，言其樓閣形狀，絕似嚴東樓家。郭聞之，大懼，攜家亡去；未幾，嚴伏誅，始歸。

異史氏曰：「高閣迷離，香盈繡帳；雛奴蹀躞，履綴明珠：非權奸之淫縱，豪勢之驕奢，烏有此哉？顧淫籌一擲，金屋變而長門；唾壺未乾，情田鞠為茂草。空牀傷意，暗燭銷魂。含顰玉臺之前，凝眸寶幄之內。遂使糟丘臺上，路入天宮；溫柔鄉中，人疑仙子。傖楚之帷薄固不足羞，而廣田自荒者，亦足戒已！」

喬女

平原喬生，有女黑醜：壑一鼻，跛一足。年二十五六，無問名者。邑有穆生，年四十餘，妻死，貧不能續，因聘焉。三年，生一子。未幾，穆生卒，家益索，大困，則乞憐其母。母頗不耐之。女亦憤不復返，惟以紡織自給。有孟生喪偶，遺一子烏頭，裁周歲，以乳哺乏人，急於求配，然媒數言，輒不當意。忽見女，大悅之，陰使人風示女。女辭焉，曰：「饑凍若此，從官人得溫飽，夫寧不願？然殘醜不如人，所可自信者，德耳；又事二夫，官人何取焉！」孟益賢之，向慕尤殷，使媒者函金加幣，而說其母。母悅，自詣女所，固要之；女志終不奪。母慚，願以少女字孟；家人皆喜，而孟殊不願。

居無何，孟暴疾卒，女往臨哭盡哀。孟故無戚黨，死後，村中無賴，悉憑陵之，家具攜取一空。方謀瓜分其田產，家人又各草竊以去，惟一嫗抱兒哭帷中。女問得故，大不平。聞林生與孟善，乃踵門而告曰：「夫婦、朋友，人之大倫也。妾以奇醜，為世不齒，獨孟生能知我；前雖固拒之，然固已心許之矣。今身死子幼，自當有以報知己。然存孤易，禦侮難，若無兄弟父母，遂坐視其子死家滅而不一救，則五倫可以無朋友矣。妾無所多須於君，但以片紙告邑宰；撫孤，則妾不敢辭。」林曰：「諾！」女別而歸。林將如其所教；無賴輩怒，咸欲以白刃相仇。林大懼，閉戶不敢復行。女聽之數日寂無音；及問之，則孟氏田產已盡矣。女忿甚，銳身自詣官。官詰女屬孟何人，女曰：「公宰一邑，所憑者理耳。如其言妄，即至戚無所逃罪；如非妄，即道路之人可聽也。」官怒其言戇，呵逐而出。女冤憤無以自伸，哭訴於搢紳之門。某先生聞而義之，代剖於宰。宰按之，果真，窮治諸無賴，盡返所取。或議留女居孟第，撫其孤；女不肯。扃其戶，使嫗抱烏頭，從與俱歸，另舍之。凡烏頭日用所需，輒同嫗啓戶出粟，為之營辦；己錙銖無所沾染，抱子食貧，一如曩昔。積數年，烏頭漸長，為延師教讀；己子則使學操作。嫗勸使並讀，女曰：

「烏頭之費，其所自有；我耗人之財以教己子，此心何以自明？」又數年，為烏頭積粟數百石，乃聘於名族，治其第宅，析令歸。烏頭泣要同居，女乃從之；然紡績如故。烏頭夫婦奪其具，女曰：「我母子坐食，心何安矣？」遂早暮為之紀理，使其子巡行阡陌，若為傭然。烏頭夫妻有小過，輒斥譴不少貸；稍不悛，則怫然欲去。夫妻跪道悔詞，始止。未幾，烏頭入泮，又辭欲歸。烏頭不可，捐聘幣，為穆子完婚。女乃析子令歸。烏頭留之不得，陰使人於近村為市恆產百畝而後遣之。後女疾求歸。烏頭不聽。病益篤，囑曰：「必以我歸葬！」烏頭諾。既卒，陰以金啗穆子，俾合葬於孟。及期，棺重，三十人不能舉。穆子忽仆，七竅血出，自言曰：「不肖兒，何得遂賣汝母！」烏頭懼，拜祝之，始瘉。乃復停數日，修治穆墓已，始合厝之。

異史氏曰：「知己之感，許之以身，此烈男子之所為也。彼女子何知，而奇偉如是？若遇九方皋，直牡視之矣。」

蛤

東海有蛤，饑時浮岸邊，兩殼開張；中有小蟹出，赤綫繫之，離殼數尺，獵食既飽，乃歸，殼始合。或潛斷其綫，兩物皆死。亦物理之奇也。

劉夫人

廉生者，彰德人。少篤學；然早孤，家綦貧。一日他出，暮歸失途。入一村，有媼來謂曰：「廉公子何之？夜得毋深乎？」生方惶懼，更不暇問其誰何，便求假榻。媼引去，入一大第。有雙鬟籠燈，導一婦人出，年四十餘，舉止大家。媼迎曰：「廉公子至。」生趨拜。婦喜曰：「公子秀發，何但作富家翁乎！」即設筵，婦側坐，勸釂甚殷，而自己舉杯未嘗飲，舉箸亦未嘗食。生惶惑，屢審閥閱。笑曰：「再盡三爵告君知。」生如命已。婦曰：「亡夫劉氏，客江右，遭變遽殞。未亡人獨居荒僻，日就零落。雖有兩孫，非鴟鴞，即駑駘耳。公子雖異姓，亦三生骨肉也；且至性純篤，故遂靦然相見。無他煩，薄藏數金，欲倩公子持泛江湖，分其贏餘，亦勝案頭螢枯死也。」生辭以少年書癡，恐負重託。婦曰：「讀書之計，先於謀生。公子聰明，何之不可？」遣婢運資出，交兌八百餘兩。生惶恐固辭，婦曰：「妾亦知公子未慣懋遷，但試為之，當無不利。」生慮重金非一人可任，謀合商侶。婦云：「勿須，但覓一樸愨諳練之僕，為公子服役足矣。」遂輪纖指以卜之曰：「伍姓者吉。」命僕馬囊金送生出，曰：「臘盡滌琖，候洗寶裝矣。」又顧僕曰：「此馬調良，可以乘御，即贈公子，勿須將回。」生歸，夜才四鼓，僕繫馬自去。

明日，多方覓役，果得伍姓，因厚價招之。伍老於行旅，又為人戇拙不苟，資財悉倚付之。往涉荊襄，歲杪始得歸，計利三倍。生以得伍力多，於常格外，另有饋賞，謀同飛灑，不令主知。甫抵家，婦已遣人將迎，遂與俱去。見堂上華筵已設；婦出，備極慰勞。生納資訖，即呈簿籍；婦置不顧。少頃即席，歌舞鞺鞳，伍亦賜筵外舍，盡醉方歸。因生無家室，留守新歲。次日，又求稽盤，婦笑曰：「後無須爾，妾會計久矣。」乃出冊示生，登誌甚悉，並給僕者，亦載其上。生愕然曰：「夫人真神人也！」過數日，館穀豐盛，待若子姪。一日，堂上設席，一東面，一南面；堂下設一筵西向。謂生曰：「明日財星臨照，宜可遠行。今為主价粗設祖帳，以壯行色。」

少間，伍亦呼至，賜坐堂下。一時鼓鉦鳴聒。女優進呈曲目，生命唱「陶朱富」。婦笑曰：「此先兆也，當得西施作內助矣。」宴罷，仍以全金付生，曰：「此行不可以歲月計，非獲巨萬勿歸也。妾與公子，所憑者在福命，所信者在腹心，勿勞計算，遠方之盈絀，妾自知之。」生唯唯而退。往客淮上，進身為鹺賈，踰年，利又數倍。然生嗜讀，操籌不忘書卷；所與游，皆文士，所獲既盈，隱思止足，漸謝任於伍。桃源薛生與最善，適過訪之，薛一門俱適別業，昏暮無所復之，閽人延生入，掃榻作炊。細詰主人起居，蓋是時方訛傳朝廷欲選良家女，犒邊庭，民間騷動。聞有少年無婦者，不通媒妁，竟以女送諸其家，至有一夕而得兩婦者。薛亦新婚於大姓，猶恐輿馬喧動，為大令所聞，故暫遷於鄉。初更向盡，方將掃榻就寢，忽聞數人排闥入。閽人不知何語，但聞一人云：「官人既不在家，秉燭者何人？」閽人答：「是廉公子，遠客也。」俄而問者已入，袍帽光潔，略一舉手，即詰邦族。生告之。喜曰：「吾同鄉也。岳家誰氏？」答云：「無之。」益喜，趨出，急招一少年同入，敬與為禮。卒然曰：「實告公子：某慕姓。今夕此來，將送舍妹於薛官人，至此方知無益。進退維谷之際，適逢公子，寧非數乎！」生以未悉其人，故躊躇不敢應。慕竟不聽其致詞，急呼送女者。少間，二媼扶女郎入，坐生榻上。睨之，年十五六，佳妙無雙。生喜，始整巾向慕展謝；又囑閽人行沽，略盡款洽。慕言：「先世彰德人；母族亦世家，今陵夷矣。聞外祖遺有兩孫，不知家況何似。」生問：「伊誰？」曰：「外祖劉，字暉若，聞在郡北三十里。」生曰：「僕郡城東南人，去北里頗遠；年又最少，無多交知。郡中此姓最繁，只知郡北有劉荊卿，亦文學士，未審是否，然貧矣。」慕曰：「某祖墓尚在彰郡，每欲扶兩櫬歸葬故里，以資斧未辦，姑猶遲遲。今妹子從去，歸計益決矣。」生聞之，銳然自任。二慕俱喜。酒數行，辭去。生卻僕移燈，琴瑟之愛，不可勝言。次日，薛已知之，趨入城，除別院館生。生詣淮，交盤已，留伍居肆，裝資返桃源，同二慕啓岳父母骸骨，兩家細小，載與俱歸。入門安置已，囊金詣主。前僕已候於途。從去，婦逆見，色喜曰：「陶朱公載得西子來矣！前日為客，今日吾甥婿也。」置酒迎塵，倍益親愛。生服其先知，因問：「夫人與岳母遠近？」婦云：「勿問，久自知之。」乃堆金案上，瓜分為五；自取其二，曰：「吾無用處，聊貽長孫。」生以過多，辭不受。悽然曰：「吾家零落，宅中喬木，被人伐作薪；孫子去此頗遠，門戶蕭條，煩公子一營辦之。」生諾，而金只收其半。婦強納之。送生出，揮涕而返。生疑怪間，回視第宅，則為墟墓。始悟婦即妻之外祖母也。既歸，贖墓田一頃，封植偉麗。

劉有二孫，長即荊卿；次玉卿，飲博無賴，皆貧。兄弟詣生申謝，生悉厚贈之。由此往來最稔。生頗道其經商之由，玉卿竊意冢中多金，夜合博徒數輩，發墓搜之，剖棺露胔，竟無少獲，失望而散。生知墓被發，以告荊卿。荊詣生同驗之，入壙，見案上纍纍，前所分金具在。荊卿欲與生共取之。生曰：「夫人原留此以待兄也。」荊卿乃囊運而歸，告諸邑宰，訪緝甚嚴。後一人賣墳中玉簪，獲之，窮訊其黨，始知玉卿為首。宰將治以極刑；荊卿代哀，僅得賒死。墓內外兩家併力營繕，較前益堅美。由此廉、劉皆富，惟玉卿如故。生及荊卿常河潤之，而終不足供其博賭。一夜，盜入生家，執索金資。生所藏金，皆以千五百為箇，發示之。盜取其二，只有鬼馬在廄，用以運之而去。使生送諸野，乃釋之。村眾望盜火未遠，譟逐之；賊驚遁。共至其處，則金委路側，馬已倒為灰燼。始知馬亦鬼也。是夜只失金釧一枚而已。先是，盜執生妻，悅其美，將欲淫之。一盜帶面具，力呵（呵）止之，聲似玉卿。盜釋生妻，但脫腕釧而去。生以是疑玉卿，然心竊德之。後盜以釧質賭，為捕役所獲，詰其黨，果有玉卿。宰怒，備極五毒。兄與生謀，欲為重賄脫之，謀未成而玉卿已死。生猶時恤其妻子。生後登賢書，數世皆素封焉。嗚呼！「貪」字之點畫形象，甚近乎「貧」。如玉卿者，可以鑑矣！

陵縣狐

陵縣李太史家，每見瓶鼎古玩之物，移列案邊，勢危將墮。疑廝僕所為，輒怒譴之。僕輩稱冤，而亦不知其由，乃嚴扃齋扉，天明復然。心知其異，暗覘之。一夜，光明滿室，訝為盜。兩僕近窺，則一狐臥櫝上，光自兩眸出，晶瑩四射。恐其遁，急入捉之。狐齧腕肉欲脫，僕持益堅，因共縛之。舉視，則四足皆無骨，隨手搖搖若帶垂焉。太史念其通靈，不忍殺；覆以柳器，狐不能出，戴器而走。乃數其罪而放之，怪遂絕。

卷十

王貨郎

濟南業酒人某翁，遣子小二如齊河索貰價。出西門，見兄阿大。——時大死已久。二驚問：「哥那得來？」答云：「冥府一疑案，須弟一證之。」二作色怨訕。大指後一人如皂狀者，曰：「官役在此，我豈自由耶！」但引手招之，不覺從去，盡夜狂奔，至太山下。忽見官衙，方將並入，見羣眾紛出。皂拱問：「事何如矣？」一人曰：「勿須復入，結矣。」皂乃釋令歸。大憂弟無資斧。皂思良久，即引二去，走二三十里，入村，至一家檐下，囑云：「如有人出，便使相送；如其不肯，便道王貨郎言之矣。」遂去。二冥然而僵。既曉，第主出，見人死門外，大駭。守移時，微蘇；扶入餌之，始言里居，即求資送。主人難之。二如皂言。主人驚絕，急賃騎送之歸。償之，不受；問其故，亦不言，別而去。

疲龍

膠州王侍御，出使琉球。舟行海中，忽自雲際墮一巨龍，激水高數丈。龍半浮半沈，仰其首，以舟承頷；睛半含，嗒然若喪。闔舟大恐，停橈不敢少動。舟人曰：「此天上行雨之疲龍也。」王懸勅於上，焚香共祝之，移時，悠然遂逝。舟方行，又一龍墮，如前狀。日凡三四。又踰日，舟人命多備白米，戒曰：「去清水潭不遠矣。如有所見，但糝米於水，寂無譁。」俄至一處，水清澈底。下有羣龍，五色，如盆如甕，條條盡伏。有蜿蜒者，鱗鬣爪牙，歷歷可數。眾神魂俱喪，閉息含眸，不惟不敢窺，並不能動。惟舟人握米自撒。久之見海波深黑，始有呻者。因問擲米之故。答曰：「龍畏蛆，恐入其甲。白米類蛆，故龍見輒伏，舟行其上，可無害也。」

真生

長安士人賈子龍，偶過鄰巷，見一客，風度洒如，問之，則真生，咸陽僦寓者也。心慕之。明日，往投刺，適值其亡；凡三謁，皆不遇。乃陰使人窺其在舍而後過之，真走避不出；賈搜之始出。促膝傾談，大相知悅。賈就逆旅，遣僮行沽。真又善飲，能雅謔，樂甚。酒欲盡，真搜篋出飲器，玉卮無當，注杯酒其中，盎然已滿；以小琖挹取入壺，並無少減。賈異之，堅求其術。真曰：「我不願相見者，君無他短，但貪心未淨耳。此乃仙家隱術，何能相授。」賈曰：「冤哉！我何貪，間萌奢想者，徒以貧耳！」一笑而散。由此往來無間，形骸盡忘。每值乏窘，真輒出黑石一塊，吹咒其上，以磨瓦礫，立刻化為白金，便以贈生；僅足所用，未嘗贏餘。賈每求益，真曰：「我言君貪，如何，如何！」賈思明告必不可得，將乘其醉睡，竊石而要之。一日，飲既臥，賈潛起，搜諸衣底。真覺之曰：「子真喪心，不可處矣！」遂辭別，移居而去。後年餘，賈游河干，見一石瑩潔，絕類真生物。拾之，珍藏若寶。過數日，真忽至，瞲然若有所失。賈慰問之，真曰：「君前所見，乃仙人點金石也。曩從抱真子游，彼憐我介，以此相貽。醉後失去，隱卜當在君所。如有還帶之恩，不敢忘報。」賈笑曰：「僕生平不敢欺友朋，誠如所卜。但知管仲之貧者，莫如鮑叔，君且奈何？」真請以百金為贈。賈曰：「百金非少，但授我口訣，一親試之，無憾矣。」真恐其寡信。賈曰：「君自仙人，豈不知賈某寧失信於朋友者乎！」直授其訣。賈顧砌上有巨石，將試之。真掣其肘，不聽前。賈乃俯掬半甎，置砧上曰：「若此者，非多耶？」真乃聽之。賈不磨甎而磨砧；真變色欲與爭，而砧已化為渾金。反石於真。真歎曰：「業如此，復何言。然妄以福祿加人，必遭天譴。如逭我罪，施材百具、絮衣百領，肯之乎？」賈曰：「僕所欲得錢者，原非欲窖藏之也。君尚視我為守財鹵耶？」真喜而去。賈得金，且施且賈；不三年，施數已滿。真忽至，握手曰：「君信義人也！別後被福神奏帝，削去仙籍；蒙君博施，今以功德消罪。願勉之，勿替也。」賈問真係天上何曹。曰：「我乃有道之狐耳。出身綦微。不堪孽累，故生平自愛，一毫不敢妄作。」賈為設酒，遂與歡飲如初。賈至九十餘，狐猶時至其家。

長山某，賣解信藥，即垂危，灌之無不活；然祕其方，即戚好不傳也。一日，以株累被逮。妻弟餉食獄中，隱置信焉。坐待食已而後告之。甲不信。少頃，腹中潰動，始大驚，罵曰：「畜產速行！家中雖有藥末，恐道遠難俟；急於城中物色薜荔為末，清水一琖，將來！」妻弟如其教。迨覓至，某已嘔瀉欲死，急投之，立刻而安。其方自此遂傳。此亦猶狐之祕其石也。

布商

布商某，至青州境，偶入廢寺，見其院宇零落，歎悼不已。僧在側曰：「今如有善信，暫起山門，亦佛面之光。」客慨然自任。僧喜，邀入方丈，款待殷勤。既而舉內外殿閣，並請裝修；客辭以不能。僧固強之，詞色悍怒。客懼，請即傾囊，於是倒裝而出，悉授僧。將行，僧止之曰：「君竭資實非所願，得毋甘心於我乎？不如先之。」遂握刀相向。客哀之切，弗聽；請自經，許之。逼置暗室而迫促之。適有防海將軍經寺外，遙自缺牆外望見一紅裳女子入僧舍，疑之。下馬入寺，前後冥搜，竟不得。至暗室所，嚴扃雙扉，僧不肯開，託有妖異。將軍怒，斬關入，則見客縊梁上。救之，片時復蘇，詰得其情。又械問女子所在，實為烏有，蓋神佛現化也。殺僧，財物仍以歸客。客益募修廟宇，從此香火大盛。趙孝廉豐原言之最悉。

彭二掙

禹城韓公甫自言：「與邑人彭二掙並行於途，忽回首不見之，惟空蹇隨行，但聞號救甚急，細聽則在被囊中。近視囊內纍然，雖則偏重，亦不得墮。欲出之，而囊口縫紉甚密；以刀斷綫，始見彭犬臥其中。既出，問何以入，亦茫不自知。蓋其家有狐為祟，事如此類甚多云。」

何仙

長山王公子瑞亭，能以乩卜。乩神自稱何仙，為純陽弟子，或謂是呂祖所跨鶴云。每降，輒與人論文作詩。李太史質君師事之，丹黃課藝，理緒明切；太史揣摹成，賴何仙力居多焉，因之文學士多皈依之。然為人決疑難事，多憑理，不甚言休咎。辛未歲，朱文宗案臨濟南，試後，諸友請決第等。何仙索試藝，悉月旦之。座中有與樂陵李忭相善者，李固好學深思之士，眾屬望之，因出其文，代為之請。乩註云：「一等。」少間，又書云：「適評李生，據文為斷。然此生運氣大晦，應犯夏楚。異哉！文與數適不相符，豈文宗不論文耶？諸公少待，試一往探之。」少頃，又書云：「我適至提學署中，見文宗公事旁午，所焦慮者殊不在文也。一切置付幕客六七人，粟生、例監都在其中，前世全無根氣，大半餓鬼道中游魂，乞食於四方者也。曾在黑暗獄中八百年，損其目之精氣，如人久在洞中，乍出，則天地異色，無正明也。中有一二為人身所化者，閱卷分曹，恐不能適相值耳。」眾問挽回之術，書云：「其術至實，人所共曉，何必問？」眾會其意，以告李。李懼，以文質孫太史子未，且訴以兆。太史贊其文，因解其惑。李以太史海內宗匠，心益壯，乩語不復置懷。後案發，竟居四等。太史大駭，取其文復閱之，殊無疵摘。評云：「石門公祖，素有文名，必不悠謬至此。是必幕中醉漢，不識句讀者所為。」於是眾益服何仙之神，共焚香祝謝之。乩書曰：「李生勿以暫時之屈，遂懷慚怍。當多寫試卷，益暴之，明歲可得優等。」李如其教。久之署中頗聞，懸牌特慰之。次歲果列前名，其靈應如此。

異史氏曰：「幕中多此輩客，無怪京都醜婦巷中，至夕無閒牀也。嗚呼！」

牛同人

（上缺）牛過父室，則翁臥牀上未醒，以此知為狐。怒曰：「狐可忍也，胡敗我倫！關聖號為『伏魔』，今何在，而任此類横行！」因作表上玉帝，內微訴關帝之不職。久之，忽聞空中喊嘶聲，則關帝也。怒叱曰：「書生何得無禮！我豈耑掌為汝家驅狐耶？若稟訴不行，咎怨何辭矣。」即令杖牛二十，股肉幾脫。少間，有黑面將軍縛一狐至，牽之而去，其怪遂絕。後三年，濟南游擊女為狐所惑，百術不能遣。狐語女曰：「我生平所畏惟牛同人而已。」游擊亦不知牛何里，無可物色。適提學按臨，牛赴試，在省偶被營兵迕辱，忿愬游擊之門。游擊一聞其名，不勝驚喜，傴僂甚恭。立捉兵至，捆責盡法。已，乃實告以情。牛不得已，為之呈告關帝。俄頃，見金甲神降於其家。狐方在室，顏猝變，現形如犬，繞屋嗥竄。旋出自投階下。神言：「前帝不忍誅，今再犯不赦矣！」縶繫馬頸而去。

神女

米生者，閩人，傳者忘其名字、郡邑。偶入郡，醉過市廛，聞高門中有簫鼓如雷。問之居人，云是開壽筵者，然門庭亦殊清寂。聽之，笙歌繁響。醉中雅愛樂之，並不問其何家，即街頭市祝儀，投晚生刺焉。或見其衣冠樸陋，便問：「君係此翁何親？」答言：「無之。」或言：「此流寓者，僑居於此，不審何官，甚貴倨也。既非親屬，將何求？」生聞而悔之，而刺已入矣。無何，兩少年出逆客，華裳眩目，丰采都雅，揖生入。見一叟南向坐，東西列數筵，客六七人，皆似貴胄；見生至，盡起為禮，叟亦杖而起。生久立，待與周旋，而叟殊不離席。兩少年致詞曰：「家君衰邁，起拜良艱，予兄弟代謝高賢之見枉也。」生遜謝而罷。遂增一筵於上，與叟接席。未幾，女樂作於下。座後設琉璃屏，以幛內眷。鼓吹大作，座客不復可以傾談。筵將終，兩少年起，各以巨杯勸客，杯可容三斗，生有難色；然見客受，亦受。頃刻四顧，主客盡釂；生不得已，亦強盡之。少年復斟。生覺憊甚，起而告退。少年強挽其裾。生大醉遢地，但覺有人以冷水灑面，恍然若寤。起視，賓客盡散，惟一少年捉臂送之，遂別而歸。後再過其門，則已遷去矣。

自郡歸，偶適市，一人自肆中出，招之飲。視之，不識；姑從之入，則座上先有里人鮑莊在焉。問其人，乃諸姓，市中磨鏡者也。問：「何相識？」曰：「前日上壽者，君識之否？」生曰：「不識。」諸言：「予出入其門最稔。翁，傅姓，但不知其何省、何官。先生上壽時，我方在墀下，故識之也。」日暮，飲散。鮑莊夜死於途。鮑父不識諸，執名訟生。檢得鮑莊體有重傷，生以謀殺論死，備歷械梏；以諸未獲，罪無申證，頌繫之。年餘，直指巡方，廉知其冤，出之。家中田產蕩盡，而衣巾革褫，冀其可以辨復，於是攜囊入郡。日將暮，步履頗殆，休於路側。遙見小車來，二青衣夾隨之。既過，忽命停輿。車中不知何言。俄一青衣問生：「君非米姓乎？」生驚起諾之。問：「何貧窶若此？」生告以故。又問：「安之？」又告之。青衣去，向車中語；俄復返，請生至車前。車中以纖手搴簾，微睨之，絕代佳人也。謂生曰：「君不幸得無妄之禍，聞之太息。今日學使署中，非白手可以出入者，途中無可解贈，……」乃於髻上摘珠花一朵，授生曰：「此物可鬻百金，請緘藏之。」生下拜，欲問官閥，車行甚疾，其去已遠，不解何人。執花懸想，上綴明珠，非凡物也。珍藏而行。至郡，投狀，上下勒索甚苦；出花展視，不忍置去，遂歸。歸而無家，依於兄嫂。幸兄賢，為之經紀，貧不廢讀。過歲，赴郡應童子試，誤入深山。會清明節，游人甚眾。有數女騎來，內一女郎，即曩年車中人也。見生停驂，問其所往。生具以對。女驚曰：「君衣頂尚未復耶？」生慘然於衣下出珠花，曰：「不忍棄此，故猶童子也。」女郎暈紅上頰。既，囑坐待路隅，款段而去。久之，一婢馳馬來，以裹物授生，曰：「娘子言：今日學使之門如市，贈白金二百，為進取之資。」生辭曰：「娘子惠我多矣！自分掇芹非難，重金所不敢受。但告以姓名，繪一小像，焚香供之，足矣。」婢不顧，委地下而去。生由此用度頗充，然終不屑夤緣。後入邑庠第一。以金授兄；兄善居積，三年，舊業盡復。適閩中巡撫為生祖門人，優恤甚厚，兄弟稱巨家矣。然生素清鯁，雖屬大僚通家，而未嘗有所干謁。

一日，有客裘馬至門，都無識者。出視，則傅公子也。揖而入，各道間闊。治具相款。客辭以冗，然亦不竟言去。已而肴酒既陳，公子起而請間，相將入內，拜伏於地。生驚問：「何事？」愴然曰：「家君適罹大禍，欲有求於撫臺，非兄不可。」生辭曰：「渠雖世誼，而以私干人，生平從不為也。」公子伏地哀泣。生厲色曰：「小生與公子，一飲之知交耳，何遂以喪節強人！」公子大慚，起而別去。越日，方獨坐，有青衣人入，視之，即山中贈金者。生方驚起，青衣曰：「君忘珠花否？」生曰：「唯唯不敢忘！」曰：「昨公子，即娘子胞兄也。」生聞之，竊喜，偽曰：「此難相信。若得娘子親見一言，則油鼎可蹈耳；不然，不敢奉命。」青衣出，馳馬而去。更盡復返，扣扉入曰：「娘子來矣。」言未已，女郎慘然入，向壁而哭，不出一語。生拜曰：「小生非卿，無以有今日。但有驅策，敢不惟命！」女曰：「受人求者常驕人，求人者常畏人。中夜奔波，生平何解此苦，只以畏人故耳，亦復何言！」生慰之曰：「小生所以不遽諾者，恐過此一見為難耳。使卿夙夜蒙露，吾知罪矣！」因挽其袪。隱抑搔之。女怒曰：「子誠敝人也！不念疇昔之義，而欲乘人之厄。予過矣！予過矣！」忿然而出，登車欲去。生追出謝過，長跪而要遮之。青衣亦為緩頰。女意稍解，就車中謂生曰：「實告君：妾非人，乃神女也。家君為南岳都理司，偶失禮於地官，將達帝聽；非本地都人官印信，不可解也。君如不忘舊義，以黃紙一幅，為妾求之。」言已，車發遂去。生歸，悚懼不已。乃假驅祟，言於巡撫。巡撫謂其事近巫蠱，不許。生以厚金賂其心腹，諾之，而未得其便也。既歸，青衣候門，生具告之，默然遂去，意似怨其不忠。生追送之曰：「歸語娘子：如事不諧，我以身命殉之！」既歸，終夜輾轉，不知計之所出。適院署有寵姬購珠，生乃以珠花獻之。姬大悅，竊印為之嵌之。懷歸，青衣適至。笑曰：「幸不辱命。然數年來貧賤乞食所不忍鬻者，今還為主人棄之矣！」因告以情；且曰：「黃金拋置，我都不惜；寄語娘子：珠花須要償也。」踰數日，傅公子登堂申謝，納黃金百兩。生作色曰：「所以然者，為令妹之惠我無私耳；不然，即萬金豈足以易名節哉！」再強之，聲色益厲。公子慚而去，曰：「此事殊未了！」翼日，青衣奉女郎命，進明珠百顆，曰：「此足以償珠花否耶？」生曰：「重花者，非貴珠也。設當日贈我萬鎰之寶，直須賣作富家翁耳，什襲而甘貧賤，何為乎？娘子神人，小生何敢他望，幸得報洪恩於萬一，死無憾矣！」青衣置珠案間，生朝拜而後卻之。

越數日，公子又至。生命治肴酒。公子使從人入廚下，自行烹調，相對縱飲，歡若一家。有客饋苦糯，公子飲而美之，引盡百琖，面頰微赬。乃謂生曰：「君貞介士，愚兄弟不能早知君，有愧裙釵多矣。家君感大德，無以相報，欲以妹子附為婚姻，恐以幽明見嫌也。」生喜懼非常，不知所對。公子辭而出，曰：「明夜七月初九，新月鉤辰，天孫有少女下嫁，吉期也，可備青廬。」次夕，果送女郎至，一切無異常人。三日後，女自兄嫂以及婢僕，大小皆有饋賞。又最賢，事嫂如姑。數年不育，勸納副室，生不肯。適兄賈於江淮，為買少姬而歸。姬，姓顧，小字博士，貌亦清婉，夫婦皆喜。見髻上插珠花，甚似當年故物；摘視，果然。異而詰之。答云：「昔有巡撫愛妾死，其婢盜出鬻於市，先人廉其直，買而歸。妾愛之。先人無子，生妾一人，故所求無不得。後父死家落，妾寄養於顧嫗家；顧，妾姨行，見珠，屢欲售去，妾投井覓死，故至今猶存也。」夫婦歎曰：「十年之物，復歸故主，豈非數哉！」女另出珠花一朵，曰：「此物久無偶矣！」因並賜之，親為簪於髻上。姬退，問女郎家世甚悉，家人皆諱言之。陰語生曰：「妾視娘子，非人間人也；其眉目間有神氣。昨簪花時，得近視，其美麗出於肌裏，非若凡人以黑白位置中見長耳。」生笑之。姬曰：「君勿言，妾將試之；如其神，但有所須，無人處焚香以求，彼當自知。」女郎繡襪精工，博士愛之，而未敢言，乃即閨中焚香祝之。女早起，忽檢篋中，出襪，遣婢贈博士。生見之而笑。女問故，以實告。女曰：「黠哉婢乎！」因其慧，益憐愛之；然博士益恭，昧爽時，必熏沐以朝。後博士一舉兩男，兩人分字之。生年八十，女貌猶如處子。生抱病，女鳩匠為材，令寬大倍於尋常。既死，女不哭；男女他適，則女已入材中死矣。因並葬之。至今傳為「大材家」云。

異史氏曰：「女則神矣，博士而能知之，是遵何術歟？乃知人之慧固有靈於神者矣！」

湘裙

晏仲，陝西延安人。與兄伯同居，友愛敦篤。伯三十而卒，無嗣；妻亦繼亡。仲痛悼之，每思生二子，則以一子為兄後。甫舉一男，而仲妻又死。仲恐繼室不恤其子，將購一妾。鄰村有貨婢者，仲往相之，略不稱意，情緒無聊，被友人留酌，醺醉而歸。途中遇故窗友梁生，握手殷殷，邀過其家。醉中忘其已死，從之而去。入其門，並非舊第，疑而問之。答云：「新移此耳。」入而謀酒，則家釀已竭，囑仲坐待，挈瓶往沽。仲出立門外以俟之。見一婦人控驢而過，有童子隨之，年可八九歲，面目神色，絕類其兄。心惻然動，急委綴之。便問童子何姓。答言：「姓晏。」仲益驚，又問：「汝父何名？」答言：「不知。」言次，已至其家，婦人下驢入。仲執童子曰：「汝父在家否？」童諾而入。頃之，一媪出窺，真其嫂也。訝叔何來。仲大悲，隨之而入。見廬落亦復整頓。因問：「兄何在？」曰：「責負未歸。」問：「跨驢何人？」曰：「此汝兄妾甘氏，生兩男矣。長阿大，赴市未返；汝所見者阿小。」坐久，酒漸解，始悟所見皆鬼。以兄弟情切，即亦不懼。嫂溫酒治具。仲急欲見兄，促阿小覓之。良久，哭而歸曰：「李家負欠不還，反與父鬧。」仲聞之，與阿小奔而去。見兩人方捽兄地上。仲怒，奮拳直入，當者盡踣。急救兄起，敵已俱奔。追捉一人，捶楚無算，始起。執兄手，頓足哀泣；兄亦泣。既歸，舉家慰問，乃具酒食，兄弟相慶。居無何，一少年入，年約十六七。伯呼阿大，令拜叔。仲挽之，哭向兄曰：「大哥地下有兩男子，而墳墓不掃；弟又子少而鰥，奈何？」伯亦悽惻。嫂謂伯曰：「遣阿小從叔去，亦得。」阿小聞之，依叔肘下，眷戀不去。仲撫之，倍益酸辛。問：「汝樂從否？」答云：「樂從。」仲念鬼雖非人，慰情亦勝無也，因為解顏。伯曰：「從去，但勿嬌慣，宜啖以血肉，驅向日中曝之，午過乃已。六七歲兒，歷春及夏，骨肉更生，可以娶妻育子；但恐不壽耳。」言間，門外有少女窺聽，意致溫婉。仲疑為兄女，便以問兄。兄曰：「此名湘裙，吾妾妹也。孤而無歸，寄養十年矣。」問：「已字否？」伯云：「尚未。近有媒議東村田家。」女在窗外小語曰：「我不嫁田家牧牛子。」仲頗有動於中，而未便明言。既而伯起，設榻於齋，止弟宿。仲雅不欲留，而意戀湘裙，將設法以窺兄意，遂別兄就榻。時方初春，氣候猶寒，齋中夙無煙火，森然起粟。對燭冷坐，思得小飲。俄而阿小推扉入，以杯羹斗酒置案上。仲喜極，問誰之為。答云：「湘姨。」酒將盡，又以灰覆盆火，擲牀下。仲問：「爺娘寢乎？」曰：「睡已久矣。」「汝寢何所？」曰：「與湘姨同榻耳。」阿小俟叔眠，乃掩門去。仲念湘裙惠而解意，益愛慕之；又以其能撫阿小，欲得之心更堅。輾轉牀頭，終夜不寢。早起，告兄曰：「弟孑然無偶，煩大哥留意也。」伯曰：「吾家非一瓢一擔者，物色當自有人。地下即有佳麗，恐於弟無所利益。」仲曰：「古人亦有鬼妻，何害？」伯似會意，便言：「湘裙亦佳。但以巨針刺人迎，血出不止者，乃可為生人妻，何得草草。」仲曰：「得湘裙撫阿小，亦得。」伯但搖首。仲求之不已。嫂曰：「試捉湘裙強刺驗之，不可乃已。」遂握針出。門外遇湘裙，急捉其腕，則血痕猶溼，蓋聞伯言時，早自試之矣。嫂釋手而笑，反告伯曰：「渠作有意喬才久矣，尚為之代慮耶？」妾聞之怒，趨近湘裙，以指刺眶而罵曰：「淫婢不羞！欲從阿叔奔去耶？我定不如其願！」湘裙愧憤，哭欲覓死，舉家騰沸。仲乃大慚，別兄嫂，率阿小而出。兄曰：「弟姑去；阿小勿使復來，恐損其生氣也。」仲諾之。

既歸，偽增其年，託言兄賣婢之遺腹子。眾以其貌酷類，亦信為伯遺體。仲教之讀，輒遣抱一卷就日中誦之。初以為苦，久而漸安。六月中，几案灼人，而兒戲且讀，殊無少怨。兒甚惠，日盡半卷，夜與叔抵足，恆背誦之。仲甚慰。又以不忘湘裙，故不復作「燕樓」想矣。一日，雙媒來為阿小議婚，中饋無人，心甚躁急。忽甘嫂自外入曰：「阿叔勿怪，吾送湘裙至矣。緣婢子不識羞，我故挫辱之。叔如此表表，而不相從，更欲從何人者？」見湘裙立其後，心甚歡悅。肅嫂坐；具述有客在堂，乃趨出。少間復入，則甘氏已去。湘裙卸妝入廚下，刀砧盈耳矣。俄而肴胾羅列，烹飪得宜。客去，仲入，見湘裙凝妝坐室中，遂與交拜成禮。至晚，女仍欲與阿小共宿。

仲曰：「我欲以陽氣溫之，不可離也。」因置女別室，惟晚間杯酒一往歡會而已。湘裙撫前子如己出，仲益賢之。一夕，夫妻款洽，仲戲問：「陰世有佳人否？」女思良久，答言：「未見。惟鄰女葳靈仙，羣以為美；顧貌亦猶人，要善修飾耳。與妾往還最久，心中竊鄙其蕩也。如欲見之，頃刻可致。但此等人，未可招惹。」仲急欲一見。女把筆似欲作書，既而擲管曰：「不可，不可！」強之再四，乃曰：「勿為所惑。」仲諾之。遂裂紙作數畫若符，於門外焚之。少時，簾動鉤鳴，吃吃作笑聲。女起曳入，高髻雲翹，殆類畫圖。扶坐牀頭，酌酒相敘間闊。初見仲，猶以紅袖掩口，不甚縱談；數琖後，嬉狎無忌，漸伸一足壓仲衣。仲心迷亂，不知魂之所舍。目前惟礙湘裙；湘裙又故防之，頃刻不離於側。葳靈仙忽起，搴簾而出；湘裙從之，仲亦從之。葳靈仙握仲，趨入他室。湘裙甚恨，而無可如何，憤然歸室，聽其所為而已。既而仲入，湘裙責之曰：「不聽我言，後恐卻之不得耳。」仲疑其妒，不樂而散。次夕，葳靈仙不召自來。湘裙甚厭見之，傲不為禮；仙竟與仲相將而去。如此數夕。女望其來，則詬辱之，而亦不能卻也。月餘，仲病不能起，始大悔，喚湘裙與共寢處，冀可避之；晝夜防稍懈，則人鬼已在陽臺。湘裙操杖逐之，鬼忿與爭，湘裙荏弱，手足皆為所傷。仲寖以沈困。湘裙泣曰：「吾何以見吾姊矣！」

又數日，仲冥然遂死。初見二隸執牒入，不覺從去。至途患無資斧，邀隸便道過兄所。兄見之，驚駭失色，問：「弟近何作？」仲曰：「無他，但有鬼病耳。」實告之。兄曰：「是矣。」乃出白金一裹，謂隸曰：「姑笑納之。吾弟罪不應死，請釋歸，我使豚子從去，或無不諧。」便喚阿大陪隸飲。返身入家，遍告以故。乃令甘氏隔壁喚葳靈仙。俄至，見仲欲遁。伯揪返罵曰：「淫婢！生為蕩婦，死為賤鬼，不齒羣眾久矣；又祟吾弟耶！」立批之，雲鬢蓬飛，妖容頓減。久之，一嫗來，伏地哀懇。伯又責嫗縱女宣淫，訶詈移時，始令與女俱去。伯乃送仲出，飄忽間已抵家門，直抵臥室，豁然若寤，始知適間之已死也。伯責湘裙曰：「我與若姊，謂汝賢能，故使從吾弟；反欲促吾弟死耶！設非名分之嫌，便當撻楚！」湘裙慚懼啜泣，望伯伏謝。伯顧阿小喜曰：「兒居然生人矣！」湘裙欲出作黍，伯辭曰：「弟事未辦，我不遑暇。」阿小年十三，漸自此不復通聞問矣。

知戀父；見父出，零涕從之。父曰：「從叔最樂，我行復來耳。」轉身遂逝，自此不復通聞問矣。後阿小娶婦，生一子，亦年三十而卒。仲撫其孤，如姪生時。仲年八十，其子二十餘矣，乃析之。湘裙無所出。一日，謂仲曰：「我先驅狐狸於地下可乎？」盛妝上牀而沒。仲亦不哀，半年亦沒。

異史氏曰：「天下之友愛如仲，幾人哉！宜其不死而益之以年也。陽絕陰嗣，此皆不忍死兄之誠心所格；在人無此理，在天寧有此數乎？地下生子，願承前業者，想亦不少；恐承絕產之賢兄賢弟，不肯收恤耳！」

三生

湖南某，能記前生三世。一世為令尹，闈場入簾。有名士興於唐被黜落，憤懣而卒，至陰司執卷訟之。此狀一投，其同病死者以千萬計，推興為首，聚散成羣。某被攝去，相與對質。閻羅便問：「某既衡文，何得黜佳士而進凡庸？」某辯言：「上有總裁，某不過奉行之耳。」閻羅即發一簽，往拘主司。久之，勾至，閻羅即述某言。主司曰：「某不過總其大成；雖有佳章，而房官不薦，吾何由而見之也？」閻羅曰：「此不得相諉，其失職均也，例合笞。」方將施刑，興不滿志，戛然大號；兩墀諸鬼，萬聲鳴和。閻羅問故，興抗言曰：「笞罪太輕，是必掘其雙睛，以為不識文字之報。」閻羅不肯，眾呼益厲。閻羅曰：「彼非不欲得佳文，特其所見鄙耳。」眾又請剖其心。閻羅不得已，使人褫去袍服，以白刃劃胸，兩人瀝血鳴嘶。眾始大快，皆曰：「吾輩抑鬱泉下，未有能一伸此氣者；今得興先生，怨氣都消矣。」鬨然遂散。某受剖已，押投陝西為庶人子。年二十餘，值土寇大作，陷入賊中。有兵巡道往平賊，俘擄甚眾，某亦在中。心猶自揣非賊，冀可辯釋。及見堂上官，亦年二十餘，細視，乃興生也。驚曰：「吾合盡矣！」既而俘者盡釋，惟某後至，不容置辯，竟斬之。某至陰司投狀訟興。閻羅不即拘，待其祿盡，遲之三十年，興始至，面質之。興以草菅人命，罰作畜。稽某所為，曾撻其父母，其罪維均。某恐來生再報，請為大畜。閻羅判為大犬，興為小犬。某生於北順天府市肆中。一日，臥街頭，有客自南中來，攜金毛犬，大如狸。某視之，興也。心易其小，齕之。小犬齩其喉下，繫綴如鈴。大犬擺撲嗥竄，市人解之不得。俄頃，俱斃。並至冥司，互有爭論。閻羅曰：「冤冤相報，何時可已。今為若解之。」乃判興來世為某婿。某生慶雲，二十八舉於鄉。生一女，嫻靜娟好，世族爭委禽焉。某皆弗許。偶過臨郡，值學使發落諸生，其第一卷李姓，實興也。遂挽至旅舍，優厚之。問其家，適無偶，遂訂姻好。人皆謂某憐才，而不知有夙因也。既而娶女去，相得甚歡。然婿恃才輒侮翁，恆隔歲不一至其門。翁亦耐之。後婿中歲偃蹇，苦不得售，翁百計為之營謀，始得志於名場。由此和好如父子焉。

異史氏曰：「一被黜而三世不解，怨毒之甚至此哉！閻羅之調停固善；然墀下千萬眾，如此紛紛，勿亦天下之愛婿，皆冥中之悲鳴號動者耶？」

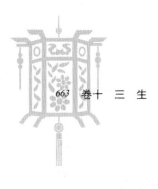

長亭

石太璞，泰山人，好厭禳之術。有道士遇之，賞其慧，納為弟子。啓牙籤，出二卷，上卷驅狐，下卷驅鬼，乃以下卷授之，曰：「虔奉此書，衣食佳麗皆有之。」問其姓名，曰：「吾汴城北村玄帝觀王赤城也。」留數日，盡傳其訣。石由此精於符籙，委贄者踵接於門。一日，有叟來，自稱翁姓，炫陳幣帛，謂其女鬼病已殆，必求親詣。石聞病危，辭不受贄，姑與俱往。十餘里入山村，至其家，廊舍華好。入室，見少女臥縠幛中，婢以鉤掛幛。望之年十四五許，支綴於牀，形容已槁。近臨之，忽開目云：「良醫至矣。」舉家皆喜，謂其不語已數日矣。石乃出，因詰病狀。叟言：「白晝見少年來，與共寢處，捉之已杳；少間復至，意其為鬼。」石曰：「其鬼也，驅之匪難；恐其是狐，則非余所敢知矣。」叟曰：「必非必非。」石授以符，是夕宿於其家。夜分，有少年入，衣冠整肅。石疑是主人眷屬，起而問之。曰：「我鬼也。翁家盡狐。偶悅其女紅亭，姑止焉。鬼為狐祟，陰騭無傷，君何必離人之緣而護之也？女之姊長亭，光豔尤絕。敬留全璧，以待高賢。彼如許字，方可為之施治；爾時我當自去。」石諾之。是夜，少年不復至，女頓醒。天明，叟喜，以告石，請石入視。石焚舊符，乃坐診之。見繡幕有女郎，麗若天人，心知其長亭也。診已，索水灑幛。女郎急以椀水付之，蹀躞之間，意動神流。石生此際，心殊不在鬼矣。出辭叟，託製藥去，數日不返。鬼益肆，除長亭外，子婦婢女，俱被淫惑。又以僕馬招石，石託疾不赴。

明日，叟自至。石故作病股狀，扶杖而出。叟拜已，問故。曰：「此鰥之難也！曩夜婢子登榻，傾跌，墮湯夫人泡兩足耳。」叟問：「何久不續？」石曰：「恨不得清門如翁者。」叟默而出。石走送曰：「病瘥當自至，無煩玉趾也。」又數日，叟復來；石跛而見之。叟慰問三數語，便曰：「頃與荊人言，君如驅鬼去，使舉家安枕，小女長亭，年十七矣，願遣奉事君子。」石喜，頓首於地。乃謂叟：「雅意若此，病軀何敢復愛。」立刻出門，並騎而去。入視祟者既畢，石恐背約，請與媪盟。媪遽出曰：「先生何見疑也？」即以長亭所插金簪，授石為信。石朝拜之。已，乃遍集家人，悉為祓除。惟長亭深匿無迹；遂寫一佩符，使人持贈之。是夜寂然，鬼影盡滅，惟紅亭呻吟未已，投以法水，所患若失。石欲辭去，叟挽止殷懇。至晚，肴核羅列，勸酬殊切。漏二下，主人乃辭客去。石方就枕，聞叩扉甚急；起視，則長亭掩入，辭氣倉惶，言：「吾家欲以白刃相仇，可急遁！」言已，逕返身去。石戰懼無色，越垣急竄。遙見火光，疾奔而往，則里人夜獵者也。喜，待獵已，乃與俱歸。心懷怨憤，無之可伸，思欲之汴尋赤城，而家有老父，病廢已久，日夜籌思，莫決進止。忽一日，雙輿至門，則翁媪送長亭至，謂石曰：「曩夜之歸，胡再不謀？」石見長亭，怨恨都消，故亦隱不發。媪促兩人庭拜訖。石將設筵，辭曰：「我非閒人，不能坐享甘旨。我家老子昏髦，倘有不悉，郎肯為長亭一念老身，為幸多矣。」登車遂去。蓋殺婿之謀，媪不之聞；及追之不得而返，媪始知之。頗不能平，與叟日相詬誶；長亭亦飲泣不食。媪強送女來，非翁意也。長亭入門，詰之，始知其故。過兩三月，翁家取女歸寧。石料其不返，禁止之。女自此時一涕零。年餘，生一子，名慧兒，買乳媪哺之。然兒善啼，夜必歸母。

一日，翁家又以輿來，言媪思女甚。長亭益悲，石不忍復留之。欲抱子去，石不可，長亭乃自歸。別時，以一月為期，既而半載無耗。遣人往探之，則向所僦宅久空。又二年餘，望想都絕；而兒啼終夜，寸心如割。既而石父病卒，倍益哀傷；因而病憊，苫次彌留，不能受賓朋之弔。方昏憒間，忽聞婦人哭入。視之，則縗絰者長亭也。石大悲，一慟遂絕。婢驚呼，女始輟泣，撫之良久，始漸蘇。自疑已死，謂相聚於冥中。女曰：「非也。妾不孝，不能得嚴父心，尼歸三載，誠所負心。適家人由東海過此，得翁凶問。妾遵嚴命而絕兒女之情，不敢循亂命而失翁媳之禮。妾來時，母知而父不知也。」言間，兒投懷中。言已，始撫之，泣曰：「我有父，兒無母矣！」兒亦噭啕，一室掩泣。女起，經理家政，柩前牲盛潔備，石乃大慰。而病久，急切不能起。女乃請石外兄款洽弔客。喪既閉，石始杖而能起，相與營謀齋葬。葬已，女欲辭歸，以受背父之譴。

夫挽兒號，隱忍而止。未幾，有人來告母病。乃謂石曰：「妾為君父來，君不為妾母放令去耶？」石許之。女使乳媼抱兒他適，涕洟出門而去。去後，數年不返，石父子漸亦忘之。

一日，昧爽啓扉，則長亭飄入。石方駭問，女戚然坐榻上，歎曰：「生長閨閣，視一里為遙；今一日夜而奔千里，殆矣！」細詰之，女欲言復止。請之不已，哭曰：「今為君言，恐妾之所悲，而君之所快也。邇年徙居晉界，僦居趙縉紳之第。主客交最善，以紅亭妻其公子。公子數逋蕩，家庭頗不相安。妹歸告父；父留之，半年不令還。公子忿恨，不知何處聘一惡人來，遣神綰鎖，縛老父去，一門大駭，頃刻四散矣。」石聞之，笑不自禁。女怒曰：「彼雖不仁，妾之父也。妾與君琴瑟數年，只有相好而無相尤。今日人亡家敗，百口流離，即不為父傷，寧不為妾弔乎！聞之汴舞，更無片語相慰藉，何不義也！」拂袖而出。石追謝之，亦已渺矣。悵然自悔，拚已決絕。過二三日，媼與女俱來，石喜慰問。母子俱伏。驚而詢之，母子俱哭。女曰：「妾負氣而去，今不能自堅，又欲求人，復何顏矣！」石曰：「岳固非人；母之惠，卿之情，所不忘也。然聞禍而樂，亦猶人情，卿何不能暫忍？」女曰：「頃於途中遇母，始知縶吾父者，蓋君師也。」石曰：「果爾，亦大易。然翁不歸，則卿之父子離散；恐翁歸，則卿之夫泣兒悲也。」媼矢以自明，女亦誓以相報。石乃即刻治任如汴，詢至玄帝觀，則赤城歸未久。入而參之。便問：「何來？」石視廚下一老狐，孔前股而繫之，笑曰：「弟子之來，為此老魅。」赤城詰之，曰：「是吾岳也。」因以實告。道士謂其狡詐，不肯輕釋。固請，乃許之。石因備述其詐，狐聞之，塞身入竈，似有慚狀。道士笑曰：「彼羞惡之心，未盡亡也。」石起，牽之而出，以刀斷索抽之。狐痛極，齒齦齦然。石不遽抽，而頓挫之，笑問曰：「翁痛乎？勿抽可耶！」狐睛睒焛，似有慍色。既釋，搖尾出觀而去。石辭歸。三日前，已有人報叟信，媼先去，留女待石。石至，女逆而伏。石挽之曰：「卿如不忘琴瑟之情，不在感激也。」女曰：「今復遷還故居矣，村舍鄰邇，音問可以不梗。妾欲歸省，三日可旋，君信之否？」曰：「兒生而無母，未便殤折。我日日鰥居，習已成慣。今不似趙公子，而反德報之，所以為卿者盡矣。如其不還，在卿為負義，道里雖近，當亦不復過問，何不信之與有？」女次日去，二日即返。問：「何速？」曰：「父以君在汴曾相戲弄，未能忘懷，言之絮叨；妾不欲復聞，故早來也。」自此閨中之往來無間，而翁婿間尚不通弔慶云。

異史氏曰：「狐情反覆，譎詐已甚。悔婚之事，兩女而一轍，詭可知矣。然要而婚之，是啓其悔者已在初也。且婿既愛女而救其父，只宜置昔怨而仁化之；乃復狎弄於危急之中，何怪其沒齒不忘也！天下有冰玉之不相能者，類如此。」

席方平

席方平，東安人。其父名廉，性戇拙。因與里中富室羊姓有隙，羊先死；數年，廉病垂危，謂人曰：「羊某今賄囑冥使搒我矣。」俄而身赤腫，號呼遂死。席慘怛不食，曰：「我父樸訥，今見陵於強鬼；我將赴地下，代伸冤氣耳。」自此不復言，時坐時立，狀類癡，蓋魂已離舍。席覺初出門，莫知所往，但見路有行人，便問城邑。少選，入城。其父已收獄中。至獄門，遙見父臥簷下，似甚狼狽；舉目見子，潸然流涕。便謂：「獄吏悉受賕囑，日夜搒掠，脛股摧殘甚矣！」席怒，大罵獄吏：「父如有罪，自有王章，豈汝等死魅所能操耶！」遂出，抽筆為詞。值城隍早衙，喊冤以投。羊懼，內外賄通，始出質理。城隍以所告無據，頗不直席。席忿氣無所復伸，冥行百餘里，至郡，以官役私狀，告之郡司。遲之半月，始得質理。郡司扑席，仍批城隍覆案。席至邑，備受械梏，慘冤不能自舒。城隍恐其再訟，遣役押送歸家。役至門辭去。席不肯入，遁赴冥府，訴郡邑之酷貪。冥王立拘質對。二官密遣腹心，與席關說，許以千金。席不聽。過數日，逆旅主人告曰：「君負氣已甚，官府求和而執不從，今聞於王前各有函進，恐事殆矣。」席以道路之口，猶未深信。俄有皂衣人喚入。升堂，見冥王有怒色，不容置詞，命笞二十。席厲聲問：「小人何罪？」冥王漠若不聞。席受笞，喊曰：「受笞允當，誰教我無錢也！」冥王益怒，命置火牀。兩鬼捽席下，見東墀有鐵牀，熾火其下，牀面通赤。鬼脫席衣，掬置其上，反覆揉捺之。痛極，骨肉焦黑，苦不得死。約一時許，鬼曰：「可矣。」遂扶起，促使下牀著衣，猶幸跛而能行。復至堂上，冥王問：「敢再訟乎？」席曰：「大冤未伸，寸心不死，若言不訟，是欺王也。必訟！」又問：「訟何詞？」席曰：「身所受者，皆言之耳。」冥王又怒，命以鋸解其體。二鬼拉去，見立木，高八九尺許，有木板二，仰置其下，上下凝血模糊。方將就縛，忽堂上大呼「席某」，二鬼即復押回。冥王又問：「尚敢訟否？」答云：「必訟！」冥王命捉去速解。既下，鬼乃以二板夾席，縛木上。鋸方下，覺頂腦漸闢，痛不可禁，顧亦忍而不號。聞鬼曰：「壯哉此漢！」鋸隆隆然尋至胸下。又聞一鬼云：「此人大孝無辜，鋸令稍偏，勿損其心。」遂覺鋸鋒曲折而下，其痛倍苦。俄頃，半身闢矣。板解，兩身俱仆。鬼上堂大聲以報，堂上傳呼，令合身來見。二鬼即推令復合，曳使行。席覺鋸縫一道，痛欲復裂，半步而踣。一鬼於腰間出絲帶一條授之，曰：「贈此以報汝孝。」受而束之，一身頓健，殊無少苦。遂升堂而伏。冥王復問如前；席恐再罹酷毒，便答：「不訟矣。」冥王立命送還陽界。隸率出北門，指示歸途，反身遂去。席念陰曹之暗昧尤甚於陽間，奈無路可達帝聽。世傳灌口二郎為帝勳戚，其神聰明正直，訴之當有靈異。竊喜二隸已去，遂轉身南向。奔馳間，有二人追至，曰：「王疑汝不歸，今果然矣。」捽回復見冥王。竊意冥王益怒，禍必更慘；而王殊無厲容，謂席曰：「汝志誠孝。但汝父冤，我已為若雪之矣。今已往生富貴家，何用汝鳴呼為。今送汝歸，予以千金之產、期頤之壽，於願足乎？」乃註籍中，嵌以巨印，使親視之。席謝而下。鬼與俱出，至途，驅而罵曰：「奸猾賊！頻頻翻覆，使人奔波欲死！再犯，當捉入大磨中，細細研之！」席張目叱曰：「鬼子胡為者！我性耐刀鋸，不耐撻楚。請返見王，王如令我自歸，亦復何勞相送。」乃返奔。二鬼懼，溫語勸回。席故蹇緩，行數步，輒憩路側。鬼含怒不敢復言。約半日，至一村，一門半闢，鬼引與共坐；席便據門閾。二鬼乘其不備，推入門中。驚定自視，身已生為嬰兒。憤啼不乳，三日遂殤。魂搖搖不忘灌口，約奔數十里，忽見羽葆來，旛戟橫路。越道避之，因犯鹵簿，為前馬所執，縶送車前。仰見車中一少年，丰儀瑰瑋。問席：「何人？」席冤憤正無所出，且意是必巨官，或當能作威福，因緬訴毒痛。車中人命釋其縛，使隨車行。俄至一處，官府十餘員，迎謁道左，車中人各有問訊。已而指席謂一官曰：「此下方人，正欲往愬，宜即為之剖決。」席詢之從者，始知車中即上帝殿下九王，所囑即二郎也。席視二郎，修軀多髯，不類世間所傳。九王既去，席從二郎至一官廨，則其父與羊姓並衙隸俱在。

少頃，檻車中有囚人出，則冥王及郡司、城隍也。當堂對勘，席所言皆不妄。三官戰慄，狀若伏鼠。二郎援筆立判；頃之，傳下判語，令案中人共視之。判云：「勘得冥王者：職膺王爵，身受帝恩。自應貞潔以率臣僚，不當貪墨以速官謗。而乃繁纓棨戟，徒誇品秩之尊；羊很狼貪，竟玷人臣之節。斧敲斲，斲入木，婦子之皮骨皆空；鯨吞魚，魚食蝦，螻蟻之微生可憫。當掬西江之水，為爾湔腸；即燒東壁之牀，請君入甕。城隍、郡司，為小民父母之官，司上帝牛羊之牧。雖則職居下列，而盡瘁者不辭折腰；即或勢逼大僚，而有志者亦應強項。乃上下其鷹鷙之手，既罔念夫民貧；且飛揚其狙獪之奸，更不嫌乎鬼瘦。惟受贓而枉法，真人面而獸心！是宜剔髓伐毛，暫罰冥死；所當脫皮換革，仍令胎生。隸役者：既在鬼曹，便非人類。祇宜公門修行，庶還落蓐之身；何得苦海生波，益造彌天之孽？飛揚跋扈，狗臉生六月之霜；隳突叫號，虎威斷九衢之路。肆淫威於冥界，咸知獄吏為尊；助酷虐於昏官，共以屠伯是懼。當於法場之內，剁其四肢；更向湯鑊之中，撈其筋骨。羊某：富而不仁，狡而多詐。金光蓋地，因使閻摩殿上，儘是陰霾；銅臭熏天，遂教枉死城中，全無日月。餘腥猶能役鬼，大力直可通神。宜籍羊氏之家，以賞席生之孝。即押赴東岳施行。」又謂席廉：「念汝子孝義，汝性良懦，可再賜陽壽三紀。」因使兩人送之歸里。席乃抄其判詞，途中父子共讀之。既至家，席先蘇；令家人啓棺視父，僵尸猶冰，俟之終日，漸溫而活。及索抄詞，則已無矣。自此，家道日益豐；三年間，良沃遍野；而羊氏子孫微矣，樓閣田產，盡為席有。里人或有買其田者，夜夢神人叱之曰：「此席家物，汝烏得有之！」初未深信；既而種作，則終年升斗無所獲，於是復鬻歸席。席父九十餘歲而卒。

異史氏曰：「人人言淨土，而不知生死隔世，意念都迷，且不知其所以來，又烏知其所以去；而況死而又死，生而復生者乎？忠孝志定，萬劫不移，異哉席生，何其偉也！」

素秋

俞慎，字謹庵，順天舊家子。赴試入都，舍於郊郭。時見對戶一少年，美如冠玉。心好之，漸近與語，風雅尤絕。大悅，捉臂邀至寓，便相款宴。審其姓氏，自言：「金陵人，姓俞，名士忱，字恂九。」公子聞與同姓，又益親洽，因訂為昆仲；少年遂以名減字為忱。明日，過其家，書舍光潔；然門庭踧落，更無廝僕。引公子入內，呼妹出拜，年十三四以來，肌膚瑩澈，粉玉無其白也。少頃，托茗獻客，家中似無臧獲。公子異之，數語遂出。由是友愛如胞。恂九無日不來寓所；或留共宿，則以弱妹無伴為辭。公子曰：「吾弟留寓千里，曾無應門之僮，兄妹纖弱，何以為生矣？計不如從我去，有斗舍可共棲止，如何？」恂九喜，約以闈後。試畢，恂九邀公子去，曰：「中秋月明如晝，妹子素秋，具有蔬酒，勿違其意。」竟挽入內。素秋出，略道溫涼，便入複室，下簾治具。少間，自出行炙。公子起曰：「妹子奔波，情何以忍！」素秋笑入。頃之，搴簾出，則一青衣婢捧壺；又一媼托柈進烹魚。公子訝曰：「此輩何來？不早從事，而煩妹子？」恂九微哂曰：「素秋又弄怪矣。」但聞簾內吃吃作笑聲，公子不解其故。既而筵終，婢媼徹器，公子適嗽，誤墮婢衣；婢隨唾而倒，碎椀流炙。視婢，則帛剪小人，僅四寸許。恂九大笑。素秋笑出，拾之而去。俄而婢復出，奔走如故，公子大異之。恂九曰：「此不過妹子幼時，卜紫姑之小技耳。」公子因問：「弟妹都已長成，何未婚姻？」答云：「先人即世，去留尚無定所，故此遲遲。」遂與商定行期，鬻宅，攜妹與公子俱西。既歸，除舍舍之；又遣一婢為之服役。公子妻，韓侍郎之猶女也，尤憐愛素秋，飲食共之。公子與恂九亦然。而恂九又最慧，目下十行，試作一藝，老宿不能及之。公子勸赴童子試，恂九曰：「姑為此業者，聊與君分苦耳。自審福薄，不堪仕進；且一入此途，遂不能不戚戚於得失，故不為也。」居三年，公子又下第。恂九大為扼腕，奮然曰：「榜上一名，何遂艱難若此！我初不欲為成敗所惑，故寧寂寂耳；今見大哥不能自發舒，不覺中熱，十九歲老童當效駒馳也。」公子喜，試期，送入場，邑、郡、道皆第一。益與公子下帷攻苦。踰年科試，並為郡、邑冠軍。恂九名大譟，遠近爭婚之，恂九悉卻去。公子力勸之，乃以場後為解。無何，試畢，傾慕者爭錄其文，相與傳頌；恂九亦自覺第二人不屑居也。榜既放，兄弟皆黜。時方對飲，公子尚強作噱；恂九失色，酒琖傾墮，身仆案下。扶置榻上，病已困殆。急呼妹至，張目謂公子曰：「吾兩人情雖如胞，實非同族。弟自分已登鬼籙。啣恩無可相報，素秋已長成，既蒙嫂氏撫愛，媵之可也。」公子作色曰：「是真吾弟之亂命矣！其將謂我人頭畜鳴者耶！」恂九泣下。公子即以重金為購良材。恂九命舁至，力疾而入。囑妹曰：「我沒後，急闔棺，無令一人開視。」公子尚欲有言，而目已瞑矣。公子哀傷，如喪手足。然竊疑其囑異，俟素秋他出，啓而視之，則冠巾袍服如蛻；揭之，有蠹魚逕尺，僵臥其中。駭異間，素秋促入，慘然曰：「兄弟何所隔閡？所以然者，非避兄也；但恐傳布飛揚，妾亦不能久居耳。」公子曰：「禮緣情制；情之所在，異族何殊焉？妹寧不知我心乎？即中饋當無漏言，請勿慮。」遂速卜吉期，厚葬之。

　　初，公子欲以素秋論婚於世家，恂九不欲。既沒，公子以商素秋，素秋不應。公子曰：「妹子年已二十，長而不嫁，人其謂我何？」對曰：「若然，但惟兄命。然自顧無福相，不願入侯門，寒士而可。」公子曰：「諾。」不數日，冰媒相屬，卒無所可。先是，公子之妻弟韓荃來弔，得窺素秋，心愛悅之，欲購作小妻。謀之姊，姊急戒勿言，恐公子知。韓去，終不能釋，託媒風示公子，許為買鄉場關節。公子聞之，大怒，詬罵，將致意者批逐出門，自此交往遂絕。適有故尚書之孫某甲，將娶而婦卒，亦遣冰來。其甲第雲連，公子之所素識；然欲一見其人，因與媒約，使甲躬謁。及期，垂簾於內，令素秋自相之。甲至，裘馬騶從，炫耀閭里。又視其人，秀雅如處女。公子大悅，見者咸贊美之，而素秋殊不樂。公子不聽，竟許之。盛備匳裝，計費不貲。素秋固止之，但討一老大婢，供給使而已。公子亦不之聽，卒厚贈焉。既嫁，琴瑟甚敦。然兄嫂常繫念之，每月輒一歸寧。來時，匳中珠繡，必攜數事，付嫂收貯。嫂未知其意，亦姑從之。

甲少孤，只有寡母，溺愛過於尋常，日近匪人，漸誘淫賭，家傳書畫鼎彝，皆以鬻還戲債。而韓荃與有瓜葛，因招飲而竊探之，願以兩妾及五百金易素秋。甲初不肯；韓固求之，甲意似搖，然恐公子不甘。韓曰：「彼與我至戚，此又非其支系，若事已成，彼亦無如我何；萬一有他，我身任之。有家君在，何畏一俞謹庵哉！」遂盛妝兩姬出行酒，且曰：「果如所約，此即君家人矣。」甲惑之，約期而去。至日，慮韓詐諼，夜候於途，果有輿來，啓簾照驗不虛，乃導去，姑置齋中。韓僕以五百金交兌俱明。甲奔入，偽告素秋，言公子暴病相呼。素秋未遑理妝，草草遂出。輿既發，夜迷不知何所，違行良遠，殊不可到。忽有二巨燭來，眾竊喜其可以問途。無何，至前，則巨蟒兩目如燈。眾大駭，人馬俱竄，委輿路側；將曙復集，則空輿存焉。意必葬於蛇腹，歸告主人，垂首喪氣而已。數日後，公子遣人詣妹，始知為惡人賺去，初不疑其婿之偽也。取婢歸，細詰情迹，微窺其變，忿甚，遍愬郡邑。某甲懼，求救於韓。韓以金妾兩亡，正復懊喪，斥絕不為力。甲呆憨無所復計，各處勾牒至，但以賂囑免行。月餘，金珠服飾，典貨一空。公子於憲府究理甚急，邑官皆奉嚴令，甲知不能復匿，始出，至公堂實情盡吐。蒙憲票拘韓對質。韓懼，以情告父。父時休致，怒其所為不法，執付隸。既見諸官府，言及遇蟒之變，悉謂其詞枝；家人搒掠殆遍，甲亦屢被敲楚。幸母日鬻田產，上下營救，刑輕得不死，而韓僕已瘐斃矣。韓久困囹圄，願助甲賂公子千金，哀求罷訟。公子不許。甲母又請益以二姬，但求姑存疑案，以待尋訪；妻又承叔母命，朝夕解免，公子乃許之。甲家綦貧，貨宅辦金，而急切不能得售，因先送姬來，乞其延緩。踰數日，公子夜坐齋中，素秋偕一媼，驀然忽入。公子駭問：「妹固無恙耶？」笑曰：「蟒變乃妹之小術耳。當夜竄入一秀才家，依於其母。彼自言識兄，今在門外，請入之也。」公子倒屣而出，燭之，非他，乃周生，宛平之名士也，素以聲氣相善。把臂入齋，款洽臻至。傾談既久，始知顛末。

初，素秋昧爽款生門，母納入，詰之，知為公子妹，便將馳報。素秋止之，因與母居。慧能解意，母悅之，以子無婦，竊屬意素秋，微言之。素秋以未奉兄命為辭。生亦以公子交契，故不肯作無媒之合，但頻頻偵聽。知訟事已有關說，素秋乃告母欲歸。母遣生率一媼送之，即囑媼為媒。公子以素秋居生家久，竊有心而未言也；及聞媼言，大喜，即與生面訂為好。先是，素秋夜歸，將使公子得金而後宣之；公子不可，曰：「向憤無所洩，故索金以敗之耳。今復見妹，萬金何能易哉！」即遣人告諸兩家，頓罷之。又念生家故不甚豐，道賒遠，親迎殊艱，因移生母來，居以恂九舊第；生亦備幣帛鼓樂，婚嫁成禮。一日，嫂戲素秋：「今得新婿，曩年枕席之愛，猶憶之否？」素秋微笑，因顧婢曰：「憶之否？」嫂不解，研問之，蓋三年牀笫，皆以婢代。每夕，以筆畫其兩眉，驅之去，即對燭獨坐，婿亦不之辨也。益奇之，求其術，但笑不言。次年大比，生將與公子偕往。素秋以為不必，公子強挽之而去。是科，公子薦於鄉，生落第歸，隱有退志。踰歲，母卒，遂不復言進取矣。

一日，素秋告嫂曰：「向求我術，固未肯以此駭物聽也。今將遠別行有日矣，請祕授之，亦可以避兵燹。」驚而問之。答云：「三年後，此處當無人煙。妾荏弱不堪驚恐，將蹈海濱而隱。大哥富貴中人，不可以偕，故言別也。」乃以術悉授嫂。數日，又告公子。留之不得，至於泣下。問：「往何所？」即亦不言。雞鳴早起，攜一白鬚奴，控雙衛而去。公子陰使人委送之，至膠萊之界，塵霧幛天，既晴，已迷所往。三年後，闖寇犯順，村舍為墟。韓夫人剪帛置門內，寇至，見雲繞韋馱高丈餘，遂駭走，以是得保無恙。後村中有賈客至海上，遇一叟甚似老奴，而髭髮盡黑，猝不敢認。叟停足而笑曰：「我家公子尚健耶？借口寄語：秋姑亦甚安樂。」問其居何里，曰：「遠矣，遠矣！」匆匆遂去。公子聞之，使人於所在遍訪之，竟無蹤迹。

異史氏曰：「管城子無食肉相，其來舊矣。初念甚明，而乃持之不堅。寧知糊眼主司，固衡命不衡文耶？一擊不中，冥然遂死，蠹魚之癡，一何可憐！傷哉雄飛，不如雌伏。」

賈奉雉

賈奉雉，平涼人。才名冠一時，而試輒不售。一日，途中遇一秀才，自言郎姓，風格灑然，談言微中。因邀俱歸，出課藝就正。郎讀罷，不甚稱許，曰：「足下文，小試取第一則有餘，闈場取榜尾亦不足。」賈曰：「奈何？」郎曰：「天下事，仰而跂之則難，俯而就之甚易，此何須鄙人言哉！」遂指一二人、一二篇以為標準，大率賈所鄙棄而不屑道者。聞之，笑曰：「學者立言，貴乎不朽，即味列八珍，當使天下不以為泰耳。如此獵取功名，雖登臺閣，猶為賤也。」郎曰：「不然。文章雖美，賤則弗傳。君欲抱卷以終也則已；不然，簾內諸官，皆以此等物事進身，恐不能因閱君文，另換一副眼睛肺腸也。」賈終嘿然。郎起而笑曰：「少年盛氣哉！」遂別而去。是秋入闈復落，邑邑不得志，頗思郎言，遂取前所指示者強讀之。未至終篇，昏昏欲睡，心惶惑無以自主。又三年，闈場將近，郎忽至，相見甚歡。因出所擬七題，使賈作文。越日，索文而閱，不以為可，又令復作；作已，又訾之。賈戲於落卷中，集其闒宂泛濫，不可告人之句，連綴成文，俟其來而示之。郎喜曰：「得之矣！」因使熟記，堅囑勿忘。賈笑曰：「實相告：此言不由中，轉瞬即去，便受夏楚，不能復憶之也。」郎坐案頭，強令自誦一過；因使袒背，以筆寫符而去，曰：「只此已足，可以束閣羣書矣。」驗其符，濯之不下，深入肌理。至場中，七題無一遺者。回思諸作，茫不記憶，惟戲綴之文，歷歷在心。然把筆終以為羞；欲少竄易，而顛倒苦思，竟不能復更一字。日已西墜，直錄而出。郎候之已久，問：「何暮也？」賈以實告，即求拭符；視之，已漫滅矣。再憶場中文，遂如隔世。大奇之。因問：「何不自謀？」笑曰：「某惟不作此等想，故不能讀此等文也。」遂約明日過諸其寓。賈諾之。郎既去，賈取文稿自閱之，大非本懷，怏怏不自得，不復訪郎，嗒喪而歸。未幾，榜發，竟中經魁。又閱舊稿，一讀一汗。讀竟，重衣盡溼。自言曰：「此文一出，何以見天下士矣！」方慚怍間，郎忽至曰：「求中即中矣，何其悶也？」

曰：「僕適自念，以金盆玉椀貯狗矢，真無顏出見同人。行將遁迹山林，與世長絕矣。」郎曰：「此亦大高，但恐不能耳。果能之，僕引見一人，長生可得，並千載之名，亦不足戀，況儻來之富貴乎！」賈悅，留與共宿，曰：「容某思之。」天明，謂郎曰：「予志決矣！」不告妻子，飄然遂去。

漸入深山，至一洞府，其中別有天地。有叟坐堂上，郎使參之，呼以師。叟曰：「來何早也？」郎曰：「此人道念已堅，望加收齒。」叟曰：「汝既來，須將此身並置度外，始得。」賈唯唯聽命。郎送至一院，安其寢處，又投以餌，始去。房亦精潔；但戶無扉，窗無櫺，內惟一几一榻。賈解履登榻，月明穿射矣。覺微饑，取餌啖之，甘而易飽。竊意郎當復來，坐久寂然，杳無聲響。但覺清香滿室，臟腑空明，脈絡皆可指數。忽聞有聲甚厲，似貓抓癢，自牖睨之，則虎蹲檐下。乍見，甚驚；因憶師言，即復收神凝坐。虎似知有其人，尋入近榻，氣咻咻，遍嗅足股。少頃，聞庭中嗥動，如雞受縛，虎即趨出。又坐少時，一美人入，蘭麝撲人，悄然登榻，附耳小言曰：「我來矣。」一言之間，口脂散馥。賈瞑然不少動。又低聲曰：「睡乎？」聲音頗類其妻，心微動。又念曰：「此皆師相試之幻術也。」瞑如故。美人笑曰：「鼠子動矣！」初，夫妻與婢同室，狎褻惟恐婢聞，私約一謎曰：「鼠子動，則相歡好。」忽聞是語，不覺大動，開目凝視，真其妻也。問：「何能來？」答云：「郎生恐君岑寂思歸，遣一嫗導我來。」言次，因賈出門不相告語，偎傍之際，頗有怨懟。賈慰藉良久，始得嬉笑為歡。既畢，夜已向晨，聞叟譙呵聲，漸近庭院。妻急起，無地自匿，遂越短牆而去。俄頃，郎從叟入。叟對賈杖郎，便令逐客。郎亦引賈自短牆出，曰：「僕望君奢，不免躁進；不圖情緣未斷，累受扑責。從此暫別，相見行有日矣。」指示歸途，拱手遂別。

賈俯視故村，故在目中。意妻弱步，必滯途間。疾趨里餘，已至家門，但見房垣零落，舊景全非，村中老幼，竟無一相識者，心始駭異。忽念劉、阮返自天臺，情景真似。不敢入門，於對戶憩坐。良久，有老翁曳杖出。賈揖之，問：「賈某家何所？」翁指其第曰：「此即是也。得無欲聞奇事耶？僕悉知之。相傳此公聞捷即遁；遁時，其子才七八歲。後至十四五歲，母忽大睡不醒。子在時，寒暑為之易衣；迨沒，兩孫窮踧，房舍拆毀，惟以木架苫覆蔽之。月前，夫人忽醒，屈指百餘年矣。遠近聞其異，皆來訪視，近日稍稀矣。」賈豁然頓悟，曰：「翁不知賈奉雉即某是也。」翁大駭，走報其家。時長孫已死；次孫祥，至五十餘矣。以賈年少，疑有詐偽。少間，夫人出，始識之。雙涕霪霪，呼與俱去。苦無屋宇，暫入孫舍。大小男婦，奔入盈側，皆其曾、玄，率陋劣少文。長孫婦吳氏，沽酒具藜藿；又使少子杲及婦，與己共室，除舍舍祖翁姑。賈入舍，煙埃兒溺，雜氣熏人。居數日，懊惋殊不可耐。兩孫家分供餐飲，調飪尤乖。里中以賈新歸，日日招飲；而夫人恆不得一飽。吳氏故士人女，頗嫻閨訓，承順不衰。祥家給奉漸疏，或嘑爾與之。賈怒，攜夫人去，設帳東里。每謂夫人曰：「吾甚悔此一返，而已無及矣。不得已，復理舊業，若心無愧恥，富貴不難致也。」居年餘，吳氏猶時饋餉，而祥父子絕迹矣。是歲，試入邑庠。邑令重其文，厚贈之，由此家稍裕。祥稍稍來近就之。賈喚入，計曩所耗費，出金償之，斥絕令去。遂買新第，移吳氏共居之。吳二子，長者留守舊業；次杲頗慧，使與門人輩共筆硯。賈自山中歸，心思益明澈。無何，連捷登進士第。又數年，以侍御出巡兩浙，聲名赫奕，歌舞樓臺，一時稱盛。賈為人鯁峭，不避權貴，朝中大僚，思中傷之。賈屢疏恬退，未蒙俞旨，未幾而禍作矣。

先是，祥六子皆無賴，賈雖擯斥不齒，然皆竊餘勢以作威福，橫占田宅，鄉人共患之。有某乙娶新婦，祥次子篡娶為妾。乙故狙詐，鄉人斂金助訟，以此聞於都。於是當道者交章攻賈。賈殊無以自剖，被收經年。祥及次子皆瘐死。賈奉旨充遼陽軍。時杲入泮已久，為人頗仁厚，有賢聲。夫人生一子，年十六，遂以囑杲，夫妻攜一僕一嫗而去。賈曰：「十餘年之富貴，曾不如一夢之久。今始知榮華之場，皆地獄境界，悔比劉晨、阮肇，多造一重孽案耳。」數日，抵海岸，遙見巨舟來，鼓樂殷作，虞候皆如天神。既近，舟中一人出，笑請侍御過舟少憩。賈見驚喜，踴身而過，押隸不敢禁。夫人急欲相從，而相去已遠，遂憤投海中。漂泊數步，見一人垂練於水，引救而去。隸命篙師盪舟，且追且號，但聞鼓聲如雷，與轟濤相間，瞬間遂杳。僕識其人，蓋郎生也。

異史氏曰：「世傳陳大士在闈中，書藝既成，吟誦數四，歎曰：『亦復誰人識得！』遂棄去更作，以故闈墨不及諸稿。賈生羞而遁去，此處有仙骨焉。乃再返人世，遂以口腹自貶，貧賤之中人甚矣哉！」

臙脂

東昌卞氏，業牛醫者，有女小字臙脂，才姿惠麗。父寶愛之，欲占鳳於清門，而世族鄙其寒賤，不屑締盟，以故及笄未字。對戶龔姓之妻王氏，佻脫善謔，女閨中談友也。一日，送至門，見一少年過，白服裙帽，丰采甚都。女意似動，秋波縈轉之。少年俯其首，趨而去。去既遠，女猶凝眺。王窺其意，戲之曰：「以娘子才貌，得配若人，庶可無憾。」女暈紅上頰，脈脈不作一語。王問：「識得此郎否？」答云：「不識。」王曰：「此南巷鄂秀才秋隼，故孝廉之子。妾向與同里，故識之。世間男子，無其溫婉。今衣素，以妻服未闋也。娘子如有意，當寄語使委冰焉。」女無言，王笑而去。數日無耗，心疑王氏未暇即往，又疑宦裔不肯俯拾。邑邑徘徊，縈念頗苦；漸廢飲食，寢疾惙頓。王氏適來省視，研詰病因。答言：「自亦不知。但爾日別後，即覺忽忽不快，延命假息，朝暮人也。」王小語曰：「我家男子，負販未歸，尚無人致聲鄂郎。芳體違和，非為此否？」女赬顏良久。王戲之曰：「果為此者，病已至是，尚何顧忌？先令夜來一聚，彼豈不肯可？」女歎息曰：「事至此，已不能羞。但渠不嫌寒賤，即遣媒來，疾當瘉；若私約，則斷斷不可！」王頷之，遂去。

王幼時與鄰生宿介通，既嫁，宿偵夫他出，輒尋舊好。是夜宿適來，因述女言為笑，戲囑致意鄂生。宿久知女美，聞之竊喜，幸其機之可乘也。將與婦謀，又恐其妒，乃假無心之詞，問女家閨闥甚悉。次夜，踰垣入，直達女所，以指叩窗。內問：「誰何？」答以：「鄂生。」女曰：「妾所以念君者，為百年，不為一夕。郎果愛妾，但宜速倩冰人；若言私合，不敢從命。」宿姑諾之，苦求一握纖腕為信。女不忍過拒，力疾啓扉。宿遽入，即抱求歡。女無力撐拒，仆地上，氣息不續。宿急曳之。女曰：「何來惡少，必非鄂郎；果是鄂郎，其人溫馴，知妾病由，當相憐恤，何遂狂暴若此！若復爾爾，便當嗚呼，品行虧損，兩無所益！」宿恐假迹敗露，不敢復強，但請後會。女以親迎為期。宿以為遠，又請之。女厭糾纏，約待病癒。宿求信物，女不許。宿捉足解繡履而去。女呼之返，曰：「身已許君，復何吝惜？但恐『畫虎成狗』，致貽污謗。今褻物已入君手，料不可反。君如負心，但有一死！」宿既出，又投宿王所。既臥，心不忘履，陰揣衣袂，竟已烏有。急起篝燈，振衣冥索。詰之，不應。疑婦藏匿，婦故笑以疑之。宿不能隱，實以情告。言已，遍燭門外，竟不可得。懊恨歸寢。竊幸深夜無人，遺落當猶在途也。早起尋之，亦復杳然。先是，巷中有毛大者，游手無籍。嘗挑王氏不得，知宿與洽，思掩執以脅之。是夜，過其門，推之未扃，潛入。方至窗下，踏一物，軟若絮帛，拾視，則巾裹女舄。伏聽之，聞宿自述甚悉，喜極，抽息而出。踰數夕，越牆入女家，門戶不悉，誤詣翁舍。翁窺窗，見男子，察其音迹，知為女來者。心忿怒，操刀直出。毛大駭，反走。方欲攀垣，而卞追已近，急無所逃，反身奪刃；媼起大呼，毛不得脫，因而殺之。女稍痊，聞喧始起。共燭之，翁腦裂不復能言，俄頃已絕。於牆下得繡履，媼視之，臙脂物也。逼女，女哭而實告之；但不忍貽累王氏，言鄂生之自至而已。

天明，訟於邑。邑宰拘鄂。鄂為人謹訥，年十九歲，見客羞澀如童子。被執，駭絕。上堂不知置詞，惟有戰慄。宰益信其情真，橫加梏械。書生不堪痛楚，以是誣服。既解郡，敲扑如邑。生冤氣填塞，每欲與女面質；及相遭，女輒詬詈，遂結舌不能自伸，由是論死。往來覆訊，經數官無異詞。後委濟南府覆審。時吳公南岱守濟南，一見鄂生，疑不類殺人者，陰使人從容私問之，俾盡得其詞。公以是益知鄂生冤。籌思數日，始鞫之。先問臙脂：「訂約後，有知者否？」答：「無之。」「遇鄂生時，別有人否？」亦答：「無之。」乃喚生上，溫語慰問。生自言：「曾過其門，但見舊鄰婦王氏同一少女出，某即趨避，過此並無一言。」吳公叱女曰：「適言側無他人，何以有鄰婦也？」欲刑之。女懼曰：「雖有王氏，與彼實無關涉。」公罷質，命拘王氏。數日已至，又禁不與女通，立刻出審，便問王：「殺人者誰？」王對：「不知。」公詐之曰：「臙脂供言殺卞某汝悉知之，胡得隱匿？」婦呼曰：「冤哉！淫婢自思男子，我雖有媒合之言，特戲之耳。

彼自引奸夫入院，我何知焉！」公細詰之，始述其前後相戲之詞。公呼女上，怒曰：「汝言彼不知情，今何以自供撮合哉？」女流涕曰：「自己不肖，致父慘死，訟結不知何年，又累他人，誠不忍耳。」公問王氏：「既戲後，曾語何人？」王供：「無之。」公怒曰：「夫妻在牀，應無不言者，何得云無？」王供：「丈夫久客未歸。」公曰：「雖然，凡戲人者，皆笑人之愚，以炫己之慧，更不向一人言，將誰欺？」命梏十指。婦不得已，實供：「曾與宿言。」公於是釋鄂拘宿。宿至，自供：「不知。」公曰：「宿妓者必非良士！」嚴械之。宿自供：「賺女是真。自失履後，未敢復往，殺人實不知情。」公怒曰：「踰牆者何所不至！」又械之。宿不任凌籍，遂以自承。招成報上，無不稱吳公之神。鐵案如山，宿遂延頸以待秋決矣。

然宿雖放縱無行，故東國名士。聞學使施公愚山賢能稱最，又憐才恤士之德，因以一詞控其冤枉，語言愴惻。公討其招供，反覆凝思之。拍案曰：「此生冤也！」遂請於院、司，移案再鞫。問宿生：「鞋遺何所？」供言：「忘之。但叩婦門時，猶在袖中。」轉詰王氏：「宿介之外，姦夫有幾？」供言：「無有。」公曰：「淫亂之人，豈得專私一人？」供言：「身與宿介，稚齒交合，故未能謝絕；後非無見挑者，身實未敢相從。」因使指其人以實之。供云：「同里毛大，屢挑而屢拒之矣。」公曰：「何忽貞白如此？」命搒之。婦頓首出血，力辨無有，乃釋之。又詰：「汝夫遠出，寧無有託故而來者？」曰：「有之，某甲、某乙，皆以借貸饋贈，曾一二次入小人家。」蓋甲、乙皆巷中游蕩之子，有心於婦而未發者也。公悉籍其名，並拘之。既集，公赴城隍廟，使盡伏案前。便謂：「曩夢神人相告，殺人者不出汝等四五人中。今對神明，不得有妄言。如肯自首，尚可原宥；虛者，廉得無赦！」同聲言無殺人之事。公以三木置地，將並夾之；括髮裸身，齊鳴冤苦。公命釋之。謂曰：「既不自招，當使鬼神指之。」使人以氈褥悉幛殿窗，令無少隙；袒諸囚背，驅入暗中，始授盆水，一一命自盥訖；繫諸壁下，戒令「面壁勿動。殺人者，當有神書其背」。少間，喚出驗視，指毛曰：「此真殺人賊也！」蓋公先使人以灰塗壁，又以煙煤濯其手：殺人者恐神來書，故匿背於壁而有灰色；臨出，以手護背，而有煙色也。公固疑是毛，至此益信。施以毒刑，盡吐其實。判曰：「宿介：蹈盆成括殺身之道，成登徒子好色之名。只緣兩小無猜，遂野鶩如家雞之戀；為因一言有漏，致得隴興望蜀之心。將仲子而踰園牆，便如鳥墮；冒劉郎而至洞口，竟賺門開。感帨驚尨，鼠有皮胡若此？攀花折樹，士無行其謂何！幸而聽病燕之嬌啼，猶為玉惜；憐弱柳之憔悴，未似鶯狂。而釋幺鳳於羅中，尚有文人之意；乃劫香盟於襪底，寧非無賴之尤！蝴蝶過牆，隔窗有耳；蓮花卸瓣，墮地無蹤。假中之假以生，冤外之冤誰信？天降禍起，酷械至於垂亡；自作孽盈，斷頭幾於不續。彼踰牆鑽隙，固有玷夫儒冠；而僵李代桃，誠難消其冤氣。是宜稍寬笞扑，折其已受之慘；姑降青衣，開其自新之路。若毛大者：刁猾無籍，市井凶徒。被鄰女之投梭，淫心不死；伺狂童之入巷，賊智忽生。開戶迎風，喜得履張生之迹；求漿值酒，妄思偷韓掾之香。何意魄奪自天，魂攝於鬼。浪乘槎木，直入廣寒之宮；逕泛漁舟，錯認桃源之路。遂使情火息焰，慾海生波。刀橫直前，投鼠無他顧之意；寇窮安往，急兔起反噬之心。越壁入人家，只期張有冠而李借；奪兵遺繡履，遂教魚脫網而鴻離。風流道乃生此惡魔，溫柔鄉何有此鬼蜮哉！即斷首領，以快人心。臙脂：身猶未字，歲已及笄。以月殿之仙人，自應有郎似玉；原霓裳之舊隊，何愁貯屋無金？而乃感關雎而念好逑，竟繞春婆之夢；怨摽梅而思吉士，遂離倩女之魂。為因一綫纏縈，致使羣魔交至。爭婦女之顏色，恐失『臙脂』；惹鷙鳥之紛飛，並托『秋隼』。蓮鉤摘去，難保一瓣之香；鐵限敲來，幾破連城之玉。嵌紅豆於骰子，相思骨竟作厲階；喪喬木於斧斤，可憎才真成禍水！葳蕤自守，幸白璧之無瑕；縲絏苦爭，喜錦衾之可覆。嘉其入門之拒，猶潔白之情人；遂其擲果之心，亦風流之雅事。仰彼邑令，作爾冰人。」案既結，遐邇傳頌焉。自吳公鞫後，女始知鄂生冤。堂下相遇，靦然含涕，似有痛惜之詞，而未可言也。生感其眷戀之情，愛慕殊切；而又念其出身微賤，且日登公堂，為千人所窺指，恐娶之為人姍笑，日夜縈迴，無以自主。判牒既下，意始安帖。邑宰為之委禽，送鼓吹焉。

異史氏曰：「甚哉！聽訟之不可以不慎也！縱能知李代為冤，誰復思桃僵亦屈？然事雖暗昧，必有其間，要非審思研察，不能得也。嗚呼！人皆服哲人之折獄明，而不知良工之用心苦矣。世之居民上者，棋局消日，紬被放衙，下情民艱，更不肯一勞方寸。至鼓動衙開，巍然高坐，彼嘵嘵者直以桎梏靜之，何怪覆盆之下多沈冤哉！」

愚山先生吾師也。方見知時，余猶童子。竊見其獎進士子，拳拳如恐不盡；小有冤抑，必委曲呵護之，曾不肯作威學校，以媚權要。真宣聖之護法，不只一代宗匠，衡文無屈士已也。而愛才如命，尤非後世學使虛應故事者所及。嘗有名士入場，作「寶藏興焉」文，誤記「水下」；錄畢而後悟之，料無不黜之理。作詞曰：「寶藏在山間，誤認卻在水邊。山頭蓋起水晶殿。瑚長峰尖，珠結樹顛。這一回崖中跌死撐船漢！告蒼天：留點蒂兒，好與友朋看。」先生閱文至此，和之曰：「寶藏將山誇，忽然見在水涯。樵夫漫說漁翁話。題目雖差，文字卻佳，怎肯放在他人下。嘗見他，登高怕險；那曾見，會水淹殺？」此亦風雅之一斑，憐才之一事也。

阿纖

奚山者，高密人。貿販為業，往往客蒙沂之間。一日，途中阻雨，及至所常宿處，而夜已深，遍叩肆門，無有應者。徘徊廡下。忽二扉豁開，一叟出，便納客入。山喜從之。縶蹇登堂，堂上迄無几榻。叟曰：「我憐客無歸，故相容納。我實非賣食沽飲者。家中無多手指，惟有老荊弱女，眠熟矣。雖有宿肴，苦少烹鬵，勿嫌冷啜也。」言已，便入。少頃，以足牀來，置地上，促客坐；又入，攜一短足几至：拔來報往，蹀躞甚勞。山起坐不自安，曳令暫息。

少間，一女郎出行酒。叟顧曰：「我家阿纖興矣。」視之，年十六七，窈窕秀弱，風致嫣然。山有少弟未婚，竊屬意焉。因詢叟清貫尊閥。答云：「士虛，姓古。子孫皆夭折，剩有此女。適不忍攪其酣睡，想老荊喚起矣。」問：「婿家阿誰？」答言：「未字。」山竊喜。既而品味雜陳，似所宿具。食已，致恭而言曰：「萍水之人，遂蒙寵惠，沒齒所不敢忘。緣翁盛德，乃敢遽陳朴魯：僕有幼弟三郎，十七歲矣。讀書肄業，頗不頑冥。欲求援繫，不嫌寒賤否？」叟喜曰：「老夫在此，亦是僑寓。倘得相託，便假一廬，移家而往，庶免懸念。」山都應之，遂起展謝。叟殷勤安置而去。雞既唱，叟已出，呼客盥沐。束裝已，酬以飯金。固辭曰：「留客一飯，萬無受金之理；矧附為婚姻乎？」既別，客月餘，乃返。去村里餘，遇老媼率一女郎，冠服盡素。既近，疑似阿纖。女郎亦頻轉顧，因把媼袂，附耳不知何辭。媼便停步，向山曰：「君奚姓耶？」山唯唯。媼慘然曰：「不幸老翁壓於敗堵，今將上墓。家虛無人，請少待路側，行即還也。」遂入林去，移時始來。途已昏冥，遂與偕行。道其孤弱，不覺哀啼；山亦酸惻。媼曰：「此處人情大不平善，孤孀難以過度。阿纖既為君家婦，過此恐遲時日，不如早夜同歸。」山可之。既至家，媼挑燈供客已，謂山曰：「意君將至，儲粟都已糶去；尚存廿餘石，遠莫致之。北去四五里，村中第一門，有談二泉者，是吾售主。君勿憚勞，先以尊乘運一囊去，叩門而告之，但道南村古姥有數石粟，糴作路用，煩驅蹄躈一致之也。」即以囊粟付山。山策蹇去，叩戶，一碩腹男子出，告以故，傾囊先歸。俄有兩夫以五騾至。媼引山至粟所，乃在窖中。山下為操量執概，母放女收，頃刻盈裝，付之以去。凡四返而粟始盡。既而以金授媼。媼留其一人二畜，治任遂東。行二十里，天始曙。至一市，市頭賃騎，談僕乃返。

既歸，山以情告父母。相見甚喜，即以別第館媼，卜吉為三郎完婚。媼治奩妝甚備。阿纖寡言少怒，或與語，但有微笑；晝夜績織無停晷：以是上下悉憐悅之。囑三郎曰：「寄語大伯：再過西道，勿言吾母子也。」居三四年，奚家益富，三郎入泮矣。

一日，山宿古之舊鄰，偶及曩年無歸，投宿翁媼之事。主人曰：「客誤矣。東鄰為阿伯別第，三年前，居者輒睹怪異，故空廢甚久，有何翁媼相留？」山訝之，而未深言。主人又曰：「此宅向空十年，無敢入者。一日，第後牆傾，伯往視之，則石壓巨鼠如貓，尾在外猶搖。急歸，呼眾共往，則已渺矣。羣疑是物為妖。後十餘日，復入試，寂無形聲；又年餘，始有居人。」山益奇之。歸家私語，竊疑新婦非人，陰為三郎慮；而三郎篤愛如常。久之，家人紛相猜議。女微察之，夜中語三郎曰：「妾從君數載，未嘗少失婦德；今置之不以人齒。請賜離婚書，聽君自擇良偶。」因泣下。三郎曰：「區區寸心，宜所夙知。自卿入門，家日益豐，咸以福澤歸卿，烏得有異言？」女曰：「君無二心，妾豈不知；但眾口紛紜，恐不免秋扇之捐。」三郎再四慰解，乃已。山終不釋，日求善撲之貓，以觀其意。女雖不懼，然蹙蹙不快。

一夕，謂媼小恙，辭三郎省侍之。天明，三郎往訊。則室已空矣。駭極，使人於四途蹤迹之，並無消息。中心營營，寢食都廢。而父兄皆以為幸，交慰藉之，將為續婚；而三郎殊不懌。俟之年餘，音問已絕；父兄輒相誚責，不得已，以重金買妾，然思阿纖不衰。

又數年，奚家日漸貧，由是咸憶阿纖。有叔弟嵐以故至膠，迂道宿表戚陸生家。夜聞鄰哭甚哀，未遑詰問。既返，復聞之，因問主人。答云：「數年前，有寡母孤女，僦居於是。月前姥死，女獨處，無一綫之親，是以哀耳。」問：「何姓？」曰：「姓古。嘗閉戶不與里社通，故未悉其家世。」嵐驚曰：「是吾嫂也！」因往款扉。有人揮涕出，隔扉問曰：「客何人？我家故無男子。」嵐隙窺而遙審之，果嫂，便曰：「嫂啓關，我是叔家阿遂。」女聞之，拔關納入，訴其孤苦，意悽慘悲懷。嵐曰：「三兄憶念頗苦，夫妻即有乖迕，何遂遠遁至此？」即欲賃輿同歸。女愴然曰：「我以人不齒數故，遂與母偕隱；今又返而依人，誰不加白眼？如欲復還，當與大兄分炊；不然，行乳藥求死耳！」嵐既歸，以告三郎。三郎星夜馳去。夫妻相見，各有涕洟。次日，告其屋主。屋主謝監生，窺女美，陰欲圖致為妾，數年不取屋值；頻風示媪，媪絕之。媪死，竊幸可媒，而三郎忽至。通計房租以留難之。三郎家故不豐，聞金多，頗有憂色。女言：「不妨。」引三郎視倉儲，約粟三十餘石，償租有餘。三郎喜，以告謝，謝不受粟，故索金。女歎曰：「此皆妾身之惡幛也！」遂以其情告三郎。三郎怒，將訟於邑。陸氏止之，為散粟於里黨，斂資償謝，以車送兩人歸。三郎實告父母，與兄析居。阿纖出私金，日建倉廩，而家中尚無儋石，共奇之。年餘驗視，則倉中盈矣。不數年，家中大富；而山苦貧。女請翁姑自養之；輒以金粟周兄，狃以為常。三郎喜曰：「卿可云不念舊惡矣。」女曰：「彼自愛弟耳。且非渠，妾何緣識三郎哉？」後亦無甚怪異。

瑞雲

瑞雲，杭之名妓，色藝無雙。年十四歲，其母蔡媼，將使出應客。瑞雲告曰：「此奴終身發軔之始，不可草草。價由母定，客則聽奴自擇之。」媼曰：「諾。」乃定價十五金，遂日見客。客求見者必以贄：贄厚者，接一弈，酬一畫；薄者，留一茶而已。瑞雲名譟已久，自此富商貴介，日接於門。餘杭賀生，才名夙著，而家僅中資。素仰瑞雲，固未敢擬同鴛夢，亦竭微贄，冀得一睹芳澤，竊恐其閱人既多，不以寒畯在意；及至相見一談，而款接殊殷。坐語良久，眉目含情。作詩贈生曰：「何事求漿者，藍橋叩曉關？有心尋玉杵，端只在人間。」生得之狂喜。更欲有言，忽小鬟來白「客至」，生倉猝遂別。既歸，吟玩詩詞，夢魂縈擾。過一二日，情不自已，修贄復往。瑞雲接見良歡。移坐近生，悄然謂：「能圖一宵之聚否？」生曰：「窮踧之士，惟有癡情可獻知己。一絲之贄，已竭綿薄。得近芳容，意願已足；若肌膚之親，何敢作此夢想。」瑞雲聞之，戚然不樂，相對遂無一語。生久坐不出，媼頻喚瑞雲以促之，生乃歸。心甚邑邑，思欲罄家以博一歡，而更盡而別，此情復何可耐？籌思及此，熱念都消，由是音息遂絕。瑞雲擇婿數月，更不得一當，媼頗恚，將強奪之而未發也。

一日，有秀才投贄，坐語少時，便起，以一指按女額曰：「可惜，可惜！」遂去。瑞雲送客返，共視額上有指印，黑如墨，濯之益真。過數日，墨痕漸闊；年餘，連顴徹準矣。見者輒笑，而車馬之迹以絕。媼斥去妝飾，使與婢輩伍。瑞雲又荏弱，不任驅使，日益憔悴。賀聞而過之，見蓬首廚下，醜狀類鬼。起首見生，面壁自隱。賀憐之，便與媼言，願贖作婦。媼許之。賀貨田傾裝，買之而歸。入門，牽衣攬涕，不敢以伉儷自居，願備妾媵，以俟來者。賀曰：「人生所重者知己：卿盛時猶能知我，我豈以衰故忘卿哉！」遂不復娶。聞者共姍笑之，而生情益篤。居年餘，偶至蘇，有和生與同主人，忽問：「杭有名妓瑞雲，近如何矣？」賀以「適人」對。又問：

「何人？」曰：「其人率與僕等。」和曰：「若能如君，可謂得人矣。不知價幾何許？」賀曰：「緣有奇疾，姑從賤售耳。不然，如僕者，何能於勾欄中買佳麗哉！」又問：「其人果能如君否？」賀以其問之異，因反詰之。和笑曰：「實不相欺：昔曾一覲其芳儀，甚惜其以絕世之姿，而流落不偶，故以小術晦其光而保其璞，留待憐才者之真鑑耳。」賀急問曰：「君能點之，亦能滌之否？」和笑曰：「烏得不能？但須其人一誠求耳！」賀起拜曰：「瑞雲之婿，即某是也。」和喜曰：「天下惟真才人為能多情，不以妍媸易念也。請從君歸，便贈一佳人。」遂與同返。

既至，賀將命酒。和止之曰：「先行吾法，當先令治具者有歡心也。」即令以盥器貯水，戟指而書之，曰：「濯之當癒。然須親出一謝醫人也。」賀笑捧而去，立俟瑞雲自靧之，隨手光潔，豔麗一如當年。夫婦共德之，同出展謝，而客已渺，遍覓之不得，意者其仙歟？

仇大娘

仇仲，晉人，忘其郡邑。值大亂，為寇俘去。二子福、祿俱幼；繼室邵氏，撫雙孤，遺業幸能溫飽。而歲屢祲，豪強者復凌藉之，遂至食息不保。仲叔尚廉利其嫁，屢勸駕，而邵氏矢志不搖。廉陰券於大姓，欲強奪之；關說已成，而他人不之知也。里人魏名夙狡獪，與仲家積不相能，事事思中傷之。因邵寡，偽造浮言以相敗辱。大姓聞之，惡其不德而止。久之，廉之陰謀與外之飛語，邵漸聞之，冤結胸懷，朝夕隕涕，四體漸以不仁，委身牀榻。福甫十六歲，因縫紉無人，遂急為畢姻。婦，姜秀才屺瞻之女，頗稱賢能，百事賴以經紀。由此用漸裕，乃使祿從師讀。

魏忌嫉之，而陽與善，頻招福飲，福倚為腹心交。魏乘間告曰：「尊堂病廢，不能理家人生產；弟坐食，一無所操作：賢夫婦何為作牛馬哉！且弟買婦，將大耗金錢。為君計，不如早析，則貧在弟而富在君也。」福歸，謀諸婦；婦咄之。奈魏日以微言相漸漬，福惑焉，直以己意告母。母怒，詬罵之。福益恚，輒視金粟為他人之物也者而委棄之。魏乘機誘與博賭，倉粟漸空，婦知而未敢言。既至糧絕，被母駭問，始以實告。母憤怒而無如何，遂析之。幸姜女賢，旦夕為母執炊，奉事一如平日。福既析，益無顧忌，大肆淫賭。數月間，田屋悉償戲債，而母與妻皆不知。福資既罄，無所為計，因券妻貸資，而苦無受者。邑人趙閻羅，原漏網之巨盜，武斷一鄉，固不畏福言之食，慨然假資。福持去，數日復空。意踟躕，將背券盟。趙橫目相加。福大懼，賺妻付之。魏聞竊喜，急奔告姜，實將傾敗仇也。姜怒，訟興。福懼甚，亡去。

姜女至趙家，始知為婿所賣，大哭，但欲覓死。趙初慰諭之，不聽；既而威逼之，益罵；大怒，鞭撻之，終不肯服。因拔笄自刺其喉，急救，已透食管，血溢出。趙急以帛束其項，猶冀從容而挫折焉。明日，拘牒已至，趙行行殊不置意。官驗女傷重，命笞之，隸相顧不敢用刑。官久聞其橫暴，至此益信，大怒，喚家人出，立斃之。姜遂舁女歸。自姜之訟也，邵氏始知福不肖狀，一號幾絕，冥然大漸。祿時年十五，煢煢無以自主。

先是，仲有前室女大娘，嫁於遠郡，性剛猛，每歸寧，饋贈不滿其志，輒迕父母，往往以憤去，仲以是怒惡之；又因道遠，遂數載不一存問。邵氏垂危，魏欲招之來而啓其爭。適有貿販者，與大娘同里，便託寄語大娘，且歆以家之可圖。數日，大娘果與少子至。入門，見幼弟侍病母，景象慘澹，不覺愴惻。因問弟福，祿備告之。大娘聞之，忿氣塞吭，曰：「家無成人，遂任人蹂躪至此！吾家田產，諸賊何得賺去！」因入廚下，爇火炊糜，先供母，而後呼弟及子共啖之。啖已，忿出，詣邑投狀，訟諸博徒。眾懼，斂金賂大娘。大娘受其金而仍訟之。邑令拘甲、乙等，各加杖責，田產殊置不問。大娘憤不已，率子赴郡。郡守最惡博者。大娘力陳孤苦，及諸惡局騙之狀，情詞慷慨。守為之動，判令邑宰追田給主；仍懲仇福，以儆不肖。既歸，邑宰奉令敲比，於是故產盡反。大娘時已久寡，乃遣少子歸，且囑從兄務業，勿得復來。大娘由此止母家，養母教弟，內外有條。母大慰，病漸瘥，家務悉委大娘。里中豪強，少見凌暴，輒握刃登門，侃侃爭論，罔不屈服。居年餘，田產日增。時市藥餌珍肴，饋遺姜女。又見祿漸長成，頻囑媒為之覓姻。魏告人曰：「仇家產業，悉屬大娘，恐將來不可復返矣。」人咸信之，故無肯與論婚者。

有范公子子文，家中名園，為晉第一。園中名花夾路，直通內室。或不知而誤入之，值公子私宴，怒執為盜，杖幾死。會清明，祿自塾中歸，魏引與游遨，遂至園所。魏故與園丁有舊，放令入，周歷亭榭。俄至一處，溪水洶湧，有畫橋朱檻，通一漆門；遙望門內，繁花如錦，蓋即公子內齋也。魏紿之曰：「君請先入，我適欲私焉。」祿信之，尋橋入戶，至一院落，聞女子笑聲。方停步間，一婢出，窺見之，旋踵即返。祿始駭奔。無何，公子出，叱家人綰索逐之。祿大窘，自投溪中。公子反怒為笑，命諸僕引出。見其容裳都雅，便令易其衣履，曳入一亭，詰其姓氏。藹容溫語，意甚親暱。俄趨入內；旋出，笑握祿手，過橋，漸達曩所。祿不解其意，逡巡不敢入。公子強曳之入，見花籬內隱隱有美人窺伺。既坐，則羣婢行酒。祿辭曰：「童子無知，誤踐閨闥，得蒙赦宥，已出非望。但願釋令早歸，受恩非淺。」公子不聽。俄頃，肴炙紛紜。祿又起，辭以醉飽，公子捺坐，笑曰：「僕有一樂拍名，若能對之，即放君行。」祿唯唯請教。公子云：「拍名『渾不似』。」祿默思良久，對曰：「銀成『沒奈何』。」公子大笑曰：「真石崇也！」祿殊不解。蓋公子有女名蕙娘，美而知書，日擇良偶。夜夢一人告之曰：「石崇，汝婿也。」問：「何在？」曰：「明日落水矣。」早告父母，共以為異。祿適符夢兆，故邀入內舍，使夫人女輩共觀之也。公子聞對而喜，乃曰：「拍名乃小女所擬，屢思而無其偶，今得屬對，亦有天緣。僕欲以息女奉箕帚；寒舍不乏第宅，更無煩親迎耳。」祿惶然遜謝，且以母病不能入贅為辭。公子姑令歸謀，遂遣圉人負溼衣，送之以馬。既歸告母，母驚為不祥。於是始知魏氏險；然因凶得吉，亦置不仇，但戒子遠絕而已。踰數日，公子又使人致意母，母終不敢應。大娘應之，即倩雙媒納采焉。未幾，祿贅入公子家。年餘游泮，才名籍甚。妻弟長成，敬少弛；祿怒，攜婦而歸，母已杖而能行。頻歲賴大娘經紀，第宅亦頗完好。新婦既歸，婢僕如雲，宛然有大家風焉。

魏又見絕，嫉妒益深，恨無瑕之可蹈，乃引旗下逃人誣祿寄資。國初立法最嚴，祿依令徙口外。范公子上下賄託，僅以蕙娘免行；田產盡沒入官。幸大娘執析產書，銳身告理，新增良沃如干頃，悉罣福名，母女始得安居。祿自分不返，遂書離婚字付岳家，伶仃自去。行數日，至都北，飯於旅肆。有丐子怔營戶外，貌絕類兄；近致訊詰，果兄。祿因自述，兄弟悲慘。祿解複衣，分數金，囑令歸。福泣受而別。祿至關外，寄將軍帳下為奴。因祿文弱，俾主文籍，與諸僕同棲止。僕輩研問家世，祿悉告之。內一人驚曰：「是吾兒也！」蓋仇仲初為寇家牧馬，後寇投誠，賣仲旗下，時從主屯關外。向祿緬述，始知真為父子，抱首悲哀，一室為之酸辛。已而憤曰：「何物逃東，遂詐吾兒！」因泣告將軍。將軍即命祿攝書記；函致親王，付仲詣都。仲伺車駕出，先投冤狀。親王為之婉轉，遂得昭雪，命地方官贖業歸仇。仲返，父子各喜。祿細問家口，為贖身計。乃知仲入旗下，兩易配而無所出，時方鰥居。祿遂治任返。初，福別弟歸，蒲伏自投。大娘奉母坐堂上，操杖問之：「汝願受扑責，便可姑留；不然，汝田產既盡，亦無汝噉飯之所，請仍去。」福涕泣伏地，願受笞。大娘投杖曰：「賣婦之人，亦不足懲。但宿案未消，再犯首官可耳。」即使人往告姜，姜女罵曰：「我是仇家何人，而相告耶！」大娘頻述告福而揶揄之，福慚愧不敢出氣。居半年，大娘雖給奉周備，而役同廝養。福操作無怨詞，託以金錢輒不苟。大娘察其無他，乃白母，求姜女復歸。母意其不可復挽。大娘曰：「不然。渠如肯事二主，楚毒豈肯自罹？要不能不有此忿耳。」遂率弟躬往負荊。岳父母誚讓良切。大娘叱使長跪，然後請見姜女。請之再四，堅避不出；大娘搜捉以出。女乃指福唾罵，福慚汗無地自容。姜母始曳令起。大娘請問歸期。女曰：「向受姊惠綦多，今承尊命，豈復敢有異言？但恐不能保其不再賣也！且恩義已絕，更何顏與黑心無賴子共生活哉？請別營一室，妾往奉事老母，較勝披削足矣。」大娘代白其悔，為翼日之約而別。次朝，以乘輿取歸，母逆於門而跪拜之。女伏地大哭。大娘勸止，置酒為歡，命福坐案側。乃執爵而言曰：「我苦爭者，非自利也。今弟悔過，貞婦復還，請以簿籍交納；我以一身來，仍以一身去耳。」夫婦皆興席改容，羅拜哀泣，大娘乃止。居無何，昭雪之命下，不數日，田宅悉還故主。魏大駭，不知其故，自恨無術可以復施。適西鄰有回祿之變，魏託救焚而往，暗以編菅爇祿弟，風又暴作，延燒幾盡；只餘福居兩三屋，舉家依聚其中。未幾祿至，相見悲喜。

初，范公子得離書，持商蕙娘。蕙娘痛哭，碎而投諸地。父從其志，不復強。祿歸，聞其未嫁，喜如岳所。公子如其災，欲留之；祿不可，遂辭而退。大娘幸有藏金，出葺敗堵。福負鍤營築，掘見窖鏹，夜與弟共發之，石洩盈丈，滿中皆不動尊也。由是鳩工大作，樓舍羣起，壯麗擬於世胄。祿感將軍義，備千金往贖父。福請行，因遣健僕輔之以去。祿乃迎蕙娘歸。未幾，父兄同歸，一門歡騰。大娘自居母家，禁子省視，恐人議其私也。父既歸，堅辭欲去。兄弟不忍。父乃析產而三之：子得二，女得一也。大娘固辭。兄弟皆泣曰：「吾等非姊，烏有今日！」大娘乃安之。遣人招子，移家共居焉。或問大娘：「異母兄弟，何遂關切如此？」大娘曰：「知有母而不知有父者，惟禽獸如此耳，豈以人而效之？」福、祿聞之皆流涕。使工人治其第，皆與己等。

魏自計十餘年，禍之而益福之，深自愧悔。又仰其富，思交歡之，因以賀仲階進，備物而往。福欲卻之；仲不忍拂，受雞酒焉。雞以布縷縛足，逸入竈；竈火燃布，往棲積薪，僮僕不察。俄而薪焚災舍，一家惶駭。幸手指眾多，一時撲滅，而廚中已百物俱空矣。兄弟皆謂其物不祥。後值父壽，魏復饋牽羊。卻之不得，繫羊庭樹。夜有僮被僕毆，忿趨樹下，解羊索自經死。兄弟歎曰：「其福之不如其禍之也！」自是魏雖殷勤，竟不敢受其寸縷，寧厚酬之而已。後魏老，貧而作丐，每周以布粟而德報之。

異史氏曰：「噫嘻！造物之殊不由人也！益仇之而益福之，彼機詐者無謂甚矣。顧受其愛敬，而反以得禍，不更奇哉？此可知盜泉之水，一掬亦污也。」

曹操冢

許城外有河水洶湧，近崖深黯。盛夏時，有人入浴，忽然若被刀斧，尸斷浮出；後一人亦如之。轉相驚怪。邑宰聞之，遣多人閘斷上流，竭其水。見崖下有深洞，中置轉輪，輪上排利刃如霜。去輪攻入，中有小碑，字皆漢篆。細視之，則曹孟德墓也。破棺散骨，所殉金寶，盡取之。

異史氏曰：「後賢詩云：『盡掘七十二疑冢，必有一冢葬君尸。』寧知竟在七十二冢之外乎？奸哉瞞也！然千餘年而朽骨不保，變詐亦復何益？嗚呼，瞞之智，正瞞之愚也！」

龍飛相公

安慶戴生，少薄行，無檢幅。一日，自他醉歸，途中遇故表兄季生。醉後昏眊，亦忘其死，問：「向在何所？」季曰：「僕已異物，君忘之耶？」戴始恍然，而醉亦不懼。問：「冥間何作？」答云：「近在轉輪王殿下司錄。」戴曰：「人世禍福，當必知之？」季曰：「此僕職也，烏得不知。但過煩，非甚關切，不能盡記耳。三日前偶稽冊，尚睹君名。」戴急問其何詞。季曰：「不敢相欺，尊名在黑暗獄中。」戴大懼，酒亦醒，苦求拯拔。季曰：「此非所能效力，惟善可以已之。然君惡籍盈指，非大善不可復挽。窮秀才有何大力？即日行一善，非年餘不能相準，今已晚矣。但從此砥行，則地獄或有出時。」戴聞之泣下，伏地哀懇；及仰首而季已杳矣，悒悒而歸。由此洗心改行，不敢差跌。先是，戴私其鄰婦，鄰人聞之而不肯發，思掩執之。而戴自改行，永與婦絕；鄰人伺之不得，以為恨。

一日，遇於田間，陽與語，紿窺眢井，因而墮之。井深數丈，計必死。而戴中夜蘇，坐井中大號，殊無知者。鄰人恐其復生，過宿往聽之；聞其聲，急投石。戴移避洞中，不敢復作聲。鄰人知其不死，劚土填井，幾滿之。洞中冥黑，真與地獄無異。空洞無所得食，計無生理。蒲伏漸入，則三步外皆水，無所復之，還坐故處。初覺腹餒，久竟忘之。因思重泉下無善可行，惟長宣佛號而已。既見燐火浮游，熒熒滿洞，因而祝之：「聞青燐悉為冤鬼；我雖暫生，固亦難返，如可共話，亦慰寂寞。」但見諸燐漸浮水來，燐中皆有一人，高約人身之半。詰所自來，答云：「此古煤井。主人攻煤，震動古墓，被龍飛相公決地海之水，溺死四十三人。我等皆其鬼也。」問：「相公何人？」曰：「不知也。但相公文學士，今為城隍幕客，彼亦憐我等無辜，三五日輒一施水粥。要我輩冷水浸骨，超拔無日。君倘再履人世，祈撈殘骨葬一義冢，則惠及泉下者多矣。」戴曰：「如有萬分之一，此即何難。但深在九地，安望重睹天日乎！」因教諸鬼使念佛，捻塊代珠，記其藏數。不知時之昏曉：倦則眠，醒則坐而已。忽見深處有籠燈，眾喜曰：「龍飛相公施食矣！」邀戴同往。戴慮水沮，眾強扶曳以行，飄若履虛。曲折半里許，至一處，眾釋令自行；步益上，如升數仞之階。階盡，睹房廊，堂上燒明燭一枝，大如臂。戴久不見火光，喜極趨上。上坐一叟，儒服儒巾。戴輟步不敢前。叟已睹見，訝問：「生人何來？」戴上，伏地自陳。叟曰：「我子孫也。」因令起，賜之坐。自言：「戴潛，字龍飛。曩因不肖孫堂，連結匪類，近墓作井，使老夫不安於夜室，故以海水沒之。今其後續如何矣？」蓋戴近宗凡五支，堂居長。初，邑中大姓賂堂，攻煤於其祖塋之側。諸弟畏其強，莫敢爭。無何，地水暴至，採煤人盡死井中。諸死者家，羣興大訟，堂及大姓皆以此貧；堂子孫至無立錐。戴乃堂弟裔也。曾聞先人傳其事，因告翁。翁曰：「此等不肖，其後烏得昌！汝既來此，當毋廢讀。」因餉以酒饌，遂置卷案頭，皆成、洪制藝，迫使研讀。又命題課文，如師授徒。堂上燭常明，不翦亦不滅。倦時輒眠，莫辨晨夕。翁時出，則以一僮給役。歷時覺有數年之久，然幸無苦。但無別書可讀，惟制藝百首，首四千餘遍矣。翁一日謂曰：「子孽報已滿，合還人世。余冢鄰煤洞，陰風刺骨，得志後，當遷我於東原。」戴敬諾。翁乃喚集羣鬼，仍送至舊坐處。羣鬼羅拜再囑。戴亦不知何計可出。

先是，家中失戴，搜訪既窮，母告官，係縲多人，並少蹤緒。積三四年，官離任，緝察亦弛。戴妻不安於室，遣嫁去。會里中人復治舊井，入洞見戴，撫之未死。大駭，報諸其家。舁歸經日，始能言其底裏。自戴入井，鄰人毆殺其婦，為婦翁所訟，駁審年餘，僅存皮骨而歸。聞戴復生，大懼，亡去。宗人議究治之。戴不許；且謂曩時實所自取，此冥中之譴，於彼何與焉。鄰人察其意無他，始逡巡而歸。井水既涸，戴買人入洞拾骨，俾各為具，市棺設地，葬叢冢焉。又稽宗譜名潛，字龍飛，先設品物，祭諸其家。學使聞其異，又賞其文，是科以優等入闈，遂捷於鄉。既歸，營兆東原，遷龍飛厚葬之；春秋上墓，歲歲不衰。

異史氏曰：「余鄉有攻煤者，洞沒於水，十餘人沈溺其中。竭水求尸，兩月餘始得涸，而十餘人並無死者。蓋水大至時，共泅高處，得不溺。縋而上之，見風始絕，一晝夜乃漸蘇。始知人在地下，如蛇鳥之蟄，急切未能死也。然未有至數年者。苟非至善，三年地獄中，烏復有生人哉！」

珊瑚

安生大成，重慶人。父孝廉，早卒。弟二成，幼。生娶陳氏，小字珊瑚，性嫻淑。而生母沈，悍謬不仁，遇之虐，珊瑚無怨色。每早旦，靚妝往朝。值生疾，母謂其誨淫，詬責之。珊瑚退，毀妝以進。母益怒，投顙自撾。生素孝，鞭婦，母始少解。自此益憎婦。婦雖奉事惟謹，終不與交一語。生知母怒，亦寄宿他所，示與婦絕。久之，母終不快，觸物類而罵之，意皆在珊瑚。生曰：「娶妻以奉姑嫜，今若此，何以妻為！」遂出珊瑚，使老嫗送諸其家。方出里門，珊瑚泣曰：「為女子不能作婦，歸何以見雙親？不如死！」袖中出翦刀刺喉。急救之，血溢沾衿。扶歸生族嬸家。嬸王氏，寡居無偶，遂止焉。嫗歸，生囑隱其情，而心竊恐母知。過數日，探知珊瑚創漸平，登王氏門，使勿留珊瑚。王召之入；不入，但盛氣逐珊瑚。無何，王率珊瑚出，見生，便問：「珊瑚何罪？」生責其不能事母。珊瑚脈脈不作一語，惟俯首嗚泣，淚皆赤，素衫盡染；生慘惻不能盡詞而退。又數日，母已聞之，怒詣王，惡言誚讓。王傲不相下，反數其惡；且言：「婦已出，尚屬安家何人？我自留陳氏女，非留安氏婦也，何煩強與他家事！」母怒甚而窮於詞，又見其意氣洶洶，慚沮大哭而返。珊瑚意不自安，思他適。先是，生有母姨于媼，即沈姊也。年六十餘，子死，只一幼孫及寡媳；又嘗善視珊瑚。遂辭王往投媼。媼詰得故，極道妹子昏暴，即欲送之還。珊瑚力言其不可，兼囑勿言，於是與于媼居，類姑婦焉。珊瑚有兩兄，聞而憐之，欲移之歸而嫁之。珊瑚執不肯，惟從于媼紡績以自度。

生自出婦，母多方為生謀婚，而悍聲流播，遠近無與為偶。積三四年，二成漸長，遂先為畢姻。二成妻臧姑，驕悍戾沓，尤倍於母。母或怒以色，則臧姑怒以聲。二成又懦，不敢為左右袒。於是母威頓減，莫敢攖，反望色笑而承迎之，猶不能得臧姑歡。臧姑役母若婢；生不敢言，惟身代母操作，滌器汛掃之事皆與焉。母子恆於無人處，相對飲泣。無何，母以鬱積病，委頓在牀，便溺轉側皆須生；生晝夜不得寐，兩目盡赤。呼弟代役，甫入門，臧姑輒喚去之。生於是奔告于媼，冀媼臨存。入門，泣且訴；訴未畢，珊瑚自幃中出。生大慚，禁聲欲出。珊瑚以兩手叉扉。生窘急，自肘下沖出而歸，亦不敢以告母。無何，于媼至，母喜止之。由此媼家無日不有人來，來輒以甘旨餉媼。媼寄語寡媳：「此處不餓，後勿復爾。」而家中饋遺，卒無少間。媼不肯少嘗食，緘留以進病者。母病亦漸瘥。媼幼孫又以母命將佳餌來問疾。沈歎曰：「賢哉婦乎！姊何修者！」媼曰：「妹以去婦何如人？」曰：「嘻！誠不至夫己氏之甚也！然烏如甥婦賢。」媼曰：「婦在，汝不知勞；汝怒，婦不知怨：惡乎弗如？」沈乃泣下，且告之悔，曰：「珊瑚嫁也未者？」答云：「不知，請訪之。」又數日，病良已。媼欲別。沈泣曰：「恐姊去，我仍死耳！」媼乃與生謀，析二成居。二成告臧姑。臧姑不樂，語侵兄，兼及媼。生願以良田悉歸二成，臧姑乃喜。立析產書已，媼始去。明日，以車乘來迎沈。沈至其家，先求見甥婦，極道甥婦德。媼曰：「小女子百善，何遂無一疵？余固能容之。子即有婦如吾婦，恐亦不能享也。」沈曰：「嗚呼冤哉！謂我木石鹿豕耶！具有口鼻，豈有觸香臭而不知者？」媼曰：「被出如珊瑚，不知念子作何語？」曰：「罵之耳。」媼曰：「誠反躬無可罵，亦惡乎而罵之？」曰：「瑕疵人所時有，惟其不能賢，是以知其罵也。」媼曰：「當怨者不怨，則德焉者可知；當去者不去，則撫焉者可知。向之所饋遺而奉事者，固非予婦也，爾婦也。」沈驚曰：「如何？」曰：「珊瑚寄此久矣。向之所供，皆渠夜績之所貽也。」沈聞之，泣數行下，曰：「我何以見吾婦矣！」媼乃呼珊瑚。珊瑚含涕而出，伏地下。母慚痛自撾，媼力勸始止，遂為姑媳如初。

十餘日偕歸，家中薄田數畝，不足自給，惟恃生以筆耕，婦以針黹。二成稱饒足，然兄不之求，弟亦不之顧也。臧姑以嫂之出也鄙之；嫂亦惡其悍，置不齒。兄弟隔院居。臧姑時有凌虐，一家盡掩其耳。臧姑無所用虐，虐夫及婢。婢一日自經死。婢父訟臧姑，二成代婦質理，大受扑責，仍坐拘臧姑。生上下為之營脫，卒不免。臧姑械十指，肉盡脫。官貪暴，索望良奢。二成質田貸資，如數納入，始釋歸。而債家責負日亟，不得已，悉以良田鬻於村中任翁。翁以田半屬大成所讓，要生署券。生往，翁忽自言：「我安孝廉也。任某何人，敢市吾業！」又顧生曰：「冥間感汝夫妻孝，故使我暫歸一面。」生出涕曰：「父有靈，急救吾弟！」曰：「逆子悍婦，不足惜也！歸家速辦金，贖吾血產。」生曰：「母子僅自存活，安得多金？」曰：「紫薇樹下有藏金，可以取用。」欲再問之，翁已不語；少時而醒，茫不自知。生歸告母，亦未深信。臧姑已率數人往發窖，坎地四五尺，只見磚石，並無所謂金者，失意而去。生聞其掘藏，戒母及妻勿往視。後知其無所獲，母竊往窺之，見磚石雜土中，遂返。珊瑚繼至，則見土內悉白鏹；呼生往驗之，果然。生以先人所遺，不忍私，召二成均分之。數適得揭取之二，各囊之而歸。二成與臧姑共驗之，啓囊則瓦礫滿中，大駭。疑二成為兄所愚，使二成往窺兄，兄方陳金几上，與母相慶。因實告兄，生亦駭，而心甚憐之，舉金而並賜之。二成乃喜，往酬債訖，甚德兄。臧姑曰：「即此益知兄詐。若非自愧於心，誰肯以瓜分者復讓人乎？」二成疑信半之。次日，債主遣僕來，言所償皆偽金，將執以首官。夫妻皆失色。臧姑曰：「如何哉！我固謂兄賢不至於此，是將以殺汝也！」二成懼，往哀債主，主怒不釋。二成乃券田於主，聽其自售，始得原金而歸。細視之，見斷金二鋌，僅裹真金一韭葉許，中盡銅耳。臧姑因與二成謀：留其斷者，餘仍反諸兄以觀之。且教之言曰：「屢承讓德，實所不忍。薄留二鋌，以見推施之義。所存物產，尚與兄等。余無庸多田也，業已棄之，贖否在兄。」生不知其意，固讓之。二成辭甚決，生乃受。秤之，少五兩餘，命珊瑚質匳妝以滿其數，攜付債主。主疑似舊金，以翦刀斷驗之，紋色俱足，無少差謬，遂收金，與生易券。二成還金後，意其必有參差；既聞舊業已贖，大奇之。臧姑疑發掘時，兄先隱其真金，忿詣兄所，責數詬厲。生乃悟返金之故。珊瑚逆而笑曰：「產固在耳，何怒為！」使生出券付之。二成一夜夢父責之曰：「汝不孝不弟，冥限已迫，寸土皆非己有，占賴將以奚為！」醒告臧姑，欲以田歸兄。臧姑嗤其愚。是時二成有兩男，長七歲，次三歲。無何，長男病痘死。臧姑始懼，使二成退券於兄。言之再三，生不受。未幾，次男又死。臧姑益懼，自以券置嫂所。春將盡，田蕪穢不耕，生不得已，種治之。臧姑自此改行，定省如孝子；敬嫂亦至。未半年而母病卒。臧姑哭之慟，至勺飲不入口。向人曰：「姑早死，使我不得事，是天不許我自贖也！」產十胎皆不育，遂以兄子為子。夫妻皆壽終。生三子，舉兩進士。人以為孝友之報云。

異史氏曰：「不遭跋扈之惡，不知靖獻之忠，家與國有同情哉。逆婦化而母死，蓋一堂孝順，無德以戡之也。臧姑自克，謂天不許其自贖，非悟道者何能為此言乎？然應迫死，而以壽終，天固已恕之矣。生於憂患，有以矣夫！」

五通

南有五通，猶北之有狐也。然北方狐祟，尚百計驅遣之；至於江浙五通，民家有美婦，輒被淫占，父母兄弟，皆莫敢息，為害尤烈。有趙弘者，吳之典商也。妻閻氏，頗風格。一夜，有丈夫岸然自外入，按劍四顧，婢媼盡奔。閻欲出，丈夫橫阻之，曰：「勿相畏，我五通神四郎也。我愛汝，不為汝禍。」因抱腰舉之，如舉嬰兒，置牀上，裙帶自脫，遂狎之。而偉岸甚不可堪，迷惘中呻楚欲絕。四郎亦憐惜不盡其器。既而下牀，曰：「我五日當復來。」乃去。弘於門外設典肆，是夜婢奔告之。弘知其五通，不敢問。質明，視妻憊不起，心甚羞之，戒家人勿播。婦三四日始就平復，而懼其復至。婢媼不敢宿內室，悉避外舍；惟婦對燭含愁以伺之。無何，四郎偕兩人入，皆少年蘊藉。有僮列肴酒，與婦共飲。婦羞縮低頭，強之飲亦不飲；心惕惕然，恐更番為淫，則命合盡矣。三人互相勸酬，或呼大兄，或呼三弟。飲至中夜，上坐二客並起，曰：「今日四郎以美人見招，會當邀二郎、五郎釀酒為賀。」遂辭而去。四郎挽婦入幃，婦哀免；四郎強合之，血液流離，昏不知人，四郎始去。婦奄臥牀榻，不勝羞憤，思欲自盡，而投繯則帶自絕，屢試皆然，苦不得死。幸四郎不常至，約婦痊可始一來。積兩三月，一家俱不聊生。

有會稽萬生者，趙之表弟，剛猛善射。一日，過趙，時已暮，趙以客舍為家人所集，遂導客宿內院。萬久不寐，聞庭中有人行聲，伏窗窺之，見一男子入婦室。疑之，捉刀而潛視之，見男子與閻氏並肩坐，肴陳几上矣。忿火中騰，奔而入。男子驚起，急覓劍；刀已中顱，顱裂而踣。視之，則一小馬，大如驢。愕問婦；婦具道之。且曰：「諸神將至，為之奈何！」萬搖手，禁勿聲。滅燭取弓矢，伏暗中。未幾，有四五人自空飛墮，萬急發一矢，首者殪。三人吼怒，拔劍搜射者。萬握刃倚扉後，寂不少動。一人入，剁頸亦殪。仍倚扉後，久之無聲，乃出，叩關告趙。趙大驚，共燭之，一馬兩豬死室中。舉家相慶。猶恐二物復仇，留萬於家，炰豬烹馬而供之；味美，異於常饈。萬生之名，由是大譟。居月餘，其怪竟絕，乃辭欲去。有木商某苦要之。先是，某有女未嫁，忽五通晝降，是二十餘美丈夫，言將聘作婦，委金百兩，約吉期而去。計期已迫，闔家惶懼。聞萬生名，堅請過諸其家。恐萬有難詞，隱其情不以告。盛筵既罷，妝女出拜客，年十六七，是好女子。萬錯愕不解其故，離坐傴僂，某捺坐而實告之。萬初聞而驚；而生平意氣自豪，故亦不辭。至日，某仍懸采於門，使萬坐室中。日昃不至，竊意新郎已在誅數。未幾，見簷間忽如鳥墜，則一少年盛服入。見萬，返身而奔。萬追出，但見黑氣欲飛，以刀躍揮之，斷其一足，大嗥而去。俯視，則巨爪大如手，不知何物；尋其血迹，入於江中。某大喜，聞萬無偶，是夕即以所備牀寢，使與女合巹焉。於是素患五通者，皆拜請一宿其家。居年餘，始攜妻而去。自是吳中只有一通，不敢公然為害矣。

異史氏曰：「五通、青蛙，惑俗已久，遂至任其淫亂，無人敢私議一語。萬生真天下之快人也！」

又

金生，字王孫，蘇州人。設帳於淮，館搢紳園中。園中屋宇無多，花木叢雜。夜既深，僮僕散盡，孤影徬徨，意緒良苦。

一夜，三漏將殘，忽有人以指彈扉。急問之，對以「乞火」，音類館童。啓戶納之，則二八佳麗，一婢從諸其後。生意妖魅，窮詰甚悉。女曰：「妾以君風雅之士，枯寂可憐，不畏多露，相與遣此良宵。恐言其故，妾不敢來，君亦不敢納也。」生又疑為鄰之奔女，懼喪行檢，敬謝之。女橫波一顧，生覺神魂都迷，忽顛倒不能自主。婢已知之，便云：「霞姑，我且去。」女頷之。既而呵曰：「去則去耳，甚得雲耶、霞耶！」婢既去，女笑曰：「適室中無人，遂偕婢從來。無知如此，遂以小字令君聞矣。」生曰：「卿深細如此，故僕懼有禍機。」女曰：「久當自知，保不敗君行止，勿憂也。」上榻緩其裝束，見臂上腕釧，以條金貫火齊，啣雙明珠；燭既滅，光照一室。生益駭，終莫測其所自至。事甫畢，婢來叩窗；女起，以釧照逕，入叢樹而去。自此無夕不至。生於女去時遙尾之；女似已覺，遽蔽其光，樹濃茂，昏不見掌而返。

一日，生詣河北，笠帶斷絕，風吹欲落，輒於馬上以手自按。至河，坐扁舟上，飄風墮笠，隨波竟去。意頗自失。既渡，見大風飄笠，團轉空際，漸落；以手承之，則帶已續矣。異之。歸齋向女緬述；女不言，但微哂之。生疑女所為，曰：「卿果神人，當相明告，以祛煩惑。」女曰：「岑寂之中，得此癡情人為君破悶，妾自謂不惡。縱令妾能為此，亦相愛耳，苦致詰難，欲見絕耶？」生不敢復言。先是，生有甥女，既嫁，為五通所惑，心憂之而未以告人。緣與女狎暱既久，肺鬲無不傾吐。女曰：「此等物事，家君能驅除之。顧何敢以情人之私告諸嚴君？」生苦哀求計。女沈思曰：「此亦易除，但須親往。若輩皆我家奴隸，若令一指得著肌膚，則此恥西江不能濯也。」生哀求無已。女曰：「當即圖之。」次夕至，告曰：「妾為君遣婢南下矣。婢子弱，恐不能便誅卻耳。」次夜方寢，婢來叩戶。生急起納入。女問：「何如？」答曰：「力不能擒，已宮之矣。」笑問其狀。曰：「初以為郎家也；既到，始知其非。比至婿家，燈火已張，入見娘子坐燈下，隱几若寐。我斂魂覆瓿中。少時，物至，入室急退，曰：『何得寓生人！』審視無他，乃復入。我陽若迷。彼啓衾入，又驚曰：『何得有兵氣！』本不欲以穢物污指，奈恐緩而生變，遂急捉而閹之。物驚嗥遁去。乃起啓瓿，娘子若醒，而婢子行矣。」生喜謝之，女與俱去。後半月餘，女不復至，亦已絕望。

歲暮，解館欲歸，女忽至。生喜逆之，曰：「卿久見棄，念必有獲罪處；幸不終絕耶？」女曰：「終歲之好，分手未有一言，終屬缺事。聞君捲帳，故竊來一告別耳。」生請偕歸。女歎曰：「難言之矣！今將別，情不忍昧：妾實金龍大王之女，緣與君有宿分，故來相就。不合遣婢江南，致江湖流傳，言妾為君閹割五通。家君聞之，以為大辱，忿欲賜死。幸婢以身自任，怒乃稍解；杖婢以百數。妾一跬步，皆以保姆從之。投隙一至，不能盡此衷曲，奈何！」言已，欲別，生挽之而泣。女曰：「君勿爾，後三十年可復相聚。」生曰：「僕年三十矣；又三十年，皤然一老，何顏復見？」女曰：「不然，龍宮無白叟也。且人生壽夭，不在容貌，如徒求駐顏，固亦大易。」乃書一方於卷頭而去。生旋里，甥女始言其異，云：「當晚若夢，覺一人捉予塞盎中；既醒，則血殷牀褥，而怪絕矣。」生曰：「我曩禱河伯耳。」羣疑始解。後生六十餘，貌猶類三十許人。一日，渡河，遙見上流浮蓮葉，大如席，一麗人坐其上，近視，則神女也。躍從之，人隨荷葉俱小，漸漸如錢而滅。此事與趙弘一則，俱明季事，不知孰前孰後。若在萬生用武之後，則吳下僅遺半通，宜其不足為害也。

申氏

涇河之側，有士人子申氏者，家窶貧，竟日恆不舉火。夫妻相對，無以為計。妻曰：「無已，子其盜乎！」申曰：「士人子，不能亢宗，而辱門戶、羞先人，跖而生，不如夷而死！」妻忿曰：「子欲活而惡辱耶？世不田而食者，只兩途：汝既不能盜，我無寧娼乎！」申怒，與妻語相侵。妻含憤而眠。申念：為男子不能謀兩餐，至使妻欲娼，固不如死！潛起，投繯庭樹間。但見父來，驚曰：「癡兒，何至於此！」斷其繩，囑曰：「盜可以為，須擇禾黍深處伏之。此行可富，無庸再矣。」妻聞墮地聲，驚寤；呼夫不應；爇火覓之，見樹上繯絕，申死其下。大駭。撫捺之，移時而蘇，扶臥牀上。妻忿氣少平。既明，託夫病，乞鄰得稀酏餌申。申啜已，出而去。至午，負一囊米至。妻問所從來。曰：「余父執皆世家，向以搖尾為羞，故不屑以相求也。古人云：『不遭者可無不為。』今日將作盜，何顧焉！可速炊，我將從卿言，往行劫。」妻疑其未忘前言之忿，含忍之。因淅米作糜。申飽食訖，急尋堅木，斧作梃，持之欲出。妻察其意似真，曳而止之。申曰：「子教我為，事敗相累，當無悔！」絕裾而去。

日暮，抵鄰村，違村里許伏焉。忽暴雨，上下淋溼。遙望濃樹，將以投止。而電光一照，已近村垣。遠處似有行人，恐為所窺，見垣下禾黍蒙密，疾趨而入，蹲避其中。無何，一男子來，軀甚壯偉，亦投禾中。申懼，不敢少動。幸男子斜行去。微窺之，入於垣中。默意垣內為富室亢氏第，此必梁上君子，俟其重獲而出，當合有分。又念：其人雄健，倘善取不予，必至用武。自度力不敵，不如乘其無備而顛之。計已定，伏伺良耑。直將雞鳴，始越垣出。足未及地，申暴起，梃中腰膂，踣然傾跌，則一巨龜，喙張如盆。大驚，又連擊之，遂斃。先是，亢翁有女，絕惠美，父母皆憐愛之。一夜，有丈夫入室，狎逼為歡。欲號，則舌已入口，昏不知人，聽其所為而去。羞以告人，惟多集婢媼，嚴扃門戶而已。夜既寢，更不知扉何自而開；入室，則羣眾皆迷，婢媼遍淫之。於是相告各駭，以告翁；翁戒家人操兵環繡闥，室中人燭而坐。約近夜半，內外人一時都瞑，忽若夢醒，見女白身臥，狀類癡，良久始寤。翁甚恨之，而無如何。積數月，女柴瘠頗殆。每語人：「有能驅遣者，謝金三百。」申平時亦悉聞之。是夜得龜，因悟祟翁女者，必是物也。遂叩門求賞。翁喜，延之上座，使人舁龜於庭，臠割之。留申過夜，其怪果絕。乃如數贈之，負金而歸。妻以其隔宿不還，方切憂盼；見申入，急問之。申不言，以金置榻上。妻開視，幾駭絕，曰：「子真為盜耶！」申曰：「汝逼我為此，又作是言！」妻泣曰：「前特以相戲耳。今犯斷頭之罪，我不能受賊人累也！請先死！」乃奔。申逐出，笑曳而返之，具以實告，妻乃喜。自此謀生產，稱素封焉。

異史氏曰：「人不患貧，患無行耳。其行端者，雖餓不死；不為人憐，亦有鬼祐也。世之貧者，利所在忘義，食所在忘恥，人且不敢以一文相託，而何以見諒於鬼神乎！」

邑有貧民某乙，殘臘向盡，身無完衣。自念：何以卒歲？不敢與妻言，暗操白梃，出伏墓中，冀有孤身而過者，劫其所有。懸望甚苦，渺無人迹；而松風刺骨，不復可耐。意瀕絕矣，忽一人傴僂來。心竊喜，持梃遽出。則一叟負囊道左，哀曰：「一身實無長物。家絕食，適於婿家乞得五升米耳。」乙奪米，復欲褫其絮襖。叟苦哀之。乙憐其老，釋之，負米而歸。妻詰其自，詭以「賭債」對。陰念此策良佳。次夜復往。居無幾時，見一人荷梃來，亦投墓中，蹲居眺望，意似同道。乙乃逡巡自冢後出。其人驚問：「誰何？」答云：「行道者。」問：「何不行？」曰：「待君耳。」其人失笑。各以意會，並道饑寒之苦。夜既深，無所獵獲。乙欲歸。其人曰：「子雖作此道，然猶雛也。前村有嫁女者，營辦中夜，舉家必殆。從我去，得當均之。」乙喜，從之。至一門，隔壁聞炊餅聲，知未寢，伏伺之。無何，一人啓關荷杖出行汲，二人乘間掩入。見燈輝北舍，他屋皆暗黑。聞一嫗曰：「大姐，可向東舍一矚，汝奩妝悉在櫝中，忘扃鐍未也。」聞少女作嬌惰聲。二人竊喜，潛趨東舍，暗中摸索得臥櫝；啓覆探之，深不見底。其人謂乙曰：「入之！」乙果入，得一裹，傳遞而出。其人問：「盡矣乎？」曰：「盡矣。」又紿之曰：「再索之。」乃閉櫝加鎖而去。乙在其中，窘急無計。未幾，燈火亮入，先照櫝。聞媼云：「誰已扃矣。」於是母及女上榻息燭。乙急甚，乃作鼠嚙物聲。女曰：「櫝中有鼠！」媼曰：「勿壞爾衣。我疲頓已極，汝宜自觀之。」女振衣起，發扃啓櫝。乙突出，女驚仆。乙拔關奔去，雖無所得，而竊幸得免。嫁女家被盜，四方流播。或議乙。乙懼，東遁百里，為逆旅主人賃作傭。年餘，浮言稍息，始娶妻同居，不業白梃矣。此其自述，因類申氏，故附之。

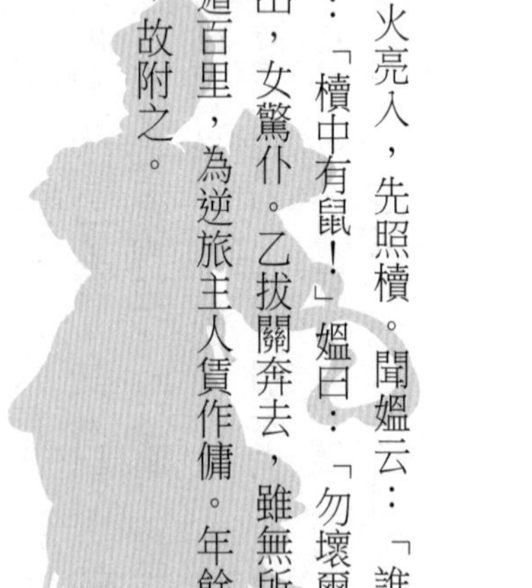

恆娘

洪大業，都中人。妻朱氏，姿致頗佳，兩相愛悅。後洪納婢寶帶為妾，貌遠遜朱，而洪嬖之。朱不平，輒以此反目。洪雖不敢公然宿妾所，然益嬖寶帶，疏朱。後徙其居，與帛商狄姓為鄰。狄妻恆娘，先過院謁朱。恆娘三十許，姿僅中人，而言詞輕倩。朱悅之。次日，答其拜，見其室亦有小妾，年二十許，甚娟好。鄰居幾半年，並不聞其詬誶一語；而狄獨鍾愛恆娘，副室則虛員而已。

朱一日見恆娘而問之曰：「余向謂良人之愛妾，為其為妾也，每欲易妻之名呼作妾。今乃知不然。夫人何術？如可授，願北面為弟子。」恆娘曰：「嘻！子則自疏，而尤男子乎？朝夕而絮聒之，是為叢驅雀，其離滋甚耳！其歸益縱之，即男子自來，勿納也。一月後，當再為子謀之。」朱從其言，益飾寶帶，使從丈夫寢。洪一飲食，亦使寶帶共之。洪時一周旋朱，朱拒之益力，於是共稱朱氏賢。如是月餘，朱往見恆娘，恆娘喜曰：「得之矣！子歸毀若妝，勿華服，勿脂澤，垢面敝履，雜家人操作。一月後，可復來。」朱從之：衣敝補衣，故為不潔清，而紡績外無他問。洪憐之，使寶帶分其勞；朱不受，輒叱去之。如是者一月，又往見恆娘。恆娘曰：「孺子真可教也！後日為上巳節，欲招子踏春園。子當盡去敝衣，袍袴襪履，嶄然一新，早過我。」朱曰：「諾。」至日，攬鏡細勻鉛黃，一一如恆娘教。妝竟，過恆娘。恆娘喜曰：「可矣！」又代挽鳳髻，光可鑑影；袍袖不合時製，拆其綫，更作之；謂其履樣拙，更於笥中出業履，共成之，訖，即令易著。……臨別，飲以酒，囑曰：「歸去一見男子，即早閉戶寢，渠來叩關，勿聽也。三度呼，可一度納。口索舌，手索足，皆吝之。半月後，當復來。」朱歸，炫妝見洪。洪上下凝睇之，歡笑異於平時。朱少話游覽，便支頤作惰態；日未昏，即起入房，闔扉眠矣。未幾，洪果來叩關；朱堅臥不起，洪始去。次夕復然。明日，洪讓之。朱曰：「獨眠習慣，不堪復擾。」日既西，洪入闈坐守之。滅燭登牀，如調新婦，綢繆甚歡。更為次夜之約；朱不可長，與洪約，以三日為率。半月許，復詣恆娘。恆娘闔門與語曰：「從此可以擅專房矣。然子雖美，不媚也。子之姿，一媚可奪西施之寵，況下者乎！」於是試使睨，曰：「非也！病在外眥。」試使笑，又曰：「非也！病在左頤。」乃以秋波送嬌，又囅然瓠犀微露，使朱傚之，凡數十作，始略得其彷彿。恆娘曰：「子歸矣！攬鏡而嫺習之，術無餘矣。至於牀笫之間，隨機而動之，因所好而投之，此非可以言傳者也。」朱歸，一如恆娘教。洪大悅，形神俱惑，惟恐見拒。日將暮，則相對調笑，跬步不離閨闥，日以為常，竟不能推之使去。朱益善遇寶帶，每房中之宴，輒呼與共榻坐；而洪視寶帶益醜，不終席，遣去之。朱賺夫入寶帶房，扃閉之，洪終夜無所沾染。於是寶帶恨洪，對人輒怨謗。洪益厭怒之，漸施鞭楚。寶帶忿，不自修，拖敝垢履，頭類蓬葆，更不復可言人矣。恆娘一日謂朱曰：「我術如何矣？」朱曰：「道則至妙；然弟子能由之，而終不能知之也。縱之，何也？」曰：「子不聞乎：人情厭故而喜新，重難而輕易？丈夫之愛妾，非必其美也，甘其所乍獲，而幸其所難遘也。縱而飽之，則珍錯亦厭，況藜羹乎！」「毀之而復炫之，何也？」曰：「置不留目，則似久別；忽睹豔妝，則如新至：譬貧人驟得粱肉，則視脫粟非味矣。而又不易與之，則彼故而我新，彼易而我難，此即子易妻為妾之法也。」朱大悅，遂為閨中密友。積數年，忽謂朱曰：「我兩人情若一體，自當不昧生平。向欲言而恐疑之也；行相別，敢以實告：妾乃狐也。幼遭繼母之變，鬻妾都中。良人遇我厚，故不忍遽絕，戀戀以至於今。明日老父尸解，妾往省覲，不復還矣。」朱把手唏噓。早旦往視，則舉家惶駭，恆娘已杳。

異史氏曰：「買珠者不貴珠而貴櫝：新舊難易之情，千古不能破其惑；而變憎為愛之術，遂得以行乎其間矣。古佞臣事君，勿令見人，勿使窺書。乃知容身固寵，皆有心傳也。」

葛巾

常大用，洛人。癖好牡丹。聞曹州牡丹甲齊、魯，心向往之。適以他事如曹，因假搢紳之園居焉。而時方二月，牡丹未華，惟徘徊園中，目注句萌，以望其拆。作懷牡丹詩百絕。未幾，花漸含苞，而資斧將匱；尋典春衣，流連忘返。一日，凌晨趨花所，則一女郎及老嫗在焉。疑是貴家宅眷，亦遂遄返。暮而往，又見之，從容避去。微窺之，宮妝豔絕。眩迷之中，忽轉一想：此必仙人，世上豈有此女子乎！急返身而搜之，驟過假山，適與嫗遇。女郎方坐石上，相顧失驚。嫗以身幛女，叱曰：「狂生何為！」生長跪曰：「娘子必是仙人！」嫗咄之曰：「如此妄言，自當縶送令尹！」生大懼。女郎微笑曰：「去之！」過山而去。生返，不能徒步，意女郎歸告父兄，必有詬辱相加。偃臥空齋，自悔孟浪。竊幸女郎無怒容，或當不復置念。悔懼交集，終夜而病。日已向辰，喜無問罪之師，心漸寧帖。而回憶聲容，轉懼為想。如是三日，憔悴欲死。秉燭夜分，僕已熟眠。嫗入，持甌而進曰：「吾家葛巾娘子，手合鴆湯，其速飲！」生聞而駭，既而曰：「僕與娘子，夙無怨嫌，何至賜死？既為娘子手調，與其相思而病，不如仰藥而死！」遂引而盡之。嫗笑，接甌而去。生覺藥氣香冷，似非毒者。俄覺肺鬲寬舒，頭顱清爽，酣然睡去。既醒，紅日滿窗。試起，病若失。心益信其為仙。無可夤緣，但於無人時，彷彿其立處、坐處，虔拜而默禱之。

一日，行去，忽於深樹內，覿面遇女郎，幸無他人，大喜，投地。女郎近曳之，忽聞異香竟體，即以手握玉腕而起，指膚軟膩，使人骨節欲酥。正欲有言，老嫗忽至。女令隱身石後，南指曰：「夜以花梯度牆，四面紅窗者，即妾居也。」匆匆遂去。生悵然，魂魄飛散，莫能知其所往。至夜，移梯登南垣，則垣下已有梯在，喜而下，果見紅窗。室中聞敲棋聲，佇立不敢復前，姑踰垣歸。少間，再過之，子聲猶繁；漸近窺之，則女郎與一素衣美人相對弈，老嫗亦在坐，一婢侍焉。又返。凡三往復，三漏已催。生伏梯上，聞嫗出云：「梯也，誰置此？」呼婢共移去之。生登垣，欲下無階，恨悒而返。次夕，復往，梯先設矣。幸寂無人，入，則女郎兀坐，若有思者。見生驚起，斜立含羞。生揖曰：「自謂福薄，恐於天人無分，亦有今夕也！」遂狎抱之。纖腰盈掬，吹氣如蘭，撐拒曰：「何遽爾！」生曰：「好事多磨，遲為鬼妒。」言未及已，遙聞人語。女急曰：「玉版妹子來矣！君可姑伏牀下。」生從之。無何，一女子入，笑曰：「敗軍之將，尚可復言戰否？業已烹茗，敢邀為長夜之歡。」女郎辭以困惰。玉版固請之，女郎堅坐不行。玉版曰：「如此戀戀，豈藏有男子在室耶？」強拉之，出門而去。生膝行而出。恨絕，遂搜枕簟，冀一得其遺物。而室內並無香匳，只牀頭有水精如意，上結紫巾，芳潔可愛。懷之，越垣歸。自理衿袖，體香猶凝，傾慕益切。然因伏牀之恐，遂有懷刑之懼，籌思不敢復往，但珍藏如意，以冀其尋。隔夕，女郎果至，笑曰：「妾向以君為君子也，而不知寇盜也。」生曰：「良有之！所以偶不君子者，第望其如意耳。」乃攬體入懷，代解裙結。玉肌乍露，熱香四流，偎抱之間，覺鼻息汗熏，無氣不馥。因曰：「僕固意卿為仙人，今益知不妄。幸蒙垂盼，緣在三生。但恐杜蘭香之下嫁，終成離恨耳。」女笑曰：「君慮亦過。妾不過離魂之倩女，偶為情動耳。此事要宜慎祕，恐是非之口，捏造黑白，君不能生翼，妾不能乘風，則禍離更慘於好別矣。」生然之，而終疑為仙，固詰姓氏。女曰：「既以妾為仙，仙人何必以姓名傳。」問：「嫗何人？」曰：「此桑姥。妾少時受其露覆，故不與婢輩等。」遂起，欲去，曰：「妾處耳目多，不可久羈，蹈隙當復來。」臨別，索如意，曰：「此非妾物，乃玉版所遺。」問：「玉版為誰？」曰：「妾叔妹也。」付鉤乃去。去後，衾枕皆染異香。由此三兩夜輒一至。生惑之，不復思歸。而囊橐既空，欲貨馬。女知之，曰：「君以妾故，瀉囊質衣，情所不忍。又去代步，千餘里將何以歸？妾有私蓄，卿可助裝。」生辭曰：「感卿情好，撫臆誓肌，不足論報；而又貪鄙，以耗卿財，何以為人乎！」女固強之，曰：「姑假君。」遂捉生臂，至一桑樹下，指一石曰：「轉之！」生從之。又拔頭上簪，刺土數十下，又曰：「爬之。」生又從之。則甕口已見。女探入，出白鏹近五十兩許；生把臂止之，不聽，又出十餘鋌，生強反其半而後掩之。

一夕，謂生曰：「近日微有浮言，勢不可長，此不可不預謀也。」生驚曰：「且為奈何！小生素迂謹，今為卿故，如寡婦之失守，不復能自主矣。一惟卿命，刀鋸斧鉞，亦所不遑顧耳！」女謀偕亡，命生先歸，約會於洛。生治任旋里，擬先歸而後逆之；比至，則女郎車適已至門。登堂朝家人，四鄰驚賀，而並不知其竊而逃也。生竊自危；女殊坦然，謂生曰：「無論千里外非邏察所及，即或知之，妾世家女，卓王孫當無如長卿何也。」生弟大器，年十七，女顧之曰：「是有慧根，前程尤勝於君。」完婚有期，妻忽夭殞。女曰：「妾妹玉版，君固嘗窺見之，貌頗不惡，年亦相若，作夫婦可稱佳偶。」生聞之而笑，戲請作伐。女曰：「必欲致之，即亦非難。」喜問：「何術？」曰：「妹與妾最相善。兩馬駕輕車，費一嫗之往返耳。」生懼前情俱發，不敢從其謀；女固言：「不害。」即命車，遣桑嫗去。數日，至曹。將近里門，嫗下車，使御者止而候於途，乘夜入里。良久，偕女子來，登車遂發。昏暮即宿車中，五更復行。女郎計其時日，使大器盛服而逆之。五十里許，乃相遇，御輪而歸；鼓吹花燭，起拜成禮。由此兄弟皆得美婦，而家又日以富。

一日，有大寇數十騎，突入第。生知有變，舉家登樓。寇入，圍樓。生俯問：「有仇否？」答言：「無仇。但有兩事相求：一則聞兩夫人世間所無，請賜一見；一則五十八人，各乞金五百。」聚薪樓下，為縱火計以脅之。生允其索金之請；寇不滿志，欲焚樓，家人大恐。女欲與玉版下樓，止之不聽。炫妝而下，階未盡者三級，謂寇曰：「我姊妹皆仙媛，暫時一履塵世，何畏寇盜！欲賜汝萬金，恐汝不敢受也。」寇眾一齊仰拜，喏聲「不敢」。姊妹欲退，一寇曰：「此詐也！」女聞之，反身佇立，曰：「意欲何作，便早圖之！尚未晚也。」諸寇相顧，默無一言，姊妹從容上樓而去。寇仰望無迹，鬨然始散。

後二年，姊妹各舉一子，始漸自言：「魏姓，母封曹國夫人。」生疑曹無魏姓世家，又且大姓失女，何得一置不問？未敢窮詰，而心竊怪之。遂託故復詣曹，入境諮訪，世族並無魏姓。於是仍假館舊主人。忽見壁上有贈曹國夫人詩，頗涉駭異，因詰主人。主人笑，即請往觀曹夫人，至則牡丹一本，高與簷等。問所由名，則以此花為曹第一，故同人戲封之。問其「何種」？曰：「葛巾紫也。」心愈駭，遂疑女為花妖。既歸，不敢質言，但述贈夫人詩以覷之。女蹙然變色，遽出，呼玉版抱兒至，謂生曰：「三年前，感君見思，遂呈身相報；今見猜疑，何可復聚！」因與玉版皆舉兒遙擲之，兒墮地並沒。生方驚顧，則二女俱渺矣。悔恨不已。後數日，墮兒處生牡丹二株，一夜逕尺，當年而花，一紫一白，朵大如盤，較尋常之葛巾、玉版，瓣尤繁碎。數年，茂蔭成叢；移分他所，更變異種，莫能識其名。自此牡丹之盛，洛下無雙焉。

異史氏曰：「懷之專一，鬼神可通，偏反者亦不可謂無情也。少府寂寞，以花當夫人，況真能解語，何必力窮其原哉？惜常生之未達也！」

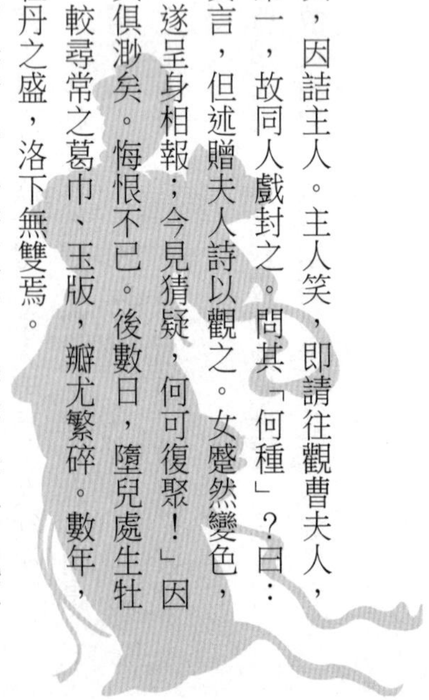

卷十一

馮木匠

撫軍周有德，改創故藩邸為部院衙署。時方鳩工，有木作匠馮明寰直宿其中。夜方就寢，忽見紋窗半開，月明如晝。遙望短垣上，立一紅雞；注目間，雞已飛搶至地。俄一少女露半身來相窺。馮疑為同輩所私；靜聽之，眾已熟眠。私心怔忡，竊望其誤投也。少間，女果越窗過，逕已入懷。馮喜，默不一言。歡畢，女亦遂去。自此夜夜至。初猶自隱，後遂明告。女曰：「我非誤就，敬相投耳。」兩人情日密。既而工滿，馮欲歸，女已候於曠野。馮所居村，離郡固不甚遠，女遂從去。既入室，家人皆莫之睹，馮始知其非人。迨數月，精神漸減，心益懼，延師鎮驅，卒無少驗。一夜，女豔妝來，向馮曰：「世緣俱有定數：當來推不去，當去亦挽不住。今與子別矣。」遂去。

黃英

馬子才，順天人。世好菊，至才尤甚，聞有佳種，必購之，千里不憚。一日，有金陵客寓其家，自言其中表親有一二種，為北方所無。馬忻動，即刻治裝，從客至金陵。客多方為之營求，得兩芽，裹藏如寶。歸至中途，遇一少年，跨蹇從油碧車，丰姿灑落。漸近與語。少年自言：「陶姓。」談言騷雅。因問馬所自來，實告之。少年曰：「種無不佳，培溉在人。」因與論藝菊之法。馬大悅，問：「將何往？」答云：「姊厭金陵，欲卜居於河朔耳。」馬忻然曰：「僕雖固貧，茅廬可以寄榻。不嫌荒陋，無煩他適。」陶趨車前，向姊咨稟，車中人推簾語，乃二十許絕世美人也。顧弟言：「屋不厭卑，而院宜得廣。」馬代諾之，遂與俱歸。第南有荒圃，僅小室三四椽，陶喜，居之。日過北院，為馬治菊。菊已枯，拔根再植之，無不活。然家清貧，陶日與馬共飲食，而察其家似不舉火。馬妻呂，亦愛陶姊，不時以升斗饋恤之。陶姊小字黃英，雅善談，輒過呂所，與共紉績。陶一日謂馬曰：「君家固不豐，僕日以口腹累知交，胡可為常。為今計，賣菊亦足謀生。」馬素介，聞陶言，甚鄙之，曰：「僕以君風流高士，當能安貧；今作是論，則以東籬為市井，有辱黃花矣。」陶笑曰：「自食其力不為貪，販花為業不為俗。人固不可苟求富，然亦不必務求貧也。」馬不語，陶起而出。自是，馬所棄殘枝劣種，陶悉掇拾而去。由此不復就馬寢食，招之始一至。未幾，菊將開，聞其門囂喧如市。怪之，過而窺焉，見市人買花者，車載肩負，道相屬也。其花皆異種，目所未睹。心厭其貪，欲與絕；而又恨其私祕佳本，遂款其扉，將就誚讓。陶出，握手曳入。見荒庭半畝皆菊畦，數椽之外無曠土。劚去者，則折別枝插補之；其蓓蕾在畦者，罔不佳妙：而細認之，盡皆向所拔棄也。陶入屋，出酒饌，設席畦側，曰：「僕貧不能守清戒，連朝幸得微資，頗足供醉。」少間，房中呼「三郎」，陶諾而去。俄獻佳肴，烹飪良精。因問：「貴姊胡以不字？」答云：「時未至。」問：「何時？」曰：「四十三月。」又詰：「何說？」但笑不言，盡歡始散。過宿，又詣之，新插者已盈尺矣。大奇之，苦求其術。陶曰：「此固非可言傳；且君不以謀生，焉用此？」又數日，門庭略寂，陶乃以蒲席包菊，捆載數車而去。踰歲，春將半，始載南中異卉而歸，於都中設花肆，十日盡售，復歸藝菊。問之去年買花者，留其根，次年盡變而劣，乃復購於陶。陶由此日富：一年增舍，二年起夏屋。興作從心，更不謀諸主人。漸而舊日花畦，盡為廊舍。更於牆外買田一區，築墉四周，悉種菊。至秋，載花去，春盡不歸。而馬妻病卒。意屬黃英，微使人風示之。黃英微笑，意似允許，惟專候陶歸而已。年餘，陶竟不至。黃英課僕種菊，一如陶。得金益合商賈，村外治膏田二十頃，甲第益壯。忽有客自東粵來，寄陶生函信，發之，則囑姊歸馬。考其寄書之日，即妻死之日；回憶園中之飲，適四十三月也，大奇之。以書示英，請問「致聘何所」。英辭不受采。又以故居陋，欲使就南第居，若贅焉。馬不可，擇日行親迎禮。黃英既適馬，於間壁開扉通南第，日過課其僕。馬恥以妻富，恆囑黃英作南北籍，以防淆亂。而家所須，黃英輒取諸南第。不半歲，家中觸類皆陶家物。馬立遣人一一齎還之，戒勿復取。未浹旬，又雜之。凡數更，馬不勝煩。黃英笑曰：「陳仲子毋乃勞乎？」馬慚，不復稽，一切聽諸黃英。鳩工庀料，土木大作，馬不能禁。經數月，樓舍連亙，兩第竟合為一，不分疆界矣。然遵馬教，閉門不復業菊，而享用過於世家。馬不自安，曰：「僕三十年清德，為卿所累。今視息人間，徒依裙帶而食，真無一毫丈夫氣矣。人皆祝富，我但祝窮耳！」黃英曰：「妾非貪鄙；但不少致豐盈，遂令千載下人，謂淵明貧賤骨，百世不能發迹，故聊為我家彭澤解嘲耳。然貧者願富，為難；富者求貧，固亦甚易。牀頭金任君揮去之，妾不靳也。」馬曰：「捐他人之金，抑亦良醜。」英曰：「君不願富，妾亦不能貧也。無已，析君居：清者自清，濁者自濁，何害？」乃於園中築茅茨，擇美婢往侍馬。馬安之。然過數日，苦念黃英。招之，不肯至；不得已，反就之。隔宿輒至，以為常。黃英笑曰：「東食西宿，廉者當不如是。」馬亦自笑，無以對，遂復合居如初。

會馬以事客金陵，適逢菊秋。早過花肆，見肆中盆列甚繁，款朵佳勝，心動，疑類陶製。少間，主人出，果陶也。喜極，具道契闊，遂止宿焉。要之歸。陶曰：「金陵，吾故土，將婚於是。積有薄資，煩寄吾姊。我歲杪當暫去。」馬不聽，請之益苦。且曰：「家幸充盈，但可坐享，無須復賈。」坐肆中，使僕代論價，廉其直，數日盡售。逼促囊裝，賃舟遂北。入門，則姊已除舍，牀榻裀褥皆設，若預知弟也歸者。陶自歸，解裝課役，大修亭園，惟日與馬共棋酒，更不復結一客。為之擇婚，辭不願。姊遣二婢侍其寢處，居三四年，生一女。陶飲素豪，從不見其沈醉。有友人曾生，量亦無對。適過馬，馬使與陶相較飲。二人縱飲甚歡，相得恨晚。自辰以訖四漏，計各盡百壺。曾爛醉如泥，沈睡座間。陶起歸寢，出門踐菊畦，玉山傾倒，委衣於側，即地化為菊，高如人；花十餘朵，皆大如拳。馬駭絕，告黃英。英急往，拔置地上，曰：「胡醉至此！」覆以衣，要馬俱去，戒勿視。既明而往，則陶臥畦邊。馬乃悟姊弟皆菊精也，益敬愛之。而陶自露迹，飲益放，恆自折柬招曾，因與莫逆。值花朝，曾來造訪，以兩僕舁藥浸白酒一罈，約與共盡。罈將竭，二人猶未甚醉。馬潛以一瓻續入之，二人又盡之。曾醉已憊，諸僕負之以去。陶臥地，又化為菊。馬見慣不驚，如法拔之，守其旁以觀其變。久之，葉益憔悴。大懼，始告黃英。英聞駭曰：「殺吾弟矣！」奔視之，根株已枯。痛絕，掐其梗，埋盆中，攜入閨中，日灌溉之。馬悔恨欲絕，甚怨曾。越數日，聞曾已醉死矣。盆中花漸萌，九月既開，短幹粉朵，嗅之有酒香，名之「醉陶」，澆以酒則茂。後女長成，嫁於世家。黃英終老，亦無他異。

異史氏曰：「青山白雲人，遂以醉死，世盡惜之，而未必不自以為快也。植此種於庭中，如見良友，如見麗人，——不可不物色之也。」

書癡

彭城郎玉柱，其先世官至太守，居官廉，得俸不治生產，積書盈屋。至玉柱，尤癡：家苦貧，無物不鬻，惟父藏書，一卷不忍置。父在時，曾書「勸學篇」粘其座右，郎日諷誦；又幛以素紗，惟恐磨滅。非為干祿，實信書中真有金粟。晝夜研讀，無間寒暑。年二十餘，不求婚配，冀卷中麗人自至。見賓親，不知溫涼，三數語後，則誦聲大作，客逡巡自去。每文宗臨試，輒首拔之，而苦不得售。一日，方讀，忽大風飄卷去。急逐之，踏地陷足；探之，穴有腐草；掘之，乃古人窖粟，朽敗已成糞土。雖不可食，而益信「千鍾」之說不妄，讀益力。一日，梯登高架，於亂卷中得金輦逕尺，大喜，以為「金屋」之驗。出以示人，則鍍金而非真金。心竊怨古人之誑己也。居無何，有父同年，觀察是道，性好佛。或勸郎獻輦為佛龕。觀察大悅，贈金三百、馬二匹。郎喜，以為金屋、車馬皆有驗，因益刻苦。然行年已三十矣。或勸其娶，曰：「『書中自有顏如玉』，我何憂無美妻乎？」又讀二三年，迄無效；人咸揶揄之。時民間訛言：天上織女私逃。或戲郎：「天孫竊奔，蓋為君也。」郎知其戲，置不辯。一夕，讀漢書至八卷，卷將半，見紗翦美人夾藏其中。駭曰：「書中顏如玉，其以此應之耶？」心悵然自失。而細視美人，眉目如生；背隱隱有細字云：「織女。」大異之。日置卷上，反覆瞻玩，至忘食寢。一日，方注目間，美人忽折腰起，坐卷上微笑。郎驚絕，伏拜案下。既起，已盈尺矣。益駭，又叩之。下几亭亭，宛然絕代之姝。拜問：「何神？」美人笑曰：「妾顏氏，字如玉，君固相知已久。日垂青盼，脫不一至，恐千載下無復有篤信古人者。」郎喜，遂與寢處。然枕席間親愛倍至，而不知為人。每讀，必使女坐其側。女戒勿讀，不聽。女曰：「君所以不能騰達者，徒以讀耳。試觀春秋榜上，讀如君者幾人？若不聽，妾行去矣。」郎暫從之。少頃，忘其教，吟誦復起。踰刻，索女，不知所在。神志喪失，囑而禱之，殊無影迹。忽憶女所隱處，取漢書細檢之，直至舊所，果得之。呼之不動，伏以哀祝。女乃下曰：「君再不聽，當相永絕！」因使治棋枰、樗蒱之具，日與遨戲。而郎意殊不屬。覷女不在，則竊卷流覽。恐為女覺，陰取漢書第八卷，雜溷他所以迷之。一日，讀酣，女至，竟不之覺；忽睹之，急掩卷，而女已亡矣。大懼，冥搜諸卷，渺不可得；既，仍於漢書八卷中得之，葉數不爽。因再拜祝，矢不復讀。女乃下，與之弈，曰：「三日不工，當復去。」至三日，忽一局贏女二子。女乃喜，授以絃索，限五日工一曲。郎手營目注，無暇他及；久之，隨指應節，不覺鼓舞。女乃日與飲博，郎遂樂而忘讀。女又縱之出門，使結客，由此倜儻之名暴著。女曰：「子可以出而試矣。」郎一夜謂女曰：「凡人男女同居則生子；今與卿居久，何不然也？」女笑曰：「君日讀書，妾固謂無益。今即夫婦一章，尚未了悟，枕席二字有工夫。」郎驚問：「何工夫？」女笑不言。少間，潛迎就之。郎樂極，曰：「我不意夫婦之樂，有不可言傳者。」於是逢人輒道，無有不掩口者。女知而責之。郎曰：「鑽穴踰隙者，始不可以告人；天倫之樂，人所皆有，何諱焉？」過八九月，女果舉一男，買媼撫字之。一日，謂郎曰：「妾從君二年，業生子，可以別矣。久恐為君禍，悔之已晚。」郎聞言，泣下，伏不起，曰：「卿不念呱呱者耶？」女亦悽然。良久曰：「必欲妾留，當舉架上書盡散之。」郎曰：「此卿故鄉，乃僕性命，何出此言！」女不之強，曰：「妾亦知其有數，不得不預告耳。」先是，親族或窺見女，無不駭絕，而又未聞其締姻何家，共詰之。郎不能作偽語，但默不言。人益疑，郵傳幾遍，聞於邑宰史公。史，閩人，少年進士。聞聲傾動，竊欲一睹麗容，因而拘郎及女。女聞知，遁匿無迹。宰怒，收郎，斥革衣衿，梏械備加，務得女所自往。郎垂死，無一言。械其婢，略能道其彷彿。宰以為妖，命駕親臨其家。見書卷盈屋，多不勝搜，乃焚之；庭中煙結不散，瞑若陰霾。郎既釋，遠求父門人書，得從辨復。是年秋捷，次年舉進士。而啣恨切於骨髓。為顏如玉之位，朝夕而祝曰：「卿如有靈，當佑我官於閩。」後果以直指巡閩。居三月，訪史惡款，籍其家。時有中表為司理，逼納愛妾，託言買婢寄署中。案既結，郎即日自劾，取妾而歸。

異史氏曰：「天下之物，積則招妒，好則生魔：女之妖，書之魔也。事近怪誕，治之未為不可；而祖龍之虐，不已慘乎！其存心之私，更宜得怨毒之報也。嗚呼！何怪哉！」

齊天大聖

許盛，兗人。從兄成，賈於閩，貨未居積。客言大聖靈著，將禱諸祠。盛未知大聖何神，與兄俱往。至則殿閣連蔓，窮極弘麗。入殿瞻仰，神猴首人身，蓋齊天大聖孫悟空云。諸客肅然起敬，無敢有惰容。盛素剛直，竊笑世俗之陋。眾焚奠叩祝，盛潛去之。既歸，兄責其慢。盛曰：「孫悟空乃丘翁之寓言，何遂誠信如此？如其有神，刀槊雷霆，余自受之！」逆旅主人聞呼大聖名，皆搖手失色，若恐大聖聞。盛見其狀，益譁辨之；聽者皆掩耳而走。至夜，盛果病，頭痛大作。或勸詣祠謝，盛不聽。未幾，頭小癒，股又痛，竟夜生巨疽，連足盡腫，寢食俱廢。兄代禱，迄無驗。或言：神譴須自祝。盛卒不信。月餘，瘡漸斂，而又一疽生，其痛倍苦。醫來，以刀割腐肉，血溢盈椀；恐人神其詞，故忍而不呻。又月餘，始就平復。而兄又大病。盛曰：「何如矣！敬神者亦復如是，足徵余之疾，非由悟空也。」兄聞其言，益恚，謂神遷怒，責弟不為代禱。盛曰：「兄弟猶手足。前日支體糜爛而不之禱；今豈以手足之病，而易吾守乎？」但為延醫剉藥，而不從其禱。藥下，兄暴斃。盛慘痛結於心腹，買棺殮兄已，投祠指神而數之曰：「兄病，謂汝遷怒，使我不能自白。倘爾有神，當令死者復生，余即北面稱弟子，不敢有異辭；不然，當以汝處三清之法，還處汝身，亦以破吾兄地下之惑。」至夜，夢一人招之去，入大聖祠，仰見大聖有怒色，責之曰：「因汝無狀，以菩薩刀穿汝脛股；猶不自悔，嘖有煩言。本宜送拔舌獄，念汝一生剛鯁，姑置宥赦。汝兄病，乃汝以庸醫夭其壽數，於人何尤？今不少施法力，益令狂妄者引為口實。」乃命青衣使請命於閻羅。青衣曰：「三日後，鬼籍已報天庭，恐難為力。」神取方版，命筆，不知何詞，使青衣執之而去。良久乃返。成與俱來，並跪堂上。神問：「何遲？」青衣曰：「閻摩不敢擅專，又持大聖旨上咨斗宿，是以來遲。」盛趨上拜謝神恩。神曰：「可速與兄俱去。若能向善，當為汝福。」兄弟悲喜，相將俱歸。醒而異之。急起啓材視之，兄果已蘇，扶出，極感大聖力。盛由此誠服信奉，更倍於流俗。而兄弟資本，病中已耗其半；兄又未健，相對長愁。

一日，偶游郊郭，忽一褐衣人相之曰：「子何憂也？」盛方苦無所訴，因而備述其遭。褐衣人曰：「有一佳境，暫往瞻矚，亦足破悶。」問：「何所？」但云：「不遠。」從之。出郭半里許，褐衣人曰：「予有小術，頃刻可到。」因命以兩手抱腰，略一點首，遂覺雲生足下，騰踔而上，不知幾百由旬。盛大懼，閉目不敢少啓。頃之曰：「至矣。」忽見琉璃世界，光明異色。訝問：「何處？」曰：「天宮也。」信步而行，上上益高。遙見一叟，喜曰：「適遇此老，子之福也！」舉手相揖。叟邀過諸其所，烹茗獻客；只兩琖，殊不及盛。褐衣人曰：「此吾弟子，千里行賈，敬造仙署，求少贈饋。」叟命僮出白石一柈，狀類雀卵，瑩澈如冰，使盛自取之。盛念攜歸可作酒枚，遂取其六。褐衣人以為過廉，代取六枚，付盛並裹之。囑納腰橐，拱手曰：「足矣。」辭叟出，仍令附體而下，俄頃及地。盛稽首請示仙號。笑曰：「適即所謂觔斗雲也。」盛恍然，悟為大聖，又求祐護。曰：「適所會財星，賜利十二分，何須他求。」盛又拜之，起視已渺。既歸，喜而告兄。解取共視，則融入腰橐矣。後輦貨而歸，其利倍蓰。自此屢至閩，必禱大聖。他人之禱，時不甚驗；盛所求無不應者。

異史氏曰：「昔士人過寺，畫琵琶於壁而去；比返，則其靈大著，香火相屬焉。天下事固不必實有其人；人靈之，則既靈焉矣。何以故？人心所聚，而物或託焉耳。若盛之方鯁，固宜得神明之祐，豈真耳內繡針，毫毛能變；足下觔斗，碧落可升哉！卒為邪惑，亦其見之不真也。」

青蛙神

江漢之間，俗事蛙神最虔。祠中蛙不知幾百千萬，有大如籠者。或犯神怒，家中輒有異兆：蛙游几榻，甚或攀緣滑壁不得墮，其狀不一，此家當凶。人則大恐，斬牲禳禱之，神喜則已。楚有薛崑生者，幼惠，美姿容。六七歲時，有青衣媼至其家，自稱神使，坐致神意，願以女下嫁崑生。薛翁性樸拙，雅不欲，辭以兒幼。雖固卻之，而亦未敢議婚他姓。遲數年，崑生漸長，委禽於姜氏。神告姜曰：「薛崑生，吾婿也，何得近禁臠！」姜懼，反其儀。薛翁憂之，潔牲往禱，自言：「不敢與神相匹偶。」祝已，見肴酒中皆有巨蛆浮出，蠢然擾動；傾棄，謝罪而歸。心益懼，亦姑聽之。

一日，崑生在途，有使者迎宣神命，苦邀移趾。不得已，從與俱往。入一朱門，樓閣華好。有叟坐堂上，類七八十歲人。崑生伏謁，叟命曳起之，賜坐案旁。少間，婢媼集視，紛紜滿側。叟顧曰：「入言薛郎至矣。」數婢奔去。移時，一媼率女郎出，年十六七，麗絕無儔。叟指曰：「此小女十娘，自謂與君可稱佳偶；君家尊乃以異類見拒。此自百年事，父母只主其半，是在君耳。」崑生目注十娘，心愛好之，默然不言。媼曰：「我固知郎意良佳。請先歸，當即送十娘往也。」崑生曰：「諾。」趨歸告翁。翁倉遽無所為計，乃授之詞，使返謝之，崑生不肯行。方誚讓間，輿已在門，青衣成羣，而十娘入矣。上堂朝拜，翁姑見之皆喜。即夕合巹，琴瑟甚諧。由此神翁神媼，時降其家。視其衣，赤為喜，白為財，必見，以故家日興。自婚於神，門堂藩溷皆蛙，人無敢詬蹴之。惟崑生少年任性，喜則忌，怒則踐斃，不甚愛惜。十娘雖謙馴，但善怒，頗不善崑生所為；而崑生不以十娘故斂抑之。十娘語侵崑生。崑生怒曰：「豈以汝家翁媼能禍人耶？丈夫何畏蛙也！」十娘甚諱言「蛙」，聞之恚甚，曰：「自妾入門，為汝家田增粟、賈益價，亦復不少。今老幼皆已溫飽，遂於鴞鳥生翼，欲啄母睛耶！」崑生益憤曰：「吾正嫌所增汙穢，不堪貽子孫。請不如早別。」遂逐十娘，翁媼既聞之，十娘已去。呵崑生，使急往追復之。崑生盛氣不屈。至夜，母子俱病，鬱悶不食。翁懼，負荊於祠，詞義殷切。過三日，病尋癒。十娘亦自至，夫妻歡好如初。十娘日輒凝妝坐，不操女紅，崑生衣履，一委諸母。母一日忿曰：「兒既娶，仍累媼！人家婦事姑，吾家姑事婦！」十娘適聞之，負氣登堂曰：「兒婦朝侍食，暮問寢，事姑者，其道如何？所短者，不能吝傭錢，自作苦耳。」母無言，慚沮自哭。崑生入，見母涕痕，詰得故，怒責十娘。十娘執辨不相屈。崑生曰：「娶妻不能承歡，不如勿有！便觸老蛙怒，不過橫災死耳！」復出十娘。十娘亦怒，出門逕去。次日，居舍災，延燒數屋，几案牀榻，悉為煨燼。崑生怒，詣祠責數曰：「養女不能奉翁姑，略無庭訓，而曲護其短！神者至公，有教人畏婦者耶！且盎盂相敲，皆臣所為，無所涉於父母。刀鋸斧鉞，即加臣身；如其不然，我亦焚汝居室，聊以相報。」言已，負薪殿下，爇火欲舉。居人集而哀之，始憤而歸。父母聞之，大懼失色。至夜，神示夢於近村，使為婿家營宅。及明，齎材鳩工，共為崑生建造，辭之不止；日數百人相屬於道，不數日，第舍一新，牀幕器具悉備焉。修除甫竟，十娘已至，登堂謝過，言詞溫婉。轉身向崑生展笑，舉家變怨為喜。自此十娘性益和，居二年，無間言。十娘最惡蛇，崑生戲函小蛇，紿使啓之。十娘色變，詬崑生。崑生亦轉笑生嗔，惡相抵。十娘曰：「今番不待相迫逐，請自此絕。」遂出門去。薛翁大恐，杖崑生，請罪於神。幸不禍之，亦寂無音。

積有年餘，崑生懷念十娘，頗自悔，竊詣神所哀十娘，迄無聲應。未幾，聞神以十娘字袁氏，中心失望，因亦求婚他族；而歷相數家，並無如十娘者，於是益思十娘。往探袁氏，則已堊壁滌庭，候魚軒矣。心愧憤不能自已，廢食成疾。父母憂惶，不知所處。忽昏憒中有人撫之曰：「大丈夫頻欲斷絕，又作此態！」開目，則十娘也。喜極，躍起曰：「卿何來？」十娘曰：「以輕薄人相待之禮，只宜從父命，另醮而去。固久受袁家采幣，妾千思萬思而不忍也。卜吉已在今夕，父又無顏反璧，妾親攜而置之矣。適出門，父走送曰：『癡婢！不聽吾言，後受薛家淩虐，縱死亦勿歸也！』」崑生感其義，為之流涕。家人皆喜，奔告翁媼。媼聞之，不待往朝，奔入子舍，執手嗚泣。由此崑生亦老成，不作惡謔，於是情好益篤。十娘曰：「妾向以君儇薄，未必遂能相白首，故不欲留孽根於人世；今已靡他，妾將生子。」居無何，神翁神媼著朱袍，降臨其家。次日，十娘臨蓐，一舉兩男。由此往來無間。居民或犯神怒，輒先求崑生；乃使婦女輩盛妝入閨，朝拜十娘，十娘笑則解。薛氏苗裔甚繁，人名之「薛蛙子家」。近人不敢呼，遠人則呼之。

又

青蛙神，往往託諸巫以為言。巫能察神嗔喜：告諸信士曰「喜矣」，福則至；「怒矣」，婦子坐愁歎，有廢餐者。流俗然哉？抑神實靈，非盡妄也？有富賈周某，性吝嗇。會居人斂金修關聖祠，貧富皆與有力；獨周一毛所不肯拔。久之，工不就，首事者無所為謀。適眾賽蛙神，巫忽言：「周將軍倉命小神司募政，其取簿籍來。」眾從之。巫曰：「已捐者，不復強；未捐者，量力自註。」眾唯唯敬聽，各註已。巫視曰：「周某在此否？」周方混迹其後，惟恐神知，聞之失色，次且而前。巫指籍曰：「註金百。」周益窘。巫怒曰：「淫債尚酬二百，況好事耶！」蓋周私一婦，為夫掩執，以金二百自贖，故訐之也。周益慚懼，不得已，如命註之。既歸，告妻，妻曰：「此巫之詐耳。」巫屢索，卒不與。一日，方晝寢，忽聞門外如牛喘。視之，則一巨蛙，室門僅容其身，步履蹇緩，塞兩扉而入。既入，轉身臥，以閾承頷，舉家盡驚。周曰：「此必討募金也。」焚香而祝，願先納三十，其餘以次齎送，蛙不動；請納五十，身忽一縮，小尺許；又加二十，益縮如斗；請全納，縮如拳，從容出，入牆罅而去。周急以五十金送監造所，人皆異之，周亦不言其故。積數日，巫又言：「周某欠金五十，何不催併？」周聞之，懼，又送十金，意將以此完結。

一日，夫婦方食，蛙又至，如前狀，目作怒。少間，登其牀，牀搖撼欲傾；加喙於枕而眠，腹隆起如臥牛，四隅皆滿。周懼，即完百數與之。驗之，仍不少動。半日間，小蛙漸集，次日益多，穴倉登榻，無處不至；大於椀者，升竈啜蠅，糜爛釜中，以致穢不可食；至三日，庭中蠢蠢，更無隙處。一家惶駭，不知計之所出。不得已，請教於巫。巫曰：「此必少之也。」遂祝之，益以廿金，首始舉；又益之，起一足；直至百金，四足盡起，下牀出門，狼犺數步，復返身臥門內。周懼，問巫。巫揣其意，欲周即解囊。周無奈何，如數付巫，蛙乃行，數步外，身暴縮，雜眾蛙中，不可辨認，紛紛然亦漸散矣。祠既成，開光祭賽，更有所需。巫忽指首事者曰：「某宜出如干數。」共十五人，只遺二人。眾祝曰：「吾等與某某，已同捐過。」巫曰：「我不以貧富為有無，但以汝等所侵漁之數為多寡。此等金錢，不可自肥，恐有橫災非禍。念汝等首事勤勞，故代汝消之也。除某某廉正無苟且外，即我家巫，我亦不少私之，便令先出，以為眾倡。」即奔入家，搜括箱櫝。妻問之，亦不答，盡卷囊蓄而出。告眾曰：「某私剋銀八兩，今使傾橐。」與眾共衡之，秤得六兩餘，使人誌其欠數。眾愕然，不敢置辯，悉如數納入。巫過此茫不自知；或告之，大慚，質衣以盈之。惟二人虧其數，事既畢，一人病月餘，一人患疔瘇，醫藥之費，浮於所欠，人以為私剋之報云。

異史氏曰：「老蛙司募，無不可與為善之人，其勝刺釘拖索者，不既多乎？又發監守之盜，而消其災，則其現威猛，正其行慈悲也。」

任秀

任建之，魚臺人。販氈裘為業，竭資赴陝。途中逢一人，自言：「申竹亭，宿遷人。」話言投契，盟為弟昆，行止與俱。至陝，任病不起，申善視之。積十餘日，疾大漸。謂申曰：「吾家故無恆產，八口衣食，皆恃一人犯霜露。今不幸，殂謝異域。君，我手足也，兩千里外，更有誰何！囊金二百餘，一半君自取之，為我小備殮具，剩者可助資斧；其半寄吾妻子，俾輦吾櫬而歸。如肯攜殘骸旋故里，則裝資勿計矣。」乃扶枕為書付申，至夕而卒。申以五六金為市薄材，殮已。主人催其移櫬，申託尋寺觀，竟遁不返。任家年餘方得確耗。任子秀，時年十七，方從師讀，由此廢學，欲往尋父柩。母憐其幼，秀哀涕欲死，遂典資治任，俾老僕佐之行，半年始還。殯後，家貧如洗。幸秀聰穎，釋服，入魚臺泮。而佻達喜博，母教戒綦嚴，卒不改。一日，文宗案臨，試居四等。母憤泣不食，秀慚懼，對母自矢。於是閉戶年餘，遂以優等食餼。母勸令設帳，而人終以其蕩無檢幅，咸誚薄之。有表叔張某，賈京師，勸使赴都，願攜與俱，不耗其資。秀喜，從之。至臨清，泊舟關外。時鹽航艤集，帆檣如林。臥後，聞水聲人聲，聒耳不寐。更既靜，忽聞鄰舟骰聲清越，入耳縈心，不覺舊技復癢。竊聽諸客，皆已酣寢，囊中自備千文，思欲過舟一戲。潛起解囊，捉錢踟躕，回思母訓，即復束置。既睡，心怔忡，苦不得眠；又起，又解：如是者三。興勃發，不可復忍，攜錢逕去。至鄰舟，則見兩人對博，錢注豐美。置錢几上，即求入局。二人喜，即與共擲。秀大勝。一客錢盡，即以巨金質舟主，漸以十餘貫作孤注。賭方酣，又有一人登舟來，眈視良久，亦傾橐出百金質主人，入局共博。張中夜醒，覺秀不在舟；聞骰聲，心知之，因詣鄰舟，欲撓沮之。至，則秀胯側積資如山，乃不復言，負錢數千而返。呼諸客並起，往來移運，尚存十餘千。未幾，三客俱敗，一舟之錢盡空。客欲賭金，而秀欲已盈，故託非錢不賭以難之。張在側，又促逼令歸。三客燥急。舟主利其盆頭，轉貸他舟，得百餘千。客得錢，賭更豪；

無何，又盡歸秀。

天已曙，放曉關矣，共運資而返。三客亦去。主人視所質二百餘金，盡箔灰耳。大驚，尋至秀舟，告以故，欲取償於秀。及問姓名、里居，知為建之之子，縮頸羞汗而退。過訪榜人，乃知主人即申竹亭也。秀至陜時，亦頗聞其姓字；至此鬼已報之，故不復追其前隙矣。乃以資與張合業而北，終歲獲息倍蓰。遂援例入監。益權子母，十年間，財雄一方。

晚霞

五月五日，吳越間有鬥龍舟之戲：刳木為龍，繪鱗甲，飾以金碧；上為雕甍朱檻；帆旌皆以錦繡；舟末為龍尾，高丈餘；以布索引木板下垂，有童坐板上，顛倒滾跌，作諸巧劇。下臨江水，險危欲墮。故其購是童也，先以金啗其父母，預調馴之，墮水而死，勿悔也。吳門則載美姬，較不同耳。鎮江有蔣氏童阿端，方七歲。便捷奇巧，莫能過，聲價益起，十六歲猶用之。至金山下，墮水死。

蔣媼只此子，哀鳴而已。阿端不自知死，有兩人導去，見水中別有天地；回視，則流波四繞，屹如壁立。俄入宮殿，見一人兜牟坐。兩人曰：「此龍窩君也。」便使拜伏。龍窩君顏色和霽，曰：「阿端伎巧可入柳條部。」遂引至一所，廣殿四合。趨上東廊，有諸少年，出與為禮，率十三四歲。即有老媼來，眾呼解姥。坐令獻技。已，乃教以錢塘飛霆之舞，洞庭和風之樂。但聞鼓鉦喤聒，諸院皆響。既而諸院皆息。姥恐阿端不能即嫻，獨絮絮調撥之；而阿端一過，殊已了了。姥喜曰：「得此兒，不讓晚霞矣！」明日，龍窩君按部，諸部畢集。首按夜叉部，鬼面魚服。鳴大鉦，圍四尺許；鼓可四人合抱之，聲如巨霆，叫噪不復可聞。舞起，則巨濤洶湧，橫流空際，時墮一點星光，及著地消滅。龍窩君急止之，命進乳鶯部，皆二八姝麗，笙樂細作，一時清風習習，波聲俱靜，水漸凝如水晶世界，上下通明。按畢，俱退立西墀下。次按燕子部，皆垂髫人。內一女郎，年十四五以來，振袖傾鬟，作散花舞；翩翩翔起，衿袖襪履間，皆出五色花朵，隨風颺下，飄泊滿庭。舞畢，隨其部亦下西墀。阿端旁睨，雅愛好之。問之同部，即晚霞也。無何，喚柳條部。龍窩君特試阿端。端作前舞，喜怒隨腔，俛仰中節。龍窩君嘉其惠悟，賜五文袴褶，魚鬚金束髮，上嵌夜光珠。阿端拜賜下，亦趨西墀，各守其伍。端於眾中遙注晚霞，晚霞亦遙注之。少間，端逡巡出部而北，晚霞亦漸出部而南；相去數武，而法嚴不敢亂部，相視神馳而已。

既按蛺蝶部，童男女皆雙舞，身長短、年大小、服色黃白，皆取諸同。諸部按畢，魚貫而出。柳條在燕子部後，端疾出部前，而晚霞已緩滯在後。回首見端，故遺珊瑚釵，端急納袖中。既歸，凝思成疾，眠餐頓廢。解姥輒進甘旨，日三四省，撫摩殷切，病不少瘥。姥憂之，罔所為計，曰：「吳江王壽期已促，且為奈何！」薄暮，一童子來，坐榻上與語，自言：「隸蛺蝶部。」從容問曰：「君病為晚霞否？」端驚問：「何知？」笑曰：「晚霞亦如君耳。」端悽然起坐，便求方計。童問：「尚能步否？」答云：「勉強尚能自力。」童挽出，南啓一戶；折而西，又闢雙扉。見蓮花數十畝，皆生平地上；葉大如席，花大如蓋，落瓣堆梗下盈尺。童引入其中，曰：「姑坐此。」遂去。少時，一美人撥蓮花而入，則晚霞也。相見驚喜，各道相思，略述生平。遂以石壓荷蓋令側，雅可幛蔽；又勻鋪蓮瓣而藉之，忻與狎寢。既訂後約，日以夕陽為候，乃別。端歸，病亦尋癒。由此兩人日一會於蓮畝。過數日，隨龍窩君往壽吳江王。稱壽已，諸部悉還，獨留晚霞及乳鶯部一人在宮中教舞，數月更無音耗，端悵惘若失。惟解姥日往來吳江府；端託晚霞為外妹，求攜去，冀一見之。留吳江門下數日，宮禁森嚴，晚霞苦不得出，怏怏而返。積月餘，癡想欲絕。

一日，解姥入，戚然相弔曰：「惜乎！晚霞投江矣！」端大駭，涕下不能自止。因毀冠裂服，藏金珠而出，意欲相從俱死。但見江水若壁，以首力觸不得入。念欲復還，懼問冠服，罪將增重。意計窮蹙，汗流浹踵。忽睹壁下有大樹一章，乃猱攀而上，漸至端杪；猛力躍墮，幸不沾濡，而竟已浮水上。不意之中，恍睹人世，遂飄然泅去。移時，得岸，少坐江濱，頓思老母，遂趁舟而去。抵里，四顧居廬，忽如隔世。次且至家，忽聞窗中有女子曰：「汝子來矣。」音聲甚似晚霞。俄，與母俱出，果霞。斯時兩人喜勝於悲；而媼則悲疑驚喜，萬狀俱作矣。初，晚霞在吳江，覺腹中震動，龍宮法禁嚴，恐旦夕身娩，横遭撻楚；又不得一見阿端，但欲求死，遂潛投江水。身泛起，沈浮波中。有客舟拯之，問其居里。晚霞故吳名妓，溺水不得其尸。自念衏院不可復投，遂曰：「鎮江蔣氏，吾婿也。」客因代賃扁舟，送諸其家。蔣媼疑其錯誤，女自言不誤，因以其情詳告媼。媼以其風格婉妙，頗愛悅之；第慮年太少，必非肯終寡也者。而女孝謹，顧家中貧，便脫珍飾售數萬。媼察其志無他，良喜。然無子，恐一旦臨蓐，不見信於戚里，以謀女。女曰：「母但得真孫，何必求人知。」媼亦安之。

會端至，女喜不自已。媼亦疑兒不死；陰發兒冢，骸骨俱存。因以此詰端。端始爽然自悟；然恐晚霞惡其非人，囑母勿復言。母然之。遂告同里，以為當日所得非兒尸。然終慮其不能生子。未幾，竟舉一男，捉之無異常兒，始悅。久之，女漸覺阿端非人，乃曰：「胡不早言！凡鬼衣龍宮衣，七七魂魄堅凝，生人不殊矣。若得宮中龍角膠，可以續骨節而生肌膚，惜不早購之也。」端貨其珠，有賈胡出貲百萬，家由此巨富。值母壽，夫妻歌舞稱觴，遂傳聞王邸。王欲強奪晚霞。端懼，見王自陳：「夫婦皆鬼。」驗之無影而信，遂不之奪。但遣宮人就別院，傳其技。女以龜溺毀容，而後見之。教三月，終不能盡其技而去。

白秋練

直隸有慕生，小字蟾宮，商人慕小寰之子。聰惠喜讀。年十六，翁以文業迂，使去而學賈，從父至楚。每舟中無事，輒便吟誦。抵武昌，父留居逆旅，守其居積。生乘父出，執卷哦詩，音節鏗鏘。輒見窗影憧憧，似有人竊聽之，而亦未之異也。一夕，翁赴飲，久不歸，生吟益苦。有人徘徊窗外，月映甚悉。怪之，遽出窺覷，則十五六傾城之姝。望見生，急避去。又二三日，載貨北旋，暮泊湖濱。父適他出，有媼入曰：「郎君殺吾女矣！」生驚問之。答云：「妾白姓。有息女秋練，頗解文字。言在郡城，得聽清吟，於今結想，至絕眠餐。意欲附為婚姻，不得復拒。」生心實愛好，第慮父嗔，因直以情告。媼不實信，務要盟約。生不肯。媼怒曰：「人世姻好，有求委禽而不得者。今老身自媒，反不見納，恥孰甚焉！請勿想北渡矣！」遂去。少間，父歸，善其詞以告之，隱冀垂納。而父以涉遠，又薄女子之懷春也，笑置之。泊舟處，水深沒棹；夜忽沙磧擁起，舟滯不得動。湖中每歲客舟必有留住守洲者，至次年桃花水溢，他貨未至，舟中物當百倍於原直也，以故翁未甚憂怪。獨計明歲南來，尚須揭資，於是留子自歸。生竊喜，悔不詰媼居里。日既暮，媼與一婢扶女郎至，展衣臥諸榻上。向生曰：「人病至此，莫高枕作無事者！」遂去。生初聞而驚；移燈視女，則病態含嬌，秋波自流。略致訊詰，嫣然微笑。生強其一語。曰：「『為郎憔悴卻羞郎』，可為妾詠。」生狂喜，欲近就之，而憐其荏弱。探手於懷，接脣為戲。女不覺歡然展謔，乃曰：「君為妾三吟王建『羅衣葉葉』之作，病當癒。」生從其言。甫兩過，女攬衣起坐曰：「妾癒矣！」再讀，則嬌顫相和。生神志益飛，遂滅燭共寢。女未曙已起，曰：「老母將至矣。」未幾，媼果至。見女凝妝歡坐，不覺忻慰。邀女去，女俛首不語。媼即自去，曰：「汝樂與郎君戲，亦自任也。」於是生始研問居止。女曰：「妾與君不過傾蓋之交，婚嫁尚未不可必，何須令知家門。」然兩人互相愛悅，要誓良堅。

女一夜早起挑燈，忽開卷悽然淚瑩，生起急問之。女曰：「阿翁行且至。我兩人事，妾適以卷卜，展之得李益江南曲，詞意非祥。」生慰解之，曰：「首句『嫁得瞿塘賈』，即已大吉，何不祥之與有！」女乃稍歡。起身作別曰：「暫請分手，天明則千人指視矣。」生把臂哽咽，問：「好事如諧，何處可以相報？」曰：「妾常使人偵探之，諧否無不聞也。」生將下舟送之，女力辭而去。無何，慕果至。生漸吐其情。父疑其招妓，怒加詬厲。細審舟中財物，並無虧損，譙呵乃已。一夕，翁不在舟，女忽至，相見依依，莫知決策。女曰：「低昂有數，且圖目前。姑留君兩月，再商行止。」臨別以吟聲作為相會之約。由此值翁他出，遂高吟，則女自至。四月行盡，物價失時，諸賈無策，斂資禱湖神之廟。端陽後，雨水大至，舟始通。生既歸，凝思成疾。慕憂之，巫醫並進。生私告母曰：「病非藥禳可痊，惟有秋練至耳。」翁初怒之；久之，支離益憊，始懼，賃車載子，復如楚，泊舟故處。訪居人，並無知白媼者。會有媼操柁湖濱，即出自任。翁登其舟，窺見秋練，心竊喜；而審詰邦族，則浮家泛宅而已。因實告子病由，冀女登舟，姑以解其沈痼。媼以婚無成約，弗許。女露半面，殷殷窺聽，聞兩人言，眥淚欲墮。媼視女面，因翁哀請，即亦許之。至夜，翁出，女果至，就榻嗚泣曰：「昔年妾狀，今到君耶！此中況味，要不可不使君知。然羸頓如此，急切何能便瘳？妾請為君一吟。」生亦喜。女亦吟王建前作。生曰：「此卿心事，醫二人何得效？然聞卿聲，神已爽矣。試為我吟『楊柳千條盡向西』。」女從之。生贊曰：「快哉！卿昔誦詩餘，有采蓮子云：『菡萏香蓮十頃陂。』心尚未忘，煩一曼聲度之。」女又從之。甫闋，生躍起曰：「小生何嘗病哉！」遂相狎抱，沈痾若失。既而問：「父見媼何詞？事得諧否？」女已察知翁意，直對「不諧」。

既而女去，父來，見生已起，喜甚，但慰勉之。因曰：「女子良佳。然自總角時，把柁櫂歌，無論微賤，抑亦不貞。」生不語。翁既出，女復來，生述父意。女曰：「妾窺之審矣：天下事，愈急則愈遠，愈迎則愈距。當使意自轉，反相求。」生問計。女曰：「凡商賈之志在於利耳。妾有術知物價。適視舟中物，並無少息。為我告翁：居某物，利三之；某物，十之。歸家，妾言驗，則妾為佳婦矣。再來時，君十八，妾十七，相歡有日，何憂為！」生以所言物價告父。父頗不信，姑以餘資半從其教。既歸，所自置貨，資本大虧；幸少從女言，得厚息，略相準。以是服秋練之神。生益誇張之，謂女自誇，能使己富。翁於是益揭資而南。至湖，數日不見白媼；過數日，始見其泊舟柳下，因委禽焉。媼悉不受，但涓吉送女過舟。翁另賃一舟為子合巹。女乃使翁益南，所應居貨，悉籍付之。媼乃邀婿去，家於其舟。翁三月而返。物至楚，價已倍蓰。將歸，女求載湖水；既歸，每食必加少許，如用醯醬焉。由是每南行，必為致數罈而歸。後三四年，舉一子。

一日，涕泣思歸。翁乃偕子及婦俱如楚。至湖，不知媼之所在。女扣舷呼母，神形喪失。促生沿湖問訊。會有釣鱘鰉者，得白驥。生近視之，巨物也，形全類人，乳陰畢具。奇之，歸以告女。女大駭，謂夙有放生願，囑生贖放之。生往商釣者，釣者索值昂。女曰：「妾在君家，謀金不下巨萬，區區者何遂靳直也！如必不從，妾即投湖水死耳！」生懼，不敢告父，盜金贖放之。既返，不見女，搜之不得，更盡始至。問：「何往？」曰：「適至母所。」問：「母何在？」靦然曰：「今不得不實告矣：適所贖，即妾母也。向在洞庭，龍君命司行旅。近宮中欲選嬪妃，妾被浮言者所稱道，遂敕妾母，坐相索。妾母實奏之。龍君不聽，放母於南濱，餓欲死，故罹前難。今難雖免，而罰未釋。君如愛妾，代禱真君可免。如以異類見憎，請以兒擲還君。妾去，龍宮之奉，未必不百倍君家也。」生大驚，慮真君不可得見。女曰：「明日未刻，真君當至。見有跛道士，急拜之，入水亦從之。真君喜文士，必合憐允。」乃出魚腹綾一方，曰：「如問所求，即出此，求書一『免』字。」生如言候之。果有道士蹩躠而至，生伏拜之。道士急走，生從其後。道士以杖投水，躍登其上。生竟從之而登，則非杖也，舟也。又拜之，道士問：「何求？」生出羅求書。道士展視曰：「此白驥翼也，子何遇之？」蟾宮不敢隱，詳陳顛末。道士笑曰：「此物殊風雅，老龍何得荒淫！」遂出筆草書「免」字，如符形，返舟令下。則見道士踏杖浮行，頃刻已渺。歸舟，女喜，但囑勿洩於父母。歸後二三年，翁南游，數月不歸。湖水既罄，久待不至。女遂病，日夜喘急。囑曰：「如妾死，勿瘞，當於卯、午、酉三時，一吟杜甫夢李白詩，死當不朽。候水至，傾注盆內，閉門緩妾衣，抱入浸之，宜得活。」喘息數日，奄然遂斃。後半月，慕翁至，生急如其教，浸一時許，漸蘇。自是每思南旋。後翁死，生從其意，遷於楚。

王者

湖南巡撫某公，遣州佐押解餉六十萬赴京。途中被雨，日暮愆程，無所投宿，遠見古剎，因詣棲止。天明，視所解金，蕩然無存。眾駭怪，莫可取咎。回白撫公，公以為妄，將置之法。及詰眾役，並無異詞。公責令仍反故處，緝察端緒。至廟前，見一瞽者，形貌奇異，自榜云：「能知心事。」因求卜筮。瞽曰：「是為失金者。」州佐曰：「然。」因訴前苦。瞽者便索肩輿，云：「但從我去，當自知。」遂如其言，官役皆從之。瞽曰：「東。」東之。瞽曰：「北。」北之。凡五日，入深山，忽睹城郭，居人輻輳。入城，走移時，瞽曰：「止。」因下輿，以手南指：「見有高門西向，可款關自問之。」拱手自去。州佐如其教，果見高門。漸入之。一人出，衣冠漢制，不言姓名。州佐述所自來。其人云：「請留數日，當與君謁當事者。」遂導去，令獨居一所，給以食飲。暇時閒步，至第後，見一園亭，入涉之。老松翳日，細草如氈。數轉廊榭，又一高亭，歷階而入，見壁上掛人皮數張，五官俱備，腥氣流熏。不覺毛骨森豎，疾退歸舍。自分留鞹異域，已無生望，因念進退一死，亦姑聽之。明日，衣冠者召之去，曰：「今日可見矣。」州佐唯唯。衣冠者乘怒馬甚駛，州佐步馳從之。俄，至一轅門，儼如制府衙署，皂衣人羅列左右，規模凜肅。衣冠者下馬，導入。又一重門，見有王者，珠冠繡紱，南面坐。州佐趨上，伏謁。王者問：「汝湖南解官耶？」州佐諾。王者曰：「銀俱在此。是區區者，汝撫軍即慨然見贈，未為不可。」州佐泣訴：「限期已滿，歸必就刑，稟白何所申證？」王者曰：「此即不難。」遂付以巨函云：「以此復之，可保無恙。」又遣力士送之。州佐懾息，不敢辯，受函而返。山川道路，悉非來時所經。既出山，送者乃去。數日，抵長沙，敬白撫公。公益妄之，怒不容辯，命左右者飛索以縛。州佐解襆出函，公折視未竟，面如灰土。命釋其縛，但云：「銀亦細事，汝姑出。」於是急檄屬官，設法補解訖。數日，公疾，尋卒。

先是，公與愛姬共寢，既醒，而姬髮盡失。闔署驚怪，莫測其由。蓋函中即其髮也。外有書云：「汝自起家守令，位極人臣。賕賂貪婪，不可悉數。前銀六十萬，業已驗收在庫。當自發貪囊，補充舊額。解官無罪，不得加譴責。前取姬髮，略示微警。如復不遵教令，旦晚取汝首領。姬髮附還，以作明信。」公卒後，家人始傳其書。後屬員遣人尋其處，則皆重巖絕壑，更無逕路矣。

異史氏曰：「紅綫金合，以儆貪婪，良亦快異。然桃源仙人，不事劫掠；即劍客所集。烏得有城郭衙署哉？嗚呼！是何神歟？苟得其地，恐天下之赴愬者無已時矣。」

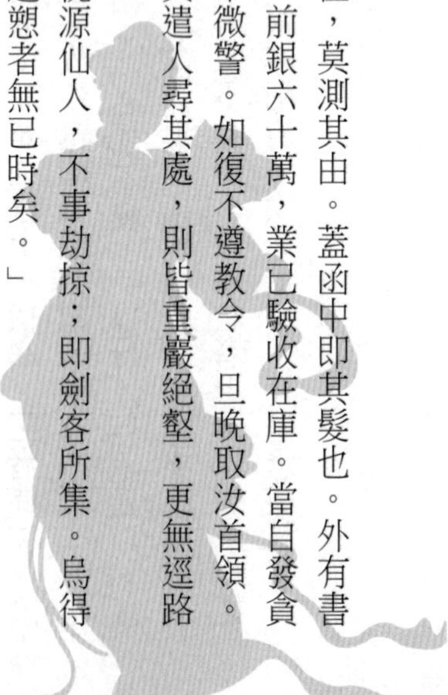

某甲

某甲私其僕婦，因殺僕納婦，生二子一女。閱十九年，巨寇破城，劫掠一空。一少年賊，持刀入甲家。甲視之，酷類死僕。自歎曰：「吾今休矣！」傾囊贖命，迄不顧，亦不一言，但搜人而殺，共殺一家二十七口而去。甲頭未斷，寇去少蘇，猶能言之，三日尋斃。嗚呼！果報不爽，可畏也哉！

衢州三怪

張握仲從戎衢州，言：「衢州夜靜時，人莫敢獨行。鐘樓上有鬼，頭上一角，象貌獰惡，聞人行聲即下。人駭而奔，鬼亦遂去。然見之輒病，且多死者。又城中一塘，夜出白布一疋，如匹練橫地。過者拾之，即捲入水。又有鴨鬼，夜既靜，塘邊並寂無一物，若聞鴨聲，人即病。」

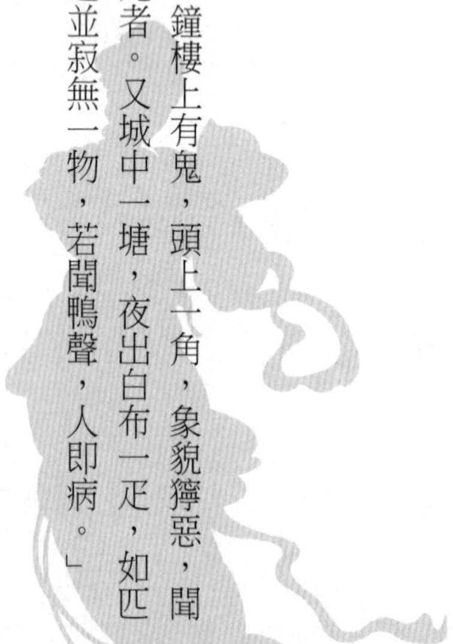

拆樓人

何冏卿，平陰人。初令秦中，一賣油者有薄罪，其言戇，何怒，杖殺之。後仕至銓司，家資富饒。建一樓，上梁日，親賓稱觴為賀。忽見賣油者入，陰自駭疑。俄報妾生子。愀然曰：「樓工未成，拆樓人已至矣！」人謂其戲，而不知其實有所見也。後子既長，最頑，蕩其家。傭為人役，每得錢數文，輒買香油食之。

異史氏曰：「常見富貴家樓第連亙，死後，再過已墟。此必有拆樓人降生其家也。身居人上，烏可不早自惕哉！」

大蝎

明彭將軍宏，征寇入蜀。至深山中，有大禪院，云已百年無僧。詢之土人，則曰：「寺中有妖，入者輒死。」彭恐伏寇，率兵斬茅而入。前殿中，有皂雕奪門飛去；中殿無異；又進之，則佛閣，周視亦無所見，但入者皆頭痛不能禁。彭親入亦然。少頃，有蝎如琵琶，自板上蠢蠢而下，一軍驚走。彭遂火其寺。

陳雲棲

真毓生，楚夷陵人，孝廉之子。能文，美丰姿，弱冠知名。兒時，相者曰：「後當娶女道士為妻。」父母共以為笑。而為之論婚，低昂苦不能就。生母臧夫人，祖居黃岡，生以故詣外祖母。聞時人語曰：「黃州『四雲』，少者無倫。」蓋郡有呂祖庵，庵中女道士皆美，故云。

庵去臧氏村僅十餘里，生因竊往。扣其關，果有女道士三四人，謙喜承迎，儀度皆潔。中一最少者，曠世真無其儔，心好而目注之。女以手支頤，但他顧。諸道士覓琖烹茶。生乘間問姓字。答云：「雲棲，姓陳。」生戲曰：「奇矣！小生適姓潘。」陳赬顏發頰，低頭不語，起而去。少間，瀹茗，進佳果。各道姓字：一，白雲深，年三十許；一，盛雲眠，二十以來；一，梁雲棟，約二十有四五，卻為弟。而雲棲不至。生殊悵惘，因問之。白曰：「此婢懼生人。」生乃起別，白力挽之，不留而出。白曰：「如欲見雲棲，明日可復來。」生歸，思戀綦切。次日，又詣之。諸道士俱在，獨少雲棲，未便遽問。諸女冠治具留餐，生力辭，不聽。白拆餅授箸，勸進良殷。既問：「雲棲何在？」答云：「自至。」久之，日勢已晚，生欲歸。白捉腕留之，曰：「姑止此，我捉婢子來奉見。」生乃止。俄，挑燈具酒，雲眠亦去。酒數行，生辭已醉。白曰：「飲三觥，則雲棲出矣。」生果飲如數。梁亦以此挾勸之，生又盡之，覆琖告辭。白顧梁曰：「吾等面薄，不能勸飲。汝往曳陳婢來，便道潘郎待妙常已久。」梁去，少時而返，具言：「雲棲不至。」生欲去，而夜已深，乃佯醉仰臥。兩人代裸之，迭就淫焉。終夜不堪其擾。天既明，不睡而別。數日不敢復往，而心念雲棲不忘也，但不時於近側探偵之。

一日，既暮，白出門，與少年去。生喜，不甚畏梁，急往款關。雲眠出應門。問之，則梁亦他適。因問雲棲。盛導去，又入一院，呼曰：「雲棲！客至矣。」但見室門闐然而合。盛笑曰：「閉扉矣。」生立窗外，似將有言，盛乃去。雲棲隔窗曰：「人皆以妾為餌釣君也。頻來，則身命殆矣。妾不能終守清規，亦不敢遂乖廉恥，欲得如潘郎者事之耳。」生乃以白頭相約。雲棲曰：「妾師撫養，即亦非易。果相見愛，當以二十金贖妾身。妾候君三年。如望為桑中之約，所不能也。」生諾之。方欲自陳，而盛復至，從與俱出，遂別歸。中心怊悵，思欲委曲貪緣，再一親其嬌範，適有家人報父病，遂星夜而還。

無何，孝廉卒。夫人庭訓最嚴，心事不敢使知，但刻減金資，日積之。有議婚者，輒以服闋為辭。母不聽。生婉告曰：「曩在黃岡，外祖母欲以婚陳氏，誠心所願。今遭大故，音耗遂梗，久不如黃省問；旦夕一往，如不果諧，從母所命。」夫人許之。乃攜所積而去。至黃，詣庵中，則院宇荒涼，大異疇昔。漸入之，惟一老尼炊竈下，因就問。尼曰：「前年老道士死，『四雲』星散矣。」問：「何之？」曰：「雲深、雲棟，從惡少去；向聞雲棲寓居郡北；雲眠消息不知也。」生聞之悲歎。命駕即詣郡北，遇觀輒詢，並少蹤迹。悵恨而歸，偽告母曰：「舅言：陳翁如岳州，待其歸，當遣伻來。」踰半年，夫人歸寧，以事問母，母殊茫然。夫人怒子誑；媼疑甥與舅謀，而未以聞也。幸舅出，莫從稽其妄。夫人以香愿登蓮峰，齋宿山下。既臥，逆旅主人扣扉，送一女道士，寄宿同舍，自言：「陳雲棲。」聞夫人家夷陵，移坐就榻，告愬坎坷，詞旨悲惻。末言：「有表兄潘生，與夫人同籍，煩囑子姪輩一傳口語，但道其暫寄棲鶴觀師叔王道成所。朝夕厄苦，度日如歲。今早一臨存；恐過此以往，未之或知也。」夫人審名字，即又不知。但云：「既在學宮，秀才輩想無不聞也。」未明早別，殷殷再囑。夫人既歸，向生言及。生長跪曰：「實告母：所謂潘生，即兒也。」夫人既知其故，怒曰：「不肖兒！宣淫寺觀，以道士為婦，何顏見親賓乎！」生垂頭，不敢出詞。會生以赴試入郡，竊命舟訪王道成。至，則雲棲半月前出游不返。既歸，悒悒而病。適臧媼卒，夫人往奔喪，殯後迷途，至京氏家，問之，則族妹也。相便邀入。見有少女在堂，年可十八九，姿容曼妙，目所未睹。夫人每思得一佳婦，俾子不懟，心動，因詰生平。妹云：「此王氏女也，京氏甥也。怙恃俱失，暫寄此耳。」問：「婿家誰？」曰：「無之。」把手與語，意致嬌婉。母大悅，為之過宿，私以己意告妹。妹曰：「良佳。但其人高自位置；不然，胡蹉跎至今也。容商之。」夫人招與同榻，談笑甚歡，自願母夫人。夫人悅，請同歸荊州；女益喜。次日，同舟而還。既至，則生病未起，母欲慰其沈疴，使婢陰告曰：「夫人為公子載麗人至矣。」生未信，伏窗窺之，較雲棲尤豔絕也。因念：三年之約已過；出游不返，則玉容必已有主。得此佳麗，心懷頗慰。於是驩然動色，病亦尋瘳。母乃招兩人相拜見。生出，夫人謂女：「亦知我同歸之意乎？」女微笑曰：「妾已知之。但妾所以同歸之初志，母不知也。妾少字夷陵潘氏，音耗闊絕，必已另有良匹。果爾，則為母也婦；不爾，則終為母也女，報母有日也。」夫人曰：「既有成約，即亦不強。但前在五祖山時，有女冠問潘氏，今又潘氏，固知夷陵世族無此姓也。」女驚曰：「臥蓮峰下者母耶？詢潘氏者，即我是也。」母始恍然悟，笑曰：「若然，則潘生固在此矣。」女問：「何在？」夫人命婢導去問生。生驚曰：「卿雲棲耶？」女問：「何知？」生言其情，始知以潘郎為戲。女知為生，羞與終談，急返告母。母問其「何復姓王」。答云：「妾本姓王。道師見愛，遂以為女，從其姓耳。」夫人亦喜，涓吉為之成禮。

先是，女與雲眠俱依王道成。道成居隘，雲眠遂去之漢口。女嬌癡不能作苦，又羞出操道士業，道成頗不善之。會京氏如黃岡，女遇之流涕，因與俱去，俾改女冠裝，將論婚士族，故諱其曾隸道士籍。而問名者，女輒不願，舅及妗皆不知意向，心厭嫌之。是日，從夫人歸，得所託，如釋重負焉。合巹後，各述所遭，喜極而泣。女孝謹，夫人雅憐愛之；而彈琴好弈，不知理家人生業，夫人頗以為憂。

積月餘，母遣兩人如京氏，留數日而歸。泛舟江流，欻一舟過，中一女冠，近之，則雲眠也。雲眠獨與女善。女喜，招與同舟，相對酸辛。問：「將何之？」盛云：「久切懸念。遠至棲鶴觀，則聞依京舅矣。故將詣黃岡，一奉探耳。竟不知意中人已得相聚。今視之如仙，剩此漂泊人，不知何時已矣！」因而欷歔。女設一謀：令易道裝，偽作姊，攜伴夫人，徐擇佳偶。盛從之。既歸，女先白夫人，盛乃入。舉止大家；談笑間，練達世故。母既寡，苦寂，得盛良歡，惟恐其去。盛早起，代母劬勞，不自作客。母益喜，陰思納女姊，以掩女冠之名，而未敢言也。一日，忘某事未作，急問之，則盛代備已久。因謂女曰：「畫中人不能作家，亦復何為。新婦若大姊者，吾不憂也。」不知女存心久，但懼母嗔。聞母言，笑對曰：「母既愛之，新婦欲效英、皇，何如？」母不言，亦囅然笑。女退，告生曰：「老母首肯矣。」乃另潔一室，告盛曰：「昔在觀中共枕時，姊言：『但得一能知親愛之人，我兩人當共事之。』猶憶之否？」盛不覺雙眥熒熒，曰：「妾所謂親愛者，非他：如日日經營，曾無一人知其甘苦；數日來，略有微勞，即煩老母恤念，則中心冷暖頓殊矣。若不下逐客令，俾得長伴老母，於願斯足，亦不望前言之踐也。」女告母。母令姊妹焚香，各矢無悔詞，乃使生與行夫婦禮。將寢，告生曰：「妾乃二十三歲老處女也。」生猶未信。既而落紅殷褥，始奇之。盛曰：「妾所以樂得良人者，非不能甘岑寂也；誠以閨閣之身，覥然酬應如勾欄，所不堪耳。借此一度，掛名君籍，當為君奉事老母，作內紀綱。若房闈之樂，請別與人探討之。」三日後，襆被從母，遣之不去。女早詣母所，占其牀寢，不得已，乃從生去。由是三兩日輒一更代，習為常。夫人故善弈，自寡居，不暇為之。自得盛，經理井井，晝日無事，輒與女弈。挑燈瀹茗，聽兩婦彈琴，夜分始散。每與人曰：「兒父在時，亦未能有此樂也。」盛司出納，每紀籍報母。母疑曰：「兒輩常言幼孤，作字彈棋，誰教之？」女笑以實告。母亦笑曰：「我初不欲為兒娶一道士，今竟得兩矣。」忽憶童時所卜，始信定數不可逃也。生再試不第。夫人曰：「吾家雖不豐，薄田三百畝，幸得雲眠紀理，日益溫飽。兒但在膝下，率兩婦與老身共樂，不願汝求富貴也。」生從之。後雲眠生男女各一；雲棲女一男三。母八十餘歲而終；孫皆入泮；長孫，雲眠所出，已中鄉選矣。

司札吏

游擊官某，妻妾甚多。最諱某小字，呼年曰歲，生曰硬，馬曰大驢；又諱敗曰勝，安為放。雖簡札往來，不甚避忌，而家人道之，則怒。一日，司札吏白事，誤犯；大怒，以研擊之，立斃。三日後，醉臥，見吏持刺入。問：「何為？」曰：「『馬子安』來拜。」忽悟其鬼，急起，拔刀揮之。吏微笑，擲刺几上，泯然而沒。取刺視之，書云：「歲家眷硬大驢子放勝。」暴謬之夫，為鬼揶揄，可笑甚已！

牛首山一僧，自名鐵漢，又名鐵屎。有詩四十首，見者無不絕倒。自鏤印章二：一曰：「混帳行子」，一曰：「老實潑皮」。秀水王司直梓其詩，名曰：「牛山四十屁」，款云：「混帳行子、老實潑皮放」。不必讀其詩，標名已足解頤。

蚰蜒

學使朱矞三家門限下有蚰蜒，長數尺。每遇風雨即出，盤旋地上如白練然，按蚰蜒形若蜈蚣。晝不能見，夜則出，聞腥輒集。或云：蜈蚣無目而多貪也。

司訓

教官某，甚聾，而與一狐善；狐耳語之，亦能聞。每見上官，亦與狐俱，人不知其重聽也。積五六年，狐別而去。囑曰：「君如傀儡，非挑弄之，則五官俱廢。與其以聾取罪，不如早自高也。」某戀祿，不能從其言，應對屢乖。學使欲逐之，某又求當道者為之緩頰。一日，執事文場。唱名畢，學使退與諸教官燕坐。教官各捫籍靴中，呈進關說。已而學使笑問：「貴學何獨無所呈進？」某茫然不解。近坐者肘之，以手入靴，示之勢。某為親戚寄賣房中偽器，輒藏靴中，隨在求售。因學使笑語，疑索此物。鞠躬起對曰：「有八錢者最佳，下官不敢呈進。」一座匿笑。學使叱出之，遂免官。

異史氏曰：「平原獨無，亦中流之砥柱也。學使而求呈進，固當奉之以此。由是得免。冤哉！」

朱公子子青「耳錄」云：「東萊一明經遲，司訓沂水。性顛癡，凡同人咸集時，皆默不語；遲坐片時，不覺五官俱動，笑啼並作，旁若無人焉者。若聞人笑聲，頓止。儉鄙自奉，積金百餘兩，自埋齋房，妻子亦不使知。一日，獨坐，忽手足自動，少刻云：『作惡結怨，受凍忍饑，好容易積蓄者，今在齋房。倘有人知，竟如何？』如此再四。一門斗在旁，殊亦不覺。次日，遲出，門斗入，掘取而去。過二三日，心不自寧，發穴驗視，則已空空。頓足拊膺，歎恨欲死。」教職中可云千態百狀矣。

黑鬼

膠州李總鎮，買二黑鬼，其黑如漆。足革粗厚，立刃為途，往來其上，毫無所損。總鎮配以娼，生子而白，僚僕戲之，謂非其種。黑鬼亦疑，因殺其子，檢骨盡黑，始悔焉。公每令兩鬼對舞，神情亦可觀也。

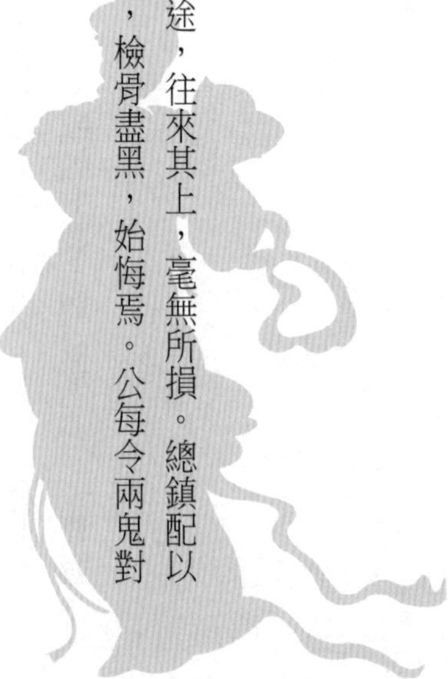

織成

洞庭湖中，往往有水神借舟。遇有空船，纜忽自解，飄然游行。但聞空中音樂並作，舟人蹲伏一隅，瞑目聽之，莫敢仰視，任所往。游畢，仍泊舊處。有柳生，落第歸，醉臥舟上。笙樂忽作。舟人搖生不得醒，急匿艎下。俄有人捽生。生醉甚，隨手墮地，眠如故，即亦置之。少間，鼓吹鳴聒。生微醒，聞蘭麝充盈，睨之，見滿船皆佳麗。心知其異，目若瞑。少間，傳呼織成。即有侍兒來，立近頰際，翠襪紫舄，細瘦如指。心好之，隱以齒齧其襪。少間，女子移動，牽曳傾踣。上問之，因白其故。在上者怒，命即行誅。遂有武士入，捉縛而起。見南面一人，冠類王者。因行且語，曰：「聞洞庭君為柳氏，臣亦柳氏；昔洞庭落第，今臣亦落第；洞庭得遇龍女而仙，今臣醉戲一姬而死：何幸不幸之懸殊也！」王者聞之，喚回，問：「汝秀才下第者乎？」生諾。便授筆札，令賦「風鬟霧鬢」。生固襄陽名士，而構思頗遲，捉筆良久。上誚讓曰：「名士何得爾？」生釋筆自白：「昔『三都賦』十稔而成，以是知文貴工，不貴速也。」王者笑聽之。自辰至午，稿始脫。王者覽之，大悅曰：「真名士也！」遂賜以酒。頃刻，異饌紛綸。方問對間，一吏捧簿進白：「溺籍告成矣。」問：「人數幾何？」曰：「一百二十八人。」問：「簽差何人矣？」答云：「毛、南二尉。」生起拜辭，王者贈黃金十斤，又水晶界方一握，曰：「湖中小有劫數，持此可免。」忽見羽葆人馬，紛立水面，王者下舟登輿，遂不復見，久之，寂然。舟人始自艎下出，蕩舟北渡，風逆不得前。忽見水中有鐵貓浮出。舟人駭曰：「毛將軍出現矣！」各舟商人俱伏。又無何，湖中一木直立，築築搖動。益懼曰：「南將軍又出矣！」少時，波浪大作，上翳天日，四顧湖舟，一時盡覆。生舉界方危坐舟中，萬丈洪濤，至舟頓滅，以是得全。

既歸，每向人語其異。言舟中侍兒，雖未悉其容貌，而裙下雙鉤，亦人世所無。後以故至武昌，有崔媼賣女，千金不售；蓄一水晶界方，言有能配此者，嫁之。生異之，懷界方而往。媼忻然承接，呼女出見，年十五六已來，媚曼風流，更無倫比，略一展拜，返身入幃。生一見，魂魄動搖，曰：「小生亦蓄一物，不知與老姥家藏頗相稱否？」因各出相較，長短不爽毫釐。媼喜，便問寓所，請生即歸命輿，界方留作信。生不肯留。媼笑曰：「官人亦太小心！老身豈為一界方抽身竄去耶？」生不得已，留之。出則賃輿急返，而媼室已空。大駭。遍問居人，迄無知者。日已向西，形神懊喪，邑邑而返。中途，值一輿過，忽搴簾曰：「柳郎何遲也？」視之，則崔媼。喜問：「何之？」媼笑曰：「必將疑老身拐騙者矣。別後，適有便輿，頓念官人亦僑寓，措辦良艱，故遂送女歸舟耳。」生邀回車，媼必不可。生倉惶不能確信，急奔入舟，女果及一婢在焉。見生入，含笑承迎。見翠襪紫履，與舟中侍兒妝飾，更無少別。心異之，徘徊凝注。女笑曰：「眈眈注目，生平所未見耶？」生益俯窺之，則襪後齒痕宛然。驚曰：「卿織成耶？」女掩口微哂。生長揖曰：「卿果神人，早請直言，以祛煩惑。」女曰：「實告君：前舟中所遇，即洞庭君也。仰慕鴻才，便欲以妾相贈；因妾過為王妃所愛，故歸謀之。妾之來，從妃命也。」生喜，沐手焚香，望湖朝拜。乃歸。後詣武昌，女求同去，將便歸寧。既至洞庭，女拔釵擲水，忽見一小舟自湖中出，女躍登，如飛鳥集，轉瞬已杳。生坐船頭，於沒處凝盼之。遙遙一樓船至，既近窗開，忽如一彩禽翔過，則織成至矣。一人自窗中遞擲金珠珍物甚多，皆妃賜也。自是，歲一兩覲以為常。故生家富有珠寶，每出一物，世家所不識焉。

相傳唐柳毅遇龍女，洞庭君以為婿。後遜位於毅。又以毅貌文，不能攝服水怪，付以鬼面，晝戴夜除；久之漸習忘除，遂與面合而為一。毅覽鏡自慚。故行人泛湖，或以手指物，則疑為指己也；以手覆額，則疑其窺己也；風波輒起，舟多覆。故初登舟，舟人必以此告戒之。不則設牲牢祭享，乃得渡。許真君偶至湖，浪阻不得行。真君怒，執毅付郡獄。獄吏檢囚，恆多一人，莫測其故。一夕，毅示夢郡伯，哀求拔救。伯以幽明異路，謝辭之。毅云：「真君於某日臨境，但為求懇，必合有濟。」既而真君果至，因代求之，遂得釋。嗣後湖禁稍平。

竹青

魚客，湖南人，忘其郡邑。家貧，下第歸，資斧斷絕。羞於行乞，餓甚，暫憩吳王廟中，拜禱神座。出臥廊下，忽一人引去，見王，跪曰：「黑衣隊尚缺一卒，可使補缺。」王曰：「可。」即授黑衣。既著身，化為烏，振翼而出。見烏友羣集，相將俱去，分集帆檣。舟上客旅，爭以肉向上拋擲。羣於空中接食之。因亦尤效，須臾果腹。翔棲樹杪，意亦甚得。踰二三日，吳王憐其無偶，配以雌，呼之「竹青」。雅相愛樂。魚每取食，輒馴無機。竹青恆勸諫之，卒不能聽。一日，有滿兵過，彈之中胸。幸竹青啣去之，得不被擒。羣烏怒，鼓翼搧波，波湧起，舟盡覆。竹青仍投餌哺魚。魚傷甚，終日而斃。忽如夢醒，則身臥廟中。

先是，居人見魚死，不知誰何，撫之未冷，故不時令人邏察之。至是，訊知其由，斂資送歸。後三年，復過故所，參謁吳王。設食，喚烏下集羣啗，祝曰：「竹青如在，當止。」食已，並飛去。後領薦歸，復謁吳王廟，薦以少牢。已，乃大設以饗烏友，又祝之。是夜宿於湖村，秉燭方坐，忽几前如飛鳥飄落，視之，則二十許麗人，囅然曰：「別來無恙乎？」魚驚問之。曰：「君不識竹青耶？」魚喜，詰所來。曰：「妾今為漢江神女，返故鄉時常少。前烏使兩道君情，故來一相聚也。」魚益忻感，宛如夫妻之久別，不勝歡戀。生將偕與俱南，女欲邀與俱西，兩謀不決。寢初醒，則女已起。開目，見高堂中巨燭熒煌，竟非舟中。驚起，問：「此何所？」女笑曰：「此漢陽也。妾家即君家，何必南！」天漸曉，婢媼紛集，酒炙已進。就廣牀上設矮几，夫婦對酌。魚問：「僕何在？」答：「在舟上。」生慮舟人不能久待。女言：「不妨，妾當助君報之。」於是日夜談讌，樂而忘歸。舟人夢醒，忽見漢陽，駭絕。僕訪主人，杳無音信。舟人欲他適，而纜結不解，遂共守之。積兩月餘，生忽憶歸，謂女曰：「僕在此，親戚斷絕。且卿與僕，名為琴瑟，而不一認家門，奈何？」女曰：「無論妾不能往；縱往，君家自有婦，將何以處妾乎？不如置妾於此，為君別院可耳。」生恨道遠，不能時至。女出黑衣，曰：「君向所著舊衣尚在。如念妾時，衣此可至；至時，為君解之。」乃大設肴珍，為生祖餞。即醉而寢，醒，則身在舟中。視之，洞庭舊泊處也。舟人及僕俱在，相視大駭，詰其所往，生故悵然自驚。枕邊一襆，檢視，則女贈新衣襪履，黑衣亦摺置其中。又有繡橐維縶腰際，探之，則金資充牣焉。於是南發，達岸，厚酬舟人而去。歸家數月，苦憶漢水，因潛出黑衣著之。兩脅生翼，翕然凌空，經兩時許，已達漢水。回翔下視，見孤嶼中有樓舍一簇，遂飛墮。有婢子已望見之，呼曰：「官人至矣！」無何，竹青出，命眾手為緩結，覺羽毛劃然盡脫。握手入舍曰：「郎來恰好，妾旦夕臨蓐矣。」生戲問曰：「胎生乎？卵生乎？」女曰：「妾今為神，則皮骨已硬，應與曩異。」越數日，果產，胎衣厚裹，如巨卵然，破之，男也。生喜，名之「漢產」。三日後，漢水神女皆登堂，以服食珍物相賀。並皆佳妙，無三十以上人。俱入室就榻，以拇指按兒鼻，名曰：「增壽」。既去，生問：「適來者皆誰何？」女曰：「此皆妾輩。其末後著藕白者，所謂『漢皋解珮』，即其人也。」居數月，女以舟送之，不用帆楫，飄然自行。抵陸，已有人縶馬道左，遂歸。由此往來不絕。

積數年，漢產益秀美，生珍愛之。妻和氏，苦不育，每思一見漢產。生以情告女。女乃治任，送兒從父歸，約以三月。既歸，和愛之過於己出，過十餘月，不忍令返。一日，暴病而殤，和氏悼痛欲死。生乃詣漢告女。入門，則漢產赤足臥牀上，喜以問女。女曰：「君久負約。妾思兒，故招之也。」生因述和氏愛兒之故。女曰：「待妾再育，令漢產歸。」又年餘，女雙生男女各一：男名「漢生」，女名「玉珮」。生遂攜漢產歸，然歲恆三四往，不以為便，因移家漢陽。漢產十二歲入郡庠。女以人間無美質，招去，為之娶婦，始遣歸。婦名「卮娘」，亦神女產也。後和氏卒，漢生及妹皆來擗踊。葬畢，漢生遂留；生攜玉珮去，自此不返。

段氏

段瑞環，大名富翁也。四十無子。妻連氏最妒，欲買妾而不敢。私一婢；連覺之，撻婢數百，鬻諸河間欒氏之家。段日益老，諸姪朝夕乞貸，一言不相應，怒徵聲色。段思不能給其求，而欲嗣一姪，則羣姪阻撓之，連之悍亦無所施，始大悔。憤曰：「翁年六十餘，安見不能生男！」遂買兩妾，聽夫臨幸，不之問。居年餘，二妾皆有身。舉家皆喜。於是氣息漸舒。凡諸姪有所強取，輒惡聲梗拒之。無何，一妾生女，一妾生男而殤。夫妻失望。又將年餘，段中風不起，諸姪益肆，牛馬什物，競自取去。連詬斥之，輒反脣相稽。無所為計，朝夕嗚哭。段病益劇，尋死。諸姪集柩前，議析遺產。連雖痛切，然不能禁止之。但留沃墅一所，贍養老稚，姪輩不肯。連曰：「汝等寸土不留，將令老嫗及呱呱者餓死耶！」日不決，惟忿哭自撾。忽有客入弔，直趨靈所，俯仰盡哀。哀已，便就苫次。眾詰為誰。客曰：「亡者吾父也。」眾益駭。客從容自陳。先是，婢嫁欒氏，踰五六月，生子懷，欒撫之等諸男。十八歲入泮。後欒卒，諸兄析產，置不與諸欒齒。懷問母，始知其故。曰：「既屬兩姓，各有宗祏，何必在此承人百畝田哉！」乃命騎詣段，而段已死。言之鑿鑿，確可信據。連方忿痛，聞之大喜，直出曰：「我今亦復有兒！諸所假去牛馬什物，可好自送還；不然，有訟興也！」諸姪相顧失色，漸引去。懷乃攜妻來，共居父憂。諸段不平，共謀逐懷。懷知之，曰：「欒不以為欒，段復不以為段，我安適歸乎！」忿欲質官，諸戚黨為之排解，羣謀亦寢。而連以牛馬故，不肯已。懷勸置之。連曰：「我非為牛馬也，雜氣集滿胸，汝父以憤死，我所以吞聲忍泣者，為無兒耳。今有兒，何畏哉！前事汝不知狀，待予自質審。」懷固止之，不聽，具詞赴宰控。宰拘諸段，審狀，連氣直詞惻，吐陳泉湧。宰為動容，並懲諸段，追物給主。既歸，其兄弟之子有不與黨謀者，招之來，以所追物，盡散給之。連七十餘歲，將死，呼女及孫媳曰：「汝等誌之：如三十不育，便當典質釵珥，為婿納妾。無子之情狀實難堪也！」

異史氏曰：「連氏雖妒，而能疾轉，宜天以有後伸其氣也。觀其慷慨激發，吁！亦傑矣哉！」

濟南蔣稼，其妻毛氏，不育而妒。嫂每勸諫，不聽，曰：「寧絕嗣，不令送眼流眉者忿氣人也！」年近四旬，頗以嗣續為念。欲繼兄子，兄嫂俱諾，而故悠忽之。兒每至叔所，夫妻餌以甘脆，問曰：「肯來吾家乎？」兒亦應之。兄私囑兒曰：「倘彼再問，答以不肯。如問何故不肯，答云：『待汝死後，何愁田產不為吾有。』」一日，稼出遠賈，兒復至。毛又問，兒即以父言對。毛大怒曰：「妻孥在家，固日日算吾田產耶！其計左矣！」逐兒出，立招媒媼，為夫買妾。及夫歸，時有賣婢者，其價昂，傾資不能取盈，勢將難成。其兄恐遲而變悔，遂暗以金付媼，偽稱為媼轉貸而玉成之。毛大喜，遂買婢歸。毛以情告夫，大怒，與兄絕。年餘，妾生子。夫妻大喜。毛曰：「媼不知假貸何人，年餘竟不置問，此德不可忘。今子已生，尚不償母價也！」稼乃囊金詣媼。媼笑曰：「當大謝大官人。老身一貧如洗，誰敢貸一金者。」具以實告。稼感悟，歸告其妻，相為感泣。遂治具邀兄嫂至，夫婦皆膝行，出金償兄，兄不受，盡歡而散。後稼生三子。

狐　女

伊袞，九江人。夜有女來，相與寢處。心知為狐，而愛其美，祕不告人，父母亦不知也。久而形體支離。父母窮詰，始實告之。父母大憂，使人更代伴寢，兼施勑勒，卒不能禁。翁自與同衾，則狐不至；易人，則又至。伊問狐。狐曰：「世俗符咒，何能制我。然俱有倫理，豈有對翁行淫者！」翁聞之，益伴子不去，狐遂絕。後值叛寇橫恣，村人盡竄，一家相失。伊奔入崑崙山，四顧荒涼。日既暮，心恐甚。忽見一女子來，近視之，則狐女也。離亂之中，相見忻慰。女曰：「日已西下，君姑止此。我相佳地，暫創一室，以避虎狼。」乃北行數武，遂蹲莽中，不知何作。少刻返，拉伊南去；約十餘步，又曳之回。忽見大木千章，繞一高亭，銅牆鐵柱，頂類金箔；近視，則牆可及肩，四圍並無門戶，而牆上密排坎窞。女以足踏之而過，伊亦從之。既入，疑金屋非人工可造，問所自來。女笑曰：「君子居之，明日即以相贈。金鐵各千萬，計半生吃著不盡矣。」既而告別。伊苦留之，乃止。曰：「被人厭棄，已拚永絕；今又不能自堅矣。」及醒，狐女不知何時已去。天明，踰垣而出。回視臥處，並無亭屋，惟四針插指環內，覆脂合其上；大樹，則叢荊老棘也。

張氏婦

凡大兵所至，其害甚於盜賊：蓋盜賊人猶得而仇之，兵則人所不敢仇也。其少異於盜者，特不敢輕於殺人耳。甲寅歲，三藩作反，南征之士，養馬兗郡，雞犬廬舍一空，婦女皆被淫污。時遭霪雨，田中瀦水為湖，民無所匿，遂乘垣入高粱叢中。兵知之，裸體乘馬，入水搜淫，鮮有遺脫。惟張氏婦不伏，公然在家。有廚舍一所，夜與夫掘坎深數尺，積茅焉；覆以薄，加蓆其上，若可寢處。自炊竈下。有兵至，則出門應給之。二蒙古兵強與淫。婦曰：「此等事，豈可對人行者？」其一微笑，嗢噠而出。婦與入室，指蓆使先登。薄折，兵陷。婦又另取蓆及薄覆其上，故立坎邊，以誘來者。少間，其一復入。聞坎中號，不知何處。婦以手笑招之曰：「在此處。」兵踏蓆，又陷。婦乃益投以薪，擲火其中。火大熾，屋焚。婦乃呼救。火既熄，燔尸焦臭。人問之。婦曰：「兩豬恐害於兵，故納坎中耳。」由此離村數里，於大道旁並無樹木處，攜女紅往坐烈日中。村去郡遠，兵來率乘馬，頃刻數至。笑語嗢噠，雖多不解，大約調弄之語。然去道不遠，無一物可以蔽身，輒去，數日無患。一日，一兵至，甚無恥，就烈日中欲淫婦。婦含笑不甚拒。隱以針刺其馬，馬輒噴嘶，兵遂縶馬股際，然後擁婦。婦出巨錐猛刺馬項，馬負痛奔駭。韁繫股不得脫，曳馳數十里，同伍始代捉之。首軀不知處，韁上一股，儼然在焉。

異史氏曰：「巧計六出，不失身於悍兵。賢哉婦乎，慧而能貞！」

于子游

海濱人說：「一日，海中忽有高山出，居人大駭。一秀才寄宿漁舟，沽酒獨酌。夜闌，一少年人，儒服儒冠，自稱：『于子游。』言詞風雅。秀才悅，便與歡飲。飲至中夜，離席言別。秀才曰：『君家何處？玄夜茫茫，亦太自苦。』答云：『僕非土著，以序近清明，將隨大王上墓。眷口先行，大王姑留憩息，明日辰刻發矣。宜歸，早治任也。』秀才亦不知大王何人。送至鷁首，躍身入水，撥剌而去，乃知為魚妖也。次日，見山峰浮動，頃刻已沒。始知山為大魚，即所云大王也。」俗傳清明前，海中大魚攜兒女往拜其墓，信有之乎？

康熙初年，萊郡潮出大魚，鳴號數日，其聲如牛。既死，荷擔割肉者，一道相屬。魚大盈畝，翅尾皆具；獨無目珠。眶深如井，水滿之。割肉者誤墮其中，輒溺死。或云：「海中貶大魚，則去其目，以目即夜光珠」云。

男妾

一官紳在揚州買妾，連相數家，悉不當意。惟一媼寄居賣女，女十四五，丰姿姣好，又善諸藝。大悅，以重價購之。至夜，入衾，膚膩如脂。喜捫私處，則男子也。駭極，方致窮詰。蓋買好僮，加意修飾，設局以騙人耳。黎明，遣家人尋媼，則已遁去無蹤。中心懊喪，進退莫決。適浙中同年某來訪，因為告訴。某便索觀，一見大悅，以原價贖之而去。

異史氏曰：「苟遇知音，即予以南威不易。何事無知婆子，多作一偽境哉！」

汪可受

湖廣黃梅縣汪可受，能記三生：一世為秀才，讀書僧寺。僧有牝馬產騾駒，愛而奪之。後死，冥王稽籍，怒其貪暴，罰使為騾償寺僧。既生，僧愛護之，欲死無間。稍長，輒思投身澗谷，又恐負豢養之恩，冥罰益甚，遂安之。數年，孽滿自斃，生一農人家。墮蓐能言，父母以為怪，殺之，乃生汪秀才家。秀才近五旬，得男甚喜。汪生而了了；但憶前生以早言死，遂不敢言。至三四歲，人皆以為瘂。一日，父方為文，適有友人過訪，投筆出應客。汪入見父作，不覺技癢，代成之。父返見之，問：「何人來？」家人曰：「無之。」父大疑。次日，故書一題置几上，旋出；少間即返，翳行悄步而入。則見兒伏案間，稿已數行，忽睹父至，不覺出聲，跪求免死。父喜，握手曰：「吾家只汝一人，既能文，家門之幸也，何自匿為？」由是益教之讀。少年成進士，官至大同巡撫。

牛犢

楚中一農人赴市歸，暫休於途。有術人後至，止與傾談。忽瞻農人曰：「子氣色不祥，三日內當退財，受官刑。」農人曰：「某官稅已完，生平不解爭鬥，刑何從至？」術人曰：「僕亦不知。但氣色如此，不可不慎之也！」農人頗不深信，拱別而歸。次日，牧犢於野，有驛馬過，犢望見，誤以為虎，直前觸之，馬斃。役報農人至官，官薄懲之，使償其馬。蓋水牛見虎必鬥，故販牛者露宿，輒以牛自衛；遙見馬過，急驅避之，恐其誤觸也。

王大

李信，博徒也。晝臥，忽見昔年博友王大、馮九來，邀與敖戲。李亦忘其為鬼，忻然從之。既出，王大往邀村中周子明，馮乃導李先行，入村東廟中。少頃，周果同王至。馮出葉子，約與撩零。李曰：「倉卒無博資，辜負盛邀，奈何？」周亦云然。王云：「燕子谷黃八官人放利債，同往貸之，宜必諾允。」於是四人並去。飄忽間，至一大村。村中甲第連垣，王指一門，曰：「此黃公子家。」內一老僕出，王告以意。僕即入白。旋出，奉公子命，請王、李相會。入見公子，年十八九，笑語藹然。便以大錢一提付李，曰：「知君愨直，無妨假貸。周子明我不能信之也。」王委曲代為請。公子要李署保，李不肯。王從旁慫恿之，李乃諾。亦授一千而出。便以付周，具述公子之意，以激其必償。出谷，見一婦人來，則村中趙氏妻，素喜爭善罵。馮曰：「此處無人，悍婦宜小祟之。」遂與王捉返入谷。婦大號。馮掬土塞其口。周贊曰：「此等婦，只宜椓杙陰中！」馮乃捋襟，以長石強納之。婦若死。眾乃散去，復入廟，相與賭博。自午至夜分，李大勝，馮、周資皆空。李因以厚資增息悉付王，使代償黃公子；王又分給周、馮，局復合。居無何，聞人聲紛拏，一人奔入曰：「城隍老爺親捉博者，今至矣！」眾失色。李捨錢踰垣而逃。眾顧資，皆被縛。既出，果見一神人坐馬上，馬後縶博徒二十餘人。天未明，已至邑城，門啓而入。至衙署，城隍南面坐，喚人犯上，執籍呼名。呼已，並令以利斧斫去將指，乃以墨朱各塗兩目，游市三周訖。押者索賄而後去其墨朱，眾皆賂之。獨周不肯，辭以囊空；押者約送至家而後酬之，亦不許。押者指之曰：「汝真鐵豆，炒之不能爆也！」遂拱手去。周出城，以唾溼袖，且行且拭。及河自照，墨朱未去；掬水盥之，堅不可下，悔恨而歸。先是，趙氏婦以故至母家，日暮不歸。夫往迎之。至谷口，見婦臥道周。睹狀，知其遇鬼，去其泥塞，負之而歸。漸醒能言，始知陰中有物，宛轉抽拔而出。乃述其遭。趙怒，遽赴邑宰，訟李及周。牒下，李初醒；周尚沈睡，狀類死。宰以其誣控，笞趙械婦，夫妻皆無理以自申。越日，周醒，目眶忽變一赤一黑，大呼指痛。視之，筋骨已斷，惟皮連之，數日尋墮。目上墨朱，深入肌理。見者無不掩笑。

一日，見王大來索負。周厲聲但言無錢，王忿而去。家人問之，始知其故。共以神鬼無情，勸償之。周齦齦不可，且曰：「今日官宰皆左袒賴債者，陰陽應無二理，況賭債耶！」次日，有二鬼來，謂黃公子具呈在邑，拘赴質審；李信亦見隸來，取作間證：二人一時並死。至村外相見，王、馮俱在。李謂周曰：「君尚帶赤墨眼，敢見官耶？」周仍以前言告。李知其吝，乃曰：「汝既昧心，我請見黃八官人，為汝還之。」遂共詣公子所。李入而告以故，公子不可，曰：「負欠者誰，而取償於子？」出以告周，因謀出資，假周進之。周益忿，語侵公子。鬼乃拘與俱行。無何，至邑，入見城隍。城隍呵曰：「無賴賊！塗眼猶在，又賴債耶！」周曰：「黃公子出利債，誘某博賭，遂被懲創。」城隍喚黃家僕上，怒曰：「汝主人開場誘賭，尚討債耶？」僕曰：「取資時，公子不知其賭。公子家燕子谷，捉獲博徒在觀音廟，相去十餘里。公子從無設局場之事。」城隍顧周曰：「取資悍不還，反被捏造！人之無良，至汝而極！」欲笞之。周又訴其息重。城隍曰：「償幾分矣？」答云：「實尚未有所償。」城隍怒曰：「本資尚欠，而論息耶？」笞三十，立押償主。二鬼押至家，索賄，不令即活，縛諸廁內，令示夢家人。家人焚楮錠二十提，火既滅，化為金二兩、錢二千。周乃以金酬債，以錢賂押者，遂釋令歸。既蘇，臀創墳起，膿血崩潰，數月始痊。後趙氏婦不敢復罵；而周以四指帶赤墨眼，賭如故。此以知博徒之非人矣！

異史氏曰：「世事之不平，皆由為官者矯枉之過正也。昔日富豪以倍稱之息折奪良家子女，人無敢言者；不然，函刺一投，則官以三尺法左袒之。故昔之民社官，皆為勢家役耳。迨後賢者鑑其弊，又悉舉而大反之。有舉人重資作巨商者，衣錦厭粱肉，家中起樓閣、買良沃。而竟忘所自來。一取償，則怒目相向。質諸官，官則曰：『我不為人役也。』是何異懶殘和尚，無工夫為俗人拭涕哉！余嘗謂昔之官諂，今之官謬；諂者固可誅，謬者亦可恨也。放資而薄其息，何嘗專有益於富人乎？」

張石年宰淄川，最惡博。其塗面游城，亦如冥法，刑不至墮指，而賭以絕。蓋其為官，甚得鉤距法。方簿書旁午時，每一人上堂，公偏暇，里居、年齒、家口、生業，無不絮絮問。問已，始勸勉令去。有一人完稅繳單，自分無事，呈單欲下。公止之，細問一過，曰：「汝何博也？」其人力辯生平不解博。公笑曰：「腰中尚有博具。」搜之，果然。人以為神，而並不知其何術。

樂仲

樂仲，西安人。父早喪，母遺腹生仲。母好佛，不茹葷酒。仲既長，嗜飲善啖，竊腹誹母，每以肥甘勸進。母咄之。後母病，彌留，苦思肉。仲急無所得肉，刲左股獻之。病稍瘥，悔破戒，不食而死。仲哀悼益切，以利刃益刲右股見骨。家人共救之，裹帛敷藥，尋癒，心念母苦節，又慟母愚，遂焚所供佛像，立主祀母。醉後，輒對哀哭。年二十始娶，身猶童子。娶三日，謂人曰：「男女居室，天下之至穢，我實不為樂！」遂去妻。妻父顧文淵，浼戚求返，請之三四，仲必不可。遲半年，顧遂醮女。仲鰥居二十年，行益不羈：奴隸優伶皆與飲；里黨乞求，不靳與；有言嫁女無釜者，揭竈頭舉贈之。自乃從鄰借釜炊，諸無行者知其性，咸朝夕騙賺之。或以賭博無資，故對之欷歔，言追呼急，將鬻其子。仲措稅金如數，傾囊遺之；及租吏登門，自始典質營辦。以故，家日益落。先是仲殷饒，同堂子弟，爭奉事之，凡有任其取攜，莫之較；及仲蹇落，存問絕少。仲曠達，不為意。值母忌辰，仲適病，不能上墓，欲遣子弟代祀；諸子弟皆謝以故。仲乃酹諸室中，對主號痛，無嗣之戚，頗縈懷抱。因而病益劇。瞀亂中，覺有人撫摩之，目微啓，則母也。驚問：「何來？」母曰：「緣家中無人上墓，故來就享，即視汝病。」問：「母向居何所？」母曰：「南海。」撫摩既已，遍體生涼。開目四顧，渺無一人。病瘥。既起，思朝南海。會鄰村有結香社者，即賣田十畝，挾資求偕。社人嫌其不潔，共擯絕之。乃隨從同行。途中牛酒薤蒜不戒，眾更惡之，乘其醉睡，不告而去。仲即獨行。至閩遇友人邀飲，有名妓瓊華在座。適言南海之游，瓊華願附以行。仲喜，即待趣裝，遂與俱發；雖寢食與共，而毫無所私。既至南海，社中人見其載妓而至，更非笑之，鄙不與同朝。仲與瓊華知其意，乃任其先拜而後拜之。眾拜時，恨無現示。及二人拜，方投地，忽見遍海皆蓮花，花上瓔珞垂珠；瓊華見為菩薩，仲見花朵上皆其母。因急呼奔母，躍入從之。眾見萬朵蓮花，悉變霞彩，障海如錦。少間，雲靜波澄，一切都杳，而仲猶身在海岸。亦不自解其何以得出，衣履並無沾濡。望海大哭，聲震島嶼。瓊華挽勸之，愴然下剎，命舟北渡。途中有豪家招瓊華去，仲獨憩逆旅。有童子方八九歲，丐食肆中，貌不類乞兒。細詰之，則被逐於繼母。心憐之。兒依依左右，苦求拔拯，仲遂攜與俱歸。問其姓氏，則曰：「阿辛，姓雍。母顧氏。嘗聞母言：適雍六月，遂生余。余本樂姓。」仲大驚。自疑生平一度，不應有子。因問樂居何鄉。答云：「不知。但母沒時，付一函書，囑勿遺失。」仲急索書。視之，則當年與顧家離婚書也。驚曰：「真吾兒也！」審其年月良確，頗慰心願。然家計日疏，居二年，割畝漸盡，竟不能畜僮僕。

一日，父子方自炊，忽有麗人入，視之，則瓊華也。驚問：「何來？」笑曰：「業作假夫妻，何又問也？向不即從者，徒以有老嫗在；今已死。顧念不從人，無以自庇；從人，則又無以自潔；計兩全者，無如從君，是以不憚千里。」遂解裝代兒炊。仲良喜。至夜，父子同寢如故，另治一室居瓊華。兒母之，瓊華亦善撫兒。戚黨聞之，皆餪仲，兩人皆樂受之。客至，瓊華悉為治具，仲亦不問所自來。瓊華漸出金珠，贖故產，廣置婢僕馬牛，日益繁盛。仲每謂瓊華曰：「我醉時，卿當避匿，勿使我見。」華笑諾之。一日，大醉，急喚瓊華。華豔妝出；仲睨之良久，大喜，蹈舞若狂，曰：「吾悟矣！」頓醒。覺世界光明，所居廬舍，盡為瓊樓玉宇，移時始已。從此不復飲市上，惟日對瓊華飲。瓊華茹素，以茶茗侍。一日，微醺，命瓊華按股，見股上封痕，化為兩朵赤菡萏，隱起肉際。奇之。仲笑曰：「卿視此花放後，二十年假夫妻分手矣。」瓊華信之。既為阿辛完婚，瓊華漸以家付新婦，與仲別院居。子婦三日一朝，事非疑難不以告。役二婢：一溫酒，一瀹茗而已。一日，瓊華至兒所，兒媳咨白良久，共往見父。入門，見父白足坐榻上。聞聲，開眸微笑曰：「母子來大好！」即復瞑。瓊華大驚曰：「君欲何為？」視其股上，蓮花大放。試之，氣已絕。即以兩手捻合其花，且祝曰：「妾千里從君，大非容易。為君教子訓婦，亦有微勞。即差二三年，何不一少待也？」移時，仲忽開眸笑曰：「卿自有卿事，何必又牽一人作伴也？無已，姑為卿留。」瓊華釋手，則花已復合。於是言笑如初。積三年餘，瓊華年近四旬，猶如二十許人。忽謂仲曰：「凡人死後，被人捉頭舁足，殊不雅潔。」遂命工治雙槥。辛駭問之。答云：「非汝所知。」工既竣，沐浴妝竟，命子及婦曰：「我將死矣。」辛泣曰：「數年賴母經紀，始不凍餒。母尚未得一享安逸，何遂捨兒而去？」曰：「父種福而子享，奴婢牛馬，皆騙債者填償汝父，我無功焉。我本散花天女，偶涉凡念，遂謫人間三十餘年；今限已滿。」遂登木自入。再呼之，雙目已含。辛哭告父，父不知何時已僵，衣冠儼然。號慟欲絕。入棺，並停堂中，數日未殮，冀其復返。光明生於股際，照徹四壁。瓊華棺內則香霧噴溢，近舍皆聞。棺既合，香光遂漸減。既殯，樂氏諸子弟覬覦其有，共謀逐辛。訟諸官，官莫能辨，擬以田產半給諸樂。辛不服，以詞質郡，久不決。初，顧嫁女於雍，經年餘，雍流寓於閩，音耗遂絕。顧老無子，苦憶女，詣婿，則女死甥逐。告官。雍懼，賂顧，不受，必欲得甥。窮覓不得。一日，顧偶於途中，見彩輿過，避道左。輿中一美人呼曰：「若非顧翁耶？」顧諾。女子曰：「汝甥即吾子，現在樂家，勿訟也。甥方有難，宜急往。」顧欲詳詰，輿已去遠。顧乃受賂入西安。至，則訟方沸騰。顧自投官，言女大歸日、再醮日，及生子年月，歷歷甚悉。諸樂皆被杖逐，案遂結。及歸，述其見美人之日，即瓊華沒日也。辛為顧移家，授廬贈婢。六十餘，生一子，辛顧恤之。

異史氏曰：「斷葷戒酒，佛之似也。爛熳天真，佛之真也。樂仲對麗人，直視之為香潔道伴，不作溫柔鄉觀也。寢處三十年，若有情、若無情，此為菩薩真面目，世中人烏得而測之哉！」

香玉

勞山下清宮，耐冬高二丈，大數十圍，牡丹高丈餘，花時璀璨似錦。膠州黃生，舍讀其中。一日，自窗中見女郎，素衣掩映花間。心疑觀中焉得此，趨出，已遁去。自此屢見之。遂隱身叢樹中，以伺其至。未幾，女郎又偕一紅裳者來，遙望之，豔麗雙絕。行漸近，紅裳者卻退，曰：「此處有生人！」生暴起。二女驚奔，袖裙飄拂，香風洋溢，追過短牆，寂然已杳。愛慕彌切，因題句樹下云：「無限相思苦，含情對短窗。恐歸沙吒利，何處覓無雙？」歸齋冥想。女郎忽入，驚喜承迎。女笑曰：「君洶洶似強寇，使人恐怖；不知君乃騷雅士，無妨相見。」生略叩生平。曰：「妾小字香玉，隸籍平康巷。被道士閉置山中，實非所願。」生問：「道士何名？當為卿一滌此垢。」女曰：「不必，彼亦未敢相逼。借此與風流士長作幽會，亦佳。」問：「紅衣者誰？」曰：「此名絳雪，乃妾義姊。」遂相狎。及醒，曙色已紅。女急起，曰：「貪歡忘曉矣。」著衣易履，且曰：「妾酬君作，勿笑：『良夜更易盡，朝暾已上窗。願如梁上燕，棲處自成雙。』」生握腕曰：「卿秀外慧中，令人愛而忘死。顧一日之去，如千里之別。卿乘間當來，勿待夜也。」女諾之。由此夙夜必偕。每使邀絳雪來，輒不至，生以為恨。女曰：「絳姊性殊落落，不似妾情癡也。當從容勸駕，不必過急。」一夕，女慘然入曰：「君隴不能守，尚望蜀耶？今長別矣。」問：「何之？」以袖拭淚，曰：「此有定數，難為君言。昔日佳作，今成讖語矣。『佳人已屬沙吒利，義士今無古押衙』，可為妾詠。」詰之，不言，但有嗚咽。竟夜不眠，早旦而去。生怪之。次日，有即墨藍氏，入宮游矚，見白牡丹，悅之，掘移逕去。生始悟香玉乃花妖也，悵惋不已。過數日，聞藍氏移花至家，日就萎悴。恨極，作哭花詩五十首，日日臨穴涕洟。

一日，憑弔方返，遙見紅衣人，揮涕穴側。從容近就，女亦不避。生因把袂，相向汍瀾。已而挽請入室，女亦從之。歎曰：「童稚姊妹，一朝斷絕！聞君哀傷，彌增妾慟。淚墮九泉，或當感誠再作；然死者神氣已散，倉卒何能與吾兩人共談笑也。」生曰：「小生薄命，妨害情人，當亦無福可消雙美。曩頻煩香玉道達微忱，胡再不臨？」女曰：「妾以年少書生，什九薄倖；不知君固至情人也。然妾與君交，以情不以淫。若晝夜狎暱，則妾所不能矣。」言已，告別。生曰：「香玉長離，使人寢食俱廢。賴卿少留，慰此懷思，何決絕如此！」女乃止，過宿而去。數日不復至。冷雨幽窗，苦懷香玉，輾轉牀頭，淚凝枕席。攬衣更起，挑燈復踵前韻曰：「山院黃昏雨，垂簾坐小窗。相思人不見，中夜淚雙雙。」詩成自吟。忽窗外有人曰：「作者不可無和。」聽之，絳雪也。啓戶內之。女視詩，即續其後曰：「連袂人何處？孤燈照晚窗。空山人一個，對影自成雙。」生讀之淚下，因怨相見之疏。女曰：「妾不能如香玉之熱，但可少慰君寂寞耳。」生欲與狎。曰：「相見之歡，何必在此。」於是至無聊時，女輒一至。至則宴飲唱酬，有時不寢遂去，生亦聽之。謂曰：「香玉吾愛妻，絳雪吾良友也。」每欲相問：「卿是院中第幾株？乞早見示，僕將抱植家中，免似香玉被惡人奪去，貽恨百年。」女曰：「故土難移，告君亦無益也。妻尚不能終從，況友乎！」生不聽，捉臂而出，每至牡丹下，輒問：「此是卿否？」女不言，掩口笑之。旋生以臘歸過歲。至二月間，忽夢絳雪至，愀然曰：「妾有大難！君急往，尚得相見；遲無及矣。」醒而異之，急命僕馬，星馳至山。則道士將建屋，有一耐冬，礙其營造，工師將縱斤矣。生急止之。入夜，絳雪來謝。生笑曰：「向不實告，宜遭此厄！今已知卿；如卿不至，當以艾炷相炙。」女曰：「妾固知君如此，曩故不敢相告也。」坐移時，生曰：「今對良友，益思豔妻。久不哭香玉，卿能從我哭乎？」二人乃往，臨穴灑涕。更餘，絳雪收淚勸止。

又數夕，生方寂坐，絳雪笑入曰：「報君喜信：花神感君至情，俾香玉復降宮中。」生問：「何時？」答曰：「不知，約不遠耳。」天明下榻，生囑曰：「僕為卿來。勿長使人孤寂。」女笑諾。兩夜不至。生往抱樹，搖動撫摩，頻喚，無聲。乃返，對燈團艾，將往灼樹。女遽入，奪艾棄之，曰：「君惡作劇，使人創痏，當與君絕矣！」生笑擁之。坐未定，香玉盈盈而入。生望見，泣下流離，急起把握。香玉以一手握絳雪，相對悲哽。及坐，生把之覺虛，如手自握，驚問之。香玉泫然曰：「昔，妾花之神，故凝；今，妾花之鬼，故散也。今雖相聚，勿以為真，但作夢寐觀可耳。」絳雪曰：「妹來大好！我被汝家男子糾纏死矣。」遂去。香玉款笑如前；但偎傍之間，彷彿以身就影。生悒悒不樂，香玉亦俯仰自恨，乃曰：「君以白蘞屑，少雜硫黃，日酹妾一杯水，明年此日報君恩。」別去。明日，往觀故處，則牡丹萌生矣。生乃日加培植，又作雕欄以護之。香玉來，感激倍至。生謀移植其家，女不可，曰：「妾弱質，不堪復戕。且物生各有定處，妾來原不擬生君家，違之反促年壽。但相憐愛，合好自有日耳。」生恨絳雪不至。香玉曰：「必欲強之使來，妾能致之。」乃與生挑燈至樹下，取草一莖，布掌作度，以度樹本，自下而上至四尺六寸，按其處，使生以兩爪齊搔之。俄見絳雪從背後出，笑罵曰：「婢子來，助桀為虐耶！」牽挽並入。香玉曰：「姊勿怪！暫煩陪侍郎君，一年後不相擾矣。」從此遂以為常。生視花芽，日益肥茂，春盡，盈二尺許。歸後，以金遺道士，囑令朝夕培養之。次年四月至宮，則花一朵含苞未放；方流連間，花搖搖欲拆；少時已開，花大如盤，儼然有小美人坐蕊中，裁三四指許；轉瞬飄然欲下，則香玉也。笑曰：「妾忍風雨以待君，君來何遲也！」遂入室。絳雪亦至，笑曰：「日日代人作婦，今幸退而為友。」遂相談讌。至中夜，絳雪乃去。二人同寢，款洽一如從前。後生妻卒，遂入山，不復歸。是時，牡丹已大如臂。生每指之曰：「我他日寄魂於此，當生卿之左。」二女笑曰：「君勿忘之。」後十餘年，忽病。其子至，對之而哀。生笑曰：「此我生期，非死期也，何哀為！」謂道士曰：「他日牡丹下有赤芽怒生，一放五葉者，即我也。」遂不復言。子輿之歸家，即卒。次年，果有肥芽突出，葉如其數。道士以為異，益灌溉之。三年，高數尺，大拱把，但不花。老道士死，其弟子不知愛惜，斫去之。白牡丹亦憔悴死；無何，耐冬亦死。

異史氏曰：「情之至者，鬼神可通。花以鬼從，而人以魂寄，非其結於情者深耶？一去而兩殉之，即非堅貞，亦為情死矣。人不能貞，亦其情之不篤耳。仲尼讀唐棣而曰『未思』，信矣哉！」

三仙

一士人赴試金陵，經宿遷，遇三秀才，談論超曠，遂與沽酒款洽。各表姓字：一介秋衡，一常豐林，一麻西洩。縱飲甚樂，不覺日暮。介曰：「未修地主之儀，忽叨盛饌，於理不當。茅茨不遠，可便下榻。」常、麻並起捉裾，喚僕相將俱去。至邑北山，忽睹庭院，門繞清流。既入，舍宇清潔。呼童張燈，又命安置從人。麻曰：「昔日以文會友，今場期伊邇，不可虛此良夜。請擬四題，命鬮各拈其一，文成方飲。」眾從之。各擬一題，寫置几上，拾得者就案搆思。二更未盡，皆已脫稿，迭相傳視。秀才讀三作，深為傾倒，草錄而懷藏之。主人進良醞，巨杯促釂，不覺醺醉。主人乃導客就別院寢。客醉不暇解履，和衣而臥。及醒，紅日已高，四顧並無院宇，主僕臥山谷中。大駭。見旁有一洞，水涓涓流，自訝迷惘。探懷中，則三作俱存。下山問土人，始知為「三仙洞」。蓋洞中有蟹、蛇、蝦蟆三物，最靈，時出游，人往往見之。士人入闈，三題即仙作，以是擢解。

鬼隸

歷城縣二隸，奉邑令韓承宣命，營幹他郡，歲暮方歸。途遇二人，裝飾亦類公役，同行話言。二人自稱郡役。隸曰：「濟城快皂，相識十有八九，二君殊昧生平。」二人云：「實相告：我城隍鬼隸也。今將以公文投東岳。」隸問：「公文何事？」答云：「濟南大劫，所報者，殺人之名數也。」驚問其數。曰：「亦不甚悉，約近百萬。」隸問其期，答以「正朔」。二隸驚顧，計到郡正值歲除，恐罹於難；遲留恐貽譴責。鬼曰：「違誤限期罪小，入遭劫數禍大。宜他避，姑勿歸。」隸從之。未幾，北兵大至，屠濟南，扛尸百萬。二人亡匿得免。

王十

高苑民王十，負鹽於博興，夜為二人所獲。意為土商之邏卒也，舍鹽欲遁；足苦不前，遂被縛。哀之。二人曰：「我非鹽肆中人，乃鬼卒也。」十懼，乞一至家，別妻子。不許，曰：「此去亦未便即死，不過暫役耳。」十問：「何事？」曰：「冥中新閻王到任，見奈河淤平，十八獄坑廁俱滿，故捉三種人淘河：小偷、私鑄、私鹽；又一等人使滌廁：樂戶也。」十從去，入城郭，至一官署，見閻羅在上，方稽名籍。鬼稟曰：「捉一私販王十至。」閻羅視之，怒曰：「私鹽者，上漏國稅，下蠹民生者也。若世之暴官奸商所指為私鹽者，皆天下之良民。貧人揭錙銖之本，求升斗之息，何為私哉！」罰二鬼市鹽四斗，並十所負，代運至家。留十，授以蒺藜骨朵，令隨諸鬼督河工。鬼引十去，至奈河邊，見河內人夫，繈續如蟻。又視河水渾赤，臭不可聞。淘河者皆赤體持畚鍤，出沒其中。朽骨腐尸，盈筐負舁而出；深處則滅頂求之。惰者輒以骨朵擊背股。同監者以香綿丸如巨菽，使含口中，乃近岸。見高苑肆商，亦在其中。十獨苛遇之：入河楚背，上岸敲股。商懼，常沒身水中，十乃已。經三晝夜，河夫半死，河工亦竣。前二鬼仍送至家，豁然而蘇。先是，十負鹽未歸，天明，妻啓戶，則鹽兩囊置庭中，而十久不至。使人遍覓之，則死途中。舁之而歸，奄有微息，不解其故。及醒，始言之。肆商亦於前日死，至是始蘇。骨朵擊處，皆成巨疽，渾身腐潰，臭不可近。十故詣之。望見十，猶縮首衾中，如在奈河狀。一年，始瘉，不復為商矣。

異史氏曰：「鹽之一道，朝廷之所謂私，乃不從乎公者也；官與商之所謂私，乃不從乎其私者也。近日齊、魯新規，土商隨在設肆，各限疆域。不惟此邑之民，不得去之彼邑；即此肆之民，不得去之彼肆。而肆中則潛設餌以釣他邑之民：其售於他邑，則廉其直；而售諸土人，則倍其價以昂之。而又設邏於道，使境內之人，皆不得逃吾網。其有境內冒他邑以來者，法不宥。彼此互相釣，而越肆假冒之愚民益多。一被邏獲，則先以刀杖殘其脛股，而後送諸官；官則桎梏之，是名『私鹽』。嗚呼！冤哉！漏數萬之稅非私，而負升斗之鹽則私之；本境售諸他境非私，而本境買諸本境則私之，冤矣！律中『鹽法』最嚴，而獨於貧難軍民，背負易食者，不之禁；今則一切不禁，而專殺此貧難軍民！且夫貧難軍民，妻子嗷嗷，上守法而不盜，下知恥而不倡；不得已，而揭十母而求一子。使邑盡此民，即『夜不閉戶』可也，非天下之良民乎哉！彼肆商者，不但使之淘奈河，直當使滌獄廁耳！而官於春秋節，受其斯須之潤，遂以三尺法助使殺吾良民。然則為貧民計，莫若為盜及私鑄耳：盜者白晝劫人，而官若聾；鑄者爐火亙天，而官若瞽；即異日淘河，尚不至如負販者所得無幾，而官刑立至也。嗚呼！上無慈惠之師，而聽奸商之法，日變日詭，奈何不頑民日生，而良民日死哉！」

各邑肆商，舊例以若干石鹽資，歲奉本縣，名曰「食鹽」。又逢節序，具厚儀。商以事謁官，官則禮貌之，坐與語，或茶焉。送鹽販至，重懲不遑。張公石年令淄川，肆商來見，循舊規，但揖不拜。公怒曰：「前令受汝賄，故不得不隆汝禮；我市鹽而食，何物商人，敢公堂抗禮乎！」捋袴將笞。商叩頭謝過，乃釋之。後肆中獲二負販者，其一逃去，其一被執到官。公問：「販者二人，其一焉往？」販者曰：「逃去矣。」公曰：「汝腿病不能奔耶？」曰：「能奔。」公曰：「既被捉，必不能奔；果能，可起試奔，驗汝能否。」其人奔數步欲止。公曰：「奔勿止！」其人疾奔，竟出公門而去。見者皆笑。公愛民之事不一，此其閒情，邑人猶樂誦之。

大男

奚成列，成都士人也。有一妻一妾。妾何氏，小字昭容。妻早沒，繼娶申氏，性妒，虐遇何，因並及奚；終日嘵聒，恆不聊生。奚怒，亡去；去後，何生一子大男。奚去不返，申擯何不與同炊，計日授粟。大男漸長，用不給，何紡績佐食。大男見塾中諸兒吟誦，亦欲讀。母以其太穉，姑送詣讀。大男慧，所讀倍諸兒。師奇之，願不索束脩，何乃使從師，薄相酬。積二三年，經書全通。一日歸，謂母曰：「塾中五六人，皆從父乞錢買餅，我何獨無？」母曰：「待汝長，告汝知。」大男曰：「今方七八歲，何時長也？」母曰：「汝往塾，路經關帝廟，當拜之，祐汝速長。」大男信之，每過必入拜。母知之，問曰：「汝所祝何詞？」笑云：「但祝明年便使我如十六七歲。」母笑之。然大男學與軀長並速：至十歲，便如十三四歲者；其所為文竟成章。一日，謂母曰：「昔謂我壯大，當告父處，今可矣。」母曰：「尚未，尚未。」又年餘，居然成人，研詰益頻，母乃緬述之。大男悲不自勝，欲往尋父。母曰：「兒太幼，汝父存亡未知，何遽可尋？」大男無言而去，至午不歸。往塾問師，則辰餐未復。母大驚，出資傭役，到處冥搜，杳無蹤迹。大男出門，循途奔去，茫然不知何往。適遇一人將如夔州，言姓錢。大男丐食相從。錢病其緩，為賃代步，資斧耗竭。至夔，同食，錢陰投毒食中，大男瞑不覺。錢載至大剎，託為己子，偶病絕資，賣諸僧。僧見其手姿秀異，爭購之。錢得金竟去。僧飲之，略醒。長老知而詣視，奇其相，研詰，始得顛末。甚憐之，贈資使去。有瀘州蔣秀才，下第歸，途中問得故，嘉其孝，攜與同行。至瀘，主其家。月餘，遍加諮訪。或言閩商有奚姓者，乃辭蔣，欲之閩。蔣贈以衣履，里黨皆斂資助之。途遇二布客，欲往福清，邀與同侶。行數程，客窺囊金，引至空所，縶其手足，解奪而去。適有永福陳翁過其地，脫其縛，載歸其家。翁豪富，諸路商賈，多出其門，翁囑南北客代訪奚耗。留大男伴諸兒讀。大男遂住翁家，不復游。然去家愈遠，音益梗矣。

何昭容孤居三四年，申氏減其費，抑勒令嫁。何志不搖。申強賣於重慶賈，賈劫取而去。至夜，以刀自剗。賈不敢逼，俟創瘥，又轉鬻於鹽亭賈。至鹽亭，自刺心頭，洞見臟腑。賈大懼，敷以藥，創平，求為尼。賈曰：「我有商侶，身無淫具，每欲得一人主縫紉。此與作尼無異，亦可少償吾值。」何諾。賈輿送去。入門，主人趨出，則奚生也。蓋奚已棄儒為商，賈以其無婦，故贈之也。相見悲駭，各述苦況，始知有兒尋父未歸。奚乃囑諸客旅，偵察大男。而昭容遂以妾為妻矣。然自歷艱苦，疴痛多疾，不能操作，勸奚納妾。奚鑑前禍，不從所請。何曰：「妾如爭牀笫者，數年來固已從人生子，尚得與君有今日耶？且人加我者，隱痛在心，豈及諸身而自蹈之？」奚乃囑客侶，為買三十餘老妾。踰半年，客果為買妾歸。入門，則妻申氏。各相駭異。先是，申獨居年餘，兄苞勸令再適。申從之。惟田產為子姪所阻，不得售。鬻諸所有，積數百金，攜歸兄家。有保寧賈，聞其富有匳資，以多金啗苞，賺娶之。而賈老廢不能人。申怨兄，不安於室，懸梁投井，不堪其擾。賈怒，搜括其資，將賣作妾。聞者皆嫌其老。賈將適夔，乃載與俱去。遇奚同肆，適中其意，遂貨之而去。既見奚，慚懼不出一語。奚問同肆商，略知梗概。因曰：「使遇健男，則在保寧，無再見之期，此亦數也。然今日我買妾，非娶妻，可先拜昭容，修嫡庶禮。」申恥之。奚曰：「昔日汝作嫡，何如哉！」何勸止之。奚不可，操杖臨偪。申不得已，拜之。然終不屑承奉，但操作別室。何悉優容之，亦不忍課其勤惰。奚每與昭容談讌，輒使役使其側；何更代以婢，不聽前。會陳公嗣宗宰鹽亭。奚與里人有小爭，里人以逼妻作妾揭訟奚。公不准理，叱逐之。奚喜，方與何竊頌公德。一漏既盡，僮呼叩扉，入報曰：「邑令公至。」奚駭極，急覓衣履，則公已至寢門；益駭，不知所為。何審之，急出曰：「是吾兒也！」遂哭。公乃伏地悲哽。蓋大男從陳翁姓，業為官矣。初，公至自都，迂道過故里，始知兩母皆醮，伏膺哀痛。族人知大男已貴，反其田廬。公留僕營造，冀父復還。既而授任鹽亭，又欲棄官尋父，陳翁苦勸止之。會有卜者，使筮焉。卜者曰：「小者居大，少者為長；求雄得雌，求一得兩：為官吉。」公乃之任。為不得親，居官不茹葷酒。是日，得里人狀，睹奚姓名，疑之。陰遣內使細訪，果父。乘夜微行而出。見母，益信卜者之神。臨去囑勿播，出金二百，啓父辦裝歸里。

父抵家，門戶一新，廣畜僕馬，居然大家矣。申見大男貴盛，益自斂。兄苞不憤，告官，為妹爭嫡。官廉得其情，怒曰：「貪資勸嫁，已更二夫，尚何顏爭昔年嫡庶耶！」重笞苞。由此名分益定。而申妹何，何姊之。衣服飲食，悉不自私。申初懼其復仇，今益愧悔。奚亦忘其舊惡，俾內外皆呼以太母，但誥命不及耳。

異史氏曰：「顛倒眾生，不可思議，何造物之巧也！奚生不能自立於妻妾之間，一碌碌庸人耳；苟非孝子賢母，烏能有此奇合，坐享富貴以終身哉！」

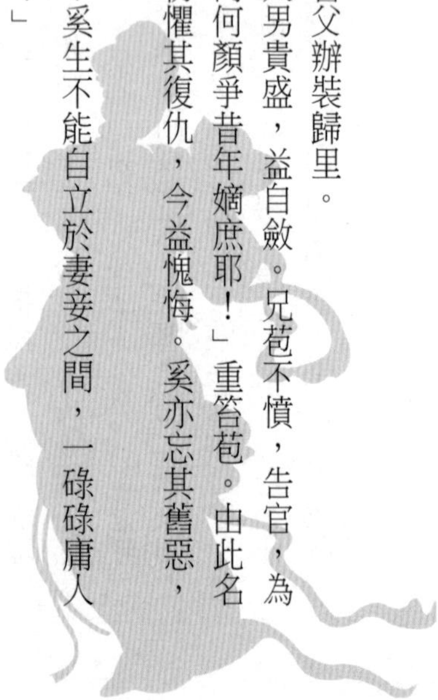

外國人

己巳秋，嶺南從外洋飄一巨艘來。上有十一人，衣鳥羽，文采璀璨。自言：「呂宋國人。遇風覆舟，數十人皆死；惟十一人附巨木，飄至大島得免。凡五年，日攫鳥蟲而食；夜伏石洞中，織羽為帆。忽又飄一舟至，櫓帆皆無，蓋亦海中碎於風者，於是附之將返。又被大風引至澳門。」巡撫題疏，送之還國。

韋公子

韋公子，咸陽世家。放縱好淫，婢婦有色，無不私者。嘗載金數千，欲盡覽天下名妓，凡繁麗之區，無不至。其不甚佳者，信宿即去；當意，則作百日留。叔亦名宦，休致歸，怒其行，延明師置別業，使與諸公子鍵戶讀。公子夜伺師寢，踰垣歸，遲明而返。一夜，失足折肱，師始知之。告公，公益施夏楚，俾不能起而始藥之。及癒，公與之約：能讀倍諸弟，文字佳，出勿禁；若私逸，撻如前。然公子最慧，讀常過程。數年，中鄉榜。欲自敗約，公箝制之。赴都，以老僕從，授日記籍，使誌其言動，故數年無過行。後成進士，公乃稍弛其禁。公子或將有作，惟恐公聞，入曲巷中，輒託姓魏。

一日，過西安，見優僮羅惠卿，年十六七，秀麗如好女，悅之。夜留繾綣，贈貽豐隆。聞其新娶婦尤韻妙，私示意惠卿。惠卿無難色，夜果攜婦至，三人共一榻。留數日，眷愛臻至。謀與俱歸。問其家口，答云：「母早喪，父存。某原非羅姓。母少服役於咸陽韋氏，賣至羅家，四月即生余。倘得從公子去，亦可察其音耗。」公子驚問母姓。曰：「姓呂。」生駭極，汗下浹體，蓋其母即生家婢也。生無言。時天已明，厚贈之，勸令改業。偽託他適，約歸時召致之，遂別去。後令蘇州，有樂妓沈韋娘，雅麗絕倫，愛留與狎。戲曰：「卿小字取『春風一曲杜韋娘』耶？」答曰：「非也。妾母十七為名妓，有咸陽公子，與公同姓，留三月，訂盟婚娶。公子去，八月生妾，因名韋，實妾姓也。公子臨別時，贈黃金鴛鴦，今尚在。一去竟無音耗，妾母以是憤悒死。妾三歲，受撫於沈媼，故從其姓。」公子聞言，愧恨無以自容。默移時，頓生一策。忽起挑燈，喚韋娘飲，暗置鴆毒杯中。韋娘才下咽，潰亂呻嘶。眾集視，則已斃矣。呼優人至，付以尸，重賂之。而韋娘所與交好者盡勢家，聞之，皆不平，賄激優人，訟於上官。生懼，瀉橐彌縫，卒以浮躁免官。歸家年才三十八，頗悔前行。而妻妾五六人，皆無子。欲繼公孫；公以門無內行，恐兒染習氣，雖許過嗣，必待其老而後歸之。公子憤欲招惠卿，家人皆以為不可，乃止。又數年，忽病，輒撾心曰：「淫婢宿妓者，非人也！」公聞而歎曰：「是殆將死矣！」乃以次子之子，送詣其家，使定省之。月餘果死。

異史氏曰：「盜婢私娼，其流弊殆不可問。然以己之骨血，而謂他人父，亦已羞矣。乃鬼神又侮弄之，誘使自食便液。尚不自剖其心，自斷其首，而徒流汗投鴆，非人頭而畜鳴者耶！雖然，風流公子所生子女，即在風塵中，亦皆擅場。」

石清虛

邢雲飛，順天人。好石，見佳石，不惜重直。偶漁於河，有物掛網，沈而取之，則石徑尺，四面玲瓏，峰巒疊秀。喜極，如獲異珍。既歸，雕紫檀為座，供諸案頭。每值天欲雨，則孔孔生雲，遙望如塞新絮。有勢豪某，踵門求觀。既見，舉付健僕，策馬逕去。邢無奈，頓足悲憤而已。僕負石至河濱，息肩橋上，忽失手，墮諸河。豪怒，鞭僕。即出金，僱善泅者，百計冥搜，竟不可見。乃懸金署約而去。由是尋石者日盈於河，迄無獲者。後邢至落石處，臨流於邑，但見河水清澈，則石固在水中。邢大喜，解衣入水，抱之而出。攜歸，不敢設諸廳所，潔治內室供之。一日，有老叟款門而請。邢託言石失已久。叟笑曰：「客舍非耶？」邢便請入舍，以實其無。及入，則石果陳几上。愕不能言。叟撫石曰：「此吾家故物，失去已久，今固在此耶。既見之，請即賜還。」邢窘甚，遂與爭作石主。叟笑曰：「既汝家物，有何驗證？」邢不能答。叟曰：「僕則故識之。前後九十二竅，巨孔中五字云：『清虛天石供。』」邢審視，孔中果有小字，細如粟米，竭目力裁可辨認；又數其竅，果如所言。邢無以對，但執不與。叟笑曰：「誰家物，而憑君作主耶！」拱手而出。邢送至門外；既還，已失石所在。邢急追叟，則叟緩步未遠。奔牽其袂而哀之。叟曰：「奇哉！逕尺之石，豈可以手握袂藏者耶？」邢知其神，強曳之歸，長跽請之。叟乃曰：「石果君家者耶、僕家者耶？」答曰：「誠屬君家，但求割愛耳。」叟曰：「既然，石固在是。」入室，則石已在故處。叟曰：「天下之寶，當與愛惜之人。此石能自擇主，僕亦喜之。然彼急於自見，其出也早，則魔劫未除。實將攜去，待三年後，始以奉贈。既欲留之，當減三年壽數，乃可與君相終始。君願之乎？」曰：「願。」叟乃以兩指捏一竅，竅軟如泥，隨手而閉。閉三竅，已，曰：「石上竅數，即君壽也。」作別欲去。邢苦留之，辭甚堅；問其姓字，亦不言，遂去。

積年餘，邢以故他出，夜有賊入室，諸無所失，惟竊石而去。邢歸，悼喪欲死。訪察購求，全無蹤迹。積有數年，偶入報國寺，見賣石者，則故物也，將便認取。賣者不服，因負石至官。官問：「何所質驗？」賣石者能言竅數。邢問其他，則茫然矣。邢乃言竅中五字及三指痕，理遂得伸。官欲杖責賣石者，賣石者自言以二十金買諸市，遂釋之。邢得石歸，裹以錦，藏櫝中，時出一賞，先焚異香而後出之。有尚書某，購以百金，邢曰：「雖萬金不易也。」尚書怒，陰以他事中傷之。邢被收，典質田產。尚書託他人風示其子。子告邢，邢願以死殉石。妻竊與子謀，獻石尚書家。邢出獄始知，罵妻毆子，屢欲自經，家人覺救，得不死。夜夢一丈夫來，自言：「石清虛。」戒邢勿戚：「特與君年餘別耳。明年八月二十日，昧爽時，可詣海岱門，以兩貫相贖。」邢得夢，喜，謹誌其日。其石在尚書家，更無出雲之異，久亦不甚貴重之。明年，尚書以罪削職，尋死。邢如期至海岱門，則其家人竊石出售，因以兩貫市歸。後邢至八十九歲，自治葬具；又囑子，必以石殉。及卒，子遵遺教，瘞石墓中。半年許，賊發墓，劫石去。子知之，莫可追詰。越二三日，同僕在道，忽見兩人，奔躓汗流，望空投拜，曰：「邢先生，勿相逼！我二人將石去，不過賣四兩銀耳。」遂縶送到官，一訊即伏。問石，則鬻宮氏。取石至，官愛玩，欲得之，命寄諸庫。吏舉石，石忽墮地，碎為數十餘片。皆失色。官乃重械兩盜論死。邢子拾碎石出，仍瘞墓中。

異史氏曰：「物之尤者禍之府。至欲以身殉石，亦癡甚矣！而卒之石與人相終始，誰謂石無情哉？古語云：『士為知己者死。』非過也！石猶如此，何況於人！」

曾友于

曾翁，昆陽故家也。翁初死未殮，兩眶中淚出如瀋，有子六，莫解所以。次子悌，字友于，邑名士，以為不祥，戒諸兄弟各自惕，勿貽痛於先人，而兄弟半迂笑之。先是，翁嫡配生長子成，至七八歲，母子為強寇擄去。娶繼室，生三子：曰孝，曰忠，曰信。妾生三子：曰悌，曰仁，曰義。孝以悌等出身賤，鄙不齒，因連結忠、信為黨。即與客飲，悌等過堂下，亦傲不為禮。仁、義皆忿，與友于謀，欲相仇。友于百詞寬譬，不從所謀；而仁、義年最少，因兄言，亦遂止。孝有女，適邑周氏，病死。糾悌等往撻其姑，悌不從。孝憤然，令忠、信合族中無賴子，往捉周妻，搒掠無算，拋粟毀器，盎盂無存。周告官。官怒，拘孝等囚繫之，將行申黜。友于懼，見宰自投。友于品行，素為宰重，諸兄弟以是得無苦。友于乃詣周所負荊，周亦器重友于，訟遂止。孝歸，終不德友于。無何，友于母張夫人卒，孝等不為服，宴飲如故。仁、義益忿。友于曰：「此彼之無禮，於我何損焉。」及葬，把持墓門，不使合厝。友于乃瘞母隧道中。未幾，孝妻亡，友于招仁、義同往奔喪。二人曰：「『期』且不論，『功』於何有！」再勸之，閧然散去。友于乃自往，臨哭盡哀。隔牆聞仁、義鼓且吹，孝怒，糾諸弟往毆之。友于操杖先從。入其家，仁覺先逃。義方踰垣，友于自後擊仆之。孝等拳杖交加，毆不止。友于橫身障阻之。孝怒，讓友于。友于曰：「責之者，以其無禮也，然罪固不至死。我不怙弟惡，亦不助兄暴。如怒不解，身代之。」孝遂反杖撻友于，忠、信亦相助毆兄，聲震里黨，羣集勸解，乃散去。友于即扶杖詣兄請罪。孝逐去之，不令居喪次。而義創甚，不復食飲。仁代具詞訟官，訴其不為庶母行服。官簽拘孝、忠、信，而令友于陳狀。友于以面目損傷，不能詣署，但作詞稟白，哀求寢息，宰遂銷案。義亦尋癒。由是仇怨益深。仁、義皆幼弱，輒被敲楚。怨友于曰：「人皆有兄弟，我獨無！」友于曰：「此兩語，我宜言之，兩弟何云！」因苦勸之，卒不聽。友于遂扃戶，攜妻子借寓他所，離家五十餘里，冀不相聞。友于在家，雖不助弟，而孝等尚稍有顧忌；既去，諸兄一不當，輒叫罵其門，辱侵母諱。仁、義度不能抗，惟杜門思乘間刺殺之，行則懷刃。

一日，寇所掠長兄成，忽攜婦亡歸。諸兄弟以家久析，聚謀三日，竟無處可以置之。仁、義竊喜，招去共養之。往告友于。友于喜，歸，共出田宅居成。諸兄怒其市惠，登門窘辱。而成久在寇中，習於威猛，大怒曰：「我歸，更無人肯置一屋；幸三弟念手足，又罪責之。是欲逐我耶！」以石投孝，孝仆。仁、義各以杖出，捉忠、信，撻無數。成乃訟宰，宰又使人請教友于。友于詣宰，俛首不言，但有流涕。宰問之，曰：「惟求公斷。」宰乃判孝等各出田產歸成，使七分相準。自此仁、義與成倍加愛敬。談及葬母事，因並泣下。成恚曰：「如此不仁，真禽獸也！」遂欲啓壙，更為改葬。仁奔告友于，友于急歸諫止。成不聽，刻期發墓，作齋於塋。以刀削樹，謂諸弟曰：「所不衰麻相從者，有如此樹！」眾唯唯。於是一門皆哭臨，安厝盡禮。自此兄弟相安。而成性剛烈，輒批撻諸弟，於孝尤甚。惟重友于，雖盛怒，友于至，一言即解。孝有所行，成輒不平之，故孝無一日不至友于所，潛對友于詬詛。友于婉諫，卒不納。友于不堪其擾，又遷居三泊，去家益遠，音迹遂疏。又二年，諸弟皆畏成，久而相習。而孝年四十六，生五子：長繼業，三繼德，嫡出；次繼功，四繼績，庶出；又婢生繼祖。皆成立。效父舊行，各為黨，日相競，孝亦不能呵止。惟祖無兄弟，年又最幼，諸兄皆得而詬厲之。岳家故近三泊，會詣岳，迂道詣叔。入門，見叔家兩兄一弟，絃誦怡怡，樂之，久居不言歸。叔促之，哀求寄居。叔曰：「汝父母皆不知，我豈惜甌飯瓢飲乎！」乃歸。過數月，夫妻往壽岳母。告父曰：「兒此行不歸矣。」父詰之，因吐微隱。父慮與有夙隙，計難久居。祖曰：「父慮過矣。二叔，聖賢也。」遂去，攜妻之三泊。友于除舍居之，以齒兒行，使執卷從長子繼善。祖最慧，寄籍三泊年餘，入雲南郡庠。與善閉戶研讀，祖又諷誦最苦。友于甚愛之。自祖居三泊，家中兄弟益不相能。

一日，微反脣，業詬辱庶母。功怒，刺殺業。官收功，重械之，數日死獄中。業妻馮氏，猶日以罵代哭。功妻劉聞之，怒曰：「汝家男子死，誰家男子活耶！」操刀入，擊殺馮，自投井死。

馮父大立，悼女死慘，率諸子弟，藏兵衣底，往捉孝妻，裸撻道上以辱之。成怒曰：「我家死人如麻，馮氏何得復爾！」吼奔而出。諸曾從之，諸馮盡靡。成首捉大立，割其兩耳。其子護救，繼、績以鐵杖橫擊，折其兩股。諸馮各被夷傷，鬨然盡散。惟馮子猶臥道周。成夾之以肘，置諸馮村而還。遂呼績詣官自首。馮狀亦至。於是諸曾被收。惟忠亡去，至三泊，徘徊門外。適友于率一子一姪鄉試歸，見忠，驚曰：「弟何來？」忠未語先淚，長跪道左。友于握手曳入，詰得其情，大驚曰：「似此奈何！然一門乖戾，逆知奇禍久矣；不然，我何以竄迹至此。但我離家久，與大令無聲氣之通，今即蒲伏而往，徒取辱耳。但得馮父子傷重不死，吾三人中倖有捷者，則此禍或可少解。」乃留之，晝與同餐，夜與共寢。忠頗感愧。居十餘日，見其叔姪如父子，兄弟如同胞，悽然下涙曰：「今始知從前非人也。」友于喜其悔悟，相對酸惻。俄報友于父子同科，祖亦副榜。大喜。不赴鹿鳴，先歸展墓。明季科甲最重，諸馮皆為斂息。友于乃託親友賂以金粟，資其醫藥，訟乃息。舉家泣感友于，求其復歸。友于乃與兄弟焚香約誓，俾各滌慮自新，遂移家還。祖從叔不欲歸其家。孝乃謂友于曰：「我不德，不應有亢宗之子；弟又善教，俾姑為汝子。有寸進時，可賜還也。」友于從之。又三年，祖果舉於鄉。使移家去，夫妻皆痛哭而去。不數日，祖有子方三歲，亡歸友于家，藏繼善室，不肯返；捉去輒逃。孝乃令祖異居，與友于鄰。祖開戶通叔家。兩間定省如一焉。時成漸老，家事皆取決於友于。從此門庭雍穆，稱孝友焉。

異史氏曰：「天下惟禽獸只知母而不知父，奈何詩書之家，往往而蹈之也！夫門內之行，其漸漬子孫者，直入骨髓。古云：其父盜，子必行劫，其流弊然也。孝雖不仁，其報亦慘；而卒能自知乏德，託子於弟，宜其有操心慮患之子也。——若論果報猶迂也。」

卷十二

嘉平公子

嘉平某公子，風儀秀美。年十七八，入郡赴童子試。偶過許娼之門，見內有二八麗人，因目注之。女微笑點首，公子近就與語。女問：「寓居何處？」具告之，問：「寓中有人否？」曰：「無。」女云：「妾晚間奉訪，勿使人知。」公子歸，及暮，屏去僮僕。女果至，自言：「小字溫姬。」且云：「妾慕公子風流，故背媼而來。區區之意，願奉終身。」公子亦喜。自此三兩夜輒一至。一夕，冒雨來，入門解去溼衣，罥諸椸上；又脫足上小靴，求公子代去泥塗。遂上牀以被自覆。公子視其靴，乃五文新錦，沾濡殆盡，惜之。女曰：「妾非敢以賤物相役，欲使公子知妾之癡於情也。」聽窗外雨聲不止，遂吟曰：「淒風冷雨滿江城。」求公子續之。公子辭以不解。女曰：「公子如此一人，何乃不知風雅！使妾清興消矣！」因勸肄習，公子諾之。往來既頻，僕輩皆知。公子姊夫宋氏，亦世家子，聞之，竊求公子，一見溫姬。公子言之，女必不可。宋隱身僕舍，伺女至，伏窗窺之，顛倒欲狂。急排闥，女起，踰垣而去。宋嚮往甚殷，乃修贄見許媼，指名求之。媼曰：「果有溫姬，但死已久。」宋愕然退，告公子，公子始知為鬼。至夜，因以宋言告女。女曰：「誠然。顧君欲得美女子，妾亦欲得美丈夫。各遂所願足矣，人鬼何論焉？」公子以為然。試畢而歸，女亦從之。他人不見，惟公子見之。至家，寄諸齋中。公子獨宿不歸，父母疑之。女歸寧，始隱以告母。母大驚，戒公子絕之。公子不能聽。父母深以為憂，百術驅之不能去。一日，公子有諭僕帖，置案上，中多錯謬：「椒」訛「菽」，「姜」訛「江」，「可恨」訛「可浪」。女見之，書其後：「何事『可浪』？『花菽生江。』有婿如此，不如為娼！」遂告公子曰：「妾初以公子世家文人，故蒙羞自薦。不圖虛有其表！以貌取人，毋乃為天下笑乎！」言已而沒。公子雖愧恨，猶不知所題，折帖示僕。聞者傳為笑談。

異史氏曰：「溫姬可兒！翩翩公子，何乃苛其中之所有哉！遂至悔不如倡，則妻妾羞泣矣。顧百計遣之不去，而見帖浩然，則『花菽生江』，何殊於杜甫之『子章髑髏』哉！」

《耳錄》云：「道旁設漿者，榜云：『施『恭』結緣。』亦可一笑。有故家子，既貧，榜於門曰：「賣古淫器。」訛窯為淫云：「有要宣淫、定淫者，大小皆有，入內看物論價。」崔盧之子孫如此甚眾，何獨「花菽生江」哉！

二班

殷元禮，雲南人，善針灸之術。遇寇亂，竄入深山。日既暮，村舍尚遠，懼遭虎狼。遙見前途有兩人，疾趁之。既至，兩人問客何來，殷乃自陳族貫。兩人拱敬曰：「是良醫殷先生也，仰山斗久矣！」殷轉詰之。二人自言班姓，一為班爪，一為班牙。便謂：「先生，余亦避難石室，幸可棲宿，敢屈玉趾，且有所求。」殷喜從之。俄至一處，室傍巖谷。爇柴代燭，始見二班容軀威猛，似非良善。計無所之，亦即聽之。又聞榻上呻吟，細審，則一老嫗僵臥，似有所苦。問：「何恙？」牙曰：「以此故，敬求先生。」乃束火照榻，請客逼視。見鼻下口角有兩贅瘤，皆大如碗。且云：「痛不可觸，妨礙飲食。」殷曰：「易耳。」出艾團之，為灸數十壯，曰：「隔夜癒矣。」二班喜，燒鹿餉客；並無酒飯，惟肉一品。爪曰：「倉猝不知客至，望勿以輶褻為怪。」殷飽餐而眠，枕以石塊。二班雖誠樸，而粗莽可懼，殷轉側不敢熟眠。天未明，便呼嫗，問所患。嫗初醒，自捫，則瘤破為創。殷促二班起，以火就照，敷以藥屑，曰：「癒矣。」拱手遂別。班又以燒鹿一肘贈之。

後三年無耗。殷適以故入山，遇二狼當道，阻不得行。日既西，狼又羣至，前後受敵。狼撲之，仆；數狼爭囓，衣盡碎。自分必死。忽兩虎驟至，諸狼四散。虎怒，大吼，狼懼盡伏。虎悉撲殺之，竟去。殷狼狽而行，懼無投止。遇一媼來，睹其狀，曰：「殷先生吃苦矣！」殷戚然訴狀，問何見識。媼曰：「余即石室中灸瘤之病嫗也。」殷始恍然，便求寄宿。媼引去，入一院落，燈火已張。曰：「老身伺先生久矣。」遂出袍袴，易其敝敗。羅漿具酒，酬勸諄切。媼亦以陶椀自酌，談飲俱豪，不類巾幗。殷問：「前日兩男子，係老姥何人？胡以不見？」媼曰：「兩兒遣逆先生，尚未歸復，必迷途矣。」殷感其義，縱飲不覺沈醉，酣眠座間。既醒，已曙，四顧竟無廬，孤坐巖上。聞巖下喘息如牛，近視，則老虎方睡未醒。喙間有二瘢痕，皆大如拳。駭極，惟恐其覺，潛蹤而遁。始悟兩虎即二班也。

車夫

有車夫載重登坡，方極力時，一狼來囓其臀。欲釋手，則貨敝身壓，忍痛推之。既上，則狼已齕片肉而去。乘其不能為力之際，竊嘗一臠，亦黠而可笑也。

乩仙

章丘米步雲，善以乩卜。每同人雅集，輒召仙相與賡和。一日，友人見天上微雲，得句，請以屬對，曰：「羊脂白玉天。」乩批云：「問城南老董。」眾疑其妄。後以故偶適城南，至一處，土如丹砂，異之。見一叟牧豬其側，因問之。叟曰：「此豬血紅泥地也。」忽憶乩詞，大駭。問其姓，答云：「我老董也。」屬對不奇，而預知遇城南老董，斯亦神矣！

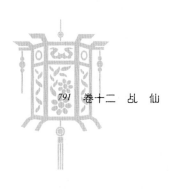

苗生

龔生，岷州人。赴試西安，憩於旅舍，沽酒自酌。一偉丈夫入，坐與語。生舉卮勸飲，客亦不辭。自言苗姓，言噱粗豪。生以其不文，偃蹇遇之。酒盡，不復沽。苗曰：「措大飲酒，使人悶損！」起向壚頭沽，提巨瓻而入。生辭不飲，苗捉臂勸釂，臂痛欲折。生不得已，為盡數觴。苗以羹椀自吸，笑曰：「僕不善勸客，行止惟君所便。」生即治裝行。約數里，馬病，臥於途，坐待路側。行李重累，正無方計，苗尋至。詰知其故，遂謝裝付僕，己乃以肩承馬腹而荷之，趨二十餘里，始至逆旅，釋馬就櫪。移時，生主僕方至。生乃驚為神人，相待優渥，沽酒市飯，與共餐飲。苗曰：「僕善飯，非君所能飽，飫飲可也。」引盡一瓻，乃起而別曰：「君醫馬尚須時日，余不能待，行矣。」遂去，後生場事畢，三四友人，邀登華山，藉地作筵。方共宴笑，苗忽至，左攜巨尊，右提豚肘，擲地曰：「聞諸君登臨，敬附驥尾。」眾起為禮，相並雜坐，豪飲甚歡。眾欲聯句，苗爭曰：「縱飲甚樂，何苦愁思。」眾不聽，設「金谷之罰」。苗曰：「不佳者，當以軍法從事！」眾笑曰：「罪不至此。」苗曰：「如不見誅，僕武夫亦能之也。」首座靳生曰：「絕巘憑臨眼界空。」苗信口續曰：「唾壺擊缺劍光紅。」下座沈吟既久，苗遂引壺自傾。移時，以次屬句，漸涉鄙俚。苗呼曰：「只此已足，如赦我者，勿作矣！」眾弗聽。苗不可復忍，遽效作龍吟，山谷響應；又起俯仰作獅子舞。詩思既亂，眾乃罷吟，因而飛觴再酌。時已半酣，客又互誦闈中作，迭相讚賞。苗不欲聽，牽生豁拳。勝負屢分，而諸客誦贊未已。苗厲聲曰：「僕聽之已悉。此等文，只宜向牀頭對婆子讀耳，廣眾中刺刺者可厭也！」眾有慚色，更惡其粗莽，遂益高吟。苗怒甚，伏地大吼，立化為虎，撲殺諸客，咆哮而去。所存者，惟生及靳。靳是科領薦。

後三年，再經華陰，忽見嵇生，亦山上被噬者。大恐欲馳，嵇捉鞚使不得行。靳乃下馬，問其何為。答曰：「我今為苗氏之倀，從役良苦。必再殺一士人，始可相代。三日後，應有儒服儒冠者見噬於虎，然必在蒼龍嶺下，始是代某者。君於是日，多邀文士於此，即為故人謀也。」靳不敢辯，敬諾而別。至寓，籌思終夜，莫知為謀，自拚背約，以聽鬼責。適有表戚蔣生來，靳述其異。蔣名下士，邑尤生考居其上，竊懷忌嫉。聞靳言，陰欲陷之。折簡邀尤，與共登臨，自乃著白衣而往，尤亦不解其意。至嶺半，肴酒並陳，敬禮臻至。會郡守登嶺上，與蔣為通家，聞蔣在下，遣人召之。蔣不敢以白衣往，遂與尤易冠服。交著未完，虎驟至，啣蔣而去。

異史氏曰：「得意津津者，捉衿袖，強人聽聞；聞者欠伸屢作，欲睡欲遁，而誦者足蹈手舞，茫不自覺。知交者亦當從旁肘之躡之，恐座中有不耐事之苗生在也。然嫉忌者易服而斃，則知苗亦無心者耳。故厭怒者苗也，——非苗也。」

蠍客

南商販蠍者，歲至臨朐，收買甚多。土人持木鉗入山，探穴發石搜捉之。一歲，商復來，寓客邸。忽覺心動，毛髮森悚，急告主人曰：「傷生既多，今見怒於蠆鬼，將殺我矣！急垂拯救！」主人顧室中有巨甕，乃使蹲伏，以甕覆之。移時，一人奔入，黃髮獰醜。問主人：「南客安在？」答曰：「他出。」其人入室四顧，鼻作嗅聲者三，遂出門去。主人曰：「可幸無恙矣。」及啓甕視客，客已化為血水。

杜小雷

杜小雷，益都之西山人。母雙盲。杜事之孝，家雖貧，甘旨無缺。一日，將他適，市肉付妻，令作餺飥。妻最忤逆，切肉時，雜蜣蜋其中。母覺臭惡不可食，藏以待子。杜歸，問：「餺飥美乎？」母搖首，出示子。杜裂視，見蜣蜋，怒甚。入室，欲撻妻，又恐母聞。上榻籌思，妻問之，不語。妻自餒，徬徨榻下。久之，喘息有聲。杜叱曰：「不睡，待敲扑耶！」亦竟寂然。起而燭之，但見一豕，細視，則兩足猶人，始知為妻所化。邑令聞之，縶去，使游四門，以戒眾人。譚薇臣曾親見之。

毛大福

太行毛大福，瘍醫也。一日，行術歸，道遇一狼，吐裹物，蹲道左。毛拾視，則布裹金飾數事。方怪異間，狼前歡躍，略曳袍服，即去。毛行，又曳之。察其意不惡，因從之去。未幾，至穴，見一狼病臥，視頂上有巨瘡，潰腐生蛆。毛悟其意，撥剔淨盡，敷藥如法，乃行。日既晚，狼遙送之。行三四里，又遇數狼，咆哮相侵，懼甚。前狼急入其羣，若相告語，眾狼悉散去。毛乃歸。先是，邑有銀商寧泰，被盜殺於途，莫可追詰。會毛貨金飾，為寧所認，執赴公庭。毛訴所從來，官不信，械之。毛冤極不能自伸，惟求寬釋，請問諸狼。官遣兩役押入山，直抵狼穴。值狼未歸，及暮不至，三人遂反。至半途，遇二狼，其一瘡痕猶在。毛識之，向揖而祝曰：「前蒙饋贈，今遂以此被屈。君不為我昭雪，回去搒掠死矣！」狼見毛被縶，怒奔隸。隸拔刀相向。狼以喙拄地大嗥；嗥兩三聲，山中百狼羣集，圍旋隸。隸大窘。狼競前齧縶索，隸悟其意，解毛縛，狼乃俱去。歸述其狀，官異之，未遽釋毛。後數日，官出行。一狼啣敝履，委道上。官過之，狼又啣履奔前置於道。官命收履，狼乃去。官歸，陰遣人訪履主。或傳某村有叢薪者，被二狼迫逐，啣其履而去。拘來認之，果其履也。遂疑殺寧者必薪，鞫之果然。蓋薪殺寧，取其巨金，衣底藏飾，未遑搜括，被狼啣去也。

昔一穩婆出歸，遇一狼阻道，牽衣若欲召之。乃從去。見雌狼方娩不下。嫗為用力按捺，產下放歸。明日，啣鹿肉置其家以報之。可知此事從來多有。

雹神

唐太史濟武，適日照會安氏葬。道經雹神李左車祠，入游眺。祠前有洩，洩水清澈，有朱魚數尾游泳其中。內一斜尾魚唼呷水面，見人不驚。太史拾小石將戲擊之。道士急止勿擊。問其故，言：「洩鱗皆龍族，觸之必致風雹。」太史笑其附會之誣，竟擲之。既而升車東行，則有黑雲如蓋，隨之以行。簌簌雹落，大如綿子。又行里餘，始霽。太史弟涼武在後，追及與語，則竟不知有雹也。問之前行者亦云。太史笑曰：「此豈廣武君作怪耶！」猶未深異。安村外有關聖祠，適有稗販客，釋肩門外，忽棄雙簏，趨祠中，拔架上大刀旋舞，曰：「我李左車也。明日將陪從淄川唐太史一助執紼，敬先告主人。」數語而醒，不自知其所言，亦不識唐為何人。安氏聞之，大懼。村去祠四十餘里，敬修楮帛祭具，詣祠哀禱，但求憐憫，不敢枉駕。太史怪其敬信之深，問諸主人。主人曰：「雹神靈迹最著，常託生人以為言，應驗無虛語。若不虔祝以尼其行，則明日風雹立至矣。」

異史氏曰：「廣武君在當年，亦老謀壯事者流也。即司雹於東，或亦其不磨之氣，受職於天。然業已神矣，何必翹然自異哉！唐太史道義文章，天人之欽矚已久，此鬼神之所以必求信於君子也。」

李八缸

太學李月生，升宇翁之次子也。翁最富，以缸貯金，里人稱之「八缸」。翁寢疾，呼子分金：兄八之，弟二之。月生觖望。翁曰：「我非偏有愛憎，藏有窖鏹，必待無多人時，方以畀汝，勿急也。」過數日，翁益彌留。月生慮一旦不虞，覷無人，即牀頭祕訊之。翁曰：「人生苦樂，皆有定數。汝方享妻賢之福，故不宜再助多金，以增汝過。」蓋月生妻車氏，最賢，有桓、孟之德，故云。月生固哀之。怒曰：「汝尚有二十餘年坎壈未歷，即予千金，亦立盡耳。苟不至山窮水盡時，勿望給與也！」月生孝友敦篤，亦即不敢復言。無何，翁大漸，尋卒。幸兄賢，齋葬之謀，勿與校計。月生又天真爛漫，不較錙銖，且好客善飲，炊黍治具，日促妻三四作，不甚理家人生產。里中無賴窺其懦，輒魚肉之。踰數年，家漸落。窘急時，賴兄小周給，不至大困。無何，兄以老病卒，益失所助，至絕糧食。春貸秋償，田所出，登場輒盡。乃割畝為活，業益消減。又數年，妻及長子相繼殂謝，無聊益甚。尋買販羊者之妻徐，翼得其小阜；而徐性剛烈，日凌藉之，至不敢與親朋通弔慶禮。忽一夜夢父曰：「今汝所遭，可謂山窮水盡矣。嘗許汝窖金，今其可矣。」問：「何在？」曰：「明日畀汝。」醒而異之，猶謂是貧中之積想也。次日，發土葺墉，掘得巨金。始悟向言「無多人」，乃死亡將半也。

異史氏曰：「月生，余杵臼交，為人樸誠無偽。余兄弟與交，哀樂輒相共。數年來，村隔十餘里，老死竟不相聞。余偶過其居里，因亦不敢過問之。則月生之苦況，蓋有不可明言者矣。忽聞暴得千金，不覺為之鼓舞。嗚呼！翁臨終之治命，昔習聞之，而不意其言皆讖也。抑何其神哉！」

老龍舡戶

朱公徽蔭巡撫粵東時，往來商旅，多告無頭冤狀。千里行人，死不見尸，數客同游，全無音信，積案纍纍，莫可究詰。初告，有司尚發牒行緝；迨投狀既多，竟置不問。公蒞任，歷稽舊案，狀中稱死者不下百餘，其千里無主者，更不知凡幾。公駭異惻怛，籌思廢寢。遍訪僚屬，迄少方略。於是潔誠熏沐，致檄城隍之神。已而齋寢，恍惚見一官僚，搢笏而入。問：「何官？」答云：「城隍劉某。」「將何言？」曰：「鬢邊垂雪，天際生雲，水中漂木，壁上安門。」言已而退。既醒，隱謎不解。輾轉終宵，忽悟曰：「垂雪者，老也；生雲者，龍也；水上木為舡；壁上門戶：豈非『老龍舡戶』耶！」蓋省之東北，曰小嶺、曰藍關，源自老龍津，以達南海，嶺外巨商，每由此入粵。公遣武弁，密授機謀，捉龍津駕舟者，次第擒獲五十餘名，皆不械而服。蓋此等賊以舟渡為名，賺客登舟，或投蒙藥，或燒悶香，致客沈迷不醒；而後剖腹納石以沈水底。冤慘極矣！自昭雪後，遐邇歡騰，謠頌成集焉。

異史氏曰：「剖腹沈石，慘冤已甚，而木雕之有司，絕不少關痛癢豈特粵東之暗無天日哉！公至則鬼神效靈，覆盆俱照，何其異哉！然公非有四目兩口，不過痌瘝之念，積於中者至耳。彼巍巍然，出則刀戟橫路，入則蘭麝熏心，尊優雖至，究何異於老龍舡戶哉！」

青城婦

費邑高夢說為成都守，有一奇獄。先是，有西商客成都，娶青城山寡婦。既而以故西歸，年餘復返。夫妻一聚，而商暴卒。同商疑而告官，官亦疑婦有私，苦訊之。橫加酷掠，卒無詞。牒解上司，並少實情，淹繫獄底，積有時日。後高署有患病者，延一老醫，適相言及。醫聞之，遽曰：「婦尖嘴否？」問：「何說？」初不言，詰再三，始曰：「此處繞青城山有數村落，其中婦女多為蛇交，則生女尖喙，陰中有物類蛇舌。至淫縱時，則舌或出，一入陰管，男子陽脫立死。」高聞之駭，尚未深信。醫曰：「此處有巫媼能內藥使婦意蕩，舌自出，是否可以驗見。」高即如言，使媼治之，舌果出，疑始解。牒報郡。上官皆如法驗之，乃釋婦罪。

鴞鳥

長山楊令，性奇貪。康熙乙亥間，西塞用兵，市民間騾馬運糧。楊假此搜括，地方頭畜一空。周村為商賈所集，趁墟者車馬輻輳。楊率健丁悉篡奪之，不下數百餘頭。四方估客，無處控告。時諸令皆以公務在省。適益都令董、萊蕪令范、新城令孫，會集旅舍。有山西二商，迎門號愬，蓋有健騾四頭，俱被搶掠，道遠失業，不能歸，哀求諸公為緩頰也。三公憐其情，許之。遂共詣楊。楊治具相款。酒既行，眾言來意，楊不聽。眾言之益切。楊舉酒促釂以亂之，曰：「某有一令，不能者罰。須一天上、一地下、一古人，左右問所執何物，口道何詞，隨問答之。」便倡云：「天上有月輪，地下有崑崙，有一古人劉伯倫。左問所執何物，答云：『手執酒杯。』右問口道何詞，答云：『道是酒杯之外不須提。』」范公云：「天上有廣寒宮，地下有乾清宮，有一古人姜太公。手執釣魚竿，道是『願者上鈎』。」孫云：「天上有天河，地下有黃河，有一古人是蕭何。手執一本大清律，道是『贓官贓吏』。」楊有慚色，沈吟久之，曰：「某又有之。天上有靈山，地下有泰山，有一古人是寒山。手執一帚，道是『各人自掃門前雪』。」眾相視覥然。忽一少年傲岸而入，袍服華整，舉手作禮。共挽坐，酌以大斗。少年笑曰：「酒且勿飲。聞諸公雅令，願獻芻蕘。」眾請之。少年曰：「天上有玉帝，地下有皇帝，有一古人洪武朱皇帝。手執三尺劍，道是『貪官剝皮』。」眾大笑。楊恚罵曰：「何處狂生敢爾！」命隸執之。少年躍登几上，化為鴞，沖簾飛出，集庭樹間，回顧室中，作笑聲。主人擊之，且飛且笑而去。

異史氏曰：「市馬之役，諸大令健畜盈庭者十之七，而千百為羣，作騾馬賈者，長山外不數數見也。聖明天子愛惜民力，取一物必償其值，焉知奉行者流毒若此哉！鴞所至，人最厭其笑，兒女共唾之，以為不祥。此一笑，則何異於鳳鳴哉！」

古瓶

淄邑北村井涸，村人甲、乙縋入淘之。掘尺餘，得髑髏。誤破之，口含黃金，喜納腰橐。復掘，又得髑髏六七枚。悉破之，無金。其旁有磁瓶二、銅器一。器大可合抱，重數十斤，側有雙環，不知何用，斑駁陸離。瓶亦古，非近款。既出井，甲、乙皆死。移時乙蘇，曰：「我乃漢人。遭新莽之亂，全家投井中。適有少金，因內口中，實非含斂之物，人人都有也。奈何遍碎頭顱？情殊可恨！」眾香楮共祝之，許為殯葬，乙乃癒；甲則不能復生矣。顏鎮孫生聞其異，購銅器而去。袁孝廉宣四得一瓶，可驗陰晴：見有一點潤處，初如粟米，漸闊漸滿，未幾雨至；潤退，則雲開天霽。其一入張秀才家，可志朔望：朔則黑點起如豆，與日俱長；望則一瓶遍滿；既望，又以次而退，至晦則復其初。以埋土中久，瓶口有小石粘口上，刷剔不可下。敲去之，石落而口微缺，亦一憾事。浸花其中，落花結實，與在樹者無異云。

元少先生

韓元少先生為諸生時，有吏突至，白主人欲延作師，而殊無名刺。問其家閥，含糊對之。束帛緘贄，儀禮優渥。先生許之，約期而去。至日，果以輿來。迤邐而往，道路皆所未經。忽睹殿閣，下車入，氣象類藩邸。既就館，酒炙紛羅，勸客自進，並無主人。筵既撤，則公子出拜；年十五六，姿表秀異。展禮罷，趨就他舍，請業始至師所。公子甚慧，聞義輒通。先生以不知家世，頗懷疑悶。館有二僮給役，私詰之，皆不對。問：「主人何在？」答以事忙。先生求導窺之，僮不可。屢求之，乃導至一處，聞拷楚聲。自門隙目注之，見一王者坐殿上，階下劍樹刀山，皆冥中事。大駭。方將卻步，內已知之，因罷政，叱退諸鬼，疾呼僮。僮變色曰：「我為先生，禍及身矣！」戰惕奔入。王者怒曰：「何敢引人私窺！」即以巨鞭重笞訖。乃召先生入，曰：「所以不見者，以幽明異路。今已知之，勢難再聚。」因贈束金使行。曰：「君天下第一人，但坎壈未盡耳。」使青衣捉騎送之。先生疑身已死。青衣曰：「何得便爾！先生食御一切，置自俗間，非冥中物也。」既歸，坎坷數年，中會、狀，其言皆驗。

薛慰娘

豐玉桂，聊城儒生也。貧無生業。萬曆間，歲大祲，孑然南遁。及歸，至沂而病。力疾行數里，至城南叢葬處，益憊，因傍冢臥。忽如夢，至一村，有叟自門中出，邀生入。屋兩楹，亦殊草草。室內一女子，年十六七，儀容慧雅。叟使瀹柏枝湯，以陶器供客。因詰生里居、年齒，既已，乃曰：「洪都姓李，平陽族。流寓此間，今三十二年矣。君志此門戶，余家子孫如見探訪，即煩指示之。老夫不敢忘義。義女慰娘，頗不醜，可配君子。三豚兒到日，即遣主盟。」生喜，拜曰：「犬馬齒二十有二，尚少良配。惠以眷好，固佳；但何處得翁之家人而告訴也？」叟曰：「君但住北村中，相待月餘，自有來者，只求不憚煩耳。」生恐其言不信，要之曰：「實告翁：僕故家徒四壁，恐後日不如所望，中道之棄，人所難堪。即無姻好，亦不敢不守季路之諾，即何妨質言之也？」叟笑曰：「君欲老夫旦旦耶？我稔知君貧。此訂非專為君，慰娘孤而無依，相託已久，不忍聽其流落，故以奉君子耳。何見疑！」即捉臂送生出，拱手闔扉而去。生覺，則身臥冢邊，日已將午。漸起，次且入村，村人見之皆驚，謂其已死道旁經日矣。頓悟叟即冢中人也，隱而不言，但求寄寓。村人恐其復死，莫敢留。村有秀才與同姓，聞之，趨詰家世，蓋生緦服叔也。喜導至家，餌治之，數日尋瘉。因述所遇，叔亦驚異，遂坐待以觀其變。

居無何，果有官人至村，訪父墓址，自言平陽進士李叔向。先是，其父李洪都，與同鄉某甲行賈，死於沂，某因瘞諸叢葬處。既歸，某亦死。是時翁三子皆幼。長伯仁，舉進士，令淮南。數遣人尋父墓，迄無知者。次仲道，舉孝廉。叔向最少，亦登第。於是親求父骨，至沂遍訪。是日至，村人皆莫識。生乃引至墓所，指示之。叔向未敢信，生為具陳所遇，叔向奇之。審視兩墳相接，或言三年前有宦者，葬少妾於此。叔向恐誤發他冢，生遂以所臥處示之。叔向命舁材其側，始發冢。冢開，則見女尸，服妝黯敗，而粉黛如生。叔向知其誤，駭極，莫知所為。而女已頓起，四顧曰：「三哥來耶？」叔向驚，就問之，則慰娘也。乃解衣蔽覆，舁歸逆旅。急發旁冢，冀父復活。既發，則膚革猶存，撫之僵燥，悲哀不已。裝斂入村，清醮七日；女亦縗絰若女。忽告叔向曰：「曩阿翁有黃金二錠，曾分一為妾作匳。妾以孤弱無藏所，僅以絲綫縶腰，而未將去，兄得之否？」叔向不知，乃使生反求諸壙，果得之，一如女言。叔向仍以綫誌者分贈慰娘。暇乃審其家世。先是，女父薛寅侯無子，只生慰娘，甚鍾愛之。女一日自金陵舅氏歸，將媼問渡。操舟者乃金陵媒也。適有宦者，任滿赴都，遣覓美妾，凡歷數家，無當意者，將為扁舟詣廣陵。忽遇女，隱生詭謀，急招附渡。媼素識之，遂與共濟。中途，投毒食中，女、媼皆迷。推媼墮江；載女而返，以重金賣諸宦者。入門，嫡始知，怒甚。女又惘然，莫知為禮，遂撻楚而囚禁之。北渡三日，女方醒。婢言始末，女大泣。一夜，宿於沂，自經死，乃瘞諸亂冢中。女在墓，為羣鬼所凌，李翁時呵護之，女乃父事翁。翁曰：「汝命合不死，當為擇一快婿。」前生既見而出，反謂女曰：「此生品誼可託。待汝三兄至，為汝主婚。」一日曰：「汝可歸候，汝三兄將來矣。」蓋即發墓之日也。女於喪次，為叔向緬述之。叔向歎息良久，乃以慰娘為妹，俾從李姓。略買衣妝，遣歸生。曰：「資斧無多，不能為妹子辦妝。意將偕歸，以慰母心，如何？」女亦忻然。於是夫妻從叔向，輦柩並發。

及歸，母詰得其故，愛逾所生，館諸別院。喪次，女哀悼過於兒孫。母益憐之，不令東歸，囑諸子為之買宅。適有馮氏賣宅，值六百金，倉猝未能取盈，暫收契券，約日交兌。及期，馮早至；適女亦從別院入省母，突見之，絕似當年操舟人。馮見亦驚。女趨過之。兩兄亦以母小恙，俱集母所。女問：「廳前跮踱者為誰？」仲道曰：「幾忘卻，此必前日賣宅者也。」即起欲出。女止之，告以所疑，使詰難之。仲道諾而出，則馮已去，而巷南塾師薛先生在焉。因問：「何來？」曰：「昨夕馮某浼早登堂，一署券保。適途遇之，云偶有所忘，暫歸便返，使僕坐以待之。」少間，生及叔向皆至，遂相攀談。慰娘以馮故，潛來屏後窺客，細視之，則其父也。突出，持抱大哭。翁驚涕曰：「吾兒何來！」眾始知薛即寅侯也。仲道雖於街頭常遇，初未悉其名字。

至是共喜，為述前因，設酒相慶。因留信宿，自道行蹤。蓋失女後，妻以悲死，鰥居無依，故游學至此也。生約買宅後，迎與同居。翁次日往探，馮則舉家遁去，乃知殺媼賣女者，即其人也。馮初至平陽，貿易成家；比年賭博，日就消乏，故貨居宅，賣女之資，亦瀕盡矣。慰娘得所，亦不甚仇之，但擇日徙居，更不追其所往。李母饋遺不絕，一切日用皆供給之。生遂家於平陽，但歸試甚苦。幸是科舉孝廉。慰娘富貴，每念媼為己死，思報其子。媼夫姓殷，一子名富，好博，貧無立錐。一日，博局爭注，毆殺人命，亡歸平陽，遠投慰娘。生遂留之門下。研詰所殺姓名，蓋即操舟馮某也。駭歎久之，因為道破，乃知馮即殺母仇人也。益喜，遂役生家。薛寅侯就養於婿，婿為買婦，生子女各一焉。

田子成

江寧田子成，過洞庭，舟覆而沒。子良耜，明季進士，時在抱中。妻杜氏，聞訃，仰藥而死。良耜受庶祖母撫養成立，筮仕湖北。年餘，奉憲命營務湖南。至洞庭，痛哭而返。自告才力不及，降縣丞，隸漢陽，辭不就。院司強督促之乃就。輒放蕩江湖間，不以官職自守。

一夕，艤舟江岸，聞洞簫聲，抑揚可聽。乘月步去，約半里許，見曠野中，茅屋數椽，熒熒燈火；近窗窺之，有三人對酌其中，上座一秀才，年三十許；下座一叟；側座吹簫者，年最少。吹竟，叟擊節贊佳。秀才面壁吟思，若罔聞。叟曰：「盧十兄必有佳作，請長吟，俾得共賞之。」秀才乃吟曰：「滿江風月冷淒淒，瘦草零花化作泥。千里雲山飛不到，夢魂夜夜竹橋西。」吟聲愴惻。叟笑曰：「盧十兄故態作矣！」因酌以巨觥，曰：「老夫不能屬和，請歌以侑酒。」乃歌「蘭陵美酒」之什。歌已，一座解頤。少年起曰：「我視月斜何度矣。」突出見客，拍手曰：「窗外有人，我等狂態盡露也！」遂挽客入，共一舉手。叟使與少年相對坐。試其杯皆冷酒，辭不飲。少年起以葦炬燎壺而進之。良耜亦命從者出錢行沽，叟固止之。因訊邦族，良耜具道生平。叟致敬曰：「吾鄉父母也。少君姓江，此間土著。」指少年曰：「此江西杜野侯。」又指秀才：「此盧十兄，與公同鄉。」盧自見良耜，殊偃蹇不甚為禮。良耜因問：「家居何里？如此清才，殊早不聞。」答曰：「流寓已久，親族恆不相識，可歎人也！」言之哀楚。叟搖手亂之曰：「好客相逢，不理觴政，聒絮如此，厭人聽聞！」遂把杯自飲，曰：「一令請共行之，不能者罰。每擲三色，以相逢為率，須一古典相合。」乃擲得幺二三，唱曰：「三加幺二點相同，雞黍三年約范公：朋友喜相逢。」次少年，擲得雙二單四，曰：「不讀書人，但見俚典，勿以為笑。四加雙二點相同，四人聚義古城中：兄弟喜相逢。」盧得雙幺單二，曰：「二加雙幺點相同，呂向兩手抱老翁：父子喜相逢。」良耜擲，復與盧同，曰：「二加雙幺點相同，茅容二簋款林宗：主客喜相逢。」

令畢，良耜興辭。盧始起，曰：「故鄉之誼，未遑傾吐，何別之遽？將有所問，願少留也。」良耜復坐，問：「何言？」曰：「僕有老友某，沒於洞庭，與君同族否？」良耜曰：「是先君也，何以相識？」曰：「少時相善。沒日，惟僕見之，因收其骨，葬江邊耳。」良耜出涕下拜，求指墓所。盧曰：「明日來此，當指示之。要亦易辨，去此數武，但見墳上有叢蘆十莖者是也。」良耜灑涕，與眾拱別。至舟，終夜不寢，念盧情詞似皆有因。

昧爽而往，則舍宇全無，益駭。因遵所指處尋墓，果得之。叢蘆其上，數之，適符其數。恍然悟盧十兄之稱，皆其寓言；所遇，乃其父之鬼也。細問土人，則二十年前，有高翁富而好善，溺水者皆拯其尸而埋之，故有數墳在焉。遂發冢負骨，棄官而返。歸告祖母，質其狀貌皆確。江西杜野侯，乃其表兄，年十九，溺於江；後其父流寓江西。又悟杜夫人沒後，葬竹橋之西，故詩中憶之也。但不知叟何人耳。

王桂菴

王樨，字桂菴，大名世家子。適南游，泊舟江岸。鄰舟有榜人女，繡履其中，風姿韶絕。王窺既久，女若不覺。王朗吟「洛陽女兒對門居」，故使女聞。女似解其為己者，略舉首一斜瞬之，俛首繡如故。王神志益馳，以金一錠投之，墮女襟上。女拾棄之，金落岸邊。王拾歸，益怪之，又以金釧擲之，墮足下；女操業不顧。無何，榜人自他歸。王恐其見釧研詰，心急甚；女從容以雙鈎覆蔽之。榜人解纜，逕去。王心情喪惘，癡坐凝思。時王方喪偶，悔不即媒定之。乃詢舟人，皆不識其何姓。返舟急追之，杳不知其所往。不得已，返舟而南。務畢，北旋，又沿江細訪，並無音耗。抵家，寢食皆縈念之。

踰年，復南，買舟江際，若家焉。日日細數行舟，往來者帆楫皆熟，而囊舟殊杳。居半年，資罄而歸。行思坐想，不能少置。一夜，夢至江村，過數門，見一家柴扉南向，門內疏竹為籬，意是亭園，逕入。有夜合一株，紅絲滿樹。隱念：詩中「門前一樹馬纓花」，此其是矣。過數武，葦笆光潔。又入之，見北舍三楹，雙扉闔焉。南有小舍，紅蕉蔽窗。探身一窺，則椸架當門，罥畫裙其上，知為女子閨闥，愕然卻退；而內亦覺之，有奔出瞰客者，粉黛微呈，則舟中人也。喜出非望，曰：「亦有相逢之期乎！」方將狎就，女父適歸，倏然驚覺，始知是夢。景物歷歷，如在目前。祕之，恐與人言，破此佳夢。又年餘，再適鎮江。郡南有徐太僕，與有世誼，招飲。信馬而去，誤入小村，道途景象，彷彿平生所歷。一門內，馬纓一樹，夢境宛然。駭極，投鞭而入。種種物色，與夢無別。再入，則房舍一如其數。夢既驗，不復疑慮，直趨南舍，舟中人果在其中。遙見王，驚起，以扉自幛，叱問：「何處男子？」王逡巡間，猶疑是夢。女見步趨甚近，閛然扃戶。王曰：「卿不憶擲釧者耶？」備述相思之苦，且言夢徵。女隔窗審其家世，王具道之。女曰：「既屬宦裔，中饋必有佳人，焉用妾？」王曰：「非以卿故，婚娶固已久矣！」女曰：「果如所云，足知君心。妾此情難告父母，然亦方命而絕數家。金釧猶在，料鍾情者必有耗問耳。父母偶適外戚，行且至。君姑退，倩冰委禽，計無不遂；若望以非禮成偶，則用心左矣。」王倉卒欲出。女遙呼王郎曰：「妾芸娘，姓孟氏。父字江蘺。」王記而出。罷筵早返，謁江蘺。江迎入，設坐籬下。王自道家閥，即致來意，兼納百金為聘。翁曰：「息女已字矣。」王曰：「訊之甚確，固待聘耳，何見絕之深？」翁曰：「適間所說，不敢為誑。」王神情俱失，拱別而返。當夜輾轉，無人可媒。向欲以情告太僕，恐娶榜人女為先生笑；今情急，無可為媒，質明，詣太僕，實告之。太僕曰：「此翁與有瓜葛，是祖母嫡孫，何不早言？」王始吐隱情。太僕疑曰：「江蘺固貧，素不以操舟為業，得毋誤乎？」乃遣子大郎詣孟。孟曰：「僕雖空匱，非賣婚者。曩公子以金自媒，諒僕必為利動，故不敢附為婚姻。既承先生命，必無錯謬。但頑女頗恃嬌愛，好門戶輒便拗卻，不得不與商榷，免他日怨婚也。」遂起，少入而返，拱手一如尊命，約期乃別。大郎復命，王乃盛備禽妝，納采於孟，假館太僕之家，親迎成禮。

居三日，辭岳北歸。夜宿舟中，問芸娘曰：「向於此處遇卿，固疑不類舟人子。當日泛舟何之？」答云：「妾叔家江北，偶借扁舟一省視耳。妾家僅可自給，然儻來物頗不貴視之。笑君雙瞳如豆，屢以金資動人。初聞吟聲，知為風雅士，又疑為儇薄子作蕩婦挑之也。使父見金釧，君死無地矣。妾憐才心切否？」王笑曰：「卿固黠甚，然亦墮吾術矣！」女問：「何事？」王止而不言。又固詰之，乃曰：「家門日近，此亦不能終祕。實告卿：我家中固有妻在，吳尚書女也。」芸娘不信，王故莊其詞以實之。芸娘色變，默移時，遽起，奔出；王躧履追之，則已投江中矣。王大呼，諸船驚鬧，夜色昏濛，惟有滿江星點而已。王悼痛終夜，沿江而下，以重價覓其骸骨，亦無見者。邑邑而歸，憂痛交集。又恐翁來視女，無詞可對。有姊丈官河南，遂命駕造之，年餘始歸。途中遇雨，休裝民舍，見房廊清潔，有老嫗弄兒廈間。兒見王入，即撲求抱，王怪之。又視兒秀婉可愛，攬置膝頭。嫗喚之，不去。少頃，雨霽，王舉兒付嫗，下堂趣裝。兒啼曰：「阿爹去矣！」嫗恥之，呵之不止，強抱而去。王坐待治任，忽有麗者自屏後抱兒出，則芸娘也。方詫異間，芸娘罵曰：「負心郎！遺此一塊肉，焉置之？」王乃知為己子。酸來刺心，不暇問其往迹，先以前言之戲，矢日自白。芸娘始反怒為悲，相向涕零。先是，第主莫翁，六旬無子，攜媼往朝南海。歸途泊江際，芸娘隨波下，適觸翁舟。翁命從人拯出之，療救終夜，始漸蘇。翁媼視之，是好女子，甚喜，以為己女，攜歸。居數月，欲為擇婿，女不可。踰十月，生一子，名曰寄生。王避雨其家，寄生方周歲也。王於是解裝，入拜翁媼，遂為岳婿。居數日，始舉家歸。至，則孟翁坐待已兩月矣。翁初至，見僕輩情詞恍惚，心頗疑怪；既見，始共歡慰。歷述所遭，乃知其枝梧者有由也。

寄生 附

寄生字王孫，郡中名士。父母以其襁褓認父，謂有夙惠，鍾愛之。長益秀美，八九歲能文，十四入郡庠。每自擇偶。父桂菴有妹二娘，適鄭秀才子僑，生女閨秀，慧豔絕倫。王孫見之，心切愛慕。積久，寢食俱廢。父母大憂，苦研詰之，遂以實告。父遣冰於鄭；鄭性方謹，以中表為嫌，卻之。王孫逾病，母計無所出，陰婉致二娘，但求閨秀一臨存之。鄭聞，益怒，出惡聲焉。父母既絕望，聽之而已。郡有大姓張氏，五女皆美；幼者名五可，尤冠諸姊，擇婿未字。一日，上墓，途遇王孫，自輿中窺見，歸以白母。母沈知其意，見媒媼于氏，微示之。媼遂詣王所。時王孫方病，訊知，笑曰：「此病老身能醫之。」芸娘問故。媼述張氏意，極道五可之美。芸娘喜，使媼往候王孫。媼入，撫王孫而告之。王孫搖首曰：「醫不對症，奈何！」媼笑曰：「但問醫良否耳：其良也，召和而緩至，可矣；執其人以求之，守死而待之，不亦癡乎？」王孫欷歔曰：「但天下之醫，無瘉和者。」媼曰：「何見之不廣也？」遂以五可之容顏髮膚，神情態度，口寫而手狀之。王孫又搖首曰：「媼休矣！此余願所不及也。」反身向壁，不復聽矣。媼見其志不移，遂去。

一日，王孫沈痼中，忽一婢入曰：「所思之人至矣！」喜極，躍然而起。急出舍，則麗人已在庭中。細認之，卻非閨秀，著松花色細褶繡裙，雙鉤微露，神仙不啻也。拜問姓名。答曰：「妾，五可也。君深於情者，而獨鍾閨秀，使人不平。」王孫謝曰：「生平未見顏色，故目中只一閨秀。今知罪矣！」遂與要誓。方握手殷殷，適母來撫摩，蘧然而覺，則一夢也。回思聲容笑貌，宛在目中。陰念：五可果如所夢，何必求所難遘，因而以夢告母。母喜其念少奪，急欲媒之。王孫恐夢見不的，託鄰媼素識張氏者，偽以他故詣之，囑其潛相五可。媼至其家，五可方病，靠枕支頤，婀娜之態，傾絕一世。近問：「何恙？」女默然弄帶，不作一語。母代答曰：「非病也。

連日與爹娘負氣耳！」嫗問故。曰：「諸家問名，皆不願，必如王家寄生者方嫁。是為母者勸之急，遂作意不食數日矣。」嫗笑曰：「娘子若配王郎，真是玉人成雙也。渠若見五娘，恐又憔悴死矣！我歸，即令倩冰，如何？」五可止之曰：「姥勿爾！恐其不諧，益增笑耳！」嫗銳然以必成自任，五可方微笑。嫗歸，復命，一如媒嫗言。王孫詳問衣履，亦與夢合，大悅。意雖稍舒，然終不以人言為信。過數日，漸瘳，祕招于媼來，謀以親見五可。媼難之，姑應而去。久之，不至。方欲覓問，媼忽忻然來曰：「機幸可圖。五娘向有小恙，日令婢輩將扶，移過對院。公子往伏伺之，五娘行緩澀，委曲可以盡睹矣。」王孫喜，明日，命駕早往，媼先在焉。即令縶馬村樹，引入臨路舍，設座掩扉而去。少間，五可果扶婢出。王孫自門隙目注之。女從門外過，媼故指揮雲樹以遲纖步，王孫窺觀盡悉，意顫不能自持。未幾，媼至，曰：「可以代閨秀否？」王孫申謝而返，始告父母，遣媒要盟。及妁往，則五可已別字矣。王孫失意，悔悶欲死，即刻復病。父母憂甚，責其自誤。王孫無詞，惟日飲米汁一合。積數日，雞骨支牀，較前尤甚。媼忽至，驚曰：「何憊之甚？」王孫涕下，以情告。媼笑曰：「癡公子！前日人趁汝來，而故卻之；今日汝求人，而能必遂耶？雖然，尚可為力。早與老身謀，即許京都皇子，能奪還也。」王孫大悅，求策。媼命函啓遣伻，約次日候於張所。桂菴恐以唐突見拒，媼曰：「前與張公業有成言，延數日而遽悔之；且彼字他家，尚無函信。諺云：『先炊者先餐。』何疑也！」桂菴從之。

次日，二僕往，並無異詞，厚犒而歸。王孫病頓起。由此閨秀之想遂絕。初，鄭子僑卻聘，閨秀頗不懌；及聞張氏婚成，心愈抑鬱，遂病，日就支離。父母詰之，不肯言。婢窺其意，隱以告母。鄭聞之，怒不醫，以聽其死。二娘懟曰：「吾姪亦殊不惡，何守頭巾戒，殺吾嬌女！」鄭恚曰：「若所生女，不如早亡，免貽笑柄！」以此夫妻反目。二娘故與女言，將使仍歸王孫，若為媵。女俛首不言，意若甚願。二娘商鄭，鄭更怒，一付二娘，置女度外，不復預聞。二娘愛女切，欲實其言。女乃喜，病漸瘥。竊探王孫，親迎有日矣。及期，以姪完婚，偽欲歸寧，昧旦，使人求僕輿於兄。兄最友愛，又以居村鄰近，遂以所備親迎車馬，先迎二娘。既至，則妝女入車，使兩僕兩媼護送之。到門，以氈貼地而入。時鼓樂已集，從僕叱令吹擂，一時人聲沸聒。王孫奔視，則女子以紅帕蒙首，駭極，欲奔；鄭僕夾扶，便令交拜。王孫不知何由，即便拜訖。二媼扶女，逕坐青廬，始知其閨秀也。舉家惶亂，莫知所為。時漸瀕暮，王孫不復敢行親迎之禮。桂菴遣僕以情告張；張怒，遂欲斷絕。五可不肯，曰：「彼雖先至，未受雁采；不如仍使親迎。」父納其言，以對來使。使歸，桂菴終不敢從。相對籌思，喜怒俱無所施。張待之既久，知其不行，遂亦以輿馬送五可至，因另設青帳於別室。而王孫周旋兩間，蹀躞無以自處。母乃調停於中，使序行以齒，二女皆諾。及五可聞閨秀差長，稱「姊」有難色。母甚慮之。比三朝公會，五可見閨秀風致宜人，不覺右之，自是始定。然父母恐其積久不相能，而二女卻無間言，衣履易著，相愛如姊妹焉。王孫始問五可卻媒之故。笑曰：「無他，聊報君之卻於媼耳。尚未見妾，意中只有閨秀；即見妾，亦略靳之，以觀君之視妾，較閨秀何如也。使君為伊病，而不為妾病，則亦不必強求容矣。」王孫笑曰：「報亦慘矣！然非于媼，何得一覲芳容。」五可曰：「是妾自欲見君，媼何能為。過舍門時，豈不知眈眈者在內耶。夢中業相要，何尚未知信耶？」王孫驚問：「何知？」曰：「妾病中夢至君家，以為妄；後聞君亦夢妾，乃知魂魄真到此也。」王孫異之，遂述所夢，時日悉符。父子之良緣，皆以夢成，亦奇情也。故並誌之。

異史氏曰：「父癡於情，子遂幾為情死。所謂情種，其王孫之謂與？不有善夢之父，何生離魂之子哉！」

周生

周主者，淄邑之幕客。令公出，夫人徐，有朝碧霞元君之願，以道遠故，將遣僕賫儀代往。使周為祝文。周作駢詞，歷敘平生，頗涉狎謔。中有云：「栽般陽滿縣之花，偏憐斷袖；置夾谷彌山之草，惟愛餘桃。」此訴夫人所憤也，類此甚多。脫稿，示同幕凌生。凌以為褻，戒勿用。弗聽，付僕而去。未幾，周生卒於署；既而僕亦死；徐夫人產後，亦病卒。人猶未之異也。周生子自都來迎父櫬，夜與凌生同宿。夢父戒之曰：「文字不可不慎也！我不聽凌君言，遂以褻詞，致干神怒，遽夭天年；又貽累徐夫人，且殃及焚文之僕；恐冥罰尤不免也！」醒而告凌，凌亦夢同，因述其文。周子為之惕然。

異史氏曰：「恣情縱筆，輒洒洒自快，此文客之常也。然婬嫚之詞，何敢以告神明哉！狂生無知，冥譴其所應爾。但使賢夫人及千里之僕，駢死而不知其罪，不亦與刑律中分首從者，反多憒憒耶？冤已！」

褚遂良

長山趙某，稅屋大姓。病癥結，又孤貧，奄然就斃。一日，力疾就涼，移臥簷下。既醒，見絕代麗人坐其旁。因詰問之。女曰：「我特來為汝作婦。」某驚曰：「無論貧人不敢有妄想；且奄奄一息，有婦何為！」女曰：「我能治之。」某曰：「我病非倉猝可除；縱有良方，其如無資買藥何！」女曰：「我醫疾不用藥也。」遂以手按趙腹，力摩之。覺其掌熱如火。移時，腹中痞塊，隱隱作解拆聲。又少時，欲登廁。急起，走數武，解衣大下，膠液流離，結塊盡出，覺通體爽快。返臥故處，謂女曰：「娘子何人？祈告姓氏，以便尸祝。」答云：「我狐仙也。君乃唐朝褚遂良，曾有恩於妾家，每銘心欲一圖報。日相尋覓，今始得見，夙願可酬矣。」某自慚形穢，又慮茅屋竈煤，玷染華裳。女但請行。趙乃導入家，土莝無席，竈冷無煙，曰：「無論光景如此，不堪相辱；即卿能甘之，請視甕底空空，又何以養妻子？」女但言：「無慮。」言次，一回頭，見榻上氈席衾褥已設；方將致詰，又轉瞬，見滿室皆銀光紙裱貼如鏡，諸物已悉變易，几案精潔，肴酒並陳矣。遂相歡飲。日暮，與同狎寢，如夫婦。

主人聞其異，請一見之。女即出見，無難色。由此四方傳播，造門者甚夥。女並不拒絕。或設筵招之，女必與夫俱。一日，座中一孝廉，陰萌淫念。女已知之，忽加誚讓。即以手推其首；首過欞外，而身猶在室，出入轉側，皆所不能。因共哀免，方曳出之。積年餘，造請者日益煩，女頗厭之。被拒者輒罵趙。值端陽，飲酒高會，忽一白兔躍入。女起曰：「舂藥翁來見召矣！」謂兔曰：「請先行。」兔趨出，逕去。女命趙取梯。趙於舍後負長梯來，高數丈。庭有大樹一章，便倚其上；梯更高於樹杪。女先登，趙亦隨之。女回首曰：「親賓有願從者，當即移步。」眾相視不敢登。惟主人一僮，踴躍從其後。上上益高，梯盡雲接，不可見矣。共視其梯，則多年破扉，去其白板耳。羣入其室，灰壁敗竈依然，他無一物。猶意僮返可問，竟終杳已。

劉　全

鄒平牛醫侯某，荷飯餉耕者。至野，有風旋其前，侯即以杓掬漿祝奠之。盡數杓，風始去。一日適城隍廟，閒步廊下，見內塑劉全獻瓜像，被鳥雀遺糞，糊蔽目睛。侯曰：「劉大哥何遂受此玷污！」因以爪甲為除去之。後數年，病臥，被二皂攝去。至官衙前，逼索財賄甚苦。侯方無所為計，忽自內一綠衣人出，見之訝曰：「侯翁何來？」侯便告訴。綠衣人責二皂曰：「此汝侯大爺，何得無禮！」二皂喏喏，遜謝不知。俄聞鼓聲如雷。綠衣人曰：「早衙矣。」遂與俱入，令立墀下，曰：「姑立此，我為汝問之。」遂上堂點手，招一吏人下，略道數語。吏人見侯拱手曰：「侯大哥來耶？汝亦無甚大事，有一馬相訟，一質便可復返。」遂別而去。少間，堂上呼侯名。侯上跪，一馬亦跪。官問侯：「馬言被汝藥死，有諸？」侯曰：「彼得瘟症，某以瘟方治之。既藥不瘳，隔日而死，與某何涉？」馬作人言，兩相苦。官命稽籍，籍註馬壽若干，應死於某年月日，數確符。因訶曰：「此汝天數已盡，何得妄控！」叱之而去。因謂侯曰：「汝存心方便，生平可以不死。」仍命二皂送回。前二人亦與俱出，又囑途中善相視。侯曰：「今日雖蒙覆庇，生平實未識荊。乞示姓字，以圖啣報。」綠衣人曰：「三年前，僕從泰山來，焦渴欲死。經君村外，蒙以杓漿見飲，至今不忘。」吏人曰：「某即劉全。曩被雀糞之污，悶不可耐，君手為滌除，是以耿耿。奈冥間酒饌，不可以奉賓客，請即別矣。」侯始悟，乃歸。既至家，款留二皂，皂並不敢飲其杯水。侯蘇，蓋死已踰兩日矣。從此益修善。每逢節序，必以漿酒酹劉全。年八旬，尚強健，能超乘馳走。一日，途間見劉全騎馬來，若將遠行。拱手道溫涼畢，劉曰：「君數已盡，勾牒出矣。勾役欲相招，我禁使弗須。君可歸治後事。三日後，我來同君行。地下代買小缺，亦無苦也。」遂去。侯歸告妻子，招別戚友，棺衾俱備。第四日日暮，對眾曰：「劉大哥來矣。」入棺遂沒。

土化兔

靖逆侯張勇鎮蘭州時，出獵獲兔甚多，中有半身或兩股尚為土質。一時秦中爭傳土能化兔。此亦物理之不可解者。

烏使

苑城史烏程家居，忽有烏集屋上，香色類鴉。史見之，告家人曰：「夫人遣烏使召我矣。急備後事，某日當死。」至日果卒。殯日，鴉復至，隨櫬緩飛，由苑之新。及殯，鴉始不見。長山吳木欣目睹之。

姬生

南陽鄂氏，患狐，金錢什物，輒被竊去。迕之，祟益甚。鄂有甥姬生，名士不羈，焚香代為禱免，卒不應；又祝舍外祖使臨己家，亦不應。眾笑之。生曰：「彼能幻變，必有人心。我固將引之，俾入正果。」數日輒一往祝之。雖不見驗，然生所至，狐遂不擾。以故，鄂常止生宿。生夜望空請見，邀益堅。一日，生歸，獨坐齋中，忽房門緩緩自開。生起致敬曰：「狐兄來耶？」殊寂無聲。一夜，門自開。生曰：「倘是狐兄降臨，固小生所禱祝而求者，何妨即賜光霽？」卻又寂然。案頭有錢二百，及明失之。生至夜，增以數百。中宵，聞布幄鏗然。生曰：「來耶？敬具時銅數百備用。僕雖不充裕，然非鄙吝者。若緩急有需，無妨質言，何必盜竊？」少間，視錢，脫去二百。生仍置故處，數夜不復失。有熟雞，欲供客而失之。生至夕，又益以酒，而狐從此絕迹矣。鄂家祟如故。生又往祝曰：「僕設錢而子不取，設酒而子不飲；我外祖衰邁，無為久祟之。僕備有不腆之物，夜當憑汝自取。」乃以錢十千、酒一罇，兩雞皆胾切，陳几上。生臥其旁，終夜無聲，錢物如故。狐怪從此亦絕。

生一日晚歸，啓齋門，見案上酒一壺，燂雞盈盤，錢四百，以赤繩貫之，即前日所失物也。知狐之報。嗅酒而香，酌之色碧綠，飲之甚醇。壺盡半酣，覺心中貪念頓生，驀然欲作賊。便啓戶出。思村中一富室，遂往越其牆。牆雖高，一躍上下，如有翅翎。入其齋，竊取貂裘、金鼎而出。歸置牀頭，始就枕眠。天明，攜入內室。妻驚問之，生囁嚅而告，有喜色。妻駭曰：「君素剛正，何忽作賊！」生恬然不為怪，因述狐之有情。妻恍然悟曰：「是必酒中之狐毒也。」因念丹砂可以卻邪，遂研入酒，飲生。少頃，生忽失聲曰：「我奈何做賊！」妻代解其故，爽然自失。又聞富室被盜，譟傳里黨。生終日不食，莫知所處。妻為之謀，使乘夜拋其牆內。生從之。富室復得故物，事亦遂寢。生歲試冠軍，又舉行優，應受倍賞。及發落之期，道署梁上粘一帖云：「姬某作賊，偷某家裘、鼎，何為行優？」梁最高，非跂足可粘。文宗疑之，執帖問生。生愕然，思此事除妻外無知者；況署中深密，何由而至？因悟曰：「此必狐之為也。」遂緬述無諱，文宗賞禮有加焉。生每自念：無所取罪於狐，所以屢陷之者，亦小人之恥獨為小人耳。

異史氏曰：「生欲引邪入正，而反為邪惑。狐意未必大惡，或生以諧引之，狐亦以戲弄之耳。然非身有夙根，室有賢助，幾何不如原涉所云，家人寡婦，一為盜污遂行淫哉！吁！可懼也！」

吳木欣云：「康熙甲戌，一鄉科令浙中，點稽囚犯。有竊盜，已刺字訖，例應逐釋。令嫌『竊』字減筆從俗，非官板正字，使刮去之；候創平，依字彙中點畫形象另刺之。盜口占一絕云：『手把菱花仔細看，淋漓鮮血舊痕斑。早知面上重為苦，竊物先防識字官。』禁卒笑之曰：『詩人不求功名，而乃為盜？』盜又口占答之云：『少年學道志功名，只為家貧誤一生。冀得資財權子母，囊游燕市博恩榮。』」即此觀之，秀才為盜，亦仕進之志也。狐授姬生以進取之資，而返悔為所誤，迂哉！一笑。

果報

安丘某生，通卜筮之術，其為人邪蕩不檢，每有鑽穴踰隙之行，則卜之。一日，忽病，藥之，不瘉，曰：「吾實有所見。冥中怒我狎褻天數，將重譴矣，藥何能為！」亡何，目暴瞽，兩手無故自折。某甲者，伯無嗣。甲利其有，願為之後。伯既死，田產悉為所有，遂背前盟。又有叔，家頗裕，亦無子。甲又父之。死，又背之。於是併三家之產，富甲一鄉。一日，暴病若狂，自言曰：「汝欲享富厚而生耶！」遂以利刃自割肉，片片擲地。又曰：「汝絕人後，尚欲有後耶！」剖腹流腸，遂斃。未幾，子亦死，產業歸人矣。果報如此，可畏也夫！

公孫夏

保定有國學生某，將入都納資，謀得縣尹。方趣裝而病，月餘不起。忽有僮入曰：「客至。」某亦忘其疾，趨出逆客。客華服類貴者。三揖入舍，叩所自來。客曰：「僕，公孫夏，十一皇子坐客也。聞治裝將圖縣尹，既有是志，太守不更佳耶？」某遜謝，但言：「資薄，不敢有奢願。」客請效力，俾出半資，約於任所取盈。某喜求策。客曰：「督、撫皆某最契之交，暫得五千緡，其事濟矣。目前真定缺員，便可急圖。」某訝其本省。客笑曰：「君迂矣！但有孔方在，何問吳、越桑梓耶？」某終躊躇，疑其不經。客曰：「無須疑惑。實相告：此冥中城隍缺也。君壽盡，已注死籍。乘此營辦，尚可以致冥貴。」即起告別，曰：「君且自謀，三日當復會。」遂出門跨馬去。某忽開眸，與妻子永訣。命出藏鏹，市楮錠萬提，郡中是物為空。堆積庭中，雜芻靈鬼馬，日夜焚之，灰高如山。

三日，客果至。某出資交兌，客即導至部署，見貴官坐殿上，某便伏拜。貴官略審姓名，便勉以「清廉謹慎」等語。乃取憑文，喚至案前與之。某稽首出署。自念監生卑賤，非車服炫耀，不足震懾曹屬。於是益市輿馬；又遣鬼役以彩輿迓其美妾。區畫方已，真定鹵簿已至。途中里餘，一道相屬，意得甚。忽前導者鉦息旗靡。驚疑間，見騎者盡下，悉伏道周；人小逕尺，馬大如貍。車前者駭曰：「關帝至矣！」某懼，下車亦伏。遙見帝君從四五騎，緩轡而至。鬚多繞頰，不似世所模肖者；而神采威猛，目長幾近耳際。馬上問：「此何官？」從者答：「真定守。」帝君曰：「區區一郡，何直得如此張惶！」某聞之，灑然毛悚；身暴縮，自顧如六七歲兒。帝君命起，使隨馬蹤行。道旁有殿宇，帝君入，南向坐，命以筆札授某，俾自書鄉貫姓名。某書已，呈進。帝君視之，怒曰：「字訛誤不成形象！此市儈耳，何足以任民社！」又命稽其德籍。旁一人跪奏，不知何詞。帝君厲聲曰：「干進罪小，賣爵罪重！」旋見金甲神綰鎖去。遂有二人捉某，褫去冠服，笞五十，臀肉幾脫，逐出門外。四顧車馬盡空，痛不能步，偃息草間。細認其處，離家尚不甚遠。幸身輕如葉，一晝夜始抵家。豁若夢醒，牀上呻吟。家人集問，但言股痛。蓋瞑然若死者，已七日矣，至是始寤。便問：「阿憐何不來。」——蓋妾小字也。先是，阿憐方坐談，忽曰：「彼為真定太守，差役來接我矣。」乃入室麗妝，妝竟而卒，才隔夜耳。家人述其異。某悔恨椎胸，命停尸勿葬，冀其復還。數日杳然，乃葬之。某病漸瘳，但股瘡大劇，半年始起。每自曰：「官資盡耗，而橫被冥刑，此尚可忍；但愛妾不知舁向何所，清夜所難堪耳。」

異史氏曰：「嗟夫！市儈固不足南面哉！冥中既有線索，恐夫子馬蹤所不及到，作威福者，正不勝誅耳。吾鄉郭華野先生傳有一事，與此頗類，亦人中之神也。先生以清鯁受主知，再起總制荊楚。行李蕭然，惟四五人從之，衣履皆敝陋。途中人皆不知為貴官也。適有新令赴任，道與相值。駝車二十餘乘，前驅數十騎，騶從百計。先生亦不知其何官，時先之，時後之，時以數騎雜其伍。彼前馬者怒其擾，輒訶卻之。先生亦不顧瞻。亡何，至一巨鎮，兩俱休止。乃使人潛訪之，則一國學生，加納赴任湖南者也。乃遣一价召之使來。令聞呼駭疑；及詰官閥，始知為先生，悚懼無以為地，冠帶蒲伏而前。先生問：『汝即某縣縣尹耶？』答曰：『然。』先生曰：『蕞爾一邑，何能養如許騶從？履任，則一方塗炭矣！不可使殃民社，可即旋歸，勿前矣。』令叩首曰：『下官尚有文憑。』先生即令取憑，審驗已，曰：『此亦細事，代若繳之可耳。』令伏拜而出。歸途不知何以為情，而先生行矣。世有未蒞任而已受考成者，實所創聞。蓋先生奇人，故有此快事耳。」

韓方

明季，濟郡以北數州縣，邪疫大作，比戶皆然。齊東農民韓方，性至孝。父母皆病，因具楮帛，哭禱於孤石大夫之廟。歸途零涕。遇一人，衣冠清潔，問：「何悲？」韓具以告。其人曰：「孤石之神，不在於此，禱之何益？僕有小術，可以一試。」韓喜，詰其姓字。其人曰：「我不求報，何必通鄉貫乎？」韓敦請臨其家。其人曰：「無須。但歸，以黃紙置牀上，厲聲言：『我明日赴都，告諸嶽帝！』病當已。」韓恐不驗，堅求移趾。其人曰：「實告子：我非人也。巡環使者以我誠篤，俾為南縣土地。感君孝，指授此術。目前嶽帝舉枉死之鬼，其有功人民，或正直不作邪祟者，以城隍、土地用。今日殃人者，皆郡城北兵所殺之鬼，急欲赴都自投，故沿途索賂，以謀口食耳。言告嶽帝，則彼必懼，故當已。」韓悚然起敬，伏地叩謝。及起，其人已渺。驚歎而歸。遵其教，父母皆瘉。以傳鄰村，無不驗者。

異史氏曰：「沿途祟人而往，以求不作邪祟之用，此與策馬應『不求聞達之科』者何殊哉！天下事大率類此。猶憶甲戌、乙亥之間，當事者使民捐穀，具疏謂民樂輸。於是各州縣如數取盈，甚費敲扑。時郡北七邑被水，歲祲，催辦尤難。唐太史偶至利津，見繫逮者十餘人。因問：『為何事？』答曰：『官捉吾等赴城，比追樂輸耳。』農民不知『樂輸』二字作何解，遂以為傜役敲比之名，豈不可歎而可笑哉！」

紉針

虞小思，東昌人。居積為業。妻夏，歸寧返，見門外一嫗，偕少女哭甚哀。夏詰之。嫗揮涙相告。乃知其夫王心齋，亦宦裔也。家中落，無衣食業，浼中保貸富室黃氏金，作賈。中途遭寇，喪資，幸不死。至家，黃索償，計子母不下三十金，實無可準抵。黃窺其女紉針美，將謀作妾。使中保質告之：如肯可，折債外，仍以廿金壓券。王謀諸妻。妻泣曰：「我雖貧，固簪纓之冑。彼以執鞭發迹，何敢遂媵吾女！且紉針固自有婿，汝烏得擅作主！」先是，同邑傅孝廉之子，與王投契，生男阿卯，與襁中論婚。後孝廉官於閩，年餘而卒。妻子不能歸，音耗俱絕。以故紉針十五，尚未字也。妻言及此，遂無詞，但謀所以為計。妻曰：「不得已，其試謀諸兩弟。」——蓋妻范氏，其祖曾任京職，兩孫田產尚多也。次日，妻攜女歸告兩弟。兩弟任其涕涙，並無一詞肯為設處。范乃號啼而歸。適逢夏詰，且訴且哭。夏憐之。視其女，綽約可愛，益為哀楚。因邀入其家，款以酒食。慰之曰：「母子勿戚，妾當竭力。」范未遑謝，女已哭伏在地，益加惋惜。籌思曰：「雖有薄蓄，然三十金亦復大難。當典質相付。」母子拜謝。夏以三日為約。別後，百計為之營謀，亦未敢告諸其夫。三日，未滿其數；又使人假諸其母。范母女已至，因以實告。又訂次日。抵暮，假金至，合裹並置牀頭。至夜，有盜穴壁，以火入。夏覺，睨之，見一人臂跨短刀，狀貌凶惡。大懼，不敢作聲，偽為睡者。盜近箱，意將發扃。回顧夏枕邊有裹物，探身攫去，就燈解視；乃入腰橐，不復胠篋而去。夏乃起呼。家中唯一小婢，隔牆告鄰，鄰人集而盜已遠。夏乃對燈啜泣。見婢睡熟，乃引帶自經於櫺間。天曙婢覺，呼人解救，四肢冰冷。虞聞奔至，詰婢始得其由，驚涕營葬。時方夏，尸不僵，亦不腐。過七日，乃殮之。

既葬。紉針潛出，哭於其墓。暴雨忽集，霹靂大作，發墓，紉針震死。虞聞，奔驗，則棺木已啓，妻呻嘶其中，抱出之。見女尸，不知為誰。夏審視，始辨之。方相駭怪。未幾，范至，見女已死，哭曰：「固疑其在此，今果然矣！聞夫人自縊，日夜不絕聲。今夜語我，欲哭於殯宮，我未之應也。」夏感其義，遂與夫言，即以所葬材穴葬之。范拜謝。虞負妻歸，范亦歸告其夫。聞村北一人被雷擊死於途，身有字云：「偷夏氏金賊。」俄聞鄰婦哭聲，乃知雷擊者即其夫馬大也。村人白於官，拘婦械鞫，則范氏以夏之措金贖女，對人感泣，馬大賭博無賴，聞之而盜心遂生也。官押婦搜贓，則只存二十數；又檢馬尸得四數。官判賣婦償補責還虞。夏益喜，全金悉仍付范，俾償債主。葬女三日，夜大雷電以風，墳復發，女亦頓活。不歸其家，往扣夏氏之門，蓋認其墓，疑其復生也。夏驚起，隔扉問之。女曰：「夫人果生耶！我紉針耳。」夏駭為鬼，呼鄰媼詰之，知其復活，喜內入室。女自言：「願從夫人服役，不復歸矣。」夏曰：「得無謂我損金為買婢耶？汝葬後，債已代償，可勿見猜。」女益感泣，願以母事。夏不允。女曰：「兒能操作，亦不坐食。」天明，告范。范喜，急至。亦從女意，即以屬夏。范去，夏強送女歸。女啼思夏。王心齋自負女來，委諸門內而去。夏見，驚問，始知其故，遂亦安之。女見虞至，急下拜，呼以父。虞固無子女，又見女依依憐人，頗以為歡。女紡績縫紉，勤勞臻至。夏偶病劇，女晝夜給役。見夏不食，亦不食，面上時有啼痕。向人曰：「母有萬一，我誓不復生！」夏少瘳，始解顏為歡。夏聞流涕，曰：「我四十無子，但得生一女如紉針亦足矣。」夏從不育；踰年忽生一男，人以為行善之報。

居二年，女益長。虞與王謀，不能堅守舊盟。王曰：「女在君家，婚姻惟君所命。」女十七，惠美無雙。此言出，問名者趾錯於門，夫妻為揀。富室黃某亦遣媒來。虞惡其為富不仁，力卻之。為擇於馮氏。馮，邑名士，子慧而能文。將告於王；王出負販未歸，遂逕諾之。黃以不得於虞，亦託作賈，迹王所在，設饌相邀，更復助以資本，漸漬習洽。因自言其子慧以自媒。王感其情，又仰其富，遂與訂盟。既歸，詣虞，則虞昨日已受馮氏婿書。聞王所言，不悅，呼女出，告以情。女怫然曰：「債主，吾仇也！以我事仇，但有一死！」王無顏，託人告黃以馮氏之盟。黃怒曰：「女姓王，不姓虞。我約在先，彼約在後，何得背盟！」遂控於邑宰，宰意以先約判歸黃。馮曰：

「王某以女付虞，固言婚嫁不復預聞，且某有定婚書，彼不過杯酒之談耳。」宰不能斷，將惟女願從之。黃又以金賂官，求其左袒，以此月餘不決。一日，有孝廉北上，公車過東昌，使人問王心齋。適問於虞，虞轉詰之，蓋孝廉姓傅，即阿卯也。入閩籍，十八已鄉薦矣。以前約未婚。其母囑令便道訪王，問女曾否另字也。虞大喜，邀傅至家，歷述所遭。然婿遠來數千里，患無憑據。傅啓篋，出王當日允婚書。虞招王至，驗之果真，乃共喜。是日當官覆審，傅投刺謁宰，其案始銷。涓吉約期乃去。會試後，市幣帛而還，居其舊第，行親迎禮。進士報已到閩，又報至東，傅又捷南宮。復入都觀政而返。女不樂南渡，傅亦以廬墓在，遂獨往扶父柩，載母俱歸。又數年，虞卒，子才七八歲，女撫之過於其弟。使讀書，得入邑庠，家稱素封，皆傅力也。

異史氏曰：「神龍中亦有游俠耶？彰善癉惡，生死皆以雷霆，此『錢塘破陣舞』也。轟轟屢擊，皆為一人，焉知紉針非龍女謫降者耶？」

桓侯

荊州彭好士，友家飲歸。下馬溲便，馬齕草路旁。有細草一叢，蒙茸可愛，初放黃花，豔光奪目，馬食已過半矣。彭拔其餘莖，嗅之有異香，因納諸懷。超乘復行。馬騖駛絕馳，頗覺快意，竟不計算歸途，縱馬所之。忽見夕陽在山，始將旋轡。但望亂山叢沓，並不知其何所。一青衣人來，見馬方噴嘶，代為捉啣，曰：「天已近暮，吾家主人便請宿止。」彭問：「此屬何地？」曰：「閬中也。」彭大駭，蓋半日已千餘里矣。因問：「主人為誰？」曰：「到彼自知。」又問：「何在？」曰：「咫尺耳。」遂代鞚疾行，人馬若飛。過一山頭，見半山中屋宇重疊，雜以屏幔，遙睹衣冠一簇，若有所伺。彭至下馬，相向拱敬。俄，主人出，氣象剛猛，巾服都異人世。拱手向客，曰：「今日客莫遠於彭君。」因揖彭，請先行。彭謙謝，不肯遽先。主人捉臂行之。彭覺捉處如被械梏，痛欲折，不敢復爭，遂行。下此者，猶相推讓，主人或推之，或挽之，客皆呻吟傾跌，似不能堪，一依主命而行。登堂，則陳設炫麗，兩客一筵。彭暗問接坐者：「主人何人？」答云：「此張桓侯也。」彭愕然，不敢復咳。合座寂然。酒既行，桓侯曰：「歲歲叨擾親賓，聊設薄酌，盡此區區之意。值遠客辱臨，亦屬幸遇。僕竊妄有干求，如少存愛戀，即亦不強。」彭起問：「何物？」曰：「尊乘已有仙骨，非塵世所能驅策。欲市馬相易，如何？」彭曰：「敬以奉獻，不敢易也。」桓侯曰：「當報以良馬，且將賜以萬金。」彭離席伏謝。桓侯命人曳起之。俄頃，酒饌紛綸。日落，命燭。眾起辭，彭亦告別。桓侯曰：「君遠來焉歸？」彭顧同席者曰：「已求此公作居停主人矣。」桓侯乃遍以巨觴酌客。謂彭曰：「所懷香草，鮮者可以成仙，枯者可以點金；草七莖，得金一萬。」即命僮出方授彭，彭又拜謝。桓侯曰：「明日造市，請於馬羣中任意擇其良者，不必與之論價，吾自給之。」又告眾曰：「遠客歸家，可少助以資斧。」眾唯唯。觴盡，謝別而出。

途中始詰姓字，同座者為劉子翬。同行二三里，越嶺，即睹村舍。眾客陪彭並至劉所，始述其異。先是，村中歲歲賽社於桓侯之廟，斬牲優戲，以為成規，劉其首善者也。三日前，賽社方畢。是午，各家皆有一人邀請過山。問之，言殊恍惚，但敦促甚急。過山見亭舍，相共駭疑。將至門，使者始實告之；眾亦不敢卻退。使者曰：「姑集此，邀一遠客行至矣。」蓋即彭也。眾述之驚怪。其中被把握者，皆患臂痛；解衣燭之，膚肉青黑。彭自視亦然。眾散，劉即襆被供寢。既明，村中爭延客；又伴彭入市相馬。十餘日，相數十匹，苦無佳者；彭亦拚苟就之。又入市，見一馬，骨相似佳；騎試之，神駿無比。逕騎入村，以待鬻者；再往尋之，其人已去。遂別村人欲歸。村人各饋金資，遂歸。馬一日行五百里。抵家，述所自來，人不之信。囊中出蜀物，始共怪之。香草久枯，恰得七莖，遵方點化，家以暴富。遂敬詣故處，獨祀桓侯之祠，優戲三日而返。

異史氏曰：「觀桓侯燕賓，而後信武夷幔亭非誕也。然主人肅客，遂使蒙愛者幾欲折肱，則當年之勇力可想。」

吳木欣言：「有李生者，脣不掩其門齒，露於外盈指。一日，於某所宴集，二客遜上下，其爭甚苦。一力挽使前，一力卻向後。力猛肘脫，李適立其後，肘過觸喙，雙齒並墮，血下如涌。眾愕然，其爭乃息。」此與桓侯之握臂折肱，同一笑也。

粉蝶

陽曰旦，瓊州士人也。偶自他郡歸，泛舟於海。遭颶風，舟將覆；忽飄一虛舟來，急躍登之。回視則同舟盡沒。風愈狂，暝然任其所吹。亡何，風定。開眸，忽見島嶼，舍宇連亘。把棹近岸，直抵村門。村中寂然，行坐良久，雞犬無聲。見一門北向，松竹掩藹。時已初冬，牆內不知何花，蓓蕾滿樹。心愛悅之，逡巡遂入。遙聞琴聲，步少停。有婢自內出，年約十四五，飄灑豔麗。睹陽，返身遽入。俄聞琴聲歇，一少年出，訝問客所自來。陽具告之。轉詰邦族，陽又告之。少年喜曰：「我姻親也。」遂揖請入院。院中精舍華好，又聞琴聲。既入舍，則一少婦危坐，朱絃方調，年可十八九，丰采煥映。見客入，推琴欲逝。少年止之曰：「勿遁，此正卿家瓜葛。」因代溯所由。少婦曰：「是吾姪也。」因問其：「祖母尚健否？父母年幾何矣？」陽曰：「父母四十餘，都各無恙；惟祖母六旬，得疾沈痼，一步履須人耳。姪實不省姑係何房，望祈明告，以便歸述。」少婦曰：「道途遼闊，音問梗塞久矣。歸時但告而父，『十姑問訊矣』，渠自知之。」陽問：「姑丈何族？」少年曰：「海嶼姓晏。此名神仙島，離瓊三千里，僕流寓亦不久也。」十娘趨入，使婢以酒食餉客，鮮蔬香美，亦不知其何名。飯已，引與瞻眺，見園中桃杏含苞，頗以為怪。晏曰：「此處夏無大暑，冬無大寒，花無斷時。」陽喜曰：「此乃仙鄉。歸告父母，可以移家作鄰。」晏但微笑。還齋炳燭，見琴橫案上，請一聆其雅操。晏乃撫絃捻柱。十娘自內出，晏曰：「來，來！卿為若姪鼓之。」十娘即坐，問姪：「願何聞？」陽曰：「姪素不讀『琴操』，實無所願。」十娘曰：「但隨意命題，皆可成調。」陽笑曰：「海風引舟，亦可作一調否？」十娘曰：「可。」即按絃挑動，若有舊譜，意調崩騰；靜會之，如身仍在舟中，為颶風之所擺簸。陽驚歎欲絕，問：「可學否？」十娘授琴，試使勾撥，曰：「可教也。欲何學？」曰：「適所奏『颶風操』，不知可得幾日學？請先錄其曲，吟誦之。」十娘曰：「此無文字，我以意譜之耳。」

乃別取一琴，作勾剔之勢，使陽效之。陽習至更餘，音節粗合，夫妻始別去。陽目注心凝，對燭自鼓；久之，頓得妙悟，不覺起舞。舉首，忽見婢立燈下，驚曰：「卿固猶未去耶？」婢笑曰：「十姑命待安寢，掩戶移檠耳。」審顧之，秋水澄澄，意態媚絕。陽心動，微挑之；婢俯首含笑。陽益惑之，遽起挽頸。婢曰：「勿爾！夜已四漏，主人將起，彼此有心，來宵未晚。」方狎抱間，聞晏喚「粉蝶」。婢作色曰：「殆矣！」急奔而去。陽潛往聽之。但聞晏曰：「我固謂婢子塵緣未滅，汝必欲收錄之。今如何矣？宜鞭三百！」十娘曰：「此心一萌，不可給使，不如為吾姪遣之。」陽甚慚懼，返齋滅燭自寢。

天明，有童子來侍盥沐，不復見粉蝶矣。心惴惴恐見譴逐。俄，晏與十姑並出，似無所介於懷，便考所業。陽為一鼓。十娘曰：「雖未入神，已得什九，肄熟可以臻妙。」陽復求別傳。晏教以「天女謫降」之曲，指法拗折，習之三日，始能成曲。晏曰：「梗概已盡，此後但須熟耳。嫻此兩曲，琴中無梗調矣。」陽頗憶家，告十娘曰：「吾居此，蒙姑撫養甚樂；顧家中懸念。離家三千里，何日可能還也！」十娘曰：「此即不難。故舟尚在，當助爾一帆風，子無家室，我已遣粉蝶矣。」乃贈以琴。又授以藥，曰：「歸醫祖母，不惟卻病，亦可延年。」遂送至海岸，俾登舟。陽覓楫，十娘曰：「無須此物。」因解裙作帆，為之縈繫。陽慮迷途，十娘曰：「勿憂，但聽帆漾耳。」繫已，下舟。陽悽然，方欲拜別，而南風競起，離岸已遠矣。視舟中糗糧已具，然只足供一日之餐，心怨其吝。腹餒不敢多食，惟恐遽盡，但啗胡餅一枚，覺表裏甘芳。餘六七枚，珍而存之，即亦不復饑矣。俄見夕陽欲下，方悔來時未索膏燭。瞬息，遙見人煙；細審，則瓊州也。喜極。旋已近岸，解裙裹餅而歸。入門，舉家驚喜，蓋離家已十六年矣，始知其遇仙。視祖母老病益憊；出藥投之，沈痾立除。共怪問之，因述所見。祖母泫然曰：「是汝姑也。」初，老夫人有少女，名十娘，生有仙姿。許字晏氏。婿十六歲入山不返，十娘待至二十餘，忽無疾自殂，葬已三十餘年。聞旦言，共疑其未死。出其裙，則猶在家所素著也。餅分啖之，一枚終日不饑，而精神倍生。老夫人命發冢驗視，則空棺存焉。旦初聘吳氏女未娶，旦數年不還，遂他適。

共信十娘言，以俟粉蝶之至；既而年餘無音，始議他圖。臨邑錢秀才，有女名荷生，豔名遠播。年十六，未嫁而三喪其婿。遂媒定之，涓吉成禮。既入門，光豔絕代。旦視之，則粉蝶也。驚問曩事，女茫乎不知。蓋被逐時，即降生之辰也。每為之鼓「天女謫降」之操，輒支頤凝想，若有所會。

李檀斯

長山李檀斯，國學生也。其村中有媼走無常，謂人曰：「今夜與一人舁檀老投生淄川柏家莊一新門中，身軀重贅，幾被壓死。」時李方與客歡飲，悉以媼言為妄。至夜，無疾而卒。天明，如所言往問之，則其家夜生女矣。

錦瑟

沂人王生，少孤，自為族。家清貧；然風標修潔，洒然裙屐少年也。富翁蘭氏，見而悅之，妻以女，許為起屋治產。娶未幾而翁死。妻兄弟鄙不齒數。婦尤驕倨，常傭奴其夫；自享饈饌，生至，則脫粟瓢飲，折稀為匕，置其前。王悉隱忍之。年十九，往應童子試，被黜。自郡中歸，婦適不在室，釜中烹羊臛熟，就啖之。婦入，不語，移釜去。生大慚，抵箸地上，曰：「所遭如此，不如死！」婦恚，問死期，即授索為自經之具。生忿投羹椀，敗婦顙。生含憤出，自念良不如死，遂懷帶入深壑。至叢樹下，方擇枝繫帶，忽見土崖間，微露裙幅，瞬息，一婢出，睹生，急返，如影就滅，土壁亦無綻痕。固知妖異；然欲覓死，故無畏怖，釋帶坐觀之。少間，復露半面，一窺即縮去。念此鬼物，從之必有死樂。因抓石叩壁曰：「地如可入，幸示一途！我非求歡，乃求死者。」久之，無聲。生又言之，內云：「求死請姑退，可以夜來。」音聲清銳，細如游蜂。生曰：「諾。」遂退以待夕。未幾，星宿已繁，崖間忽成高第，靜敞雙扉。生拾級而入。才數武，有橫流湧注，氣類溫泉。以手探之，熱如沸湯；不知其深幾許。疑即鬼神示以死所，遂踴身入。熱透重衣，膚痛欲糜；幸浮不沈。泅沒良久，熱漸可忍，極力爬抓，始登南岸，一身幸不泡傷。行次，遙見夏屋中有燈火，趨之。有猛犬暴出，齕衣敗襪。摸石以投，犬稍卻。又有羣犬要吠，皆大如犢。危急間，婢出叱退，曰：「求死郎來耶？吾家娘子憫君厄窮，使妾送君入安樂窩，從此無災矣。」挑燈導之。啓後門，黯然行去。入一家，明燭射窗，曰：「君自入，妾去矣。」生入室四瞻，蓋已入己家矣。反奔而出。遇婦所役老嫗曰：「終日相覓，又焉往！」反曳入。婦帕裹傷處，下牀笑逆，曰：「夫妻年餘，狎謔顧不識耶？我知罪矣。君受虛誚，我被實傷，怒亦可以少解。」乃於牀頭取巨金二鋌置生懷，曰：「以後衣食，一惟君命，可乎？」生不語，拋金奪門而奔，仍將入壑，以叩高第之門。既至野，則婢行緩弱，挑燈猶遙望之。生急奔且呼，燈乃止。

既至，婢曰：「君又來，負娘子苦心矣。」生曰：「我求死，不謀與卿復求活。娘子巨家，地下亦應需人。我願服役，實不以有生為樂。」婢曰：「樂死不如苦生，君設想何左也！吾家無他務。惟淘河、糞除、飼犬、負尸；作不如程，則刵耳、劓鼻、敲刖脛趾。君能之乎？」答曰：「能之。」又入後門，生問：「諸役何也？適言負尸，何處得如許死人？」婢曰：「娘子慈悲，設『給孤園』，收養九幽橫死無歸之鬼。鬼以千計，日有死亡，須負瘞之耳。請一過觀之。」移時，入一門，署「給孤園」。入，則屋宇錯雜，穢臭熏人。園中鬼見燭羣集，皆斷頭缺足，不堪入目。回首欲行，見尸橫牆下；近視之，血肉狼藉。曰：「半日未負，已被狗咋。」即使生移去之。生有難色。婢曰：「君如不能，請仍歸享安樂。」生不得已，負置祕處。乃求婢緩頰，倖免尸污。婢諾。行近一舍，曰：「姑坐此，妾入言之。飼狗之役較輕，當代圖之，庶幾得當以報。」去少頃，奔出，曰：「來，來！娘子出矣。」生從入。見堂上籠燭四懸，有女郎近戶坐，乃二十許天人也。生伏階下。女郎命曳起之，曰：「此一儒生，烏能飼犬；可使居西堂，主簿。」生喜，伏謝。女曰：「汝以樸誠，可敬乃事。如有舛錯，罪責不輕也！」生唯唯。婢導至西堂，見棟壁清潔，喜甚，謝婢。始問娘子官閥。婢曰：「小字錦瑟，東海薛侯女也。妾名春燕。旦夕所需，幸相聞。」婢去，旋以衣履衾褥來，置牀上。生喜得所。黎明，早起視事，錄鬼籍。一門僕役，盡來參謁，饋酒送脯甚多。生引嫌，悉卻之。日兩餐，皆自內出。娘子察其廉謹，特賜儒巾鮮衣。凡有賚賚，皆遣春燕。婢頗風格，既熟，頗以眉目送情。生斤斤自守，不敢少致差跌，但偽作騃鈍。積二年餘，賞給倍於常廩，而生謹抑如故。

一夜，方寢，聞內第喊噪。急起，捉刀出，見炬火光天。入窺之，則羣盜充庭，廝僕駭竄。一僕促與偕遁，生不肯；塗面束腰，雜盜中呼曰：「勿驚薛娘子！但當分括財物，勿使遺漏。」時諸舍羣賊方搜錦瑟不得，生知未為所獲，潛入第後獨覓之。遇一伏嫗，始知女與春燕皆越牆矣。生亦過牆，見主婢伏於暗陬。生曰：「此處烏可自匿？」女曰：「吾不能復行矣！」生棄刀負之。奔二三里許，汗流竟體，始入深谷，釋肩令坐。欻，一虎來。生大駭，欲迎當之，虎已啣女。生急捉虎耳，極力伸臂入虎口，以代錦瑟。虎怒，釋女，嚼生臂，脆然有聲。臂斷落地，虎亦返去。女泣曰：「苦汝矣！苦汝矣！」生忙遽未知痛楚，但覺血溢如水，使婢裂衿裹斷處。女止之，俯覓斷臂，自為續之；乃裹之。東方漸白，始緩步歸。登堂如墟。天既明，僕媼始漸集。女親詣西堂，問生所苦。解裹，則臂骨已續；又出藥糝其創，始去。由此益重生，使一切享用，悉與已等。臂瘉，女置酒內室以勞之。賜之坐，三讓而後隅坐。女舉爵如讓賓客。久之，曰：「妾身已附君體，意欲效楚王女之於臣建。但無媒，羞自薦耳。」生惶恐曰：「某受恩重，殺身不足酬。所為非分，懼遭雷殛，不敢從命。苟憐無室，賜婢已過。」一日，女長姊瑤臺至，四十許佳人也。至夕，招生入，瑤臺命坐，曰：「我千里來，為妹主婚，今夕可配君子。」生又起辭。瑤臺遽命酒，使兩人易琖。生固辭，瑤臺奪易之。生乃伏地謝罪，受飲之。瑤臺出，女曰：「實告君：妾乃仙姬，以罪被謫。自願居地下，收養冤魂，以贖帝譴。適遭天魔之劫，遂與君有附體之緣。遠邀大姊來，固主婚嫁，亦使代攝家政，以便從君歸耳。」生起敬曰：「地下最樂！某家有悍婦；且屋宇隘陋，勢不能容委曲以共其生。」女笑曰：「不妨。」既醉歸寢，歡戀臻至。過數日，謂生曰：「冥會不可長，請郎歸。君幹理家事畢，妾當自至。」以馬授生，啓扉自出，壁復合矣。生騎馬入村，村人盡駭。至家門，則高廬煥映矣。

先是，生去，妻召兩兄至，將箠楚報之；至暮，不歸，始去。或於溝中得生履，疑其已死。既而年餘無耗。有陝中賈某，媒通蘭氏，遂就生第與婦合。半年中，修建連亘。賈出經商，又買妾歸，自此不安其室。賈亦恆數月不歸。生訊得其故，怒，繫馬而入。見舊媼，媼驚伏地。生叱罵久，使導詣婦所，尋之已遁；既於舍後得之，已自經死。遂使人舁歸蘭氏。呼妾出，年十八九，風致亦佳，遂與寢處。賈託村人，求反其妾，妾哀號不肯去。生乃具狀，將訟其霸產占妻之罪。賈不敢復言，收肆西去。方疑錦瑟負約；一夕，正與妾飲，則車馬叩門而女至矣。女但留春燕，餘即遣歸。入室，妾朝拜之。女曰：「此有宜男相，可以代妾苦矣。」即賜以錦裳珠飾。妾拜受，立侍之；女挽坐，言笑甚歡。久之，曰：「我醉欲眠。」生亦解履登牀，妾始出；入房，則生臥榻上；異而反窺之，燭已滅矣。生無夜不宿妾室。一夜，妾起，潛窺女所，則生及女方共笑語。大怪之。急反告生，則牀上無人矣。天明，陰告生；生亦不自知，但覺時留女所、時寄妾宿耳。生囑隱其異。久之，婢亦私生，女若不知之。婢忽臨蓐難產，但呼「娘子」。女入，胎即下；舉之，男也。為斷臍置婢懷，笑曰：「婢子勿復爾！業多，則割愛難矣。」自此，婢不復產。妾出五男二女。居三十年，女時返其家，往來皆以夜。一日，攜婢去，不復來。生年八十，忽攜老僕夜出，亦不返。

太原獄

太原有民家，姑婦皆寡。姑中年，不能自潔，村無賴頻頻就之。婦不善其行，陰於門戶牆垣阻拒之。姑慚，借端出婦；婦不去，頗有勃谿。姑益恚，反相誣，告諸官。官問姦夫姓名。媼曰：「夜來宵去，實不知其阿誰，鞫婦自知。」因喚婦。婦果知之，而以姦情歸媼，苦相抵。拘無賴至，又譁辯：「兩無所私，彼姑婦不相能，故妄言相詆毀耳。」官曰：「一村百人，何獨誣汝？」重笞之。無賴叩乞免責，自認與婦通。械婦，婦終不承。逐去之。婦忿告憲院，仍如前，久不決。時淄邑孫進士柳下令臨晉，推折獄才，遂下其案於臨晉。人犯到，公略訊一過，寄監訖，便命隸人備磚石刀錐，質明聽用。共疑曰：「嚴刑自有桎梏，何將以非刑折獄耶？」不解其意，姑備之。明日，升堂，問知諸具已備，命悉置堂上。乃喚犯者，又一一略鞫之。乃謂姑婦：「此事亦不必甚求清析。淫婦雖未定，而姦夫則確。汝家本清門，不過一時為匪人所誘，罪全在某。堂上刀石具在，可自取擊殺之。」姑婦趦趄，恐邂逅抵償。公曰：「無慮，有我在。」於是媼婦並起，掇石交投。婦啣恨已久，兩手舉巨石，恨不即立斃之；媼惟以小石擊臀腿而已。又命用刀。婦把刀貫胸膺，媼猶逡巡未下。公止之曰：「淫婦我知之矣。」命執媼嚴梏之，遂得其情。笞無賴三十，其案始結。

附記：公一日遣役催租，租戶他出，婦應之。役不得賄，拘婦至。公怒曰：「男子自有歸時，何得擾人家室！」遂笞役，遣婦去。乃命匠多備手械，以備敲比。明日，合邑傳頌公仁。欠賦者聞之，皆使妻出應，公盡拘而械之。余嘗謂：孫公才非所短；然如得其情，則喜而不暇哀矜矣。

新鄭訟

長山石進士宗玉，為新鄭令。適有遠客張某，經商於外，因病思歸，不能騎步，賃手車一輛，攜資五千，兩夫挽載以行。至新鄭，兩夫往市飲食，張守資獨臥車中。有某甲過，睨之，見旁無人，奪資去。張不能禦，力疾起，遙尾綴之，入一村中；又從之，入一門內。張不敢入，但自短垣窺觀之。甲釋所負，回首見窺者，怒執為賊，縛見石公，因言情狀。問張，備述其冤。公以無質實，叱去之。二人下，皆以官無皂白。公置若不聞。頗憶甲久有逋賦，遣役嚴追之。逾日，即以銀三兩投納。石公問金所自來。甲云：「質衣鬻物。」皆指名以實之。石公遣役令視納稅人，有與甲同村者否。適甲鄰人在，喚入問之：「汝既為某甲近鄰，金所從來，爾當知之。」鄰曰：「不知。」公曰：「鄰家不知，其來曖昧。」甲懼，顧鄰曰：「我質某物、鬻某器，汝豈不知？」鄰急曰：「然，固有之矣。」公怒曰：「爾必與甲同盜，非刑詢不可！」命取梏械。鄰人懼曰：「吾以鄰故，不敢招怨；今刑及己身，何諱乎，彼實劫張某錢所市也。」遂釋之。時張以喪資未歸，乃責甲押償之。此亦見石之能實心為政也。

異史氏曰：「石公為諸生時，恂恂雅飭，意其人翰苑則優，簿書則詘。乃一行作吏，神君之名，譟於河朔。誰謂文章無經濟哉！故誌之以風有位者。」

李象先

李象先，壽光之聞人也。前世為某寺執爨僧，無疾而化。魂出棲坊上，下見市上行人，皆有火光出顛上，蓋體中陽氣也。夜既昏，念坊上不可久居，但諸舍暗黑，不知所之。唯一家燈火猶明，飄赴之。及門，則身已嬰兒。母乳之。見乳恐懼；腹不勝饑，閉目強吮。逾三月餘，即不復乳；乳之，則驚懼而啼。母以米瀋間棗栗哺之，得長成。是為象先。兒時至某寺，見寺僧，皆能呼其名。至老猶畏乳。

異史氏曰：「象先學問淵博，海岱清士。子早貴，身僅以文學終，此佛家所謂福業未修者耶？弟亦名士。生有隱疾，數月始一動；動時急起，不顧賓客，自外呼而入，於是婢媼盡避；使及門復痿，則不入室而反。兄弟皆奇人也。」

房文淑

開封鄧成德，游學至兗，寓敗寺中，傭為造齒籍者繕寫。歲暮，僚役各歸家，鄧獨炊廟中。黎明，有少婦叩門而入，豔絕，至佛前焚香叩拜而去。次日，又如之。至夜，鄧起挑燈，適有所作，女至益早。鄧曰：「來何早也？」女曰：「明則人雜，故不如夜。太早，又恐擾君清睡。適望見燈光，知君已起，故至耳。」生戲曰：「寺中無人，寄宿可免奔波。」女哂曰：「寺中無人，君是鬼耶？」鄧見其可狎，俟拜畢，曳坐求歡。女曰：「佛前豈可作此。身無片椽，尚作妄想！」鄧固求不已。女曰：「去此三十里某村，有六七童子，延師未就。君往訪李前川，可以得之。託言攜有家室，令別給一舍，妾便為君執炊，此長策也。」鄧慮事發獲罪。女曰：「無妨。妾房氏，小名文淑，並無親屬，恆終歲寄居舅家，有誰知。」鄧喜。既別女，即至某村，謁見李前川，謀果遂。約歲前即攜家至。既返，告女。女約候於途中。鄧告別同黨，借騎而去。女果待於半途，乃下騎，以轡授女，御之而行。至齋，相得甚歡。積六七年，居然琴瑟，並無追逋逃者。女忽生一子。鄧以妻不育，得之甚喜，名曰：「兗生。」女曰：「偽配終難作真。妾將辭君而去，又生此累人物何為！」鄧曰：「命好，倘得餘錢，擬與卿遁歸鄉里，何出此言？」女曰：「多謝，多謝！我不能脅肩諂笑，仰大婦眉睫，為人作乳媼，呱呱者難堪也！」鄧代妻明不妒，女亦不言。月餘，鄧解館，謀與前川子同出經商。告女曰：「我思先生設帳，必無富有之期。今學負販，庶有歸時。」女亦不答。至夜，女忽抱子起。鄧問：「何作？」女曰：「妾欲去。」鄧急起追問之，門未啓，而女已杳。駭極，始悟其非人也。鄧以形迹可疑，故亦不敢告人，託之歸寧而已。

初，鄧離家，與妻婁約，年終必返；既而數年無音，傳其已死。兄以其無子，欲改醮之。婁更以三年為期，日惟以紡績自給。一日，既暮，往扃外戶，一女子掩入，懷中繃兒，曰：「自母家歸，適晚。知姊獨居，故求寄宿。」婁內之。至房中，視之，二十餘麗者也。喜與共榻，同弄其兒，兒白如瓠。歎曰：「未亡人遂無此物！」女曰：「我正嫌其累人，即嗣為姊後，何如？」妻曰：「無論娘子不忍割愛；即忍之，妾亦無乳能活之也。」女曰：「不難。當兒生時，患無乳，飲藥半劑而效。今餘藥尚存，即以奉贈。」遂出一裹，置窗間。妻漫應之，未遽怪也。既寢，及醒呼之，則兒在而女已啓門去矣。駭極。日向辰，兒啼饑，妻不得已，餌其藥，移時湩流，遂哺兒。積年餘，兒益豐肥，漸學語言，愛之不啻己出。由是再醮之心遂絕。但早起抱兒，不能操作謀衣食，益窘。一日，女忽至。妻恐其索兒，先問其不謀而去之罪，後敘其鞠養之苦。女笑曰：「姊告訴艱難，我遂置兒不索耶？」遂招兒。兒啼入妻懷。女曰：「犢子不認其母矣！此百金不能易，可將金來，署立券保。」妻以為真，顏作赬。女笑曰：「姊勿懼，妾來正為兒也。別後慮姊無豢養之資，因多方措十餘金來。」乃出金授妻。妻恐受其金，索兒有詞，堅卻之。女置牀上，出門逕去。抱子追之，其去已遠，呼亦不顧。疑其意惡。然得金，少權子母，家以饒足。又三年，鄧賈有贏餘，治裝歸。方共慰藉，睹兒問誰氏子。妻告以故，問：「何名？」曰：「渠母呼之兗生。」生驚曰：「此真吾子也！」問其時日，即夜別之日。鄧乃歷敘與房文淑離合之情，益共忻慰。猶望女至，而終渺矣。

秦檜

青州馮中堂家，殺一豕，燖去毛鬣，肉內有字云：「秦檜七世身。」烹而啖之，其肉臭惡，因投諸犬。嗚呼！檜之肉，恐犬亦不當食之矣！

聞益都人說：「中堂之祖，前身在宋朝為檜所害，故生平最敬岳武穆。於青州城北通衢旁建岳王殿，秦檜、万俟卨伏跪地下。往來行人瞻禮岳王，則投石檜、卨，香火不絕。後大兵征於七之年，馮氏子孫毀岳王像。數里外，有俗祠「子孫娘娘」，因舁檜、卨其中，使朝跪焉。百世下，必有杜十姨、伍髭鬚之誤，甚可笑也。

又青州城內，舊有澹臺子羽祠。當魏璫烜赫時，世家中有媚之者，就子羽毀冠去鬚，改作魏監。此亦駭人聽聞者也。

浙東生

浙東生房某，客於陝，教授生徒。嘗以膽力自詡。一夜，裸臥，忽有毛物從空墮下，擊胸有聲；覺大如犬，氣咻咻然，四足撓動。大懼，欲起；物以兩足撲倒之，恐極而死。經一時許，覺有人以尖物穿鼻，大嚏，乃蘇。見室中燈火熒熒，牀邊坐一美人，笑曰：「好男子！膽氣固如此耶！」生知為狐，益懼。女漸與戲，膽始放，遂共狎暱。積半年，如琴瑟之好。一日，女臥牀頭，生潛以獵網蒙之。女醒，不敢動，但哀乞。生笑不前。女忽化白氣，從牀下出，恚曰：「終非好相識！可送我去。」以手曳之，身不覺自行。出門，凌空翕飛。食頃，女釋手，生暈然墜落。適世家園中有虎阱，揉木為圈，結繩作網，以覆其口。生墜網上，網為之側；以腹受網，身半倒懸。下視，虎蹲阱中，仰見臥人，躍上，近不盈尺，心膽俱碎。園丁來飼虎，見而怪之。扶上，已死；移時，始漸蘇，備言其故。其地乃浙界，離家只四百餘里矣。主人贈以資遣歸。歸告人：「雖得兩次死，然非狐則貧不能歸也。」

博興女

博興民王某，有女及笄。勢豪某窺其姿，伺女出，掠去，無知者。至家逼淫，女號嘶撐拒，某縊殺之。門外故有深淵，遂以石繫尸，沈其中。王覓女不得，計無所施。天忽雨，雷電繞豪家，霹靂一聲，龍下攫豪首去。天晴，淵中女尸浮出，一手捉人頭，審視，則豪頭也。官知，鞫其家人，始得其情。龍其女之所化與？不然，何以能爾也？奇哉。

一員官

濟南同知吳公，剛正不阿。時有陋規，凡貪墨者，虧空犯贓罪，上官輒庇之，以贓分攤屬僚，無敢梗者。以命公，不受；強之不得，怒加叱罵。公亦惡聲還報之，曰：「某官雖微？亦受君命。可以參處，不可以罵詈也！要死便死，不能損朝廷之祿，代人償枉法贓耳！」上官乃改顏溫慰之。人皆言斯世不可以行直道；人自無直道耳，何反咎斯世之不可行哉！會高苑有穆情懷者，狐附之，輒慷慨與人談論，音響在座上，但不見其人。適至郡，賓客談次，或詰之曰：「仙固無不知，請問郡中官共幾員？」應聲答曰：「一員。」共笑之。復詰其故，曰：「通郡官僚雖七十有二，其實可稱為官者，吳同知一人而已。」是時泰安知州張公，人以其木強，號之「橛子」。凡貴官大僚登岱者，夫馬兜輿之類，需索煩多，州民苦於供億。公一切罷之。或索羊豕，公曰：「我即一羊也，一豕也，請殺之以犒騶從。」大僚亦無奈之。公自遠宦，別妻子者十二年。初涖泰安，夫人及公子自都中來省之，相見甚歡。踰六七日，夫人從容曰：「君塵甑猶昔，何老誖不念子孫耶？」公怒，大罵，呼杖，逼夫人伏受。公子覆母號泣，求代。公橫施撻楚，乃已。夫人即偕公子命駕歸，矢曰：「渠即死於是，吾亦不復來矣！」踰年，公卒。此不可謂非今之強項令也。然以久離之琴瑟，何至以一言而躁怒至此，豈人情哉！而威福能行牀笫，事更奇於鬼神矣。

丐仙

高玉成，故家子，居金城之廣里。善針灸，不擇貧富輒醫之。里中來一丐者，脛有廢瘡，臥於道。膿血狼藉，臭不可近。居人恐其死，日一飴之。高見而憐焉，遣人扶歸，置於耳舍。家人惡其臭，掩鼻遙立。高出艾親為之灸，日餉以疏食。數日，丐者索湯餅，僕人怒訶之。高聞，即命僕賜以湯餅。未幾，又乞酒肉。僕走告曰：「乞人可笑之甚！方其臥於道也，日求一餐不可得；今三飯猶嫌粗糲，既與湯餅，又乞酒肉。此等貪饕，只宜仍棄之道上耳。」高問其瘡，曰：「痂漸脫落，似能步履，顧假咿嚘作呻楚狀。」高曰：「所費幾何！即以酒肉餽之，待其健，或不吾仇也。」僕偽諾之，而竟不與；且與諸曹偶語，共笑主人癡。次日，高親詣視丐，丐跛而起，謝曰：「蒙君高義，生死人而肉白骨，惠深覆載。但新瘥未健，妄思饞嚼耳。」高知前命不行，呼僕痛笞之，立命持酒炙餌丐者。僕啣之，夜分，縱火焚耳舍，乃故呼號。高起視，舍已燼。歎曰：「丐者休矣！」督眾救滅。見丐者酣臥火中，齁聲雷動。喚之起，故驚曰：「屋何往？」羣始驚其異。高彌重之，臥以客舍，衣以新衣，日與同坐處。問其姓名，自言：「陳九。」居數日，容益光澤。言論多風格。又善手談，高與對局，輒敗；乃日從之學，頗得其奧祕。如此半年，丐者不言去，高亦一時少之不樂也。即有貴客來，亦必偕之同飲。或擲骰為令，陳每代高呼采，雉盧無不如意。高大奇之。每求作劇，輒辭不知。

一日，語高曰：「我欲告別，向受君惠且深，今薄設相邀，勿以人從也。」高曰：「相得甚歡，何遽訣絕？且君杖頭空虛，亦不敢煩作東道主。」陳固邀之曰：「杯酒耳，亦無所費。」高曰：「何處？」答云：「園中。」時方嚴冬，高慮園亭苦寒。陳固言：「不妨。」乃從如園中。覺氣候頓暖，似三月初。又至亭中，益暖。異鳥成羣，亂哢清咮，彷彿暮春時。亭中几案，皆鑲以瑙玉。有一水晶屏，瑩澈可鑑：中有花樹搖曳，開落不一；又有白禽似雪，往來句輈於其上。

以手撫之，殊無一物。高愕然良久。坐，見鸜鵒棲架上，呼曰：「茶來！」俄見朝陽丹鳳，啣一赤玉盤，上有玻璃琖二，盛香茗，伸頸屹立。飲已，置琖其中，鳳啣之，振翼而去。鸜鵒又呼曰：「酒來！」即有青鸞黃鶴，翩翩自日中來，啣壺啣杯，紛置案上。頃之，則諸鳥進饌，往來無停翅；珍錯雜陳，瞬息滿案，肴香酒洌，都非常品。陳見高飲甚豪，乃曰：「君宏量，是得大爵。」鸜鵒又呼曰：「取大爵來！」忽見日邊熌熌，有巨蝶攫鸚鵡杯，受斗許，翔集案間。高視蝶大於雁，兩翼綽約，文采燦麗，亟加讚歎。陳喚曰：「蝶子勸酒！」蝶展然一飛，化為麗人，繡衣翩躚，前而進酒。陳曰：「不可無以佐觴。」女乃仙仙而舞。舞到酣際，足離於地者尺餘，輒仰折其首，直與足齊，倒翻身而起立，身未嘗著於塵埃。且歌曰：「連翩笑語踏芳叢，低亞花枝拂面紅。曲折不知金鈿落，更隨蝴蝶過籬東。」餘音嫋嫋，不啻繞梁。高大喜，拉與同飲。陳命之坐，亦飲之酒。高酒後，心搖意動，遽起狎抱。視之，則變為夜叉，睛突於眥，牙出於喙，黑肉凹凸，怪惡不可狀。高驚釋手，伏几戰慄。陳以箸擊其喙，訶曰：「速去！」隨擊而化，又為蝴蝶，飄然颺去。高驚定，辭出。見月色如洗，漫語陳曰：「君旨酒嘉肴，來自空中，君家當在天上。盍攜故人一游？」陳曰：「可。」即與攜手躍起，遂覺身在空冥。漸與天近，見有高門，口圓如井，入則光明似晝。階路皆蒼石砌成，滑潔無纖翳。有大樹一株，高數丈；上開赤花，大如蓮，紛紜滿樹。下一女子，擣絳紅之衣於砧上，豔麗無雙。高木立睛停，竟忘行步。女子見之，怒曰：「何處狂郎，妄來此處！」輒以杵投之，中其背。陳急曳於虛所，切責之。高被杵，酒亦頓醒，殊覺汗愧。乃從陳出，有白雲接於足下。陳曰：「從此別矣。有所囑，慎志勿忘：君壽不永，明日速避西山中，當可免。」高欲挽之，返身竟去。高覺雲漸低，身落園中，則景物大非。歸與妻子言，共相駭異。視衣上著杵處，異紅如錦，有奇香。

早起從陳言，裹糧入山。大霧障天，茫茫然不辨逕路。躡荒急奔，忽失足，墮雲窟中，覺深不可測；而身幸不損。定醒良久，仰見雲氣如籠。乃自歎曰：「仙人令我逃避，大數終不能免。何時出此窟耶？」又坐移時，見深處隱隱有光，遂起而漸入，則別有天地。有三老方對奕，見高至，亦不顧問，棋不輟。高蹲而觀焉。局終，斂子入盒，方問客何得至此。高言：「迷墮失路。」老者曰：「此非人間，不宜久淹，我送君歸。」乃導至窟下，覺雲氣擁之以昇，遂履平地。見山中樹色深黃，蕭蕭木落，似是秋杪。大驚曰：「我以冬來，何變暮秋？」奔赴家中，妻子盡驚，相聚而泣。高訝問之，妻曰：「君去三年不返，皆以為異物矣。」高曰：「異哉，才頃刻耳。」於腰中出其糗糧，已若灰燼。相與詫異。妻曰：「君行後，我夢二人皂衣閃帶，似誶賦者，詾詾然入室張顧，曰：『彼何往？』我訶之曰：『彼已外出。爾即官差，何得入人閨闥中！』二人乃出。且行且語，云『怪事怪事』而去。」乃悟己所遇者，仙也；妻所夢者，鬼也。高每對客，衷杵衣於內，滿座皆聞其香，非麝非蘭，著汗彌盛。

人妖

馬生萬寶者，東昌人，疏狂不羈。妻田氏，亦放誕風流。伉儷甚敦。有女子來，寄居鄰人寡媼家，言為翁姑所虐，暫出亡。其縫紉絕巧，便為媼操作。媼喜而留之。踰數日，自言能於宵分按摩，癒女子瘵蠱。媼常至生家，游揚其術，田亦未嘗著意。生一日於牆隙窺見女，年十八九已來，頗風格。心竊好之。私與妻謀，託疾以招之。媼先來，就榻撫問已，言：「蒙娘子招，便將來。但渠畏見男子，請勿以郎君入。」妻曰：「家中無廣舍，渠儂時復出入，可復奈何？」已又沈思曰：「晚間西村阿舅家招渠飲，即囑令勿歸，亦大易。」媼諾而去。妻與生用拔趙幟易漢幟計，笑而行之。日曛黑，媼引女子至，曰：「郎君晚回家否？」田曰：「不回矣。」女子喜曰：「如此方好。」數語，媼別去。田便燃燭，展衾，讓女先上牀，己亦脫衣隱燭。忽曰：「幾忘卻，廚舍門未關，防狗子偷吃也。」便下牀，啟門易生。生窸窣入，上牀與女共枕臥。女顫聲曰：「我為娘子醫清恙也。」間以昵詞，生不語。女即撫生腹，漸至臍下，停手不摩，遽探其私，觸腕崩騰。女驚怖之狀，不啻誤捉蛇蠍，急起欲遁。生沮之。以手入其股際。則擂垂盈掬，亦偉器也。大駭，呼火。生妻謂事決裂，急燃燈至，欲為調停，則見女赤身投地乞命。羞懼，趨出。生詰之，云是谷城人王二喜。以兄大喜為桑沖門人，因得轉傳其術。又問：「玷幾人矣？」曰：「身出行道不久，只得十六人耳。」生以其行可誅，思欲告郡；而憐其美，遂反接而宮之。血溢隕絕，食頃復蘇。臥之榻，覆之衾，而囑曰：「我以藥醫汝，創痏平，從我終焉可也；不然，事發不赦！」王諾之。明日，媼來，生紿之曰：「伊是我表姪女王二姐也。以天閹為夫家所逐，夜為我家言其由，始知之。忽小不康，將為市藥餌，兼請諸其家，留與荊人作伴。」媼入室視王，見其面色敗如塵土。即榻問之。曰：「隱所暴腫，恐是惡疽。」媼信之，去。生餌以湯，糝以散，日就平復。夜輒引與狎處；早起，則為田提汲補綴，灑掃執炊，如媵婢然。居無何，桑沖伏誅，同惡者七人並棄市；惟二喜漏網，檄各屬嚴緝。村人竊共疑之；集村媼隔裳而探其隱，羣疑乃釋。王自是德生，遂從馬以終焉。後卒，即葬府西馬氏墓側，今依稀在焉。

異史氏曰：「馬萬寶可云善於用人者矣。兒童喜蟹可把玩，而又畏其鉗，因斷其鉗而畜之。嗚呼！苟得此意，以治天下可也。」

附錄
蟄蛇

予邑郭生，設帳於東山之和莊，童蒙五六人，皆初入館者也。書室之南為廁所，乃一牛欄；靠山石壁，壁上多雜草蓁莽。童子入廁，多歷時刻而後返。郭責之。則曰：「予在廁中騰雲。」郭疑之。童子入廁，從旁睨之，見其起空中二三尺，倏起倏墜；移時不動。郭進而細審，見壁縫中一蛇，昂首大於盆，吸氣而上。遂遍告莊人共視之。以炬火焚壁，蛇死壁裂。蛇不甚長，而粗則如巨桶。蓋蟄於內而不能出，已歷多年者也。

晉人

晉人某，有勇力，不屑格拒之術，而搏技家當之盡靡。過中州，有少林弟子受其辱，忿告其師，羣謀設席相邀，將以困之。既至，先陳茗果，胡桃連殼，堅不可食。某取就案邊，伸食指敲之，應手而碎。寺眾大駭，優禮而散。

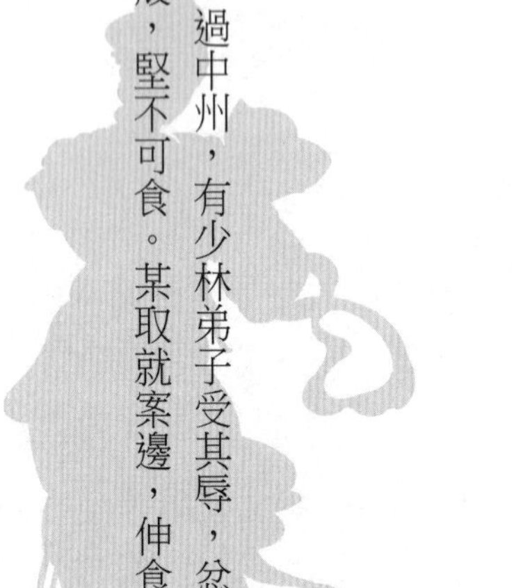

龍

博邑有鄉民王茂才，早赴田，田畔拾一小兒，四五歲，貌丰美而言笑巧妙。歸家子之，靈通非常。至四五年後，有一僧至其家，兒見之，驚避無蹤。僧告鄉民曰：「此兒乃華山洩中五百小龍之一，竊逃於此。」遂出一鉢，注水其中，宛一小白蛇游衍於內，袖鉢而去。

愛才

仕宦中有妹養宮中而字貴人者，有將官某代作啓，中警句云：「令弟從長，奕世近龍光，貂珥曾參於畫室；舍妹夫人，十年陪鳳輦，霓裳遂燦於朝霞。寒砧之杵可掬，不擣夜月之霜；御溝之水可託，無勞雲英之詠。」當事者奇其才，遂以文階換武階，後至通政使。

夢 狼附則二

又邑宰楊公，性剛鯁，攖其怒者必死。尤惡隸皂，小過不宥。每凜坐堂上，胥吏之屬，無敢咳者。此屬間有所白，必反而用之。適有邑人犯重罪，懼死。一吏索重賂，為之緩頰。邑人不信，且曰：「若能之，我何靳報焉。」乃與要盟。少頃，公鞫是事。邑人不肯服。吏在側呵語曰：「不速實供，大人械梏死矣！」公怒曰：「何知我必械梏之耶？想其賂未到耳。」遂責吏，釋邑人。邑人乃以百金報吏。要知狼詐多端，此輩敗我陰隲，甚至喪我身家。不知居官者作何心腑，偏要以赤子飼麻胡也！

阿寶 附則 集癡類十

窖鏹食貧。對客輒誇兒慧。愛兒不忍教讀。諱病恐人知。出資賺人嫖。竊赴飲會賺人賭。倩人作文欺父兄。父子賬目太清。家庭用機械。喜子弟善賭。

國家圖書館出版品預行編目資料

聊齋誌異／(清)蒲松齡原著. --二版. --臺北市：五南圖書出版股份有限公司, 2013.12
面； 公分
ISBN 978-957-11-7383-2(上冊 : 平裝). --
ISBN 978-957-11-7384-9(下冊 : 平裝). --
ISBN 978-957-11-7385-6(全套 : 平裝)

857.27 102021226

中國經典 09

8R43

聊齋誌異（下）

原　　著— 清・蒲松齡
發 行 人— 楊榮川
總 經 理— 楊士清
總 編 輯— 楊秀麗
副總編輯— 蘇美嬌
責任編輯— 邱紫綾
封面設計— 童安安
出 版 者— 五南圖書出版股份有限公司
地　　址：106台北市大安區和平東路二段339號4樓
電　　話：(02)2705-5066　　傳　　真：(02)2706-6100
網　　址：https://www.wunan.com.tw
電子郵件：wunan@wunan.com.tw
劃撥帳號：01068953
戶　　名：五南圖書出版股份有限公司

法律顧問　林勝安律師事務所　林勝安律師

出版日期　2009年7月初版一刷
　　　　　2013年12月二版一刷
　　　　　2022年6月二版三刷

定　　價　新臺幣300元

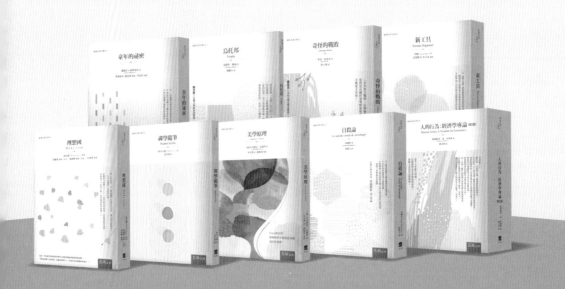